KB141264

이상한 엘리자베스 시대 사람들

보통의 독자
버지니아 울프의 또 다른 이야기

버지니아 울프 지음 · 박인용 옮김

함께읽는책

옮긴이 **박인용**

서울대 국문학과를 졸업하고, 시각문화사 편집장 업무를 시작으로 건축 잡지 〈꾸밈〉 및 도서출판 마당의 전집물, 과학 잡지 〈Newton〉 등의 편집장을 역임했다. 《평양의 이방인》, 《미솔로지카》, 《비발디의 처녀들》, 《이상한 나라의 언어 씨 이야기》, 《에코 에고이스트》, 《버지니아 울프 보통의 독자》 등을 우리말로 옮겼다.

보통의 독자
버지니아 울프의 또 다른 이야기

초판 1쇄 발행 2011년 7월 11일

지은이 버지니아 울프
옮긴이 박인용
펴낸이 양소연

기획편집 함소연 진숙현 **디자인** 하주연 이지선 김윤희
마케팅 이광택 **관리** 유승호 김성은 **웹서비스** 이지은 이동민 **웹마케팅** 양채연

펴낸곳 함께읽는책 **등록번호** 제25100-2001-000043호 **등록일자** 2001년 11월 14일

주소 서울시 금천구 가산동 60-3 대륭포스트타워 5차 1104호
대표전화 02-2103-2480 **팩스** 02-2624-4240 **홈페이지** www.cobook.co.kr
ISBN 978-89-90369-90-1 (04840)
      978-89-90369-88-8 (set)

▪ 잘못된 책은 구입하신 서점에서 교환해 드립니다.
▪ 이 책에 실린 모든 내용, 디자인, 편집 구성의 저작권은 함께읽는책에 있습니다.
▪ 허락 없이 복제하거나, 다른 매체로 옮겨 실을 수 없습니다.

함께읽는책은 도서출판 나무의숲 의 임프린트입니다.

The Common Reader
Second Series

The Common Reader
Second Series

✛ **일러두기**

_ 이 책은 1932년도에 출간된 《The Common Reader, Second Series》를 원본으로 하여 번역하였다.

_ 본문 중의 (……)는 발췌를 위해 중략한 표시이다.

_ 책 제목은 《 》, 신문, 잡지, 책이 아닌 장·단편 소설, 논문, 예술 작품은 〈 〉으로, 신문이나 잡지 책 등에 수록된 글은 ' '로 묶었다.

_ 외래어 표기는 국립국어원 외래어 표기법을 따랐다.

_ 이 책의 주석은 대부분 옮긴이가 붙인 것이며 버지니아 울프가 붙인 원래의 주석은 원주로 표시하였다.

이상한 엘리자베스 시대 사람들
The Strange Elizabethans

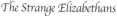

The Strange Elizabethans

영문학 중에서도 왜 하필 이 특정 영역에서 방황하느냐고 묻는다면, 엘리자베스 시대의 산문은 그 모든 아름다움과 보상에도 불구하고 매우 불완전하기 때문이라는 것이 그 답이다.

3, 400년 전의 엘리자베스 시대 사람이 되는 상상을 하는 것보다 더 즐거운 일은 없다. 그런 상상은 오직 상상일 뿐이며, '엘리자베스 시대 사람이 되는 것'이나, 16세기의 글을 우리 시대의 글처럼 읽는다는 상상 또한 환상이라는 사실은 의심의 여지가 없다. 우리가 엘리자베스 시대의 글을 읽는다 하더라도 그 시대 사람들은 알아듣지 못할 것이며, 엘리자베스 시대의 생활을 상상하는 것이 우리의 큰 기쁨이라는 사실은, 그 시대 사람들의 야비한 즐거움이 될 가능성이 매우 높다. 그렇지만 우리가 그들에게 끌리는 본능은 아주 강하고, 그 시대에 저술된 책에서 휘날리는 신선함이나 활기가 아주 달콤하기 때문에, 우리는 조롱받거나 우스꽝스러운 대상이 될 위험을 기꺼이 감수한다.

그런데 영문학 중에서도 왜 하필 이 특정 영역에서 방황하느냐고 묻는다면, 엘리자베스 시대의 산문은 그 모든 아름다움과 보상에도 불구하고 매우 불완전하기 때문이라는 것이 그 답이다. 엘리자베스 시대의 산문은 산문의 임무 가운데 하나인, 사람들로 하여금 일상적인 일을 단순하고 자연스럽게 이야기하도록 만드는 일을 거의 하지 못했다. 지금과 같은 공리적인 산문 시대에 살고 있는 우리는 사람들이 아침 식사를 한 다음부터 잠들기 전까지 어떻게 시간을 보내는지, 화가 나지도 사랑하지도 않은, 행복하지도 비참하지도 않은, 이도 저도 아닌 때 어떻게 행동하는지를 정확하게 알고 있다. 운문은 조금은 시시한 이런 측면들을 무시한다. 사회학을 공부하는 사람이 셰익스피어의 희곡에서 일상생활에 관한 사실들을 찾기는 거의 불가능할 것이다. 만약 산문이 이를 알려 주지 않는다면, 우리가 다른 시대의 남녀에게 가는 길은 막히게 된다. 엘리자베스 시대의 산문은 아직 운문과 제대로 분리되지 않지만 훌륭한 주제들(인생이 얼마나 짧고 죽음이 얼마나 확실한지, 봄이 얼마나 사랑스러우며 겨울은 얼마나 끔찍한지)에 대해서 훌륭하게 말할 수 있었다. 운문이 이들 단순한 상투적 표현 위로 그 풍요롭고 훌륭한 시대를 들어 올릴 수 있었던 이유는 어쩌면 사소한 일들 때문에 스스로의 가치를 떨어뜨리지 않았기 때문인지도 모른다. 하지만 솟아오르는 이 광채에 지불해야 하는 대가는 그 광채가 지상으로 내려올 때의 거북스러움에서 발견된다. 예컨대 궁궐에서 잠을 자던 레이디 시드니[Mary Sidney][1]가 추위를 느껴 시종장에게 좀 더 나은 침실을 간청하는 순간을 보자. 이런 문제는 당시의 어느 하녀라도 훨씬 간단하고 더 강력하게 처리할 수 있었을 것이다. 만약 우리가 포프Alexander Pope[2], 테니슨Alfred Tennyson[3], 콘래드 Joseph Conrad[4] 등의 세계를 구체적으로 파악하려고 한다면 전기 작가, 소설가, 언론인 등의 글을 읽어야 한다. 그러므로 엘리자베스 시대의 훌륭한 운문을 구체적으로 파악하기 위해 엘리자베스 시대 산문 작가들의 글을 읽는다면, 우리는 끊임없이 당황하고 어쩔 줄 몰라 할 것이다. 대관절 셰익스피어 시대에 일반 남녀의 생활은 어땠을까? 당시의 낯익은 서간문들조차 별다른 도움이 안 된다. 헨리 워턴 경Sir Henry Wotton[5]은 점잔을 빼고 화려하며 엄격하게 우리와의 간격을 유지한다. 그들의 역사는 북과 나팔 소리로 우렁차다. 그들의 신문 광고는 죽음에 대한 명상과 영혼의 불멸성에 대한 숙고로 가득하다. 우리가 그들 중 누군가를 만나 편안하게 마주하고자 한다면, 그 누군가는 유명한 모임에 자주 나타나지만 주변을 맴돌며 관찰하며 귀를 기울이는, 때로는 책에 주석을 달기도 하는 야심 없는 사람이 가장 좋을 것이다. 하지만 그런 사람은 찾기 어렵다. 아마 스펜서Edmund Spenser[6]와 시드니Philip Sidney[7]의 친구였을 가브리엘 하비Gabriel Harvey[8]가 그런 사람이었을지

---

1 ?~1586, 시인 필립 시드니 경Sir Philip Sidney(1554~1586)의 어머니로 엘리자베스 여왕의 시녀였다.

2 1688~1744, 영국의 시인이자 비평가. 철학시집《인간론》은 표현적인 면에서 뛰어나다.

3 1809~1892, 영국 시인. 대표작〈추도시In Memoriam〉는 빅토리아 시대의 대표시다.

4 1857~1924, 영국의 소설가.

5 1568~1639, 영국의 저술가이자 외교관.

6 1552?~1599, 영국의 시인. 미완성 장편 서사시〈요정 여왕The Faerie Queene〉을 남겼다. 후세 시인들에게 많은 영향을 끼쳐 시인 중의 시인이라 불리기도 한다.

모른다. 그렇지만 불행하게도 하비는 당대의 가치관에 따라 스펜서와 필립 시드니 경이 식탁에서 주고받는 대화를 기록하기보다 수사법에 대해, 토머스 스미스Thomas Smith[9]에 대해, 엘리자베스 여왕에 대해 라틴 어로 쓰는 것을 훨씬 보람 있는 일이라고 생각했다. 하지만 그에게도 사소한 편지를 보관하거나 때때로 떠오르는 생각을 책의 여백에 메모하는 현대적인 본능이 어느 정도 있었다. 만약 이런 작은 조각들을 찾는다면, 가능성은 희박하지만 우리는 시인들이 술을 마시는 뒷골목 주점에서 흘러나오는 웃음소리를 듣거나, 바로 지금이 위대한 엘리자베스 시대라는 생각을 하게 될 수도 있다. 또는 지금이 위대한 엘리자베스 시대라는 사실을 모른 채 우유를 짜고, 사랑을 나누며 돌아다니는 비천한 사람들을 만나게 될 수도 있다. 또는 셰익스피어가 스트랜드 거리를 산책하면서 자신의 소매를 잡아당기는 누군가에게 자기가 어떤 사람에게 소네트를 썼으며, 〈햄릿〉이 무슨 뜻인지를 이야기하는 광경을 만나게 될 수도 있다.

우리가 처음 만날 사람은 정말 우유를 짜는 처녀, 가브리엘 하비의

---

7 1554~1586, 영국 군인이자 정치가이며, 시인이자 평론가. 누이동생인 펨브로크 백작 부인의 윌턴 하우스에서 여동생을 위해 목가적인 로맨스 《아르카디아》를 썼다. 생전에는 E.스펜서 등 문인과 사귀면서 그들의 후원자 역할을 했지만 사후에 그가 남긴 원고들이 발표되면서 시인과 평론가로서 존경 받기 시작했다.

8 1546?~1630, 영국의 작가. 고전시의 운율법을 영시에 채용하자고 주장했고 친구인 에드먼드 스펜서Edmund Spenser도 이 영향을 받았다. 그가 출간한 《네 편의 서한과 몇 편의 소네트Foure Letters and Certaine Sonnets》에는 작가 로버트 그린의 죽음에 대한 악의에 찬 글이 들어 있었고 이로 인해 벌어진 작가 토머스 내시와의 오랜 소책자 논쟁은 유명하다.

9 1513~1577, 영국의 학자이자 외교관.

누이동생 머시^{Mercy}이다. 그녀는 1574년 겨울에 새프런월든^{Saffron} ^{Walden 10} 근처 들판에서 어느 노파와 함께 우유를 짜고 있었다. 그때 한 사내가 다가오더니 그녀에게 케이크와 포도주를 권했다. 음식을 다 먹고 나자 노파가 나무토막을 줍는다며 자리를 떠났고 그 사내는 용건을 말했다. 그는 서리^{Surrey}에서 왔고 나이는 머시와 비슷했으며 (그러니까 17세나 18세) 이미 결혼한 몸이었다. 어느 날 볼링을 하던 그가 우유를 짜는 그녀를 보게 되었는데 그녀의 모자가 날아가자 "그 녀가 얼굴을 붉혔다"는 것이다. 요컨대 서리 경^{Lord Surrey}은 그녀에게 첫눈에 반했고, 그녀에게 장갑과 비단 거들 그리고 에나멜로 된 기념 문자가 새겨진 반지(그의 숙모 레이디 W가 전혀 다른 목적으로 그에게 주 었던 것)를 모자에서 떼어 내더니 그녀에게 선물했다. 처음에 머시는 꿈쩍도 하지 않았다. 자기는 우유 짜는 가난한 소녀일 뿐이고 그는 귀족이었던 것이다. 그러다 결국 마을에 있는 그녀의 집에서 그와 만 나기로 약속했고 안개가 자욱한 크리스마스 이틀 전날 밤, 서리 경이 하인과 함께 그녀를 찾아왔다. 그들이 맥아 제조하는 곳을 들여다보 니 그곳에는 머시의 어머니와 자매만 있었고, 거실에는 머시의 남자 형제들뿐이었다. 머시는 어디에도 없었다. '당했다는 느낌도 들고 지 친' 그들로서는 말을 타고 그냥 돌아가는 일밖에는 달리 도리가 없었 다. 거듭된 담판이 이어진 뒤 마침내 서리 경은 한밤중에 이웃집에서 혼자 머시와 만나기로 약속했다. 그는 "허리가 잘록한 웃옷에 긴 양

---

10 잉글랜드 남동부 에식스 주의 도시.

말 차림으로 금속 장식이 달린 셔츠의 끈을 풀어헤쳐 아무렇게나 벗어 던진 채" 자그마한 거실에서 그녀를 기다리고 있었다. 머시가 나타나자 그는 그녀를 침대로 끌고 가려 했지만, 그녀는 소리를 질렀다. 그러자 이웃집 안주인은 미리 약속한 대로 부름을 받고 왔다며 대문을 두드렸다. 방해를 받아 머리끝까지 화가 난 서리 경은 욕지거리를 하면서 "하느님께서 나를 말리시는구나, 하느님께서 나를 말리시는 거야" 하고는, 주머니에 있던 실링 은화와 반 실링 은화 13실링을 꺼내 머시에게 보여 주었다. 하지만 그녀는 꿈쩍도 하지 않고 내일 다시 오겠다며 달아났다. 크리스마스이브 새벽이 밝아 왔고, 그녀는 새벽 6시도 안 됐을 때 이미 새프런월든에서 7마일이나 떨어진 곳에 가 있었다. 눈과 비가 뒤섞여 내려 날씨는 엉망이었고 약속 장소에 늦게 도착한 하인 P는 나무로 만든 덧신을 신고 바닥에 고인 빗물 웅덩이에 빠져야 했다. 크리스마스는 그렇게 지나갔다. 그리고 일주일 뒤, 그녀의 명예 지키기는 아슬아슬한 순간에 이 모든 이야기가 아주 이상하게 발견되는 바람에 끝나 버렸다.

섣달 그믐날, 펨브로크 홀Pembroke Hall[11]의 젊은 특별 연구원인 그녀의 오빠 가브리엘은 말을 타고 케임브리지로 돌아가는 길에 아버지의 집에서 본 적이 있는 소박한 시골 사람과 만나게 되었다. 둘은 함께 말을 타고 가면서 이런저런 이야기를 나누었고, 그 사내가 갑자기 생각났다는 듯이 가브리엘에게 전달할 편지가 있다고 말했다. 편지

---

11 영국 케임브리지대학교의 펨브로크 칼리지.

의 겉봉에는 "사랑하는 오빠 G. H. 귀하"라고 적혀 있었다. 가브리엘은 봉투를 뜯었고 다른 이름이 적혀 있음을 바로 알아차렸다. 그것은 누이동생 머시가 자신에게 보낸 편지가 아니라 누군가가 머시에게 보내는 것이었다. 그 편지는 "내 사랑하는 머시"라고 시작해 "그 어느 때보다 그대를 사랑하는 필"이라는 서명으로 끝나 있었다. 가브리엘은 편지를 읽는 동안 참기 어려웠다. "나는 갑작스럽게 떠오르는 환상을 감추거나 화를 억누르기가 거의 불가능했다." 왜냐하면 그것은 단순한 연애편지가 아니라 약속에 따라 머시를 차지하려는 이야기를 하고 있었기 때문이다. 거기에는 또 종이에 싸인 꽤 많은 영국 금화가 들어 있었다. 가브리엘은 그 시골 사람 앞에서 최선을 다해 자제하면서 그 편지와 금화를 그에게 돌려주고 새프런월든에 있는 누이동생에게 전해 줄 것을 부탁했다. 그리고 말을 몰아 케임브리지로 향했으며, 젊은 귀족에게는 애매하고 정중한 태도로 장문의 편지를 보내 그의 계획이 수포로 돌아갔음을 알렸다. 가브리엘 하비의 누이동생은 유부남 귀족의 애인이 되지 않고, 오들리엔드 Audley End [12]에 있는 레이디 스미스 Lady Smith의 '근면하고 믿음직스러우며 유순한' 하녀가 되었다. 이리하여 머시의 로맨스는 깨진다. 다시 구름이 드리워지고 우유 짜는 아가씨, 노파, 포도주와 케이크와 반지와 리본을 들고 찾아와 그 아가씨가 우유를 짜는 동안 그녀를 유혹하려는 음흉한 사내를 우리는 더 이상 볼 수 없게 된다.

---

12 새프런월든의 교외.

이것은 아마 흔한 이야기일 것이다. 우유 짜는 아가씨가 젖소의 젖을 짜는 동안 모자가 날아간 일은 많았을 것이며, 그 모습을 보고 가슴이 뛰어 모자에서 보석을 뜯고 하인을 통해 이야기를 전한 영주들도 많았을 것이다. 하지만 그 아가씨의 편지가 남아 있거나, 그 오빠가 조사한 내용이 전해져 그녀의 이야기를 읽게 되는 경우는 드물다. 하지만 우리가 그녀의 어휘를 사용해 엘리자베스 시대의 들판, 엘리자베스 시대의 주택과 거실 등을 살펴보려고 한다면, 지금까지 느낀 바로 그 당혹감과 마주치게 된다. 비와 안개, 불어난 물 등에도 불구하고 우유 짜는 아가씨, 초원, 나무토막을 줍기 위해 돌아다니는 노파의 이야기를 만들기는 쉽다. 엘리자베스 시대의 노랫말을 쓴 자들은 바로 그 특정 기법을 우리에게 훌륭히 가르쳐 주고 있다. 하지만 우리가 읽은 것을 박물관의 유물로 만들려는 충동을 거부하면 머시는 우리에게 거의 도움을 주지 않는다. 그녀는 다락방의 희미한 불빛 곁에서 연애편지를 쓰는 우유 짜는 아가씨이기 때문이다. 하지만 엘리자베스 시대 인습의 영향은 매우 강하고 그들의 악센트는 심하게 거드름을 부린다. 그녀는 우아함을 유지하면서 좋은 가문에서 태어나 문학 훈련을 받은 여자처럼 말한다. 서리 경이 굴복을 요구할 때 다음과 같이 대답했다.

영주님, 영주님께서 하려는 일은 하느님에게는 커다란 죄악이며, 세상에게는 커다란 범죄이고, 제 친구들에게는 커다란 슬픔이자 제 자신에게는 커다란 수치이며, 제 생각으로는 영주님에게도 커다란 불명예입니다.

제 아버지께서는 처녀성이란 여자의 정원에 핀 가장 아름다운 꽃이며 순결이란 가난한 소녀가 가질 수 있는 가장 풍요로운 결혼 지참금이라 하셨습니다. (……) 사람들은 순결이란 시간과 마찬가지로 한번 잃고 나면 다시는 되찾을 수 없는 것이라 합니다.

마치 그녀가 적극적으로 글쓰기를 즐기기라도 한 듯 어휘들이 그녀의 귀에서 종소리처럼 울려 퍼진다. 그가 머시에게, 너는 가난한 시골 소녀일 뿐이며 그의 아내처럼 귀부인이 아님을 알아 두라고 하자 머시는 "맙소사, 영주님은 밖에서는 하찮은 시골뜨기를 뒤쫓으시면서, 댁에다가는 비싸고 기품 있는 물건을 갖추셨군요!" 하고 소리친다. 심지어 운율까지 살리고 있다. 비록 이 글은 산문보다 반향은 적지만, 글쓰기가 단지 사실을 전하는 수단에 그치는 것이 아니라 예술임을 입증한다. 그리고 직접적이며 강력한 표현을 원할 때는 아버지에게서 들었던 격언들이 그녀의 펜으로 다가오는가 하면 성서의 한 장면이 그녀의 귀를 울리기도 한다. "그럼 이 가련한 소녀는 매의 먹이로 던져지고 철저하게 타락해 친구들에게 깊은 슬픔을 주겠지요." 요컨대 우유 짜는 소녀 머시는 자연스럽고 우아한 문체로 글을 쓰고 있다. 그것은 저속하지 않지만 친밀하지도 않다. 머시에게는 장엄함의 허영, 순결의 아름다움, 행복이나 불행 등에 대해 이야기하는 일이 가장 쉬운 듯 보인다. 하지만 어느 특별한 순간의 머시와 어느 특별한 순간의 필립, 이들의 감정은 아무런 자취가 없다. 그리고 어떤 중요하지 않은 일을 말 몇 마디로 처리해야 할 때, 예를 들어 헨리 시드니 경^{Sir Henry Sidney}[13]의 아내이자 노섬벌랜드 공작의 딸이 잠을 잘 수 있는 더 편한 방을 요구해야 하는 상황에서 그녀는 문맹인 하녀처럼 편지를 제대로 쓰지 못할 뿐 아니라 철자도 제대로 못 쓰고 문장과 문장을 매끄럽게 연결할 줄도 모른다. 옥신각신하고 옹졸하게 굴며 반복과 장황설로 우리를 참지 못하게 만든다. 따라서 우리는 글을 아주 잘 쓴 우유 짜는 소녀 머시 하비에 대해서나, 글을 아주 못 쓴 노섬벌랜드 공작의 딸 메리 시드니에 대해서나 아는 것이 거의 없는 셈이다. 엘리자베스 시대의 생활 배경이 우리에게 이해되지 않는 것이다.

이들 이상한 엘리자베스 시대 사람들을 더욱 친숙하게 느끼게 해줄 소박하고 격식을 차리지 않는 무언가를 찾아내기 위해 케임브리지를 향하고 있는 가브리엘 하비를 뒤쫓아 가 보자. 오빠로서의 임무를 다한 가브리엘은 출세를 하기 위한 젊은 지식인의 생활에 몰두하고 있는 듯 보인다. 그는 지나치게 학업에 열중하고 거의 놀지 않았기 때문에 동료들 사이에서 인기가 없었다. 왜냐하면 영시의 미래와 영어의 가능성에 대한 깊은 관심을 카드놀이나 곰 곯리기[14] 등과 엮는 일은 분명 어려운 일이었기 때문이다. 그는 아리스토텔레스가 복음과 같은 진리라고 한 말을 모두 받아들일 수 없었다. 그는 매일 밤 마음이 맞는 사람들과 함께 시와 운율, 멸시 받는 영어의 화법과 빈

---

13 1529~1586, 영국의 귀족이자 정치가. 필립 시드니의 아버지이다.
14 쇠사슬을 맨 곰에게 개를 덤비게 하는 옛 놀이.

약한 영문학을 세계에서 가장 훌륭한 언어와 문학으로 만들기 위해 시간 가는 줄 모르고 토론했다. 그 같은 토론을 듣다 보면 미국의 새로운 대학에서도 이런 토론이 이루어질 수 있겠다는 생각이 든다. 영국의 젊은 시인들은 대담하면서도 거북스러운 오만함을 가지고 말한다. "영국은 지금보다 더 명예로운 정신, 더 모험적인 마음, 더 용감한 손, 더 훌륭한 위트를 배양한 적이 없었다." 하지만 영국적인 것은 일종의 범죄로 여겨진다. "영국적인 것보다 더 비열한 것은 없다." 만약 간혹 우리를 당혹시키는 신생 국가들의 미래에 대한 희망과 더 오래된 과거 문명에 대한 예민함을 엘리자베스 시대의 사람들에게서 볼 수 있다면, 그들이 발을 내딛게 될 미지의 땅에 대해 생각할 수 있다면, 그것은 상상력이 풍부한 영국 작가들의 감수성을 현대 과학이 자극하여 흥분하게 하는 일과 같다. 하지만 1570년 무렵 케임브리지에서 벌어지는 담론에 대한 생각이 아무리 자극적이더라도, 하비가 쓴 글을 찬찬히 읽는 일은 인간 인내심의 한계에 대한 시험이다. 우리가 고통 속에서 어휘들 위로 의미가 찍혀 나오기를 힘껏 소리칠 때까지 그 어휘들은 여기저기 새빨갛게 달아 있고 군데군데 녹은 곳도 있다. 그는 똑같은 생각을 붙잡아 거듭 되풀이한다.

자연의 훌륭한 솜씨 가운데 잡초 없는 화단이 있는가? 벌레 먹은 나무 없는 과수원이 있는가? 선옹초 없는 옥수수 밭이 있는가? 개구리 없는 연못이 있는가? 어둠 없이 빛나는 하늘이 있는가? 무지 없는 지식의 거울이 있는가? 깨지지 않는 토기가 있는가? 불편 없는 일용품이 있는가?

끝이 없다. 귀로 들어야 하는 것을 책으로 보고 있기 때문에, 방앗간의 말처럼 빙글빙글 도는 동안 우리는 소리에 막혀 있음을 깨닫는다. 설교단 가장자리를 주먹으로 때리는 것과 같은 확대와 반복과 강조는 꾸물대고 소리에 탐닉하기를 좋아하며 느리고 감각적인 귀, 발음된 단어, 말하는 사람과 그 몸짓(그는 말하는 것에 극적인 가치를 부여하는 것은 물론 듣는 사람의 가슴 정확한 지점에 단어가 전해지도록 조정한다)까지 끌어들이기 위한 것이다. 따라서 내시^{Thomas Nashe}[15]에 대한 하비의 통렬한 비난이나 스펜서에게 쓴 그의 편지를 눈으로만 살펴볼 때는 거의 전진을 할 수 없으며 방향 감각을 상실한다. 물에 빠진 사람이 널빤지를 붙잡는 것처럼 우리는 수면에 떠오르는 단순한 사실만 포착한다. 그것을 운반하는 사람이 커크 부인^{Mrs. Kerke}이라는 것, 펀^{Perne}[16]이 피터하우스^{Peterhouse}[17]의 자기 방에 새끼 짐승을 데리고 있었다는 것, "귀하의 지난 편지는 (……) 여주인들이 난롯가에 있고 그 주위에 정직하고 선량한 사람들과 이성적이고 정직한 술꾼들이 빼곡하게 에워싸고 있었을 바로 그때 제게 배달"되었다는 것, 그린^{Robert Greene}[18]이 "1페니짜리 포도주 항아리를 위해" 여주인 아이샘^{Mistress Isam}에게 죽도록 빌고, 그의 셔츠를 세탁하는 동안 그녀 남편의

---

15 1567~1601, 영국의 소설가이자 극작가로, 하비와 벌인 소책자 논쟁으로 유명하다. 이 논쟁은 1599년 캔터베리 대주교가 두 사람의 풍자문을 불태우라는 명령을 내림으로써 끝났다.
16 1519?~1589, 당시 케임브리지대학교의 부총장이었던 앤드루 펀 박사Dr. Andrew Perne.
17 케임브리지의 단과 대학 가운데 하나.
18 1558~1592, 영국의 극작가.

셔츠를 빌렸으며, 어제 6실링 4펜스로 베들럼Bedlam[19]에서 가까운 새로운 교회 묘지에 매장되었다는 것 등이다. 빛이 어둠을 헤치면서 밝아 오는 듯하다. 아니다. 우리가 셰익스피어의 웃옷 꽁무니를 붙잡고 스펜서가 큰 소리로 하는 말을 듣는다고 생각하는 바로 그때, 흥분한 하비의 목소리가 높아지고 우리는 다시 격렬하고 장황하며 풍부하고 시대에 뒤진 논쟁과 열변 속으로 나아간다. 우리가 하비의 글을 훑는 동안, 과연 엘리자베스 시대 사람들과 정면으로 마주칠 수 있을까? 바로 그때, 이들은 여러 페이지에서, 많은 논쟁에서 고개를 돌리고 건너뛰며 힐끗 쳐다보기도 하면서 발작적으로 의심스러워하는 모습으로 출현한다. 이들은 바로 어떤 사람의 모습, 어떤 얼굴의 윤곽이며, '어떤 엘리자베스 시대인'이 아니라 흥미롭고 복잡하며 개인적인 어떤 인간의 모습이다.

먼저, 우리는 누이동생을 대하는 모습을 통해 그를 알 수 있다. 누이동생이 들판에서 가난한 노파와 함께 우유를 짤 때, 그는 케임브리지대학교의 특별 연구원으로서 말을 타고 학교에 간다. 그리고 우리는 케임브리지의 학자 가브리엘 하비의 누이동생으로서 합당한 처신에 대한 그의 생각을 흥미롭게 관찰할 수 있다. 교육으로 인해 그와 가족 사이에는 커다란 간격이 생겼다. 아버지가 밧줄을 만들고 어머니가 맥아를 만드는 시골집에서 그는 말을 타고 케임브리지로 향했다. 비천한 출신을 극복하고 출세해야 한다는 생각 때문에 위대하고

---

19 런던에 있었던 베들럼 왕립 병원Bethlem Royal Hospital의 속칭.

불편하며 자기중심적이고 과시적인 것에 아첨했고 누이동생에게는 엄격했지만 그 때문에 가족을 부끄럽게 여기지는 않았다. 세 아들을 케임브리지로 보냈고, 자신의 직업을 부끄럽게 여기지 않았으므로 자신이 밧줄을 만드는 모습을 새겨 벽난로 위에 걸어 놓은 아버지는 보통 사람이 아니었다. 가브리엘의 뒤를 이어 케임브리지에 와서 그의 훌륭한 동맹자가 된 형제들도 자랑할 만한 형제들이었고 머시도 마찬가지였다. 그 아름다움 때문에 어느 훌륭한 귀족이 자신의 모자에서 보석을 떼어내지 않았는가. 그가 자신을 자랑스럽게 여겼음은 의심의 여지가 없었다. 그는 다른 사람들이 카드놀이를 할 때 책을 읽었다. 그에게는 권위에 과도하게 충성하지 않고 아리스토텔레스의 모순을 찾아냈던(이런 이유 때문에 그는 케임브리지에서 인기가 없었고 학위를 받지 못할 지경에까지 이르렀다) 자수성가한 사람의 자만심이 있었다. 그러나 그가 일찍부터 자신의 권리를 옹호하고 자신의 장점을 주장한 것은 불행한 일이었다. 게다가 그가 다른 사람들보다 유능하고 빠르며 학식이 많고, 심지어 직접 만나면 더 매력적이라는 사실은 그의 적들도 부인할 수 없었으므로(머시도 "아주 잘생긴 사람의 형편없는 짓"이라고 인정했다) 그에게는 자신이 성공할 자격이 있으며, 만약 실패한다면 동료의 질시와 음모 탓이라고 생각할 만한 이유가 있었다. 한동안 그는 자신의 사막에 있는 여러 함정을 생각했고 학위 문제에 대한 논란에서 승리를 거두었다. 그리고 강연을 했다. 엘리자베스 여왕이 오들리엔드Audley End에 왔을 때는 어전에서 토론하라는 요청을 받았고 여왕의 호의적인 관심을 끌기도 했다. "저 사람은 이탈리아 사람처럼 보이는군." 그를 보며 여왕이 한 말이었다. 하지만 그가 의기양양해 있는 순간에 파멸의 씨앗은 싹을 틔웠다. 그에게는 자존심이나 자제심이 없었다. 그래서 스스로를 우스꽝스럽게 만들거나 친구들을 불편하게 만들기도 했다. 옷을 차려입어야 하는 자리에 그가 "벨벳 정장을 구긴 채 와서" 친구들이 거북스러워했다는 것, 한 순간에는 움츠렸다가 다른 순간에는 "필립 시드니 경이 길을 비켜서게 하기도 했고", 숙녀들과 시시덕거리거나 "그들에게 음란한 수수께끼를 내놓기도" 했고, 여왕이 칭찬할 때는 기뻐서 어쩔 줄 몰라 하면서 이탈리아 악센트로 새프런월든의 영어를 구사했던 것 등을 읽을 때, 우리는 그의 적들이 그를 어떻게 조롱했으며 그의 친구들이 어떻게 얼굴을 붉혔을지 상상할 수 있다. 그리하여 많은 장점에도 불구하고 그의 몰락이 시작되었다. 레스터 백작Lord Leicester에게 고용되지도, 대학교 대표 연사로 선발되지도, 트리니티 홀Trinity Hall[20] 기숙사 사감이 되지도 못했다. 그러나 하비가 성공했던 모임이 하나 있었다. 스펜서와 다른 젊은이들이 함께 모여 시와 언어, 영문학의 미래에 대해 토론하던 담배 연기가 자욱한 작은 방에서는 아주 진지하게 그의 존재를 인정받았다. 이 친구들은 하비가 자기들과 마찬가지로 위대한 일을 할 것으로 믿었다. 어쩌면 그도 영문학을 빛낼 운명을 타고난 사람일지도 몰랐다. 시에 대한 정열에는 사심이 없었고, 학식은 깊었다. 그는 음률과 음보에 대해, 그리스 인과 이탈리아 인이 쓴 작품과

---

20 케임브리지대학교의 트리니티 대학.

영국인들이 써야 할 작품에 대해 이야기했다. 이는 젊은 작가들의 상 상력에 박차를 가했으며, 같은 목표를 가진 소규모의 모험가 집단에 서 새로 쓰인 시를 공동 재산으로 여기도록 하는 데 일조했다. 이는 희망과 열렬한 호기심에 지식을 더하는 일이었다. 이러한 분위기가 스펜서에게 영향을 끼쳤음은 의심의 여지가 없다. 스펜서는 하비에 대해 다음과 같이 이야기했다.

> 어느 누구보다도 행복한 하비, 내가 보기에
>
> 이 세상이라는 무대에 구경꾼처럼 앉아
>
> 비판의 펜을 들고
>
> 모든 것을 날카롭게 비판한다.

시인들에게는 망루 위에서 전투를 내려다보면서 경고하고 예견하 는 '구경꾼'이 필요하다. 스펜서는 하비의 이야기를 들으며 즐거워했 다. 그는 하비의 말에 귀를 기울이거나 혹은 듣지 않더라도 격렬하고 공격적인 목소리가 계속되는 것이 즐거웠음에 틀림없다. 한편 하비 는 이론에서 빠져나가 머릿속에 자신의 시구를 만들기도 했다. 하지 만 그 구경꾼은 너무 오래 앉아 있었고 그 자신에 대해 너무 큰 호기 심을 갖고 거만하게 장광설을 늘어놓았는지도 모른다. 아니면 틀이 없는 인생을 수용하기에 너무 까다로운 이론을 세웠는지도 모른다. 따라서 이론을 다 세우고 막상 시작하려니, 무미건조한 운문이나 도 도하게 흐르지만 매끈매끈하고 굽신거리는 찬양문밖에 나오지 않았다. 그는 정치가가 되는 데 실패했고, 교수가 되는 데 실패했고, 기숙사 사감이 되는 데 실패했다. 스펜서와 필립 시드니 경과의 우정 말고는 그가 맡았던 모든 일에 실패한 것처럼, 시인이 되는 데도 실패했다.

그나마 다행히 하비는 흔해 빠진 책을 하나 남겼다. 그는 책을 읽으면서 여백에 메모하는 습관이 있었는데, 이를 통해 하비의 공적인 자아와 사적인 자아 양쪽 얼굴이 드러나고, 엘리자베스 시대인들이 표정을 거의 드러내지 않은 것처럼 그도 쉽사리 감정을 드러내지 않았음을 알게 된다. 그리고 표면적인 하비 뒤에 숨어 있는 또 다른 하비가 의심, 노력, 의기소침 등으로 하비의 얼굴을 가리고 있음을 느낄 수 있다. 왜냐하면 다행히도 그 흔해 빠진 책은 크기가 작았고, 엘리자베스 시대의 책이라고 해도 여백이 좁았기 때문에 하비는 짧게 메모할 수밖에 없었다. 그리고 날카로운 기억이나 경험을 바탕으로 그 자신만 읽기 위해 썼으므로 마치 독백하는 듯 보인다. 그리고 그것은 사실이라고 말하는 것 같다. 또는 자신에게 '내가 이렇게 했더라면'이라고 말하는 것 같다. 따라서 우리는 사람들 사이에서 실수를 저지른 하비와 집에서 책에 파묻혀 있던 하비의 갈등을 알아차리게 된다. 행동으로 고통을 겪은 사람이 책을 읽고 생각하는 사람에게서 조언과 위안을 얻는 것이다.

그는 진실로 조언과 위안이 필요했다. 처음부터 그의 인생은 갈등과 고난으로 가득했다. 밧줄을 만드는 사람의 아들로 태어난 하비는 비천한 출신 성분을 극복하려고 애썼지만, 그래도 신사들이 모인 자리에서는 이 때문에 괴로웠다. 이름이 알려지지 않았으면서도 의기 양양해하는 사람들에게 하비가 조용히 앉아 조언했다. "아무것도 제대로 하는 일 없는 젊은이 알렉산드로스", "조숙한 애송이지만 덩치 큰 거인을 쓰러뜨린" 다비드^{David}, 유디트^{Judith}, 교황 요한나^{Pope Joan}와 그들의 업적, 그리고 누구보다도 "용감한 여장부 (……) 잔 다르크^{Joan of Arc}, 매우 가치 있고 용맹스러운 어린 소녀, (……) 건장하고 모험을 좋아하는 소녀가 그처럼 설칠 때 (……) 근면하고 분별력 있는 사내가 무엇을 하지 않겠는가?" 또 한편 케임브리지에 있던 똑똑한 젊은이들이 밧줄 만드는 사람의 아들은 신사로서 해야 하는 일에 서툴다고 놀린 것 같다. "쓸데없이 많은 시간을 소비하는 글쓰기를 그만두라. (……) 너는 이미 이런 식으로 자신을 괴롭혀 왔다"고 가브리엘은 자신에게 충고한다. 웅변과 설득의 대가가 되라. 세상으로 나가라. 검술, 기마, 사격 등을 배워라. 세 가지는 일주일 안에 배울 수도 있을 것이다. 그런 다음 야심만만하지만 불안한 젊은이는 이성의 매력을 발견하고 책만 읽는 현명한 형제에게 연애에 관한 조언을 부탁했다. 다른 하비는 여자를 상대할 때는 신중하고 자제해야 하며 가장 중요한 것은 예의 바른 태도라고 말했다. 그 조언은 계속된다. 신사는 "숙녀와 귀부인을 즐겁게 해 주는 것, 인사를 하지 않고 존경심이나 격식을 갖추는 것"으로 알려지는 법(분명 오들리엔드에서 무시당한 기억 때문이라고 여겨지는 견해)을 설명하고 있다. 건강 및 신체의 관리도 매우 중요하다. "학자들은 우리의 몸과 위트를 조롱한다." 사람은 "일 년 내내 매일 아침 활기차게 침대를 박차고 나와야" 한다.

그리고 과식하지 않고 활동적이며 "적어도 하루에 한 번은 사냥개를 데리고 산책하는" 동생 H[21]처럼 규칙적인 운동을 해야 한다고 말했다. "분주하게 돌아다니거나 생각에 잠겨 있거나" 해서도 안 된다. 학식이 있는 사람은 세상 물정에도 밝아야 한다. "운동하는 것, 웃는 것, 과감하게 추진하는 것"을 "매일의 의무"로 삼도록 하라. 그리고 만약 자신을 괴롭히는 자들이 시비를 걸거나 욕하거나 비웃거나 놀릴 때 가장 훌륭한 대답은 "재치 있고 유쾌한 반어적 표현"이다. 어떤 경우에도 불평하지 말라. "별다른 효과가 없는 일에 이런저런 불평을 하는 것은 매우 어리석은 일이며, 제멋대로 하려는 기질을 나타내는 나쁜 조짐이다." 그리고 세월이 흘러도 승진이나 승급하지 못하고, 청구서의 대금을 지불하지 못하게 되거나, 감옥에 들어가거나, 아니면 주인집 여자의 비아냥거림이나 모욕을 참고 견뎌야 하더라도, 그래도 여전히 "즐거운 궁핍은 궁핍이 아님"을 명심하라. 또 세월이 흐르면서 고난이 커지고 "인생이 전쟁처럼" 느껴지고 때로 패배자처럼 "희망이 없다면 가슴이 터질 지경"임을 인정해야 하더라도, 그래도 여전히 서재에 앉아 있는 그의 현명한 조언자는 그에게 순순히 패배를 인정하게 하지 않을 것이다. 그는 "괴로움을 가장 많이 감추는 사람이 그것을 가장 훌륭하게 이겨낸다"고 자신에게 말했다.

그처럼 우리가 만들어 낸 두 하비(능동적인 하비와 수동적인 하비, 어

---

21 ?~1585, 케임브리지대학교 트리니티 대학의 기숙사 사감을 지낸 헨리 하비 박사Dr. Henry Harvey.

리석은 하비와 현명한 하비) 사이의 대화가 이루어진다. 그리고 결과적으로 둘은 그들이 함께 내놓은 온갖 조언에도 불구하고 전체의 일에 좋지 못한 결과를 초래한 것처럼 보인다. 왜냐하면 자부심과 희망을 가득 품고 말에 올라 케임브리지로 갔으며 여동생에게 훌륭한 조언을 해 주었던 그 젊은이는 마지막에는 빈손으로 고향에 돌아왔기 때문이다. 그는 완전히 잊혀졌고 남은 여생을 새프런월든에서 보냈다. 겉으로 볼 때 가난한 사람들을 치료하며 지냈지만 그는 버터 바른 식물 뿌리나 양고기 족발 등으로 끼니를 때우는 등 극도로 가난한 하루하루를 보냈다. 하지만 그는 자신의 꿈을 소중히 간직했고 이를 위안으로 삼았다. 낡은 검은색 벨벳 정장(내시가 말하기를 그 값도 지불하지 못했는데 옷장에 넣어 두었다가 도둑맞았다고 한다) 차림으로 정원을 한가롭게 거닐면서 권력과 영광, 스터컬리Thomas Stukeley[22]와 드레이크Sir Francis Drake[23], "황금을 차지하는 자와 황금을 착용하는 자" 등에 대해 생각했다. 그에게 추억할 만한 것은 풍부했다. "가장 좋은 일에 대한 추억은 가끔 되살려 주지 않으면 기억 속에서 곧 사라져 버릴 것"이라고 적기도 했다. 그러나 그의 내부에는 어떤 열렬한 동요, 그를 과거에 머물러 있지 못하게 하는 행동과 영광 그리고 인생과 모험에 대한 어떤 욕구가 있었다. "고려할 것은 현재뿐"이라고 적힌 메모도 있었다. 그리고 먼지 쌓인 학식에 도취되지 않았다. 그는 진정한 독자

---

22 1520?~1578, 영국의 군인.
23 1540~1596, 영국의 군인이자 정치가.

가 책을 사랑하는 것처럼, 과시하기 위해 매달아 놓은 전리품으로서
가 아니라 "명상하고 실행하며 심신에 통합시켜야 할" 생명체로서
학문을 사랑했다. 실망한 노학자의 가슴에도 학문에 대한 따뜻한 견
해가 남아 있었다. 그는 "아무 연구도 하지 않고 아주 즐거운 가운데
만사를 배울 수 있는 유일한 멋진 방법"이 학문이라고 말했다. 황금
을 차지하는 자와 황금을 착용하는 자에 대한 꿈, 행동과 권력에 대
한 꿈은, 비록 청구서의 대금도 지불할 수 없었고 초가집에서 약초를
캐면서 버터를 바른 식물 뿌리로 겨우겨우 연명한 늙은 거지에게는
황당한 것이지만, 그의 몸이 말라비틀어지고 그의 피부가 "불에 탄
양피지 조각처럼 구멍이 나고 쭈글쭈글해졌을" 때도 그 꿈은 살아남
아 있었다. 그리고 그도 내세울 것이 있었다. 그는 친구들(스펜서와
시드니)과 그의 적들(내시와 펜)보다 더 오래 살았다. 그는 엘리자베스
시대인으로서는 대단한 장수라고 할 수 있는 여든하나 혹은 여든 두
살까지 살았다. 그리고 하비가 살았다고 할 때 그것은, 그가 말다툼
을 했으며 따분하고 우스꽝스러웠는가 하면 고난을 겪다가 결국 실
패했으며 우리와 같은 변화무쌍하고 다양한 인간의 얼굴을 지니고
있었음을 의미한다.

3세기 뒤의 던
Donne After Three Centuries

Donne After Three Centuries

던이 다른 동시대인들과 구분되는 것은 바로 화려하게 장식된 시대에 알몸이 되려 했던 욕망, 완벽하고 품위 있는 전체를 만들 유사성이 아니라 그 유사성을 깨뜨리는 불일치를 기록하려는 결심, 애증의 서로 다른 감정과 웃음을 우리에게 동시에 느끼게 하는 힘이다.

지난 300년 동안 영국에서 쓰여지고 인쇄된 단어가 몇 백만 개인지 안다면, 그들 대다수가 아무 흔적도 남기지 않고 사라져 버렸다는 사실을 깨닫는다면, 오늘날 우리가 던$^{John Donne\ 1}$이 사용한 말들을 여전히 들을 수 있다는 사실이 의아할 만도 하다. 과한 축하와 칭찬도 용서할 수 있는 올해(1931년)도 던의 시가 대중적으로 널리 읽힌다느니, 또는 퇴근길 지하철에서 타이피스트^{typist}들이 던의 시집을 읽고 있다는 말을 하려는 것이 아니다. 하지만 여전히 그의 시집이 읽히고

---

1 1572~1631, 영국의 시인이자 성직자. 《노래와 소네트Songs and Sonnets》는 온갖 사랑의 심리
　를 대담하고 좋은 이미지로 구사한 연애시집이며, 20세기의 현대 시인들에게도 많은 영향을 끼
　쳤다. 또한 그는 명설교로도 널리 이름을 알렸다.

그의 시가 들린다. 이 사실은 새로 그의 시집이 간행되고 빈번하게 그와 관련된 논문이 발표되는 것으로도 입증된다. 그리고 엘리자베스 시대와 우리를 구분하는 폭풍우가 몰아치는 바다를 가로질러 날아와 우리 귀에 울리는 그의 목소리의 의미를 분석하는 것도 가치 있는 일인지 모른다.

하지만 아무리 그의 시가 의미로 충만해 있을지라도 우리를 매혹시키는 것은 무엇보다도 그 의미가 아니라 그보다 훨씬 덜 뒤섞이고 즉각적인 성질이다. 그것은 바로 화법의 폭발력이다. 모든 서론, 모든 담판이 시작되면 그는 바로 시 속으로 뛰어든다. 한 구절이 모든 준비 과정을 대신하는 것이다.

나는 어느 옛 연인의 망령과 이야기하기를 동경한다.

또는

그는 미쳤다, 누구나 말하기를
그는 한 시간 전부터 사랑에 빠졌다 한다.

우리는 즉각 사로잡힌다. 그는 잠자코 있으라 한다.
잠자코 있으라, 내가 그대에게

사랑, 사랑의 철학에 대해 설교할지니.

그리고 우리는 잠자코 있어야 한다. 처음 몇 마디에 우리 몸에는 충격이 지나간다. 이전에 마비되어 움직이지 않던 신경이 조금씩 흔들리고 시각과 청각이 빨라진다. "머리카락 색이 밝은 소녀의 팔찌"가 우리 눈에서 타오른다. 여기서 더 중요한 사실은 우리가 단지 아름다운 행만 느끼지는 않는다는 점이다. 우리는 특정한 정신 자세를 강요받는 느낌이 든다. 평소 생활 속에 흩어졌던 요소들이 던의 정열에 의해 온전한 하나가 된다. 반면 조금 전까지만 해도 기분 좋고 따분하며 특징과 다양성으로 꽉 차 있던 세계가 사라진다. 우리는 이제 던의 세계에 빠져 있다. 더 이상 다른 모든 풍경은 보이지 않는다.

이렇게 독자를 깜짝 놀라게 하고 붙잡아 두는 던의 힘은 다른 대부분의 시인들을 능가하며 동시에 그의 특징이기도 하다. 그는 한두 마디로 자신의 본질을 요약하고 우리를 사로잡지만, 또한 그것은 우리들 속에서 서로 어울리지 못하고 둘로 갈라지기도 한다. 우리는 이 본질이 무엇이며 어떤 요소와 만나 그처럼 깊고 복잡한 인상을 만들어 내는지 자문한다. 명확한 단서들이 시 주변에 흩어져 있다. 예를 들어 '풍자시 Satyres' [2]를 읽는다고 하면, 우리에게는 그것이 소년의 작품이라는 외부 증거가 필요 없다. 그 시에는 젊은이가 지닐 수 있는 무자비함과 분명함, 인습의 어리석음과 중년에 대한 증오가 모두 있다. 따분한 사람, 거짓말쟁이, 아첨꾼은 혐오스럽고 위선자인데 펜을 몇 번 끼적거려 지구상에서 쓸어 버리지 않을 이유가 있을까? 인생

---

2 일련의 연작 풍자시를 가리킴. 'satyres'는 satires의 고어이다.

의 희망과 신념과 기쁨은 젊은이들의 사나운 경멸에 많은 영감을 불러일으키고 이런 젊은이들의 열정은 거짓말쟁이, 아첨꾼과 같은 어리석은 인물들을 혹평한다. 그러나 우리는 초기의 초상화에서 보았던 복잡하고 호기심 많고 대담하지만 민감하며, 감각적이지만 신경을 곤두세우는 소년에게 다른 젊은이들에게는 없는 특별한 자질이 있는지 의심하기 시작한다. 젊은 시절의 장애와 압박이 그를 더 깊이 생각하게 만들거나, 이로 인해 좀 더 우아한 표현이나 명쾌한 표현을 할 수 있게 되는 것이 아니기 때문이다. 다만 이렇게 자르고 줄이는 과정에서 생각에 관한 생각이 갑작스럽게 축적되고 그러면서 젊음에 대한 생각보다 늙는 것에 대한 불만, 정직에 대한 생각보다 부정부패에 대한 더 깊은 불만족을 느꼈는지도 모른다. 그는 단지 나이 많은 사람들이 아니라 자신의 비위에 맞지 않는 당대의 기질에 대해 반항하고 있다. 그의 운문에는 현재의 관습에 자신을 맞추기를 거부하는 자들이 지니는, 의도적으로 꾸미지 않는 태도가 있다. 그리고 남의 의견에 압박을 느끼지 않으므로 때때로 판단이 불가능하고 기이함을 위해 기이함을 쌓는 자들이 지니는 무절제가 있다. 그도 브라우닝 Robert Browning[3]과 메러디스George Meredith[4]처럼 현실에 순응하지 못하며, 이들은 자신들의 태도를 의도적이라고 설명하거나 약간의 괴벽스러

---

3 1812~1889. 영국 빅토리아조를 대표하는 시인. 여류 시인 엘리자베스 배럿과 결혼했다.

4 1828~1909. 영국의 소설가이자 시인. 주지주의 작가라고 불렸으며 작품 속에서 여성 문제를 다뤘다. 현란하면서도 난해한 문장이 특징이다. 시대가 변해서 이제는 영국에서도 많이 읽히는 작가는 아니지만, 토머스 하디를 일찍 인정했던 일화는 유명하다.

움으로 멋지게 포장하기를 거부할 수 없다. 그러나 던이 당대의 무엇을 싫어했는지 알기 위해 우리는 그가 초기에 시를 쓸 때 분명 그에게 말을 걸었을 훨씬 분명한 영향을 상상해 보아야 한다(그가 무슨 책을 읽었는지 물어 보자는 말이다). 그리고 던의 증언을 통해 그가 고른 책들은 "엄숙한 신학자들"의 작품, 철학자들의 작품, "도시 속 매력적인 단체의 힘을 모으는 방법을 가르쳐 주는 훌륭한 정치인들"의 작품, 그리고 역사책이었음을 알게 된다. 그는 사실과 논쟁을 좋아했다. 만약 그가 본 책들 사이에 시인이 있고 그가 그들에게 "아찔할 정도로 환상적"이라는 말을 한다면 그것은 그가 시를 깔보거나, 아니면 적어도 시의 어떤 점이 그에게 반감을 자아내는지를 완벽하게 알고 있었음을 보여 주는 것이다. 그의 서가에는 스펜서의 시 일부,《아르카디아》[5],《섬세한 장치의 천국 Paradise of Dainty Devices》[6], 릴리 John Lyly[7]의 《유퓨스》[8] 등이 있었을지도 모른다. 그에게는 말로 Christopher Marlowe[9]와 극장에서 상연되는 셰익스피어의 희곡을 구경할 기회가 있었고, 분명 그 기회를 잡았다("나는 그에게 새로운 희곡들에 대해 이야기했다").

---

5 필립 시드니 경이 1593년에 발표한《펨브로크 백작 부인의 아르카디아 The Countess of Pembroke's Arcadia》.

6 영국의 시인이자 극작가인 리처드 에드워즈 Richard Edwards(1523?~1566)가 수집한 원고를 바탕으로 그가 죽은 뒤인 1576년부터 1606년 사이에 적어도 10회 이상 간행되었으리라 여겨지는 앤솔러지.

7 1554~1606, 영국의 소설가이자 극작가. 세련된 본격 희곡을 확립했으며 희곡에 산문을 도입했다.

8 영국 최초의 소설이라고 할 수 있는《유퓨스―위트의 해부 Euphues: The Anatomy of Wyt》.

9 1564~1593, 영국의 극작가이자 시인.

런던에 갔을 때 스펜서, 시드니, 셰익스피어, 존슨^{Ben Jonson}[10] 등과 같은 당대의 모든 작가를 만났을 것이다. 그리고 주점을 이리저리 돌아다니다 새로운 희곡들, 운문에서의 새로운 유행, 영어의 가능성과 영시의 미래에 관한 열띤 논쟁도 들었을 것이다. 하지만 그의 전기를 읽으면 그가 동시대인들과 어울리지 않았음은 물론 그들이 쓴 것도 읽지 않았음을 알게 된다. 그는 당시 주위에서 벌어지고 있는 일에서 이윤을 얻지 못하고 혼란을 느끼며 마음이 산란해진 사람들 가운데 하나였다. 다시 '풍자시'로 돌아가자. 그러면 왜 그런지 이유를 쉽게 알 수 있다. 여기에서 그는 대담하고 활동적이었으며, 바짝 긴장된 그의 감각을 자극하는 충격을 표현하기를 좋아했다. 따분한 사람 하나가 거리에서 그를 잡아 세운다. 그는 그자를 정확하게, 생생하게 쳐다본다.

> 그의 검정 옷은 거칠지만 낯설고, 몸을 드러낸 것 같은,
>
> 웃옷은 소매가 없었고 이전에는
>
> 벨벳이었지만 이제 (밑감이 너무 드러나)
>
> 광택이 나는 얇은 비단이 되었네

그러고는 사람들이 주고받는 실제의 말을 사용한다.

---

10 1572~1637, 영국의 극작가이자 시인이며 평론가. 고전에 깊은 학식이 있었고 기질 희극의 전통을 확립시켰다.

높은 음을 내는 류트 줄에서 나는 끽끽거리는 듯한 소리로 그가 말하기를,

국왕에 대한 이야기를 하는 것은 기분 좋은 일이지요.

웨스트민스터 사원에서 무덤을 관리하는 그 사내는

그 대가로, 누가 찾아오더라도, 왕에서 왕으로

우리의 해리와 우리의 에드워드에 대해 이야기한다.

여러분의 귀는 왕의 이야기밖에 듣지 못하고

여러분의 눈은 왕만 보게 될 것이다.

그곳으로 가는 길이 바로 킹스트리트Kingstreet [11]

그의 강점과 약점이 모두 여기서 발견된다. 그는 자세히 묘사할 만한 것을 하나 골라 단어 몇 개로 축소시켜 기이하게 표현될 때까지 그것을 응시한다.

손질되지 않은 한 덩어리의 당근처럼 보이는 것,

그대의 앙상한 손에 붙어 있는 짧고 부어오른 손가락들.

하지만 전체적으로 보지는 못한다. 한 발짝 물러나서 전체 윤곽을 살필 수 없기 때문에, 그의 묘사에는 항상 어떤 순간적인 강렬함은 있지만 사물의 더 넓은 측면은 거의 없다. 당연히 다른 등장인물들의

---

11 이전에 북쪽에서 왕궁이 있는 웨스트민스터로 갈 때 다리를 건너기 전 반드시 거쳐야 했던 거리의 이름.

갈등을 이용하기 어렵다. 항상 그 자신이 중심이 되어 독백으로, 풍 자로, 자기분석으로 말할 수밖에 없다. 스펜서, 시드니, 말로도 이렇 게 바깥을 내다보는 사람에게는 도움을 주지 못했다. 엘리자베스 시 대인들은 웅변에 대한 그의 애정, 새로운 단어에 대한 그의 동경을 확대시키고 일반화하는 경향이 있었다. 그는 광대한 풍경, 영웅적인 덕성과 갈등 속에서 장엄해 보이는 인물을 사랑했다. 산문 작가도 그 처럼 과장하는 습관이 있었다. 데커Thomas Dekker[12]는 엘리자베스 여왕 이 봄에 서거한 것에 관해 특정한 여왕의 죽음이나 특정한 봄에 대해 묘사하는 것으로 그 상황을 표현하고자 했으나 그럴 수 없었다. 그는 모든 죽음, 모든 봄으로 확장시켜야 했다.

(……) 뻐꾸기는 (이리저리 술집을 떠돌아다니는 현악기 연주자처럼) 온종 일 울었다. 새끼 양은 계곡을 오르내렸고, 염소도 새끼를 데리고 산에서 이리저리 방황했다. 양치기는 앉아서 피리를 불고, 시골 처녀들은 노래 를 불렀다. 사내는 사랑하는 아가씨를 위해 소네트를 짓고, 아가씨는 애 인에게 줄 화환을 만들었다. 그리고 시골이 뛰놀기 좋았던 것처럼 도시 도 즐거웠다. (……) 한밤중에 어리석은 시골 사람을 놀라게 하는 올빼미 도 없었고, 한낮에 도시 사람을 놀라게 하는 북소리도 없었다. 천상에서 합주라도 하듯 모든 것이 침묵했고, 잠잠한 물결보다 더 고요했다. 하늘 이 궁전처럼 보이고, 지상의 훌륭한 전당은 낙원처럼 보였다. 하지만, 오,

---

12 1572~1632?, 영국의 극작가 겸 문필가. 시민 생활 묘사가 특히 뛰어나다.

인간의 짧은 복이라니! 오, 세상이여, 그대의 행복이란 얼마나 보잘것없는가!

엘리자베스 여왕이 죽은 것이다. 데커에게 그의 방을 청소해 주는 노파가 무슨 말을 했는지, 혹은 군중에 둘러싸여 있었다면 그날 밤 치프사이드가 어떠했는지 물어봐야 아무 소용없다. 그는 확대하고 일반화하며 미화시켜야 했다.

던의 천재성은 정반대였다. 그는 축소하고 특화했다. 아름다운 윤곽을 더럽히는 얼룩이나 주름들을 쳐다보며, 이렇게 대조적인 두 가지에 큰 호기심을 갖고 자신의 반응에 주목했으며 두 가지 상반된 견해를 나란히 놓고 그들이 불협화음을 내도록 했다. 던이 다른 동시대인들과 다른 점은 바로 화려하게 장식된 시대에 알몸이 되려 했던 욕망, 완벽하고 품위 있는 전체를 만들 유사성이 아니라 그 유사성을 깨뜨리는 불일치를 기록하려는 결심, 서로 다른 애증의 감정과 웃음을 우리로 하여금 동시에 느끼게 하는 힘이다. 그리고 만약 따분한 사람에게 붙잡히거나 변호사가 내지르는 호통 소리를 듣거나 궁중에 출입하는 대신에게 무시를 당하는 등 당시의 일상적인 접촉이 던에게 깊은 인상을 남겼다면, 사랑에 빠지는 일은 이와는 비교할 수 없을 정도로 큰 영향을 주었다. 던에게 있어 사랑에 빠지는 일은 수많은 의미가 있었다. 그것은 괴롭고 혐오스럽고 환멸을 느끼고 도취됨을 의미했지만, 또한 진실을 말하는 일이기도 했다. 따라서 그의 연애시, 애가, 서한 등은 엘리자베스 시대 연애시의 전형적인 성격과는 아주 다른 모습이다. 감동적으로 쓰여진 그 위대한 이상은 여전히 우리 눈앞에서 밝게 타오른다. 그녀의 몸은 석고, 다리는 상아, 머리카락은 가느다란 황금, 그리고 치아는 동양의 진주였다. 그녀의 목소리에는 음악이 감돌았으며, 걸음걸이에는 위엄이 서려 있었다. 그녀는 사랑할 수도, 장난할 수도 있었고, 신념이 없을 수도 있었다. 고분고분할 수도, 잔인할 수도, 참될 수도 있었다. 하지만 감정은 단순했다. 던의 시들은 아주 다른 유형의 귀부인을 드러낸다. 그녀는 금발인가 하면 갈색 머리였고, 고독한가 하면 사교적이었으며, 시골풍이었지만 또한 도회 생활을 좋아했고, 회의적이었지만 독실했으며, 감정적이면서 수줍어했다. 요컨대 그녀는 던과 마찬가지로 다양하고 복잡했다. 던은 하나의 인간적 완벽성을 선택하고 그녀만 사랑하도록 자신을 통제하는 동시에 자신의 감각을 모조리 발휘하면서 자신의 기분을 솔직하게 기록했다. 어느 누가 그토록 자신을 통제하면서 인습적인 것과 근엄한 것을 달래기 위한 거짓말을 할 수 있었을까? "사랑의 가장 달콤한 부분은 다양성"이 아니었던가? 그는 "음악, 기쁨, 인생, 영원 등을 길러 주는 것이 바로 변화"라고 노래했다. 당대의 소심한 유행이 한 여인만 사랑하게 만들었을지도 모른다. 그는 "여러 사람을 사랑하면서 죄의식을 느끼지 않았던" 고대인들을 부러워하고 존경했다.

　　하지만 이 명예라는 지위가 사용된 이래로
　　우리의 허약한 믿음이 남용되었느니.

우리는 지위가 높은 데서 아래로 내려온 셈이다. 자연의 황금률은 폐지된다.

그리하여 우리는 때로는 어두운 구름이 드리우고 때로는 훤하게 밝은 던의 시라는 유리를 통해 그가 사랑하고 증오했던 많은 여인들, 그가 경멸했던 평민 줄리아Julia, 그가 사랑의 기법을 가르친 순진한 여인, 병약한 남편과 결혼한 "버들가지를 엮어 만든 의자에 갇힌" 여인, 전략을 짜야만 사랑 받을 수 있었던 위험한 여인, 꿈속에서 알프스를 횡단하다가 살해 당하는 모습을 본 여인, 그의 사랑을 줄 수 없었던 여인, 그리고 마지막으로 사랑보다 존경을 느꼈던 나이 많은 귀부인이 줄지어 지나가는 모습을 본다. 그들은 흔하기도 드물기도 하고, 소박하기도 세련되기도 하며, 젊기도 나이가 많기도 하고, 귀족이기도, 평민이기도 하다. 그리고 서로 다른 마법을 부려, 똑같은 남자인데도 서로 다른 애인을 만들어 낸다. 어쩌면 여자들도 각각의 인물이라기보다 한 여성의 여러 단계를 보여 주는 인물인지도 모른다. 후년에 이르러 세인트 폴Saint Paul's Cathedral[13]의 주임 사제[14]는 기꺼이 그들 시 가운데 일부를 편집하고 그들 애인 가운데 하나(아마도 〈침대로 가다Going to Bed〉나 〈사랑의 전쟁Love's Warr〉의 시인)를 억압하려고 했다. 그러나 그 주임 사제가 틀렸다. 던의 연애시에는 그 자체의 활기뿐만 아니라 전통적인 애인에게서는 발견되지 않는 성질이 있다. 우리가

---

13 영국 런던에 있는 성 바오로 대성당.
14 존 던을 가리킨다.

여기에 정신적인 면을 부여하는 이유는 그처럼 많은 서로 다른 욕망의 결합 때문이다. 만약 몸으로 사랑할 수 없다면 마음으로 사랑할 수 있을까? 처음에는 이런 매력, 다음에는 저런 매력을 인정하지 못하고 다양하고 자유롭게 사랑하지 않으며 반드시 갖춰야 하는 어떤 매력 하나를 골라 그것에 집착하고 서로 상반되는 여러 요소를 잠재워 평화를 조성해 "그와 그녀"를 초월하는 상태가 될 수 있을까? 심지어 가장 변덕이 심한 젊은이다운 욕망에 탐닉했을 때조차, 던은 고통과 어려움을 겪으면서 단둘만은 다르게 사랑하게 될 성숙한 시기를 예견할 수 있었다. 심지어 경멸하고 조롱하며 욕하는 동안에도 그는 변화와 이별을 초월했으며 심지어 몸이 없더라도 단결과 교감으로 이끌 수 있는 또 다른 관계를 예측했다.

> 우리를 나눌 수는 없더라도 갈가리 찢고
> 우리 몸은 그럴망정 우리 영혼은 묶여 있으며,
> 그리고 우리는 여전히 편지와 선물,
> 생각과 꿈을 통해 사랑할 수 있느니.

그리고,

> 서로를 살아 있게 하는 사람은
> 결코 헤어지지 않으리.

그리고 또,

그래서 하나의 중립적인 일에 양성이 모두 어울리고,
똑같이 죽고 일어나며,
이 사랑으로 신비로움을 입증하리.

더 멀고 더 나은 미래에 대한 그 같은 암시는 그에게 지속적인 불안과 현재에 대한 불만을 갖게 한다. 그는 이 덧없는 기쁨과 혐오 너머에 기적이 있다고 느끼고 애가 탄다. 연인들은 아무리 시간이 짧아도 시간을 초월하고 성을 초월하며 신체를 초월하여 통일 상태에 이를 수 있다. 그리고 마침내 한 순간에 이른다. '황홀경^{Extasie}'에서 그들은 함께 강둑에 누워 있다.

온종일 우리 자세는 똑같았고
온종일 우리는 아무 말도 하지 않았다.
(……)

이 황홀경은 우리를 당황시키지 않으며
(우리는 말했다) 우리가 사랑하는 것을 말해 주고,
우리는 그것이 성^{Sexe}이 아니라는 것을 알며,
움직이는 것을 보지 못했다는 것도 안다.
(……)

그러자 우리는 이 새로운 영혼이 누구이며

우리가 무엇으로 이루어지고 만들어졌는지 안다.

왜냐하면 우리가 성장한 몸이 바로

어떤 변화도 침범할 수 없는 영혼이기 때문이니.

하지만, 어쩌랴, 우리의 몸이 그처럼 오래,

그처럼 멀리 떨어져 있으니 어찌 참을꼬?

(……)

순수한 시에서 시행들이 높은 열을 받아 갑자기 액체처럼 흐르는 이유는 바로 이 같은 황홀경 속에 있기 때문이다. 하지만 어쩌랴. 던이 입을 다물고 일관된 태도를 유지하기를 바라지만 그렇게 하나의 태도에 머무는 것은 그의 천성과 맞지 않다. 어쩌면 그것은 사물들의 본성과 안 맞는지도 모른다. 던은 바뀌어야 할 변화, 방해할 것이 틀림없는 불일치를 알고 있기 때문에 그 격렬함을 빼앗아 버린다.

여하튼 상황 때문에 그는 황홀경을 오래 지속시키지 못했다. 그는 비밀리에 결혼하여 아버지가 되었다. 그는 미첨Mitcham[15]의 작고 눅눅한 집에서 어린 자식들과 함께 지냈던, 가난하지만 야심이 많은 사람이었다. 그의 자식들은 자주 몸이 아팠다. 아이들의 울음소리는 날림으로 지은 집의 얇은 벽을 뚫고 글을 쓰는 그의 귀에 꽂혔다. 당연히 그는 조용하게 글을 쓸 수 있는 곳을 찾았고, 당연히 임대료를 지불

---

15 런던 남중부로서 당시에는 런던의 교외였다.

해야 했다. 그래서 풍성한 식탁과 아름다운 정원을 갖춘 레이디 베드
퍼드[16], 레이디 헌팅던[17], 허버트 부인[18] 등 훌륭한 귀부인들의 환심을
샀을 것이다. 그리고 방이 많은 부자들도 마음이 움직였을 것이다.
따라서 매서운 풍자가 던 이후에, 위대한 사람들의 충실한 종복 던,
어린 소녀들의 화려한 찬미자 던, 굴종적이고 아첨하는 거만한 애인
던의 모습이 나타난다. 그리고 우리와 그의 관계도 급격히 바뀐다.
던의 풍자시와 연애시에는 그의 동시대인들(그들은 우리와는 다른 세
계에 있으며, 우리가 당혹스러워하는 것을 아무렇지도 않게 생각하고, 우리
가 놀라기는 하지만 느낄 수 없는 정열에 사로잡혀 있기도 하다)보다 그를
더 가깝게 느끼게 하는 어떤 심리적 격렬함과 복잡성이 있다. 그의
동시대인들처럼 쾌적함을 과장하기는 쉬울지도 모른다. 하지만 대조
적인 면을 기꺼이 인정하려는 자세, 개방성에 대한 욕망, 그리고 섬
세하며 분석적인 산문에서 소설가들이 우리에게 가르쳐 온 심리적
미묘함을 통해 우리는 던을 가깝게 느낀다고 주장할지도 모른다. 하
지만 이제 던은 그의 발전 과정을 살펴온 우리를 곤경에 빠뜨린다.
다른 어느 엘리자베스 시대인들보다 더 멀고 다가갈 수 없으며 쓸모
없는 존재가 된다. 마치 그가 경멸하고 업신여긴 시대정신이 갑자기

---

16 1580~1627, 미술과 문학의 후원자였던 베드퍼드 백작 부인Countess of Bedford 루시 러셀Lucy
Russell.

17 1588~1633, 영국의 귀족이자 작가 헌팅던 백작 부인Countess of Huntingdo 엘리자베스 스탠리
Elizabeth Stanley.

18 ?~1627, 영국의 시인 조지 허버트George Herbert(1593~1633)의 어머니 매그덜린 허버트 부인
Mrs. Magdalen Herbert.

스스로를 내세우면서 이 반항아를 노예로 만든 것 같다. 그리고 우리가 그의 사랑으로 신비로운 통일감을 추구하고, 오늘은 여기에서 내일은 저기에서 기적적으로 그 통일감을 발견하는 동안, 사회를 미워한다고 거침없이 내뱉는 젊은이의 모습, 정열적인 애인의 모습을 잃어버렸다. 그러니 부패할 수 없는 사람을 유혹하는 후원자와 후원 제도를 없애는 것은 자연스러운 일이다. 하지만 우리가 너무 서두르는지도 모른다. 모든 작가에게는 가시적인 독자층이 있으며, 베드퍼드, 드루리Elizabeth Drury [19], 허버트 등이 오늘날 후원자의 역할을 하는 도서관이나 신문사 사주들보다 더 나쁜 영향을 끼치는지도 모른다.

사실 그 비교는 매우 어렵다. 던의 시에 매우 기이한 요소를 가져온 귀족 부인들은 오직 반성이나 왜곡 속에 살아 있으며, 우리는 시에서 그들을 발견한다. 아직 회고록이나 서간문의 시대는 오지 않았다. 만약 그들이 자신에 대해 썼다면(레이디 펨브로크[20]와 레이디 베드퍼드는 모두 재능 있는 시인이었다고 한다) 자신의 작품에 자신의 이름을 적지 못했을 것이며 오늘날 그 이름은 사라졌을 것이다. 일기의 일부가 산발적으로 전해지고 있으며, 그것을 통해 우리는 그 후원자의 모습을 보다 자세히, 그러나 덜 낭만적으로 살펴볼 수 있다. 예컨대 클리퍼드George Clifford [21]와 러셀[22]의 딸 레이디 앤 클리퍼드Lady Anne

---

19 1596~1610, 던의 시로 사후에 유명해진 소녀.

20 1561~1621, 영국의 귀족이며 여류 작가인 펨브로크 백작 부인Countess of Pembroke 메리 시드니Mary Sidney. 필립 시드니의 누이동생이기도 하다.

Clifford[23]는 실제적이며 교육다운 교육을 받지 못했지만("부친이 허락하지 않았기 때문에 다른 언어를 배우는 것"이 불가능했다) 일기의 과감한 언명으로 짐작하건대, 시인 대니얼Samuel Daniel[24]의 후원자였던 어머니와 마찬가지로 그녀도 문학과 문학을 만드는 사람들에게 의무감을 느꼈다. 토지와 주택에 대한 열정으로 가득한 엄청난 재산의 상속녀로서, 그녀는 재산을 관리하느라 바쁜 와중에서도 쇠고기와 양고기를 먹듯 자연스럽게 훌륭한 영어책을 읽었다. 《요정 여왕The Faery Queen》[25]과 시드니의 《아르카디아》를 읽었으며, 궁중에서 상연된 벤 존슨의 가면극에 출연하기도 했다. 그것은 유행을 좇는 소녀라면 학식을 뽐내는 여자로 놀림거리가 될 것이라는 사실을 생각하지 않으면서 초서Geoffrey Chaucer[26] 같은 옛날의 부정한 시인이 쓴 작품을 읽을 수 있어야 한다는 독서에 대한 관점을 가졌다는 증거였다. 이는 정상적이고 훌륭한 가문의 생활 방식 중 하나였다. 그것은 그녀가 큰 재산의 주인이 되었을 때도, 그보다 더 막대한 재산을 차지하게 되었을 때도 계속되었다. 놀Knole[27]에서 뜨개질을 하면서 몽테뉴를 큰 소리로

---

21 1558~1605, 제3대 컴벌랜드 백작Earl of Cumberland,.

22 1560~1616, 2대 베드퍼드 백작 프랜시스 러셀Francis Russell(1527?~1585)의 딸 레이디 마거릿 러셀Lady Margaret Russell.

23 1590~1676, 문학의 후원자였으며, 자신도 일기와 서간문을 남겼다.

24 1562~1619, 영국의 시인이자 역사가.

25 16세기 말에 발표된 에드먼드 스펜서의 대표적 서사시.

26 1343~1400, 중세 영국 최대의 시인. 근대 영시의 창시자로 '영시의 아버지'로 불린다.

27 런던 교외의 켄트 주 서부 세브노크스Sevenoaks에 자리 잡고 있는 유서 깊은 대저택 놀 하우스.

읽었으며, 남편이 일할 때 자리에 앉아 초서에 몰두했다. 훗날갈등과 고독의 세월을 보내면서 깊은 슬픔을 느낀 뒤, 그녀는 다시 초서를 읽고 만족의 한숨을 내쉬었다. 그녀는 "(……) 만약 나를 위로해 주는 훌륭한 초서가 내 곁에 없었다면, 나는 온갖 어려움을 겪은 가련한 여자였을 것이다. 하지만 그것을 읽자, 그 어려움을 경멸하거나 가볍게 생각했고, 초서의 아름다운 정신 가운데 아주 작은 부분이 내 속에 스며든다"고 적었다. 그 말을 한 여인은 살롱을 만들거나 도서관을 세우지는 않았지만, 신분이 비천하거나 재산이 없더라도 《캔터베리 이야기The Canterbury Tales》나 《요정 여왕》을 쓴 사람을 존경하는 것이 자신의 의무라고 느꼈다. 던은 놀에서 그녀에게 설교했고, 웨스트민스터 사원에 스펜서의 첫 기념비를 세울 때 비용을 지불한 것도 그녀였다. 만약 옛 스승을 위해 기념비를 세울 때 자신의 미덕이나 호칭을 적는 것에 대해 깊이 생각했다면, 이는 훌륭한 귀부인도 저술가들에게 고마워하고 있음을 인정한 것이었다. 그녀의 방 한쪽 벽에는 위대한 작가들이 한 말이 족자처럼 걸려 있었고, 그 글들은 몽테뉴가 지녔던 부르고뉴 탑처럼 그녀를 에워싸면서 언제나 그녀에게 영향을 미쳤다.

따라서 우리는 던과 베드퍼드 백작 부인의 관계가 현재의 어느 시인과 백작 부인의 관계와는 아주 다르다는 것을 짐작할 수 있다. 그 관계에는 거리감이나 의례적인 면이 있었다. 던에게 백작 부인은 "먼 곳에 있는 고결한 왕자와 같았다." 그녀의 천부적인 겸손이 보상을 가져온 것처럼, 그녀의 대단한 신분이 그녀의 인품과 별개로 존경심을 가져왔다. 던은 그녀의 계관 시인[28]이었다. 그녀를 칭송하는 노래를 읊은 보상으로 트위크넘Twickenham[29]에서 그녀와 함께 지내자는 초대를 받았고, 권력자들과 매우 친근한 회합을 가질 수 있었다. 야심을 가진 사람에게 그들 회합은 매우 유용했고, 던은 시인으로서의 명성보다 정치가로서의 권력에 더 큰 야심을 갖고 있었다. 따라서 우리는 레이디 베드퍼드가 "하느님의 걸작"이며, 그녀가 모든 시대 모든 여성 가운데 가장 뛰어나다는 글을 읽을 때, 이는 존 던이 루시 베드퍼드에게 쓴 글이 아니라 시가 권력에게 경배하고 있는 것임을 알 수 있다. 그리고 이 거리감은 열정이 아니라 이성을 불러일으켰다. 레이디 베드퍼드는 자신의 종복이 읊는 칭송에서 어떤 영감이나 기분 좋은 쾌락을 끌어낼 수 있었으므로, 그녀는 신학과 운문에 뛰어난 매우 영리한 여성이었음에 틀림없다. 후원자에게 바쳐진 던의 시들이 지닌 극도의 미묘함과 박학다식은 시인의 재능이 과장되었음을 보여 주며, 이는 이런 청중을 위해 글을 쓴 결과이기도 하다. 시인이 고통을 당하거나 어려움을 겪는 것은 바로 시인이 후원자를 위해 능력을 발휘하고 있음을 보여 주는 것이다. 그렇다면 정치나 행정가에게 바쳐진 학식을 드러내는 시는 그것을 쓴 시인이 단지 시만 읊는 문사가 아니라 공직을 맡더라도 그 직책을 제대로 수행할 것임을 나타낸

---

28 영국 왕실이 영국의 시인에게 내리는 가장 명예로운 칭호. 드라이든, 워즈워스 등이 이 칭호를 받았으며 그들은 공적인 시를 주로 지었다.
29 현재 런던시에 포함되어 있지만 당시에는 런던 남서부의 교외였다.

다고 할 수 있다. 하지만 수많은 시인에게 치명적이었던 영감의 변화 (테니슨의 〈국왕 목가 Idylls of the King 〉[30]를 보라)는 던의 다면적인 성격과 다면적인 두뇌 가운데 어느 한쪽만 자극할 뿐이었다. 우리는 표면상 레이디 베드퍼드를 칭송하거나 엘리자베스 드루리를 축복하면서 쓰여진 장시 '세상의 해부 An Anatomie of the World' 와 '영혼의 순행 Progresse of the Soul' 을 읽는 동안, 시인이 사랑의 계절이 언제 끝나는지에 대해 얼마나 더 쓸 수 있는지 생각하게 된다. 대부분의 시인들은 5월과 6월이 지나면 청춘의 송가가 자신에게 어울리지 않는다고 생각하고 더 이상 시를 쓰지 않는다. 하지만 던은 지성의 날카로움과 정열로 중년의 위험을 극복했다. "모든 것을 경멸하면서 글을 쓰도록 나를 충동질했던 그 풍자의 불길"이 꺼졌을 때, "내 무사(내게는 무사가 하나 있다)가 냉담한 나 때문에 떠났을" 때도 여전히 사물에 관심을 기울이고 그것을 해부하는 힘이 남아 있었다. 심지어 열정적인 젊은 시절에도 던은 사색하는 시인이었다. 그래서 자신의 사랑까지 분해하고 분석했다. 자신의 사랑에서 세상의 해부로, 개인적인 것에서 비개인적인 것으로의 전환은 복합적이지만 자연스러운 진행 과정이었다. 그리고 중년이 된 그는 세상과 교류하면서 어느 특정한 실권자나 어느 특정한 여성을 향하는 관점을 억제할 수 있게 되었다. 이제 그의 상상력은 온갖 방해에서 해방되기라도 하듯 엄청난 과장을 통해 비상한다. 그야말로 로켓이 폭발하고 미세한 입자로 낱낱이 흩어진다. 호기심을

---

30 1856년부터 1885년 사이에 발표된 장편 서사시.

자아내지만 너무 세세한 비교이며, 시대에 뒤진 박학다식이지만 정신과 가슴, 이성과 상상력의 이중적인 압력을 양쪽 날개로 달고, 멀리 그리고 빠르게 대기 속으로 솟아오른다. 죽은 소녀를 엄청나게 칭송하면서 다음과 같이 읊조린다.

우리는 별에게 박차를 가하고 고삐를 조이며

별들은 서로 경주하면서도 우리와 보조를 맞춘다.

하지만 지구가 그 둥근 몸을 그대로 유지할까?

테네리페Tenerife 섬[31]이나 그보다 높은 언덕이

바위처럼 높이 솟아올라 마치

하늘을 떠다니는 달이 가라앉은 것처럼 생각되지 않는가?

바다는 아주 깊어 오늘 바닷물에 감싸인 고래들이

예정된 여행을 끝내지 못한 채 어쩌면 내일이라도

도중에 죽음을 맞이한다.

그리고 사람들이 깊이를 재기 위해 줄을 많이 늘어뜨리므로,

그곳의 끝, 두 대척점의 하나에서

그것이 올라오리라 생각해도 좋으리.

다시 이야기하지만, 엘리자베스 드루리가 죽고 그녀의 혼백이 몸에서 나오는 것을 다음과 같이 묘사한다.

---

31 에스파냐령 카나리아 제도에서 가장 큰 섬.

그녀는 어떤 대기 현상이 일어날지 보기 위해

대기 속에 머물지 않으며,

대기의 중간 영역이 격렬한지

알고자 하는 욕구나 감각도 없다.

왜냐하면 불의 요소가 된 그녀로서는

그 같은 곳을 지났는지 알 도리가 없기 때문이다.

그녀는 달에게 끌리지 않고,

그 신세계에 사람이 사는지도 개의치 않는다.

금성은 그녀가 (하나의 별로서) 어떻게

금성이나 화성이 될 수 있는지 물으려 그녀를 붙잡지 않으며,

아르고스의 마술적인 눈을 지닌 수성도

이제 제대로 된 눈을 지닌 그녀를 내버려 둔다.

그리하여 우리는 멀리 떨어진 영역으로 침투해 들어가며, 소박한 소녀의 죽음이 야기한 폭발로 인해 백만 마일이나 떨어진 먼 곳까지 상상의 나래를 펼친다. 하지만 촘촘하게 얽힌 구조와 긴 호흡이 장점인 시에서 그 단편을 분리해 내는 것은 장점을 제거하는 것이다. 그러므로 별도로 떼어낸 그들 시행(던이 우리의 오랜 등정을 단계별로 조명하기 위해 갑자기 내놓는 것)에 경탄하기보다는 전체적인 활력과 힘을 감지하기 위해 두 시를 물 흐르듯 읽어 나가는 것이 필요하다.

우리는 이제 마침내 그 책의 마지막 부분, 종교적인 소네트와 시에 이른다. 다시 말하지만 시는 상황과 세월에 따라 변한다. 후원자는

후원의 필요에 따라 사라졌다. 레이디 베드퍼드는 더욱 고결하고 더욱 멀리 떨어진 어느 왕자로 바뀌었다. 번영을 누리고 중요시되며 이제 명성이 높은 세인트 폴 주임 사제의 모든 것이 그를 향한다. 그러나 이 저명한 인물의 종교시는 허버트George Herbert[32]와 본Henry Vaughan[33]의 종교시와 얼마나 다른가! 그에게는 글을 쓰는 동안 자신이 저지른 죄의 기억이 되살아난다. 그는 "욕망과 선망"에 사로잡혔으며, 신성모독적인 사랑을 추종하고 남을 경멸했다. 변덕스럽고 정열적이었고 비굴한가 하면 야심적이었다. 그는 자신의 목적을 달성했지만, 말이나 소보다 더 약하고 더 나쁘다. 게다가 이제 외롭다. "내가 사랑했던 여인이 죽은 뒤로는 좋은 것이 사라졌다." 이제야 비로소 그의 마음은 "전적으로 천국에 고정된다." 그렇지만 "약삭빠르게 온갖 요소들로 만들어진 작은 세계"인 던이 어떻게 어느 한 가지에 고정될 수 있었을까?

오, 나를 짜증나게 하려고 상반된 것들이 한곳에 모인다.
부자연스럽게도 변덕스러움에 지속적인 습관이 보였는가 하면,
그렇게 하려 들지 않을 때인데도
나는 서약이나 헌신하는 일을 바꾸어 버린다.

---

32 1593~1633, 영국의 성직자이자 시인.
33 1622~1695, 영국의 의사이자 시인.

인간 생활의 흐름과 변화, 그리고 그것의 대조적인 측면에 많은 호기심을 갖고 주목해 왔던 시인, 그처럼 지식을 탐구하면서도 또한 그처럼 회의적이기도 했던 시인, 수많은 훌륭한 왕자, 국왕, 영국 교회 등에 충성심을 나타냈던 시인은 순수한 인생을 살았던 시인들이 유지했던, 전적으로 확실한 상태에 도달할 수 없었다.

현명하게 의심하라. 이상하게도
일어서서 올바른 질문을 하는 것은 잘못이 아니고
잠을 자거나 엉뚱한 방향으로 달리는 것이 잘못이니.

그가 헌신했던 일들 자체도 열성적이고 변덕스러웠다. "내 신앙적인 발작은 기이한 학질처럼 찾아왔다 사라진다." 그들은 모순이나 고통으로 가득 차 있다. 매우 감각적이었던 그의 연애시가 갑자기 "남녀를 넘어서는" 초월적 통일의 욕구를 드러내고, 훌륭한 귀부인들에게 보내는 매우 공손한 편지가 갑자기 살아 있는 열정적인 남녀가 주고받는 연애시가 되는 것과 마찬가지로, 마지막에 수록된 종교시도 마치 거리의 함성으로 교회의 문이 열리듯, 승천하고 타락하는 시, 아우성과 장엄한 의식이 어울리지 않는 시이다. 그들이 여전히 관심과 혐오, 멸시와 경탄을 불러일으키는 것도 어쩌면 그 때문일지 모른다. 그 주임 사제가 여전히 자신의 젊음에 대해 구제할 수 없는 호기심을 간직하고 있었기 때문이다. 심지어 그 모든 세상을 포기해야 한다고 인정했을 때조차, 그에게는 여전히 세상을 무시한 채 진실을 말하고자 하는 유혹이 용솟음쳤다. 그의 젊음을 괴롭히고 그를 가장 활기 있는 풍자 시인이자 가장 열정적인 애인으로 만들었던 자신의 감흥에 대한 고집스러운 관심은 이제 연로한 그를 쉬지 못하게 했다. 심지어 아무리 높은 명성에 이르거나 무덤에 가까이 가서도 그처럼 다양한 갈래를 하나로 엮어 놓은 성격은 쉬지 않았고, 말릴 방법도 없었다. 그는 수의를 입은 채로 자신의 묘비를 새기게 했고, 죽음이 다가옴을 느꼈던 순간까지 자신의 상을 막대기로 떠받치게 함으로써 피곤하지만 만족스럽게 잠들 수 있었다. 그는 여전히 제 모습을 간직하면서 똑바로 서 있음에 틀림없다. 어쩌면 그것은 분명한 경고이기도 하고 분명한 조짐이기도 하였으며, 항상 의식적이고 두드러지게 눈에 띄는 모습이었다. 결국 바로 그것이 우리가 아직도 그를 탐구하고, 300년 이상 지났음에도 여전히 시대를 가로질러 그처럼 또렷하게 말하는 그의 목소리를 듣게 되는 이유이다. 우리가 호기심으로 아무렇게나 토막 내어 "각 부분을 점검할" 때 의사처럼 "이유를 알아내지 못하는" 것은 당연하다. 우리는 한 인간 속에 어떻게 그처럼 서로 다른 성질이 어우러져 있는지 알 수 없다. 하지만 우리는 그의 책을 읽으며 열정적이고 통찰력 있는 목소리에 잠자코 복종하면 된다. 그러면 그의 모습은 헛되이 보낸 여러 세월을 가로지르면서 그 당시보다 더욱 곧게, 더욱 오만하게, 더 조사한다 해도 알 수 없을 정도로 다시 일어날 것이다. 심지어 여러 요소들도 그의 정체를 존중했던 것 같다. 런던 대화재로 세인트 폴의 다른 기념비들이 거의 파괴되었을 때도, 너무 단단한 매듭은 풀지 못하고 너무 어려운 수수께끼는 풀

수 없으며 던의 상은 그 성격이 너무 또렷해 평범한 재로 바꿀 수 없음을 알아차리기라도 한 듯이, 화염은 던의 상을 건드리지 않았던 것이다.

《펨브로크 백작 부인의 아르카디아》
《The Countess of Pembroke's Arcadia》

《The Countess of Pembroke's Arcadia》

> 독자와 작가 사이의 유대 관계가 그처럼 무책임하게
> 맺어졌다 풀어졌다 한다면 아무리 우아하고 매력적
> 이라도 독자로서는 책과의 관계를 유지하지 못한다.
> 그러므로 그 책은 차츰 공기가 희박한 지옥의 변방으
> 로 사라지는 것이다. 그곳은 쓰러진 입상 위로 풀이
> 자라고 빗물이 스며들며, 대리석 계단에 이끼가 끼어
> 녹색을 띠고 화단에는 잡초가 무성한, 반쯤 잊힌 채
> 아무도 찾지 않는 그런 곳이다.

만약 지금 이 순간, 현재의 비열함과 더러움을 피하기 위해 쓰여진
책이 있다면, 독자들은 그 분위기에 익숙할 것이다. 우리는 문을 닫
아 거리의 소음을 죽이고 그 빛을 가리기 위해 블라인드를 내리고 싶
다. 그렇다면 《펨브로크 백작 부인의 아르카디아The Countess of Pembroke's
Arcadia》[1] 처럼 그 자체의 무게 때문에 서가의 맨 아래쪽에 깊숙이 박혀
있는 책에도 매력이 있다. 우리는 현재가 전부가 아님을 느끼기 위해

---

[1] 영국의 시인 필립 시드니가 1590년에 발표한 목가풍의 로맨스로 누이동생인 펨브로크 백작 부
인에게 헌정되었고 흔히 《아르카디아》라고 부르기도 한다. 바실리오스를 중심으로 펼쳐지는
궁정 이야기, 기네키아의 숙명적 사랑 이야기 등이 기본 줄거리를 이루고 있다. 지나치게 화려
하고 문체가 산만하지만 르네상스 당시에는 강렬하면서 균형 잡힌 감정을 표현한 근대적인 작
품으로 평가되었고 아름다운 문장이 많은 것으로 유명하다. 이제부터는 《아르카디아》로 부르
기로 한다.

책의 가죽 표지 모서리가 둥글어지고 무뎌질 때까지, 내지가 누레지고 닳을 때까지 두 손으로 쓰다듬고 넘기고 싶다. 그리고 엘리자베스 시대인의 광채를 눈에 담고 이를 읽은 리처드 포터[Richard Porter], 왕정복고의 방탕한 시기에 읽었던 루시 백스터[Lucy Baxter], 그의 서명에 보이는 특징인 우아한 강직함으로 18세기가 시작되는데도 불구하고 여전히 읽고 있는 토머스 헤이크[Thomas Hake] 등 우리가 가지고 있는 바로 이 《아르카디아》를 읽었던 옛 독자들의 망령을 우리 앞에 불러내고 싶다. 그들은 그들 시대의 각자의 성찰과 맹목적인 태도로 서로 다르게 그것을 읽었다. 마찬가지로 우리도 부분적으로 읽을 수밖에 없다. 1930년의 우리는 1655년에 명백했던 많은 부분을 놓칠 것이며, 18세기에 무시되었던 몇 가지를 알아내기도 할 것이다. 하지만 독자들의 그 오랜 계승은 지속시키자. 우리도 《아르카디아》에 대한 우리의 성찰과 맹목적인 태도를 후손에게 전하기로 하자.

만약 우리가 무엇인가로부터 벗어나기 위해 《아르카디아》를 읽고자 한다면 분명히 시드니가 우리와 똑같은 의도로 썼다는 인상을 받을 것이다. 그는 "(……) 그것은 오로지 너를 위해, 오로지 너에게 쓴 것"이라고 "친애하는 귀부인이자 누이동생인 펨브로크 백작 부인"에게 말한다. 그는 이곳 윌턴[Wilton 2]에서 자기 앞에 놓여 있는 것을 보고 있지 않다. 그리고 자신의 골칫거리나 런던에 있는 위대한 여왕의 격렬한 기분에 대해서도 생각하고 있지 않다. 그는 현재와 그것의 투쟁

---

2 영국 남서부 월트셔Wiltshire 주의 도시.

에서 스스로 물러나 있다. 그리고 "더욱 엄격한 눈"을 위해서가 아니라 단지 누이동생을 즐겁게 해 주기 위해 글을 쓰고 있다. "네가 가장 훌륭하게 목격할 수 있다. 대부분 네 앞에서 종이를 펴 놓고 썼으며, 그렇지 않은 것은 쓰자마자 네게 보냈으니까." 그는 레이디 펨브로크와 함께 월턴의 고원지 아래에 앉아 자신이 아르카디아라고 부르는 아름다운 땅을 멀리 내다본다. 그곳은 수려한 계곡과 무성한 목초지로 이루어진 땅으로, 그곳의 주택은 "노란색 돌을 별 모양으로 꾸며 만든 집"이며, 주민들은 훌륭한 왕자들이거나 비천한 목동들이고, 하는 일은 사랑과 모험뿐이다. 또한 그곳은 장미가 붉게 만발한 들판에서 목욕하는 님프를 곰과 사자가 놀라게 하는 곳이자, 공주들이 목동의 오두막에 갇혀 있기도 하고, 가면이 계속해서 필요한 곳인가 하면, 사실은 목동이 왕자이고 여자가 남자인 곳으로, 요컨대 1580년 이곳 영국에 실제로 있거나 일어나고 있는 일 말고는 무엇이나 있을 수 있고 일어날 수 있는 곳이다. 시드니가 이렇게 꿈같은 일을 써서 누이동생에게 주면서 미소를 지으며 읽기를 간청한 이유는 쉽게 알 수 있다. "그럼 한가한 시간에 읽고, 네 훌륭한 판단력으로 오류를 찾아내더라도 굳이 나무라지 말고 웃어넘겨라." 시드니나 펨브로크의 인생은 전혀 그렇지 않았다. 하지만 몸을 뒤로 젖히고 눈을 반쯤 감고 부담 없이 우리의 꿈을 이야기할 때 우리가 지어낸 인생, 우리가 말하는 이야기에는 어쩌면 거친 아름다움이나 진지한 활기가 있을지도 모른다. 우리는 가끔 그 속에 우리가 은밀하게 바라는 왜곡이나 장식이 가해진 이미지를 드러내기도 한다. 따라서 《아르카디아》는 사실과의 모든 접촉을 일부러 무시함으로써 또 다른 현실성을 획득한다. 자기의 친구들도 그것을 쓴 사람 때문에 그 책을 좋아할 것이라는 시드니의 암시는 아마도 그가 말하지 못하는 다른 형식의 것을 찾아내라는 뜻인지도 모른다. 그렇지 않으면 강가에서 노래하는 목동들이 "때로는 기쁨, 때로는 탄식, 때로는 여러 가지 가운데 하나의 도전, 때로는 숨겨진 형식을 통해 감히 다루려고 하지 않을 문제를 거론할" 것이기 때문이다. 《아르카디아》의 가면 아래에는 그의 가슴 속에 간직된 무엇인가를 은밀하게 말하고자 하는 현실의 인간이 있을지도 모른다. 하지만 책의 서두에서 느껴지는 신선함 가운데 그 가면 자체가 우리를 매혹한다. 우리는 봄이 되어 "키티라 Kythira 섬[3]에 펼쳐진" 그 모래톱에 목동들과 우리가 함께 있는 모습을 본다. 그러자 보라, 무엇인가 물 위를 떠다닌다. 그것은 바로 사람이며, 그는 가슴 쪽에 작은 네모 상자를 움켜잡고 있다. 그 사람은 젊고 아름답다. "비록 알몸이었지만 그에게는 알몸이 바로 의복이었다." 그의 이름은 무시도로스 Musidorus이며, 친구를 잃었다. 그래서 목동들은 아름답게 노래를 부르며 그 젊은이를 되살리고, 항구에서 범선을 타고 피로클레스 Pyrocles를 찾아 나선다. 바다에 얼룩이 하나 나타나더니, 불꽃과 연기가 피어나온다. 그러니까 무시도로스와 피로클레스 두 왕자가 탄 배에서 불이 났던 것이다. 그 배는 값비싼 물건을 가득 실은 채 불타면서 바다 위를 떠다니고, 많은 사람들이 물에 빠져 죽은 상태이다.

---

3 그리스의 펠로폰네소스 반도 동쪽 끝에 있는 섬.

"요컨대 피정복자가 땅과 전리품을 모두 가진 상태에서의 패배, 폭풍우나 좌초가 아닌 선박의 조난, 그리고 물 한가운데서 불의 낭비 등이다."

그 작은 공간에서 우리가 이 거대한 태피스트리를 짜려면 몇 가지 요소들이 필요하다. 그림 같은 정적 그리고 격렬하지 않고 천천히 부드럽게 목동들의 아름다운 노랫소리에 맞추어 우리를 향해 밀려오는 배경의 아름다움이 있다. 이것이 이따금씩 하나의 구절로 명확하게 표현되면서 귀를 울린다. "물 한가운데서의 불의 낭비", "그들의 표정에 있는 어떤 기다리는 슬픔". 이제 그 중얼거림이 더욱 정교한 묘사로 확대된다. "각 목초지마다 안전하게 풀을 뜯는 양들이 가득하고, 예쁜 어린 양들은 어미의 품을 찾아 울기도 한다. 어딘가에서 양치기 소년이 마치 늙지 않을 것처럼 피리를 부는가 하면, 다른 곳에서는 젊은 양치기 여인이 뜨개질을 하면서 노래를 부른다. 그녀의 목소리는 일에 분주한 손을 위로하고, 그녀의 손은 노래하는 목소리에 박자를 맞추는 것 같다." 이 구절은 도러시 오즈번^{Dorothy Osborne 4}의 《서간집^{Letters}》에 나오는 유명한 묘사를 연상시킨다.

아름다운 정경, 위풍당당한 움직임, 달콤한 음향은 순전히 즐거움 그 자체를 추구하는 미덕이다. 시드니가 아무 목적도 드러내지 않고 방황의 즐거움으로 인도하기 때문에 우리는 이 불가능한 풍경의 꾸

---

4 1627~1695, 영국의 서간문 작가이며 윌리엄 템플 백작의 아내이기도 하다. 그녀와 《서간집》에 대한 이야기는 뒤에서 자세히 다루어진다.

불꾸불한 길로 접어든다. 어휘들을 분명하게 발음하는 것조차 그에게는 기쁨이다. 물결치는 듯한 문장들을 훑는 동안 우리가 느끼는 리듬도 그를 흥분시킨다. 그들 속에 들어 있는 단어들은 그를 기쁘게 한다. 보라, 그는 마치 반짝거리는 한 움큼의 어휘들을 집어 들며 울기라도 하듯 말한다. 요청만 하면 아름다운 어휘들이 널브러져 있다는 것이 정말인가? 어찌 풍족하게 사용하지 않으리? 그래서 그는 탐닉한다. 어린 양은 젖을 빨지 않고 "어미의 품을 찾아 운다." 소녀들은 옷을 벗지 않고 "탈의식을 거행한다." 나무는 강물에 반사되지 않고 "나무들이 흐르는 강물을 쳐다보다 거기에 녹색 머리카락을 풀어놓은 것처럼 보였다." 이것은 우스꽝스럽다. 하지만 이렇게 펜 앞에서 형성되는 이미지에 열정과 경이를 품은 채 글을 쓰는 것과, 언어에 신선함이 가신 뒤 글을 쓰는 것은 엄청난 차이가 있다. 형식적인 나이에 썼더라면 냉정하게 대칭적이었을 문장을 휘젓는 자그마한 진동을 보라.

그리고 아름답지만 사나운 소년, 죽어 가고 있지만 아름다운 그 소년은 발을 제대로 가누지 못해 땅에 쓰러지며, 그 때문에 자신의 불운에 투덜거리고 가능한 죽음에 저항했지만 죽음은 그렇게 하지 않으려는 듯했다. 그는 화를 내고 입술을 깨물었다. 그는 그처럼 오래 젊은 투혼을 내던지고 있었다.

지면에 엄청난 신선함을 자아내는 시드니의 힘은 바로 이 불균형과 탄력이다. 가끔 우리가 반은 웃고 반은 반대하면서 그들 사이를 헤쳐 나가는 동안, 우리는 이성의 귀를 틀어막고 드러누운 채 형체가 없는 이 웅얼거림, 아무도 깨지 않은 집 주위에서 지저귀는 새들처럼 미친 듯이 노래하는 흥분된 합창 소리에 귀를 기울이고 싶은 욕망이 엄습한다.

하지만 잃어버렸으므로 우리를 기쁘게 만드는 것에 대해 지나치게 강조하기는 쉽다. 시드니는 어떤 면에서는 소일거리로, 다른 한편으로는 그의 펜을 연마하고 영어의 새로운 도구를 실험하기 위해《아르카디아》를 썼다. 그러나 아무리 그렇더라도 그는 젊은 사내였다. 아르카디아도 도로에는 바퀴 자국이 있었으며, 마차가 전복되어 귀부인들이 어깨를 다치기도 했다. 심지어 무시도로스 왕자나 피로클레스 왕자에게도 정열이 있다. 파멜라^{Pamela}와 필로클레아^{Philoclea}는 바다색 비단으로 만든 옷에 진주를 단 망사로 몸치장을 하는 성숙한 여인이므로 사랑할 수 있다. 따라서 우리는 펜으로는 거침없이 이야기되지 못하는 장면과 마주친다. 시드니도 다른 소설가들과 마찬가지로 이 특정한 상황에서 현실의 남녀가 무엇을 말할 것인지, 어디에서 갑자기 자신의 감정을 드러내어 어울리지 않게 희미한 초원 풍경을 빛나게 할 것인지, 생각에 잠겼던 순간이 있다. 우리는 잠깐 동안 놀라운 결합을 얻는다. 거친 일광이 가느다란 초의 은색 빛을 압도하며, 목동들과 공주들이 갑자기 그들의 노래를 멈추고 진지한 사람의 목소리로 재빨리 몇 마디를 하는 것이다.

(······) 나는 여러 번 저쪽 야자나무에 몸을 기댄 채 아무런 고통 없이 사랑할 수 있는 그 축복 받은 나무에게 경탄한 적이 있었다. 우리 주인의 가축이 새로운 곳으로 와서 되새김질할 때도 나는 젊은 수소가 자신의 사랑을 증언하는 것을 여러 번 보았다. 어떻게? 자랑스러운 표정과 기쁨을 통해서. 오, (그때 나는 혼잣말을 했다) 인류의 복지를 지배해야 할 위트가 인류 축복의 반역자가 되었으니 얼마나 가련한 인류인가. 자연의 자식이라 할 짐승은 자연의 축복을 조용히 받아들인다. 우리는 사생아처럼 자연 밖에서 태어나고, 주운 아이처럼 슬픔과 비탄 속에서 길러진다. 그들의 정신은 신체적 평안을 탐하지 않고, 그들의 감각이 대상을 즐기는 것도 허용되지 않는다. 우리에게는 명예라는 방해물과 의식이라는 고뇌가 있다.

이 어휘들은 무시도로스의 까다롭고 멋을 부린 입술에서 기이하게 흘러나온다. 그 속에는 시드니의 분노와 고통이 들어 있다. 그러자 소설가 시드니가 갑자기 눈을 뜬다. 그는 "게가 어느 한쪽을 쳐다보면서 다른 쪽으로 움직이기 때문에" 무시도로스가 몹사Mopsa를 사랑하는 체하더라도 그의 마음은 파멜라의 것임을 의미하는, 게 모양의 보석을 파멜라가 집어 드는 것을 지켜본다. 그리고 주목한다.

그녀는 잠자코 신경쓰지 않는 듯 하나씩 미끄러지듯 그것을 집어 든다. (그것은 우리와 아무 상관이 없는 그들의 말에 대한 우리의 태도와 똑같다.) 그녀의 자연스러운 위엄과 뒤섞인 그 쌀쌀한 기질은 내게 다른 어떤 것보다 무시무시하다. (······)

그녀가 그를 경멸했다면, 그를 미워했다면, 오히려 더 나았으리라.

하지만 싫어하지 않으나 좋아하는 기색도 아니며, 우아하지만 한 가지에서만 우아하고, 그녀의 모든 공손한 언행들에 뚜렷이 나타나는 이 잔인한 침묵은 결코 파티에 어울리지 않는다. (……) 그녀의 이 거룩한 태도는 (……) 다가가기 불가능하기 때문에 나는 설득할 방법을 알지 못한 채 절망에 휩싸이기 시작할 정도이다. (……)

분명히 그가 묘사하는 것을 느꼈던 사람에 의한 예리하고 미묘한 관찰이다. 잠시 기네키아^{Gynecia}, 필로클레아, 젤마네^{Zelmane} 등과 같은 창백한 전설적인 인물들이 되살아난다. 그들의 특징 없는 얼굴에는 정열이 작용한다. 딸의 애인을 사랑하고 있음을 깨달은 기네키아는 "'젤마네, 나를 도와주오. 오, 젤마네, 나를 불쌍히 여겨 주오' 하고 비통하게 외치면서" 물거품으로 변하며, 아름다운 낯선 아마존 때문에 노년기의 색정을 불태웠던 나이 많은 왕이 "마치 자신의 힘이 아직 남아 있다고 말하는 듯 때때로 팔짝팔짝 뛰면서 그리고 자신을 호기심 어린 표정으로 지켜보면서" 늙고 어리석은 모습을 나타낸다.

하지만 계시의 순간은 다시 왕자들이 등장하고 목동들이 그들의 류트를 연주하기 시작하는 부분이다. 그것은 책 전체에 묘한 빛을 던진다. 우리는 시드니의 작업 범주를 더욱 분명하게 알아차리게 된다. 잠시 동안 그는 여느 현대 소설가와 마찬가지로 날카롭고 정확하게 주목하고 관찰하며 기록할 수 있었다. 그는 마치 우리 쪽을 한 번 쳐다 본 뒤 자기를 부르는 다른 사람들의 목소리를 듣고 그 지시에 따라야 하는 것처럼 고개를 돌린다. 그는 산문에서 일상적인 대화를 사용해서는 안 되며 로맨스에서는 왕자와 공주가 보통의 남녀와 같아서는 안 된다고 생각했다. 유머는 농부들의 속성이다. 그들은 우스꽝스럽게 행동하고 자연스럽게 말해도 무방하다. 다메타스^{Dametas}처럼 "휘파람을 불면서 열일곱 마리의 살진 황소가 얼마나 많은 건초를 먹어 치우는지 손가락으로 헤아리면서" 다가올 수도 있다. 하지만 훌륭한 사람들의 언어는 항상 장황하고 추상적이며 비유로 가득해야 한다. 또한 그들은 결점 없는 미덕을 갖춘 영웅이거나, 인간성이라고는 전혀 없는 악한이어야 한다. 인간의 괴벽이나 왜소함의 흔적을 드러내서는 안 된다. 산문 또한 그 앞에 실제로 놓여 있는 사물에서 고개를 돌리게끔 주의를 기울여야 한다. 우리는 잠시 자연을 쳐다보고 그 광경에 어울리는 말을 찾을 수 있다. 왜가리가 늪지에서 솟아오를 때 "몸을 흔드는 것"이나, 워터스패니얼이 "우아하게 코를 킁킁거리면서" 오리를 사냥하는 것을 관찰하라. 하지만 이 리얼리즘은 자연과 동물과 농부에게만 적용된다. 산문은 느리고 고결하며 일반화된 감정, 광범위한 풍경의 묘사, 다른 화자에 의해 여러 페이지에 걸쳐 지속되는 한결같은 담론의 전달 등에 어울린다. 반면 운문은 아주 다른 임무를 가지고 있다. 시드니가 요약하고 강조하며 하나의 명확한 인상을 나타내려고 할 때 어떻게 운문으로 돌아가는지 관찰하는 일은 흥미롭다. 《아르카디아》에서 운문은 현대 소설의 대사와 비슷한 기능을 한다. 단조로움을 깨뜨리고 그 부분을 두드러지게 하는 것이다.

피로클레스와 무시도로스의 끝없는 모험에 관한 노래의 단편들에서 우리의 관심은 다시 한 번 불길에 휩싸인다. 간혹 운문의 리얼리즘과 활기는 나른한 산문의 무력감에 이어 충격적으로 찾아오기도 한다.

무엇이 대저택의 블라인드처럼 높은 정신을 필요로 했을까?

또는 살로 감싸인 그 무엇을 얻을까?

가련한 인간 같은 영광스러운 이름뿐이리.

별에 던져진 공, 운수에 내맡겨진 신세,

스스로 바뀌고 그들의 우리에서 오염되니,

죽음이 두려운 곳에서는 삶이 고통스럽구나.

더러운 무대를 채우기 위해 등장하는 배우들처럼…….

우리는 게으른 왕자와 공주들이 이 격렬한 이야기를 통해 무엇을 하려는지 궁금하다. 다음과 같은 말도 있다.

수치심의 가게, 얼룩투성이 책이

바로 이 몸이니

(……)

이 사람, 말하고 있는 이 짐승, 걸어 다니는 이 나무.

따라서 시인은 그와 함께 있는 활기 없는 자들의 자기만족적인 겉 치레를 혐오하듯 그들에게 달려들지만, 그러나 그들을 기쁘게 해 주어야 한다. 왜냐하면 시인 시드니가 날카로운 눈을 지녔음은 분명하더라도(그는 "현명하지만 고통스러운 꿀벌들의 집"을 이야기하고 시골에서 자란 여느 영국인과 마찬가지로 "목동들이 어떻게 소일하는지를" 알고 있었다) 그래도 그는 플랑고스Plangus와 에로나Erona, 안드로마나 여왕Queen Andromana, 암피알로스Amphialus와 그의 어머니 케크로피아Cecropia의 음모에 대해 독자들에게 정중히 이야기해야 하기 때문이다. 기이한 노릇이지만, 음모니 음독이니 하면서 그들의 삶은 격렬했지만 그들 엘리자베스 시대 청중들에게 이보다 더 달콤하고 더 모호하며 더 장황한 것은 없었다. 그날 아침 젤마네가 사자에게 일격을 당했다는 사실만이 그 이야기를 중단시킬 수 있으며, 바실리오스Basilius에게 클라이오스Klaius의 불평은 다른 날로 미루는 것이 낫겠다고 제의할 수 있다.

그녀는 이야기가 상당히 재미있기는 했지만, 그 노래 때문에 이미 많은 시간을 소비했다고 생각하고, 바로 지금도 라몬Lamon이 새로운 문제를 거론하기 시작해 언제 끝날지 알 수 없었으므로 기꺼이 그것에 동의했다. 그래서 그들은 모든 방면에서 죽음의 형elder brother of death에게 자신들을 추천하러 갔다.

그리고 그 이야기가 진행되는 동안, 또는 부드러운 눈송이들이 겹겹이 쌓이는 것처럼 이야기가 하나씩 이어지는 동안, 우리는 그들의 본보기를 따르고 싶은 유혹을 느낀다. 잠 때문에 눈이 감긴다. 비몽사몽 간에 하품을 하면서 우리는 죽음의 형을 찾는 준비를 한다. 그럼 맨 처음 느낀 그 자유의 감각은 어떻게 된 것일까? 탈출하기를 바랐던 우리는 붙잡혀 꼼짝할 수 없게 되었다. 하지만 맨 처음에 누이동생을 즐겁게 해 줄 이야기를 하는 것이 얼마나 쉽게 여겨졌던가! 지금 여기에서 탈출하여 류트와 장미의 세계에서 정처 없이 방황하는 것이 얼마나 훌륭하게 여겨졌던가! 그러나, 아, 부드러움이 우리의 발걸음을 짓눌렀고, 가시나무가 우리 옷자락을 잡아당겼다. 우리는 어떤 평범한 진술을 동경하게 되었으며, 처음에는 그토록 매혹적이었던 문체의 장식이 희미해지고 퇴색되었다. 그 이유를 찾기는 어렵지 않다. 기세등등하고 어휘가 흘러넘쳤던 시드니는 펜을 너무 부주의하게 움켜잡았다. 그는 처음 시작했을 때 자신이 어디로 갈지 아무 생각이 없었다. 이야기하는 것으로 충분하고 그러면 이야기들이 끊임없이 이어지리라고 생각했다. 물론 이야기는 끝이 보이지 않고 이어지지만, 우리를 끌어당기는 방향 감각이 없다. 게다가 작중인물들은 별다른 특징 없이 단순히 나쁘거나 단순히 좋은 것이 그의 계획이었으므로, 성격의 복잡성에서 다양성을 획득하기도 불가능하다. 변화와 움직임을 만들려면 신비로워야 한다. 이들이 옷을 바꿔 입거나 왕자가 농부로, 남자가 여자로 가장하는 일은 심리적 미묘함을 나타내는 것이 아니라 아무 할 말도 없는 사람들만 모아 놓은 것과 같다. 그러나 그 유치한 장치가 매력을 발휘하지 못한다면, 그의 돛을 채워 줄 바람은 남아 있지 않다. 누가 누구에게 무슨 말을 하는지 우리는 더 이상 확신하지 못한다. 시드니는 느리게 움직이는 이들 유령들을 제대로 장악하지 못했고 결국 그들과 자신의 관계를 잊어버릴

지경에 이르렀다. "나"가 저자인가, 작중인물인가? 독자와 작가 사이의 유대 관계가 그처럼 무책임하게 맺어졌다 풀어졌다 한다면 아무리 우아하고 매력적이라도 독자로서는 책과의 관계를 유지하지 못한다. 그러므로 그 책은 차츰 공기가 희박한 지옥의 변방으로 사라지는 것이다. 그곳은 쓰러진 입상 위로 풀이 자라고 빗물이 스며들며, 대리석 계단에 이끼가 끼어 녹색을 띠고 화단에는 잡초가 무성한, 반쯤 잊힌 채 아무도 찾지 않는 그런 곳이다. 하지만 그곳은 가끔 거닐 만한 아름다운 정원이기도 하다. 우리는 부서진 입상에서 아름다운 얼굴과 마주치기도 하고 여기저기서는 꽃이 피며 라일락나무 위에서는 나이팅게일이 지저귄다.

　따라서 우리는 시드니가 《아르카디아》를 끝내려는 무망한 시도를 포기하기 전에 썼던 마지막 페이지에 이르면 잠시 숨을 돌린 뒤 그것을 서가 맨 아래 원래 자리에 꽂는다. 《아르카디아》에는 영국 소설의 모든 씨앗이 숨어 있고 우리는 무한한 가능성을 추적할 수 있다. 그것은 서로 다른 여러 방향 가운데 아무것이나 골라잡을 수 있다. 그리스, 왕자와 공주에게 시선을 고정한 채 아주 고상하게 인격 없는 입상을 추구할 것인가? 서사시의 단순한 시행과 엄청난 사람들, 거대한 풍경을 유지할 것인가? 또는 그 앞에 실제로 놓인 것을 가까이에서 조심스럽게 쳐다볼 것인가? 비천한 가문에서 태어나 아무렇게 말하는 범상한 다메타스와 몹사를 주인공으로 하는 일상적인 인간 생활의 정상적인 과정을 다룰 것인가? 또는 그들 장애를 가볍게 무너뜨리고 사랑해서는 안 되는 곳에서 사랑하는 어느 불행한 여인의 고통과 복잡한 심경으로 어울리지 않는 정열 때문에 번민하는 어느 노인의 터무니없는 짓과 그들의 심리와 영혼의 모험을 다룰 것인가? 이 모든 가능성이 로맨스이자 리얼리즘이며 시와 심리학인 《아르카디아》에 들어 있다. 하지만 시드니는 젊은 나이에 수행하기에는 너무 커다란 일을 시작했으며, 그다음 여러 시대가 계승해야 할 문제를 제기했음을 알기라도 하듯, 온갖 아름다움과 터무니없는 도중에 펜을 놓고 이 시도를 미완으로 내버려둔 채, 누이동생에게 이야기를 들려주면서 월턴에서 따분한 나날을 보냈다.

《로빈슨 크루소》
《*Robinson Crusoe*》

《Robinson Crusoe》

위험과 고독과 무인도만 제시되어도, 우리는 세상과는 멀리 떨어진 땅에서 해가 뜨고 지는 모습을 상상할 수 있다. 또한 다른 사람들과 격리된 채 사회와 인간의 기이한 생활 방식에 대해 홀로 사색에 잠기는 사내를 예상할 수 있다. 책을 펼치기 전에 우리는 그 책이 안겨줄 즐거움을 대략적으로 예상할 수 있다.

이 고전적인 책에는 여러 가지 접근 방법이 있다. 우리는 어떤 것을 선택할 것인가? 시드니가 《아르카디아》를 미완으로 남긴 채 쥐트펀 Zutphen[1]에서 세상을 떠난 이래 영국인의 생활에 커다란 변화가 있었고 소설도 그 방향을 선택했다(또는 선택할 수밖에 없었다)고 말하는 것으로 시작할 것인가?

중산층이 등장하면서 그들은 왕자와 공주들의 사랑에 대해서뿐 아니라 중산층 자신들의 모습과 그들의 평범한 삶의 구체적인 사실에 대해서 읽을 수 있었고 또 읽으려 들었다. 산문은 수많은 펜을 휘둘러 그 수요를 감당했다. 인생의 사실을 표현하는 데 시보다는 산문이

---

1 네덜란드 동부의 소도시.

적합했던 것이다. 소설의 발전을 관통하는 방법도 분명 《로빈슨 크루소Robinson Crusoe》에 접근하는 방법의 하나이다. 하지만 다른 방법도 있다. 바로 저자의 생애를 통한 방법이다. 하지만 우리는 천상의 목초지인 전기를 읽는 데 《로빈슨 크루소》보다 더 많은 시간을 들여야 할지 모른다. 우선 디포Daniel Defoe[2]의 출생 연도부터 의심스럽다. 그 것이 1660년인가, 1661년인가? 그는 자기의 이름을 한 단어로 썼는가, 두 단어로 썼는가? 그의 조상들은 누구였는가? 사람들은 그가 양말 장수였다고 하지만, 17세기 양말 장수는 무엇을 하는 사람이었을까? 그는 팸플릿을 썼으며 윌리엄 3세의 신임을 얻었다. 하지만 팸플릿 가운데 하나가 웃음거리가 되면서 뉴게이트Newgate[3]에 수감되기도 했고, 출옥 후 할리 경Sir Robert Harley[4]에게, 나중에는 고돌핀 경Sir Sidney Godolphin[5]에게 고용되기도 했다. 그는 최초의 피고용 언론인이었던 셈이다. 그는 다수의 팸플릿과 기사, 《몰 플랜더스Moll Flanders》와 《로빈슨 크루소》를 썼으며 아내와 여섯 자녀를 두었고, 몸집은 여위었으며 매부리코, 날카로운 턱, 회색 눈, 그리고 입쪽에 커다란 반점을 가지고 있었다. 조금이라도 영문학을 아는 사람이라면 소설의 발전을

---

2 1660?~1731. 영국의 저널리스트이자 소설가. 상인의 아들로 태어나 상점을 경영하다가 윌리엄 3세의 군대에 들어갔다. 이후 《비국교도의 대책 첩경》이라는 팸플릿이 문제가 되어 감금되었다. 옥중에서 주간지 출판 계획을 세웠고 출옥 후 저널리스트로 활동했다. 60세 가까이 되어 발표한 《로빈슨 크루소》는 혼자 무인도에 표류하게 된 사내가 그곳에서 생활해 나가는 모습을 극히 사실적으로 묘사했다.

3 런던의 한 지역으로 1902년까지 감옥이 있었다.

4 1661~1724. 영국의 정치가.

5 1645?~1712. 영국의 정치가.

추적하고 소설가들의 아래턱을 살피는 데 얼마나 많은 시간이 드는지, 얼마나 많은 생애가 소비되는지 이야기할 필요가 없다. 다만 이론에서 전기로, 전기에서 이론으로 전환할 때 우리는 슬며시 의심이 생긴다. 우리가 디포의 출생 연도와 그가 사랑한 사람들과 그들을 사랑한 이유를 안다면, 만약 영국 소설이 (말하자면) 이집트에서 잉태되어 (어쩌면) 파라과이의 황야에서 사망하기까지 그 기원, 발흥, 성장, 쇠퇴, 몰락의 역사를 다 안다면, 《로빈슨 크루소》에서 더 많은 즐거움을 얻거나 그것을 좀 더 지적으로 읽을 수 있을까?

왜냐하면 그 책이 남아 있기 때문이다. 우리가 아무리 책들에게 접근하기 위해 꾸물거리고 꿈틀대도, 게으름을 부리거나 빈둥거려도, 결국에는 외로운 싸움이 기다린다. 작가와 독자 사이에 어떤 거래가 더 진척되기 전에 이루어져야 할 일이 있다. 그런데 이 은밀한 대담 도중에 디포가 스타킹을 팔았고 머리카락은 갈색이었으며 팸플릿 때문에 웃음거리가 되었다는 사실이 떠오른다면, 주의가 산만해지고 근심만 생길 뿐이다. 우리의 첫째 임무는(가끔 그것도 녹록치 않다) 그의 관점에 통달하는 것이다. 소설가가 어떻게 그의 세상, 그 세상의 장식물을 정리하는지를 알기(비평가들이 우리를 독려하는 것이다) 전까지 작가의 모험(전기 작가들의 주의를 끄는 것)은 우리에게 아무 쓸모가 없다. 우리는 소설가의 어깨에 올라가 그의 눈을 통해, 소설가들이 응시하는 남과 여, 그들 뒤에 있는 자연, 그들 위에 있으며 우리가 간단히 하느님이라 부르는 권능 등 공통적인 대상을 그가 어떤 순서로 정렬시키는지 이해할 때까지 응시해야 한다. 그리고 한꺼번에 혼란과 오판, 곤란이 시작된다. 비록 이들 대상이 단순해 보일지라도, 소설가가 그들을 연관시키는 방법에 따라 괴물이 되기도 하고 우리가 그들의 존재를 알아차리지 못하기도 한다. 같은 공기를 호흡하며 가까이 사는 사람들이라도 비례 감각은 엄청나게 다르다. 인간을 크게 나무는 작게 생각하는 사람이 있는가 하면, 나무를 거대하게 인간은 그 배경에 있는 무의미한 대상이라고 생각하는 사람도 있다. 그래서 교과서에 실리는 같은 시기를 살았던 작가들의 작품이라도 어느 하나 같은 게 없다. 스콧Walter Scott[6]을 예로 들면 산이 확대되고 사람들은 축소된다. 제인 오스틴은 자신이 구사하는 대사의 위트에 어울리도록 찻잔의 장미를 꺾는다. 피콕Thomas Love Peacock[7]은 하늘과 땅 위로 찻잔이 베수비오 산[8]이거나 베수비오 산이 찻잔이기도 한 환상적인 거울을 구부린다. 하지만 스콧, 제인 오스틴, 피콕 세 사람은 여러 해를 함께 살았으며 똑같은 세상을 보았고 같은 문학사에서 다루어진다. 그들이 서로 다른 이유는 관점 때문이다. 우리가 이것을 확실하게 파악한다면 그 싸움은 우리의 승리로 끝날 것이며, 그 관점에 친근해지면 비평가와 전기 작가들이 우리에게 후하게 제공하는 다양한 기쁨을 즐길 수도 있을 것이다.

하지만 여기에도 여러 가지 어려움이 있다. 우리에게도 자신의 세

---

6 1771~1832, 영국의 역사 소설가이자 시인 겸 역사가.

7 1785~1866, 영국의 소설가이자 시인.

8 이탈리아 나폴리에 있는 활화산. 79년 분화로 폼페이를 비롯한 여러 도시가 매몰되었다. 베수비오 산은 나폴리 풍경의 상징으로 많은 노래와 회화, 문학 작품에 인용된다.

계관이 있기 때문이다. 우리는 자신의 경험과 편견으로 세계관을 형
성하며, 따라서 그것은 자신의 허영과 사랑에 얽매이게 마련이다. 속
임수가 있거나 우리의 개인적인 세계관이 침해되면 상처를 받거나
모욕 당한 느낌을 받는다. 따라서《이름 없는 주드 Jude the Obscure》[9]나
프루스트 Marcel Proust [10]의 새로운 책이 나올 때, 신문 지상은 항의문으
로 흘러넘친다. 첼트넘 Cheltenham [11]의 기브스 Gibbs 소령은 만약 인생이
하디가 묘사한 대로라면 내일 당장 권총으로 자살할 것이며, 햄스테
드 Hampstead [12]의 미스 위그스 Miss Wiggs는 프루스트의 작품이 훌륭하며,
실제 세상은 하느님께 감사를 드리는 바이지만 변태적인 프랑스 인
의 왜곡된 표현과는 다르다고 항의할 것이다. 그들 신사숙녀는 소설
가의 관점이 자신들과 비슷해지고 강화되도록 소설가의 관점을 통제
하려는 것이다. 하지만 하디나 프루스트 같은 위대한 작가는 사유 재
산권을 무시하고 그들의 방법을 고수하며, 이마에 땀을 흘리면서 혼
란으로부터 질서를 만들어 나간다. 한쪽에 나무를 심는가 하면 다른
쪽에 작중인물을 등장시키고, 마음대로 자신의 신상들을 멀리하거나
나타내기도 한다. 걸작(그러니까 선견지명이 있고 질서가 수립된 책)의
경우 우리에게 그의 관점을 너무 심하게 강요하기 때문에 가끔 고통

---

9 영국의 소설가 토머스 하디의 마지막 작품이다. 하디는 이 작품을 통해 영국의 고등 교육, 사회
   계급 제도, 결혼 제도를 비판하였다.
10 1871~1922, 프랑스의 소설가.
11 영국 잉글랜드 중서부 글로스터셔 주의 도시.
12 영국 런던의 한 지역.

을 느끼기도 한다. 그리고 우리의 질서가 무너지기 때문에 허영심이 손상되며, 우리의 낡은 지지대가 떨어져 나가기 때문에 두려움을 느낀다. 또 따분해지기도 한다. 아주 새로운 발상에서 대관절 어떤 즐거움이 나올 수 있을까? 드물기는 하지만 분노, 공포, 권태 등에서 때때로 지속적인 즐거움이 나타나기도 한다.

《로빈슨 크루소》가 바로 이런 경우일지도 모른다. 이는 걸작이다. 디포가 지속적으로 일관성 있게 자신의 관점을 유지했기 때문이다. 그는 곳곳에서 우리를 방해하고 업신여긴다. 그 주제를 우리의 선입견과 비교하면서 대략적으로 살펴보자. 우리가 알기로 《로빈슨 크루소》는 여러 가지 위험과 모험을 겪은 뒤 무인도에 홀로 내던져진 사내의 이야기다. 위험과 고독과 무인도만 제시되어도, 우리는 세상과는 멀리 떨어진 땅에서 해가 뜨고 지는 모습을 상상할 수 있다. 또한 다른 사람들과 격리된 채 사회와 인간의 기이한 생활 방식에 대해 홀로 사색에 잠기는 사내를 예상할 수 있다. 책을 펼치기 전에 우리는 그 책이 안겨 줄 즐거움을 대략적으로 예상할 수 있다. 하지만 막상 읽으면 그 예상은 책장을 넘길 때마다 크게 어긋난다. 거기에는 일출이나 일몰이 없고, 고독이나 영혼도 없다. 우리를 마주보고 있는 것은 커다란 토기뿐이다. 때는 바야흐로 1651년 9월 1일, 주인공의 이름이 로빈슨 크루소이며, 그의 아버지가 통풍에 걸렸다는 이야기를 듣는다. 그러니까 우리가 태도를 바꾸어야 한다. 현실성과 사실 그리고 실체가 뒤따르는 모든 것을 지배한다. 우리는 서둘러 우리의 비율을 일관성 있게 바꾸어야 한다. 자연은 그 빛나는 미사여구를 거두어야 한다. 자연은 가뭄 혹은 물을 주는 존재일 뿐이며 인간은 투쟁하면서 생명을 유지해 나가는 동물로 간주된다. 하느님은 치안판사 정도로 축소되며, 그의 자리는 견고하고 딱딱하며 지평선보다 약간 높을 뿐이다. 하느님, 인간, 자연에 관한 정보를 얻을 때마다 우리의 관점은 냉정한 상식에 의해 무시된다. 로빈슨 크루소는 하느님에 대해 생각한다. "때때로 내 자신에게 이의를 제기한다. 어째서 하느님의 뜻이 그의 피조물을 완전히 파멸시키는 것인가……. 하지만 항상 재빨리 그 무엇인가가 내게 돌아와 이 생각을 억누른다." 하느님은 존재하지 않는다. 그는 자연에 대해 생각한다. "들판은 꽃과 풀로 장식되고 숲은 매우 아름답다." 중요한 사실은 숲에는 말하는 법을 가르치고 길들일 수 있는 앵무새가 많다는 점이다. 자연은 존재하지 않는다. 그는 자신이 죽인 사람들을 생각한다. 하지만 무엇보다 먼저 그들을 즉시 매장해야 한다. 왜냐하면 "해가 비치는 곳에 그냥 쓰러져 있으면 결국 불쾌해질 것이기" 때문이다. 그러니까 죽음도 존재하지 않는다. 토기 하나를 제외하고는 아무것도 존재하지 않는다. 말하자면 우리는 결국 선입견을 포기하고 디포가 주려는 것을 받아들일 수밖에 없다.

그럼 다시 처음으로 돌아가 보자. "나는 1632년 요크^{York 13} 시의 어느 훌륭한 가문에서 태어났다." 이보다 더 범상하거나 더 사무적인 시작은 없다. 우리는 규율 있고 근면한 중산층 생활의 모든 축복을

---

13 영국 잉글랜드 북부 노스요크셔 North Yorkshire 주의 도시.

맑은 정신으로 생각하며 영국의 중산층으로 태어나는 것보다 더 큰 행운은 없으리라고 확신한다. 가진 것이 많아도 문제지만 가난 역시 그렇다. 두 가지 모두 가련하고 거북하다. 비열한 것과 훌륭한 것의 중간이 가장 좋으며 절제, 중용, 정숙 같은 미덕이 가장 바람직하다. 그러니 어떤 불운인지 중산층 젊은이가 어리석게도 모험을 좋아하게 된 것은 유감스러운 일이었다. 그래서 그는 초상화를 그리듯 조금씩 산문으로 자신을 묘사하며, 우리는 그것을 기억한다. 그 역시 이를 알기 때문에 그의 기민함, 그의 조심성, 질서와 평안, 존경 받을 수 있는 것 등에 대한 그의 애정 등을 우리에게 지워지지 않을 만큼 각인시킨다. 이윽고 로빈슨 크루소가 바다에 나가 폭풍우를 만나고 그에게 보이는 모든 것이 우리에게 그대로 보인다. 파도, 선원, 하늘, 배 등 모든 것을 날카롭지만 상상력 없는 중산층의 눈을 통해 본다. 그를 벗어나는 것은 없다. 모든 것이 조심스럽고 우려되며 전통적이고, 매우 사무적인 지성에게 나타나는 모습으로 드러난다. 그는 열광할 수 없다. 그에게는 자연의 장엄한 모습에 대한 천성적인 혐오감이 조금 있다. 심지어 하느님의 뜻조차 과장이라 의심한다. 그리고 매우 바쁘고 절호의 기회만 노리고 있기 때문에 주위에서 일어나고 있는 일을 10분의 1밖에 알아차리지 못한다. 그는 주의를 기울여 다른 사람의 말을 들을 수 있는 시간만 있다면 만사는 합리적으로 설명할 수 있다고 확신한다. 깊은 밤에 "아주 커다란 사람들"이 헤엄쳐 와서 그의 배를 둘러쌀 때 우리는 그보다 훨씬 더 깜짝 놀란다. 그가 즉시 총을 쏘자 그들은 헤엄쳐 달아나는데, 그들이 사자인지 아닌지 로빈슨 크루소는 알 수 없다. 우리는 입을 점점 더 크게 벌린다. 만약 상상력이 있고 이채로운 여행자가 우리 앞에 내놓았으면 멈칫거렸을 괴물들을 그는 집어삼킨다. 하지만 우리는 이 억센 중산층 사내가 알아차리는 것은 무엇이나 사실로 받아들인다. 그는 끊임없이 물통 수를 세며 급수에 신경을 쓰지만 그가 세부적인 문제에서 저지른 실수를 우리는 보지 못한다. 그는 배 안에 커다란 밀랍 덩어리가 있음을 잊은 것일까? 천만의 말씀. 하지만 그가 벌써 그것으로 양초를 만들었으니 38페이지에서는 23페이지에서만큼 대단하지 않다. 그가 일관되지 못한 태도를 나타낼 때도(살쾡이가 그처럼 길들이기 쉽다면 염소는 왜 그렇게 낯을 가릴까?) 우리는 심하게 당황하지 않는다. 왜냐하면 여기에는 아주 그럴듯한 이유가 있을 것이며, 시간이 허락할 때 그가 우리에게 밝히리라 확신하기 때문이다. 하지만 외딴섬에서 혼자 생활을 꾸려나갈 때의 압력은 웃어넘길 문제가 아니다. 울음을 터뜨릴 문제도 아니다. 사람은 모든 것을 지켜보아야 한다. 번개 때문에 언제 화약이 폭발할지도 모르는 상황에서는 자연에 기뻐할 여유가 없으며 그것을 더 안전하게 보관할 곳을 찾아야 한다. 그래서 정도를 잃지 않고 자신에게 보이는 대로 진실을 이야기함으로써, 즉 자신의 최고 자질인 현실감을 발휘해 어떤 것은 무시하고 어떤 것은 과감히 시도하는 예술가가 되기로 함으로써 그는 평범한 행동을 위엄 있게, 평범한 대상을 아름답게 만든다. 땅을 파고 빵을 굽고 식물을 심고 움막을 짓는 이 단순한 일들이 얼마나 진지한가. 그리고 손도끼, 가위, 통나무 등 그들 단순한 물체가 얼마나 아름다워지는가. 그의 언급에 방해되지 않고 이야기는 매우 단순하게 진행된다. 그런데 어떻게 언급이 이 이야기를 더 인상적으로 만들 수 있었을까? 그는 심리학자와 정반대의 방법을 취한다. 그는 정서가 아니라 신체에 미치는 영향을 묘사한다. 그가 고통의 순간에 손에 잡힌 것을 박살 낼 정도로 두 손을 어찌나 움켜쥐었는지, "다시는 벌리지 못할 만큼 이빨을 어떻게 부딪치고 얼마나 꽉 깨무는지" 등을 말하는 부분은 분석의 글만큼 깊이가 있다. 그 문제에 대한 그의 본능도 옳다. "이들 문제, 그리고 그들의 이유나 태도에 대해서는 박물학자들이 설명하게 하자. 내가 그들에게 할 수 있는 일은 사실을 묘사하는 것이다……." 여러분이 디포라면 사실을 묘사하는 것으로 충분하다. 왜냐하면 그 사실이 올바르기 때문이다. 이렇듯 사실에 대한 천재적 묘사 덕에 디포는 산문 묘사의 대가들만이 가능한 효과를 거둔다. 바람이 많은 새벽을 생생하게 표현하기 위해서는 "아침의 회색"에 관해 한두 마디만 하면 된다. 쓸쓸함이나 많은 사람들의 죽음에 대한 느낌은 세상에서 가장 산문적인 방법으로 전해진다. "그 후 나는 그들을 보지 못했다. 서로 짝이 맞지 않은 모자와 신발 몇 개 말고는 그들의 징후는 없었다." 그리고 그가 마침내 "그리고 내가 혼자 했던 것이 아니라 왕처럼 시종들의 시중을 받았는지 알기 위해" 하고 외칠 때(시종이란 앵무새와 개 그리고 고양이 두 마리를 뜻한다) 우리는 모든 인류가 외딴섬에 홀로 있다고 느끼지 않을 수 없다. 그렇지만 디포는 우리의 열광을 무시해 버리는 방법을 알고 있었다. 그는 당장 그 고양이들이 배에 타고 있던 고양이가 아님을 우리에게 이야기한다. 그 두 고양이는 죽었으며, 이들은 새로운 고양이였다. 그리고 사실 고양이들은 오래지 않아 그들의 생식력 때문에 문제를 일으켰다. 반면 개들은 기이하게도 전혀 번식을 하지 않았다.

따라서 디포는 수수한 토기 하나만이 앞에 있다고 되풀이해 말함으로써 우리에게 멀리 떨어진 섬과 고독한 인간의 영혼을 바라보게 만든다. 토기의 견고함과 그 투박함을 굳게 믿음으로써 그는 다른 모든 요소를 그의 설계도 안에 복속시키며, 우주 전체를 조화롭게 밧줄로 묶었다. 그리고 일단 우리가 하늘에서 불타는 별, 깨진 산, 요동치는 대양을 배경으로 인간이 장엄하게 서 있음을 간파한다면, 수수한 토기가 이끌어 내는 관점이 우리를 완전히 만족시키지 못할 이유가 있는지 우리는 그 책을 닫으며 반문하게 된다.

도러시 오즈번의 《서간집》
Dorothy Osborne's 《Letters》

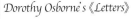

Dorothy Osborne's 《*Letters*》

이 모든 우연성에도 불구하고 《서간집》은 타고난 편지 필자들의 그것처럼 자체의 지속성을 지닌다. 편지를 한 장씩 읽으면서 우리는 도러시 마음속 깊이 앉아 있으며 축제의 한가운데 자리 잡고 있는 듯한 느낌이 든다.

영문학 작품을 읽는 독자들은 간혹 영문학에도 이른 봄의 시골 같은 헐벗은 계절이 있다는 생각을 떠올릴 것이다. 나무들이 맨몸으로 서 있고, 언덕에는 녹색이 벗겨져 있다. 무엇도 흙이나 나뭇가지를 가려 주지 않는다. 하지만 우리는 작지만 움직임으로 가득한 6월의 숲의 떨림과 속삭임을 놓쳐 버린다. 풀숲에서 분주히 오가는 재빠르고 호기심 많은 동물들의 속삭임과 재잘거림을 들으려면 잠자코 서 있으면 된다. 그러므로 영문학의 헐벗은 풍경이 움직임과 떨림으로 가득 차고 위대한 책들 사이로 사람들이 나누는 이야기로 채워지려면 16세기가 끝나고 17세기가 지날 때까지 한참 기다려야 한다.

인간이 호기심을 느끼고 지켜보며 서로의 생각을 쉽사리 나누려면 심리학, 팔걸이 의자와 카펫, 그리고 훌륭한 도로와 같은 물질적 안락의 커다란 변화가 필요하다는 사실에는 의심의 여지가 없다. 그리고 우리의 초기 문학이 발전할 수 있었던 이유 중 하나는 글쓰기에 재능 있는 사람들이 금전보다 명성을 위해 노력을 기울였던 평범하지 않은 기술이었기 때문인지도 모른다. 어쩌면 우리는 전기나 언론, 서간문이나 회상록 집필 등 여러 방면으로 재능을 낭비하다 어느 한 방향으로 나아갈 수 있는 힘을 약화시켰을지도 모른다. 그렇다고 하더라도, 서간문 필자나 전기 작가가 없는 시대에는 공허함이 있다. 인생과 성격은 윤곽으로 드러난다. 에드먼드 고스 경Sir Edmund Gosse[1]은 던을 이해할 수 없다고 말하는데, 그것은 던이 레이디 베드퍼드를 어떻게 생각했는지는 알 수 있지만 레이디 베드퍼드가 던을 어떻게 생각했는지는 전혀 짐작할 수 없기 때문이다. 그녀가 그 낯선 방문객을 어떻게 생각했는지 우리에게 설명해 줄 그녀의 친구는 없으며, 설령 절친한 여자 친구가 있었더라도 그녀가 왜 던을 낯설어 했는지는 설명할 수 없었을 것이다.

그리고 보즈웰James Boswell[2]이나 호러스 월폴Horace Walpole[3]이 16세기에 태어날 수 없었던 당시의 상황은 여성들을 훨씬 더 무겁게 내리눌렀을 것이다. 물질적인 어려움(얇은 벽에 아이들이 울고 있는 미첨에 있는 던의 작은 집은 엘리자베스 시대인들이 겪었던 불편을 그대로 보여 준

---

1 1849~1928, 영국의 비평가이자 문학사가.
2 1740~1795, 영국의 전기 작가.
3 1717~1797, 영국의 소설가.

다) 이외에도 글쓰기가 여성에게 어울리지 않는다는 여성 자신의 믿음도 방해가 되었다. 그녀의 지위 덕에 추종자들의 아첨을 받았으며 이 아첨을 못 이기는 척 묵인했던 여기저기 훌륭한 귀부인들은 글을 쓰고 그것을 출판했다. 하지만 이는 그보다 낮은 계층의 여성에게 불쾌한 일이었다. 도러시 오즈번은 뉴캐슬 공작 부인The Duchess of Newcasle[4] 이 책을 출판했을 때 "물론 가난한 여성은 조금 주의가 산만하지만, 책을 쓰려고 하거나 운문을 읊으려고 할 만큼 우스꽝스럽지는 않을 것"이라고 외쳤다. 그리고 그녀 자신에 대해서는 "만약 내가 보름 동안 잠을 잘 수 없다면 그러지 말아야 했다"라고 했다. 훌륭한 문학적 재능을 지닌 여성에게서 이런 말이 나왔다는 점은 시사하는 바가 크다. 만약 도러시 오즈번이 1827년에 태어났다면 소설을 썼을 것이며, 1527년에 태어났다면 아무것도 쓰지 않았을 테지만 그녀는 1627년에 태어났다. 그 당시에 여성이 책을 쓰는 것은 우스꽝스러운 일이었지만 편지를 쓰는 것은 꼴사나운 일이 아니었다. 그러므로 차츰 침묵이 깨진다. 우리는 풀숲에서 나뭇잎이 흔들리기 시작하는 소리를 듣는다. 우리는 영문학에서 처음으로 남녀가 불 앞에서 나누는 이야기를 듣는 것이다.

그러나 초기의 편지에는 훗날 즐거움이 가득한 수많은 책을 만든 기술이 없었다. 남녀는 의례적으로 경이나 부인이었으며, 편지지 절

---

4 1624~1673, 영국의 귀족이자 자연 철학자. 《불타는 세계》라는 유토피아 소설을 쓴 여류 작가이다.

반쯤 재빨리 아무렇게나 휘갈겨 썼고, 내용은 풍부했지만 표현은 딱딱했다. 편지를 쓸 때 간혹 수필을 쓰는 기술이 가면을 쓰고 나타나기도 한다. 하지만 편지는 여성이 여성의 특질을 간직하면서 발휘할 수 있는 기술이었다. 또한 편지는 아버지의 병상에서 수백 번 중단되고, 엉뚱한 순간에 익명성을 지니기도 하며, 때로는 유용한 목적에 기여한다는 생각으로 쓰일 수 있는 기술이기도 했다. 지금은 대부분 사라졌지만, 이들 무수한 편지 속으로 들어갔다가 나중에 《에블리나 Evelina》[5]와 《오만과 편견 Pride and Prejudice》[6]에서 다른 형태를 취하게 되는 것이 바로 관찰력과 위트의 힘이었다. 그들은 편지에 지나지 않았지만, 편지를 쓰는 데도 어떤 자만심이 있었다. 도러시는 그것을 인정하지 않았지만 편지 쓰기에 많은 노력을 기울였고, 편지의 성격에 대해서도 주관이 있었다. "(……) 위대한 학자들이 가장 훌륭한 필자는 아니다. 내 말은 편지를 뜻한다. 아마 책은 훌륭히 쓸 수 있을 것이다. (……) 내 생각에 편지는 담론처럼 자유롭고 쉬워야 한다." 그녀의 나이 많은 숙부는 '쓴다'고 하지 않고 '종이 위에서 펜을 움직인다'고 하는 비서에게 잉크병을 집어던졌고 그녀도 같은 생각이었다. 하지만 그녀는 쉽고 자유롭게 쓰는 데도 한계가 있다고 생각했다. "(……) 함께 뒤섞인 많은 아름다운 것"은 편지보다 말로 하는 편이 낫다. 그래서 만약 도러시 오즈번이 그렇게 하게 해 준다면 우리는

---

5 영국의 여류 소설가 프랜시스 버니Frances Burney(1752~1840)가 1778년에 발표한 서간체 소설.
6 영국의 소설가 제인 오스틴이 1813년에 출판한 소설.

하나의 문학 형식에 이른다. 그것은 다른 형식과 뚜렷이 구분되지만 이제 영원히 우리에게서 사라진 것 같아 매우 안타깝다.

도러시 오즈번은 아버지의 병상 곁이나 굴뚝이 있는 모퉁이에서 종이를 쌓으면서, 진지하지만 장난스럽게, 형식적이지만 친근하게, 소설가나 역사가는 할 수 없는 방식으로 까다로운 대중에게 인생의 기록을 남겼다. 그녀는 자신의 애인[7]에게 집에서 일어나는 일을 알려 주었고 그녀는 네 딸과 노샘프턴셔Northamptonshire[8]에 크고 음산한 저택을 가지고 있으며 자기와 결혼하기를 원하는 점잔 빼는 홀아비 저스티니언 이셤 경Sir Justinian Isham[9](그녀는 솔로몬 저스티니언 경Sir Solomon Justinian이라 부른다)에 대해 대략적인 묘사를 하지 않을 수 없다. "그가 당신을 위해 라틴 어로 쓴 편지가 있는데 어떻게 하지요" 하고 그녀가 전했다. 그는 옥스퍼드의 친구에게 그녀에 대해 이야기하면서 그녀가 "자신의 동반자로서 대화 상대가 될 수 있을 것"이라고 칭찬했다고 한다. 그녀는 또 병약한 사촌 몰Molle이 어느 날 아침 몸에 이상을 느끼고 서둘러 케임브리지 의사에게 달려간 일도 이야기한다. 그리고 밤에 정원을 거닐며 재스민의 향기를 맡지만, 템플이 함께 있지 않았기 때문에 "즐겁지 않았다"고 묘사한다. 그녀는 자신에게 들리는 소문은 애인을 즐겁게 해 주기 위해 어느 것이나 전한다. 예컨대 레이

---

7 나중에 그녀의 남편이 되는 윌리엄 템플 경Sir William Temple(1628~1699)을 말한다. 《서간집》은 그녀가 결혼 전 윌리엄 템플 경에게 보낸 편지를 묶은 것이다.
8 영국 잉글랜드 중앙부에 위치하는 주.
9 1610~1675, 영국의 학자이자 정치가.

디 선덜랜드 Lady Sunderland [10]는 그녀를 공주처럼 대해 주는 평민 스미스 씨 Mr. Smith와 결혼했는데, 저스티니언 경은 그것이 나쁜 선례라고 생각하며 레이디 선덜랜드는 모든 사람들에게 자신이 동정심에서 그와 결혼했다고 하는데 도러시는 그것이야말로 "내가 듣기에 가장 동정할 만한 말이었다"고 이야기한다. 우리는 곧 우리 마음에 그려지는 광경에 덧붙일 만한 그녀의 모든 친구들에 관해 여러 가지 이야기를 듣는다.

우리가 쳐다보는 17세기 베드퍼드셔 Bedfordshire [11] 사교계는 이야기가 쭉 이어지지 않기 때문에 더욱 호기심을 자극한다. 저스티니언 경과 레이디 다이애나 Lady Diana, 스미스 씨와 그의 아내 백작 부인 등은 나타났다 사라지며, 우리는 언제 또 그들의 소식을 듣게 될지 궁금하다. 그러나 이 모든 우연성에도 불구하고 《서간집》은 타고난 편지 작가의 그것처럼 그 자체의 지속성을 지닌다. 편지를 한 장씩 읽으면서 우리는 도러시 마음속 깊이 앉아 있으며, 축제의 한가운데 자리 잡고 있는 듯한 기분을 느낀다. 왜냐하면 그녀가 훌륭한 사람들을 만나는 것보다 편지를 더 잘 쓰기 때문이다. 특별한 수고나 강조 없이도 그녀는 자신답게 처신함으로써 온갖 사소한 일을 자신의 개성으로 끌어들인다. 그것은 매력적이기도 하지만 약간 애매하기도 하다. 이러한 점은 편지들을 읽다 보면 더 자주 느끼게 된다. 그녀는 바느질이

---

10 1617~1684. 초대 선덜랜드 백작 헨리 스펜서Henry Spencer(1620~1643)의 미망인.
11 영국 잉글랜드 남중부에 위치하는 주.

나 빵을 굽는 일 등 자신의 나이에 맞는 여성의 미덕에 대해서는 아무 말도 하지 않는다. 그녀는 선천적으로 약간 게을렀고, 우연히 프랑스의 여러 로맨스 작품들을 읽었다. 우유 짜는 아가씨들의 노래를 들으며 목초지를 돌아다니는가 하면, 옆에 작은 강이 흐르는 정원을 거닐며 "당신이 나와 함께 있으면 얼마나 좋을까 생각"하기도 한다. 그녀는 다른 사람이 옆에 있을 때는 벽난로 앞에서 입을 다물고 하늘을 나는 이야기가 자신을 자극하기를 기다리면서 꿈에 젖어 들기 일쑤였으며, 사람들이 하늘을 나는 것에 대해 이야기를 했는지 오빠에게 물어봄으로써 오빠의 웃음을 자아내기도 했다. 그녀는 날 수만 있다면 템플과 함께 있을 수 있다고 생각했다. 진지함과 우울은 그녀의 천성이었다. 그녀의 어머니는 그녀의 친구들이 모두 죽기라도 한 것 같다고 말했다. 그녀는 운명의 느낌, 운명의 독단성, 사물의 공허함과 노력의 헛됨 등을 괴로워했다. 그녀의 어머니와 언니도 진지한 여성이었다. 언니도 편지로 명성을 얻었지만, 다른 사람들과 어울리기보다 책을 좋아했고, 어머니는 "대부분의 영국 여성들만큼 현명하다고 할 수 있었지만" 냉소적이었다. "나는 사람들이 실제보다 더 나쁘지 않다는 사실을 알고 너도 이 사실을 알 만큼은 살았느니라." 도러시는 어머니의 말을 기억할 수 있었다. 도러시는 울화를 진정시키기 위해 엡섬Epsom[12]에 있는 우물을 찾아가 철분이 있는 물을 마셔야 했다.

---

[12] 런던의 남서쪽 서리Surrey 주에 속하는 작은 도시.

이런 상황이므로 당연히 그녀의 유머는 위트라기보다는 아이러니에 가까웠다. 그녀는 애인 흉내를 내는 사람들이나 인간의 허례허식을 조롱했다. 신분의 자랑도 놀림거리였다. 거만한 노인들도 훌륭한 대상이었다. 그리고 무미건조한 설교에는 웃음을 터뜨렸다. 그녀는 파티를, 의례를, 세속적인 것과 과시를 꿰뚫어 보았지만 이런 총명함에도 불구하고 그녀가 보지 못하는 것이 있었다. 그녀는 앞뒤 가리지 못할 정도로 세상의 조롱을 두려워했다. 이모, 고모, 숙모의 간섭과 오빠들의 강압도 그녀를 화나게 하는 일이었다. "그들을 피할 수만 있다면 속이 빈 나무에 살겠다"고 할 정도였다. 다른 사람들이 있는 곳에서 남편이 아내에게 키스하는 모습은 그녀에게 "쳐다보기에 좋지 못한 광경"이었다. 그녀의 아름다움이나 위트에 대한 사람들의 칭찬에는 "그들이 내 이름을 엘리즈인지 도어인지 착각하는 것"보다 신경 쓰지 않았지만, 자신의 행실에 대해 작은 소문이라도 들리면 몸을 떨었다. 결국 그녀가 가난한 남자를 사랑하고 그와 결혼 준비를 하고 있음이 알려지자 그녀는 "나는 사람들의 경멸에 나를 드러내지 않을 유머가 있음을 고백한다"고 적었다. 또한 "나와 같은 계층의 사람이 견딜 만하다면 아무리 작은 것이라도 만족할 수 있지만", 자신에 대한 조롱은 견딜 수 없었다. 그래서 세상의 비난이 쏟아질 만한 사치에는 몸을 사렸다. 그것은 때때로 템플이 책망했던 그녀의 약점이었다.

편지가 계속될수록 템플의 성격이 점점 더 명확하게 드러나며, 그것은 편지를 주고받는 사람으로서 도러시의 재능을 입증하는 셈이었다. 편지를 잘 쓰는 사람은 반대편에서 그것을 읽는 사람의 특징까지 드러내므로, 우리는 한 사람의 편지로 상대편까지 상상할 수 있다. 그녀가 주장하고 설명하다시피 우리는 도러시의 목소리만큼 거의 정확하게 템플의 목소리를 들을 수 있다. 그는 여러 면에서 그녀와 정반대였다. 그는 그녀의 우울에 반박해 우울증을 없앴고, 그녀의 결혼에 대한 혐오에 반대해 그녀가 결혼을 옹호하게 만들었다. 둘 중 템플 쪽이 강건하고 긍정적이었다. 하지만 그녀의 오빠가 그를 싫어한 어떤 이유(약간의 가혹함이나 약간의 자만)가 아마 있었을 것이다. 그녀의 오빠는 템플에 대해 "어느 누구보다 거만하고 전제적이며 무례하고 성질이 나쁜 사람"이라고 말했다. 그러나 도러시가 보기에 템플은 다른 구혼자들에게 없는 무언가가 있었다. 그는 단순한 시골 신사가 아니었다. 점잔 빼는 치안 판사도, 만나는 여자를 꼬시는 도시의 오입쟁이도, 여행을 많이 한 남자도 아니었다. 만약 템플이 이런 사람이었다면 눈치 빠른 도러시가 그를 용납하지 않았을 것이다. 다른 사람들에게 없는 그의 어떤 매력, 어떤 동정심을 그녀는 보았다. 그녀는 머리에 떠오르는 것을 모두 써서 그에게 보냈다. 그와 함께 있을 때가 가장 좋았고 그를 사랑했으며 존경했다. 하지만 그녀는 갑자기 그와 결혼하지 않겠노라고 선언했고 그 이유를 거듭 열거했다. 그녀는 결혼할 사람들이 결혼 전에 서로에 대해 알게 된다면 그 결혼은 종말을 고하게 될 것이라고 생각했다. 정열은 우리의 모든 감각 가운데 가장 우둔하고 잔인하고 난폭하다. 레이디 앤 블론트 ^{Lady Anne} Blount[13]는 정열 때문에 "시정잡배의 이야깃거리"가 되었다. 아름다운

101

레이디 이자벨라 Lady Izabella[14]가 파멸한 원인이 바로 정열이었다. "아무리 재산이 많아도 그 짐승"과 결혼했으니 이제 그녀의 아름다움이 무슨 소용이 있을까? 오빠의 분노, 템플의 질투, 웃음거리가 되지 않을까 하는 두려움에 갈가리 찢겨진 그녀는 "한시바삐 조용히 죽는 것"만 바랄 뿐이었다. 템플이 그녀의 망설임을 극복하고 그녀 오빠의 반대까지 물리칠 수 있었던 힘은 그의 성격이었다. 하지만 우리로서는 유감스럽다. 템플과 결혼한 그녀는 더 이상 편지를 쓰지 않았고 편지는 바로 멈추었다. 도러시를 존재하게 했던 세상이 소멸되었다. 그 세상이 얼마나 둥글고 얼마나 사람이 많고 얼마나 활발한지 바로 그때 깨닫게 된다. 템플에 대한 따뜻한 애정으로 그녀의 펜에서는 딱딱한 느낌이 사라진 상태였다. 아버지 곁에서 반쯤 잠든 채 편지를 쓰고, 종이가 없어 옛 편지의 뒷면에까지 편지를 썼던 그녀는 항상 그 시대에 적당한 위엄을 갖추면서도 레이디 다이애나, 이섬 가, 이모와 고모, 숙모들과 이모부, 고모부, 숙부들이 어떻게 오고 갔으며, 그들이 무슨 말을 했고, 그들이 우둔하거나 우스꽝스럽거나 매혹적으로 느껴지거나 또는 여느 때와 비슷하다고 느꼈는지 등 자신의 생각을 수월하게 적었다. 그보다 더 잘 드러나 있는 것은 그녀가 템플에게 자신의 마음을 털어놓으면서 그녀의 삶에 갈등과 위안을 주는 오빠의 횡포, 자신의 변덕스러움과 우울, 밤에 정원을 거닐고 강가에

---

13 1637~?. 초대 뉴포트 백작 Earl of Newport 마운트조이블론트 Mountjoy Blount(1597?~1666)의 딸.

14 1623?~?. 초대 홀랜드 백작 Earl of Holland 헨리 리치 Henry Rich(1590~1649)의 딸.

앉아 깊은 생각에 잠기며 편지를 기다리다 무언가를 발견하는 등의 달콤한 느낌 등 더욱 깊은 관계, 더욱 사적인 기분의 표현이었다. 이 모든 것은 우리 주위에 있다. 우리가 이 세상 깊숙한 곳에서 그것이 암시하거나 제시하는 것을 포착할 때 잠시 장면이 흐릿해진다. 그녀와 결혼하고 난 뒤, 템플은 외교관으로 활약했다. 브뤼셀, 헤이그 등 그를 부르는 곳이면 어디든 그녀는 그의 운명을 뒤쫓아야 했다. 일곱 자녀가 태어났지만 "거의 모두 요람에서" 죽었다. 이 모든 것은 수많은 의무와 책임을 조롱하고 화려함과 의례를 비웃었던 소녀, 사생활을 즐기고 세상을 떠나 살며 "우리의 자그마한 오두막에서 함께 늙기를" 바랐던 소녀의 차지가 되었다. 이제 그녀는 휘황찬란한 찬장이 즐비한, 헤이그에 있는 저택의 안주인이 되었다. 그리고 남편이 힘든 일을 하면서 겪는 온갖 어려움을 이야기하는 의논 상대가 되었다. 그러나 런던에서 남편의 밀린 월급에 관한 문제를 논의할 때는 뒷전으로 물러나 있었다. 하지만 그녀가 탄 배에 화재가 났을 때는 국왕도 말했다시피 선장보다 더 용감하게 행동했다. 그녀는 대사 부인으로서 갖추어야 할 모든 것, 공직에서 은퇴한 사람의 아내로서 갖추어야 할 모든 것을 갖추었다. 그러나 그들에게도 어려운 일이 일어났다. 딸 하나가 죽었고, 어머니의 우울증을 타고났는지 아들 하나는 장화 속에 돌을 가득 넣고 템스 강으로 뛰어들었다. 그렇게 세월이 흘렀다. 충만하고 활동적이며 어려움도 많았던 세월이었다. 하지만 도러시는 침묵했다.

그러다 남편의 비서로 한 젊은이가 무어 파크Moor Park[15]로 왔다. 그는 까다롭고 건방졌으며 화를 잘 냈다. 우리가 다시 한 번 도러시의 말년을 보게 되는 것은 바로 그 스위프트^{Jonathan Swift 16}의 눈을 통해서이다. 스위프트는 그녀를 "평화롭고 현명하며 훌륭하고 온후한 도러시아^{Dorothea}"라고 불렀다. 하지만 빛이 유령 위에 떨어진다. 우리는 그 조용한 부인을 알지 못한다. 수많은 세월을 보낸 그녀, 자신의 심정을 애인에게 털어놓았던 소녀를 우리는 연결시킬 수 없다. 우리가 마지막으로 그녀를 보았을 때 그녀는 "평화롭고 현명하며 훌륭하지" 않았다. 남편과 함께 대사처럼 활약한 그녀를 존경하더라도, 삼자 동맹^{Triple Alliance 17}의 온갖 이점과 네이메헌 화약^{Treaty of Nijmegen 18}의 모든 영광을 그녀가 쓰지 않은 편지들과 맞바꾸고 싶은 순간들이 있다.

---

15 영국 잉글랜드의 서리 주 파넘Farnham에 있는 저택으로 윌리엄 템플 경이 1680년대에 구입했다.

16 1667~1745, 영국의 성직자이자 정치 평론가이며 작가.

17 1668년 영국과 스웨덴과 네덜란드가 프랑스의 세력 확장을 견제하기 위해 맺은 동맹.

18 1678년 프랑스와 네덜란드가 네덜란드 동부의 도시 네이메헌에서 맺은 조약.

스위프트의 《스텔라에게 보내는 일기》
Swift's 《Journal to Stella》

Swift's 《Journal to Stella》

그는 이 모든 일에 대해 스텔라에게 기쁨이나 허영심 없이 편지를 썼다. 그가 명령하고 지시한다는 것은 자신을 훌륭한 사람들의 반열에 올리면서 바로 눈앞에서 계급을 타파하는 것이며, 자신이나 그녀에 대해 이야기할 필요가 없어지는 것이다. 그녀는 여러 해 전무어 파크에 있을 때부터 그를 알았으며, (……) 그가 무엇을 계획하고 있으며 무엇을 희망하는지 그의 입으로 듣지 않았던가?

의례나 관습을 무시하고 한두 사람이 '그들만의 언어'로 이야기를 나눌 때 아주 큰 역할을 하는 것은 고도로 교육된 가면과 예의이다. 이들은 뜨거운 방의 공기처럼 꼭 필요하다. 삼가는 것이 많은 사람들, 권력을 쥔 사람들, 존경 받는 사람들에게는 그 같은 피난처가 많이 필요한 법이다. 스위프트 자신도 이런 사실을 알았다. 그를 칭송하는 훌륭한 사람들과 그에게 아첨하는 사랑스러운 여인들을 떠나 고향에 돌아와 모략과 정치부터 그 모든 것을 내던진 자만심이 강한 사내가 침대에 편안하게 자리 잡고, 어린아이에게 말하듯 입술을 오므리고 "두 마리의 원숭이", "친애하는 친구들", 아일랜드 해협 건너편에 있는 "장난꾸러기 악한들" 등에게 말을 걸었다.

좋아, 이제 자네를 다시 보게 해 주게. 양초가 꺼져 가지만 새 것으로 바꿀 거야. 그러니까 그렇게 지루해 하지 마, 프레스토 씨. MD의 편지에 는 뭐라고 쓸 거지? 서둘러 자네의 서문을 끝내게. 나로서는 자네가 그렇 게 해외에 자주 나가는 것이 기쁘네.

"내가 알아보기 쉽게 편지를 쓰면 왠지 온 세상이 우리를 보는 것 같아. 그래서 마구 휘갈긴 글씨가 아늑하게 느껴져……." 스위프트 가 스텔라Stella[1]에게 부주의하고 알아볼 수 없는 편지를 쓰는 한 스텔 라는 질투할 필요가 없었다. 사실 스텔라는 레베카 딩글리Rebecca Dingley[2]와 함께 아일랜드에서 젊음을 허비하고 있었다. 레베카는 접히 는 안경을 썼고 브라질 담배를 엄청나게 피웠으며 큰 페티코트 때문 에 걸을 때마다 넘어질 뻔했다. 게다가 두 여자는 스위프트가 집에 있을 때 그의 동료로 함께 있었지만 그가 집에 없을 때는 그를 대신 해 집을 차지했으므로 사람들의 입방아에 오르내렸다. 스텔라는 딩 글리 부인과 함께가 아니면 그와 대면하지 않았고, 사교계의 남성들 사이에서 신분이 모호해졌다. 그러나 그것은 분명 괜찮은 일이었다. 잉글랜드에서 끊임없이 소포가 왔으며, 겉봉 한쪽에는 스위프트가 알아보기 힘든 글씨로(스텔라는 그것을 완벽하게 모방했다) 쓴 무의미

---

1 1681~1829, 스위프트가 윌리엄 템플 경의 개인 비서로 일할 때 그의 저택에서 알게 된 여덟 살의 소녀 에스터 존슨Esther Johnson에게 붙여 준 별명.
2 윌리엄 템플 경의 저택에서 알게 된 또 다른 여자 친구.

한 단어와 대문자, 스텔라 말고는 아무도 이해할 수 없는 암시와 그
녀가 지켜야 할 비밀, 해야 할 사소한 일 등이 적혀 있었다. 담배는
딩글리의 몫, 초콜릿과 비단 에이프런은 스텔라 차지였다. 사람들이
뭐라고 말하든 그것은 분명히 괜찮은 일이었다.

사실 "또 하나의 나"라고 불리는, 만만한 사람으로 알려진 프레스
토 씨에 대해 세상은 잘 알지 못한다. 다만 그가 휘그당 정부에게 첫
수확물을 반환해 달라고 아무리 요청해도 소용없던 것을 스위프트가
토리당 정부에게 청원하고자 아일랜드 교회를 대신해 다시 잉글랜드
로 건너갔다는 사실뿐이었다. 그 일은 곧 이루어졌다. 할리[3]와 세인
트 존Henry St. John[4]은 호감을 가지고 정중하게 그를 맞이했다. 개인의
탁월성이 두드러지지 못했던 그 당시 사교계에서도 놀랄만한 광경이
펼쳐졌다. 몇 년 전만 해도 아무도 모르게 커피하우스를 들락거리던
그 '미친 교구 목사'가 중요한 국가 기관에 들어갔으며, 윌리엄 템플
경과 식탁에 함께 앉을 수도 없었던 무일푼의 소년이 국왕의 최고위
대신들과 식사를 하고 공작들에게 입찰을 허가한 것이다. 사람들이
그의 호의를 얻기 위해 얼마나 쫓아다녔는지 하인의 주된 임무는 사
람들을 내쫓는 것이었다. 애디슨Joseph Addison[5]도 청구서 대금을 지불
하러 온 신사인 체하고 간신히 들어갔다. 한동안 스위프트는 전지전

---

3 앞서 나온 로버트 할리 경.
4 1678~1751, 영국의 정치가이자 철학자.
5 1672~1719, 영국 수필가이자 시인.

능한 존재였다. 아무도 그를 매수할 수 없었으며, 모두들 그의 펜을 두려워했다. 그는 왕궁으로 갔고, "나는 자존심이 강해 모든 귀족이 내게 오도록 했다." 여왕은 그의 설교를 듣고자 했고, 할리와 세인트 존이 어떤 부탁을 했지만 그는 거부했다. 어느 날 밤 대신이 화를 냈을 때 스위프트는 그에게 경고했다.

내게 냉담한 태도를 보이지 말라, 나는 학생 취급을 받지 않을 것이다. (……) 그는 알아듣고 내가 그럴 만하다고 말했고 마섬 부인Mrs. Masham의 오빠가 운영하는 식당에서 식사를 하면서 일을 처리하자고 했지만 나는 그러지 않을 작정이다. 모르지만 그러지 않을 작정이다.

그는 이 모든 일에 대해 스텔라에게 기쁨이나 허영심 없이 편지를 썼다. 그가 명령하고 지시한다는 것은 자신을 훌륭한 사람의 반열에 올리고 바로 눈앞에서 계급을 타파하는 일이며, 자신이나 스텔라에 대해 이야기할 필요가 없음을 뜻한다. 그녀는 여러 해 전 무어 파크 에 있을 때부터 그를 알았으며, 스위프트가 윌리엄 템플 경에게 화를 내면서 어쩔 줄 몰라 하는 광경을 보며 그의 위대함을 짐작했고, 그 가 무엇을 계획하고 있으며 무엇을 희망하는지 그의 입으로 들었다. 그에게 선과 악, 약점과 묘한 기질 등이 얼마나 이상하게 혼합되어 있는지 어느 누구보다도 잘 알고 있지 않는가? 스위프트는 벽난로에 서 석탄을 꺼내고 마차 삯을 깎는 등 인색한 짓을 해서 함께 식사하 는 귀족들을 난처하게 했지만, 반면 매우 사려 깊고 은밀한 자선 행위를 했다는 사실도 그녀는 잘 알고 있었다. 그는 가련한 패티 롤트 Patty Rolt 에게 "그녀가 시골에 하숙하러 가는 데 조금이라도 도움을 주려고 금화를" 주었으며, 그의 다락방에 있는 병든 청년 시인 해리슨 Harrison 에게 20기니를 주었다. 스위프트가 말은 거칠지만 행동은 섬세하고, 천박할 정도로 냉소적이지만 다른 사람에게는 없는 깊은 감정을 소중히 간직하고 있음을 그녀는 잘 알고 있었다. 그들은 들어가거나 나오거나, 좋거나 나쁘거나, 깊이가 있거나 사소하거나 상관없이 서로에 대해 잘 알았으므로, 깊은 밤의 소중한 순간이나 잠에서 깬 첫 순간에도 그는 큰 소리로 생각을 정리하듯 하루 동안의 착한 행동과 비열한 짓, 애정과 야망과 절망 등 모든 일을 그녀에게 털어놓았다.

스텔라는 그의 애정에 대해 이런 증거를 가지고 있었고, 프레스토와의 친밀한 관계는 아무도 몰랐으므로 그녀가 질투할 이유는 전혀 없었다. 실제로 일어난 일은 아마 그 반대였을 것이다. 그녀는 빽빽하게 채워진 편지를 읽으면서 그의 모습을 보고 그의 목소리를 들으며 그가 훌륭한 사람들에게 심어 준 인상을 정확하게 상상할 수 있었으므로 그 어느 때보다 더 깊은 사랑에 빠졌다. 훌륭한 사람들만 그를 찾고 그의 비위를 맞춘 것은 아니었다. 곤란한 처지에 놓인 모든 사람이 그를 찾는 듯 했다. 우선 "젊은 해리슨"이 있다. 스위프트는 그 젊은이가 병들고 무일푼인 사실을 알고 어쩔 줄 몰라 했으며, 그를 나이츠브리지 Knightsbridge 6 로 옮기고 100파운드를 내민 뒤에야 비로소 그가 한 시간 전에 죽었음을 깨달았다. "이것이 어떤 슬픔인지 생각해 보라! (……) 나는 재무 장관과 함께 식사할 수 없음은 물론 다른 곳에서도 점심 식사를 할 수 없었고 저녁이 될 때까지 고기 조각 하나를 먹었을 뿐이다." 11월 어느 날 아침, 해밀턴 공작Duke of Hamilton[7]이 하이드 공원에서 죽자, 스위프트는 바로 공작 부인을 찾아 갔고, 두 시간 동안 그녀의 화를 풀어 주었으며, 공작 부인이 해야 할 일을 스위프트가 하는데도 마치 당연히 그의 일이라는 듯이 초상집 에서 이의를 제기하는 사람이 아무도 없는 이상한 광경까지 스텔라 는 예상할 수 있었다. 스위프트는 "공작 부인이 내 영혼을 움직였다" 고 말했다. 레이디 애시버넘Lady Ashburnham[8]이 젊은 나이에 죽었을 때 그는, "나는 이런 사고와 맞닥뜨리는 인생을 생각하면 인생이 미워진 다. 그리고 그녀 같은 사람이 죽어 가는 동안 수많은 불행한 사람들 이 지상에 살아가는 것을 보면, 하느님은 인생을 축복으로 만들지 않 았다는 생각이 든다"고 외쳤다. 이런 동정 다음에 터져 나온 자신의 분노를 쥐어뜯으려고 하더니 그는 갑자기 조객들, 심지어 죽은 이의 어머니와 자매까지 비난한다. 그리고는 함께 울고 있는 그들과 헤어 지고 나서 "사람들은 자신이 느끼는 슬픔보다 더 깊이 슬픈 척하며, 그래서 진정한 슬픔에서 벗어난다"고 불평을 터뜨린다. 이 모든 것이

---

6 런던 중앙부의 거리 이름.

7 1658~1712, 제4대 해밀턴 공작. 1712년에 제4대 모헌 남작Baron Mohun 찰스 모헌 (1675?~1712)과 결투하다 두 사람 모두 죽었다.

8 제2대 애시버넘 남작 윌리엄 애시버넘의 아내로서 1710년 23세의 나이로 천연두에 걸려 사망 했다.

스텔라에게는 거침없이 쏟아진다. 우울과 분노, 친절과 야비함, 사소하고 일상적인 인간사에 대한 애정이다. 그는 그녀의 아버지나 오빠 같은 존재였다. 그녀의 철자에 웃음을 터뜨리는가 하면 그녀의 건강을 걱정하고 그녀의 사업 문제를 감독하기도 했다. 그리고 그녀와 잡담을 나누었다. 그들은 행복한 시간을 보냈고 그들에게는 함께 쌓은 추억이 있었다. "추운 날 아침 내가 그대의 방에 들어가 그대를 의자에서 일으켜 세운 뒤 벽난로의 불이 붙은 장작을 그러모으면서 '엇엇엇' 소리를 질렀던 일을 기억하는가?" 가끔 그녀가 그의 마음속에 있기도 했다. 그는 자신이 걷고 있을 때 그녀도 걷고 있는지 궁금해졌다. 수도원장이 말장난을 할 때면 스위프트는 스텔라와의 말장난이 얼마나 상스러웠는지를 떠올렸다. 그리고 그의 런던 생활과 그녀의 아일랜드 생활을 비교하면서 언제 다시 함께 지내게 될지 궁금해 했다. 이것이 도회지에서 온갖 위트와 함께 지내는 스위프트에게 스텔라가 끼친 영향이라면, 아일랜드의 벽지에 딩글리와 함께 버려진 스텔라에게 끼친 스위프트의 영향은 훨씬 더 컸다. 여러 해 전 무어파크에서 그녀가 어린아이였고 그가 젊은이였을 때 스위프트는 스텔라를 가르쳤다. 그녀가 갖고 있는 약간의 지식은 모두 그에게서 배운 것이었다. 그는 그녀의 마음, 그녀의 애정, 그녀가 읽은 책과 글을 쓰는 그녀의 손, 그녀의 친구들, 그녀가 거부한 구혼자 등 모든 곳에 영향을 미쳤다. 그는 그녀의 존립에 반쯤 책임이 있었다. 하지만 그가 선택한 여성이 아무 재미없는 노예는 아니었다. 그녀도 성격이 있고, 자신에 대해 생각할 수 있는 능력이 있었다. 그녀는 냉정하고 자신의 미덕이나 연민 등에 엄격한 비평가였다. 자신의 생각을 꾸미지 않고 거침없이 말하며 불같은 기질의 그녀를 얕잡아 보는 사람은 없었을 것이다. 하지만 이런 많은 재능에도 불구하고 그녀는 거의 알려지지 않았다. 그녀의 미미한 재산과 부실한 건강, 미심쩍은 사회적 신분 때문인지 그녀의 생활은 매우 검소했다. 그녀는 자신에 대해서는 거의 말하지 않았지만 주위에 모여든 사람들의 이야기에 귀를 기울이고 그들을 이해했다. 이들은 매우 긍정적인 목소리로 "함께 있는 자리에서 이야기할 수 있는 가장 훌륭한 것"을 말하는 여성과 이야기를 나누는 단순한 재미를 느끼기 위해 그녀를 찾아왔다. 그녀는 다른 것은 배우지 않았다. 건강 때문에 깊이 있는 학습이 불가능했다. 다양한 문제에 관심을 갖고 책을 읽었으며 문학에도 훌륭하고 엄격한 취향이 있었지만, 읽는 것이 마음속에 자리 잡지 못했다. 그녀는 소녀 시절에 낭비가 심해 이리저리 돈을 뿌렸지만, 분별심이 생기고 나서는 매우 검소하게 지냈다. "다섯 개의 오지 그릇에 담긴 변변찮은 음식"이 그녀의 식사였다. 검은색 눈과 검은색 머리카락이 아름답지는 않지만 멋진 매력을 가진 그녀는 수수한 옷을 입었고 가난한 사람을 도왔으며, 친구들에게 "세상에서 가장 그럴듯한 선물"을 주기(그것은 그녀가 끊을 수 없는 사치였다)에 충분할 만큼 저축했다. 스위프트는 "비록 그것이 인생의 대부분과 마찬가지로 미묘한 일이지만" 그런 일에 그녀와 견줄 만한 다른 사람을 알지 못했다. 덧붙여 그녀에게는 스위프트가 "명예심"이라고 부른 성실성과, 허약한 몸에도 불구하고 "영웅적인 용기"가 있었다. 언젠가 창을 통해 강도가 들었을 때 그녀는 강도의 몸에 총알을 관통시켰다. 스위프트가 글을 쓸 때도 그녀가 영향을 끼쳤지만, 그가 세인트 제임스 공원에서 움트는 나무를 보았을 때, 웨스트민스터에서 정치가들의 논쟁을 들었을 때, 자신의 과일나무와 버드나무, 라라코어Laracor[9]에서 송어가 뛰어놀던 개천에 대한 생각들이 뒤섞일 때도 그녀는 그에게 영향을 미쳤다. 사람들에게 알려지지 않았지만 그에게는 피난처가 있었다. 또한 대신들이 그에게 나쁜 짓을 저지르거나 그가 친구에게 돈을 빌려 주고 자신은 빈털터리가 되면 아일랜드에 있는 스텔라에게 돌아갈 생각이었고 그 생각에 "진저리 치지 않았다."

하지만 스텔라는 자기를 내세우는 스타일이 아니었다. 그녀는 스위프트가 권력을 가진 남자들과 어울리기를 좋아하며, 사회에 대해 호감과 맹렬한 혐오감을 번갈아 나타내지만 대부분은 송어가 뛰노는 개천이나 살구나무보다 런던의 먼지나 소음을 좋아한다는 사실을 잘 알고 있었다. 그는 무엇보다도 간섭을 싫어했다. 만약 누가 그의 자유에 대해 손가락을 까딱거리거나 그의 독립에 조금이라도 위협을 가한다면, 그것이 남자건 여자건 여왕이건 식모건 간에 그는 당장이라도 야만인처럼 사납게 달려들 것이다. 할리는 언젠가 그에게 지폐를 주려고 했으며, 미스 워링[10]은 이제 스위프트와의 결혼에 장애물이 제거되었음을 암시했다. 두 사람 모두 비난을 받았는데, 여성의

---

9 아일랜드 북서부 미드 주County Mead의 지명.
10 제인 워링Jane Waring이라는 여성.

경우 가혹했다. 그러나 현명한 스텔라는 예외였다. 그녀는 인내와 분별심을 배웠다. 심지어 런던에 머물거나 아일랜드로 돌아오는 문제도 그에게 맡겼다. 그녀는 자신을 위해 아무것도 요구하지 않았고 따라서 요구하는 것보다 더 많은 것을 얻었다. 스위프트는 은근히 화를 냈다.

(……) 네 관대함에 화가 난다. 프레스토가 없을 때 네가 속으로 투덜거린다는 사실을 나는 안다. 그는 석 달 안에 돌아온다는 약속을 깨뜨렸고, 너는 그것이 술책이라고 생각하지. 그러고는 지금, 스텔라 너는 내가 어떻게 그렇게 서둘러 떠날 수 있는지 모르겠다면서 MD는 만족스럽다고 말한다. 그러니 너는 나를 압도하는 악당이 아니냐?

하지만 그것이 바로 그녀가 그를 차지한 방법이었다. 그는 거듭 강렬한 애정을 표현한다.

안녕, 사랑하는 친구들, 사랑스러운 생명들. MD에게는 다른 데서는 찾아볼 수 없는 평화와 정적이 있어. (……) 다시 안녕, 사랑하는 악당들. 나는 MD에게 편지를 쓰거나 그들을 생각할 때가 가장 행복해. (……) 너희들은 이 세상에서 내가 가지고 있는 모든 것에 언제나 환영이지. 나는 MD를 위해 내가 더 부유하지 않다는 사실이 슬퍼.

이 말 중에 그녀의 기쁨을 반감시키는 것이 하나 있었다. 그가 그녀에게 하는 말이 항상 복수였다는 점이다. 항상 "사랑하는 친구들, 사랑스러운 생명들"이었다. MD는 스텔라와 딩글리 부인을 가리키는 말이었다. 스위프트와 스텔라는 단둘이 있지 못했다. 이렇게 둘을 한 번에 부르는 것이 형식적인 것이며, 열쇠와 무릎에 올려놓은 개에 정신이 팔려 자신에게 하는 말에 귀를 기울이지 않는 딩글리 부인의 존재도 형식적이라는 사실을 인정하자. 하지만 왜 그런 형식이 필요할까? 그녀의 건강을 낭비하고 그녀의 기쁨을 반감시키며 서로 떨어져 있어야 비로소 행복해지는 "완벽한 친구"를 유지하는 피곤한 일을 왜 해야 할까? 대체 왜? 거기엔 이유가 있다. 스텔라의 비밀, 그녀가 말하지 않는 비밀이었다. 그들은 떨어져 있어야 했다. 왜냐하면 그들은 어떤 관계로도 묶여 있지 않았고, 그녀는 친구라고 주장하며 내버려 두었다. 그렇지 않았다면, 그녀는 질투심에 사로잡혀 그의 기분을 확인하고 자그마한 변화까지도 알아차리기 위해 그의 말을 추적하고 그의 행동을 분석했을 것이다. 그가 솔직하게 그 자신이 "좋아하는 것"을 그녀에게 털어놓고, 모든 여자들이 자신에게 구애하기를 원했으며 훌륭한 귀부인들에게 강연하면서 그들이 자신을 희롱하도록 허용하는, 허세를 부리는 폭군의 모습을 그녀에게 드러내는 한 그들 사이에는 아무 문제가 없었다. 그녀가 의심할 만한 것이 전혀 없었기 때문이다. 레이디 버클리Lady Berkeley가 그의 모자를 훔치기도 하고 해밀턴 공작 부인이 자신의 괴로움을 털어놓기도 했을 것이다. 그러면 여성에게 자상했던 스텔라는 그들과 함께 웃기도 하고 함께 슬픔에 젖기도 했다.

그러나 《스텔라에게 보내는 일기》에 다른 것(더 비슷하고 더 친밀하기 때문에 훨씬 더 위험한 것)도 있었을까? 스위프트가 하는 일과 관련된 여인이나, 평범한 생활방식에 불만을 느끼고(스텔라가 말했다시피) 옳은 것과 틀린 것을 구분하고자 하며 재능 있고 위트가 풍부하지만 교육을 받지 못한, 스위프트가 처음 만났을 때의 스텔라와 비슷한 소녀가 있다면, 정말로 그녀가 두려워할 만한 경쟁자였을 것이다. 그런 경쟁자가 있었을까? 있었대도 그녀에 관한 언급이 《스텔라에게 보내는 일기》에 있을 리 없다. 그렇지만 자유롭게 글을 쓰는 도중에 스위프트가 말할 수 없는 것이 있어 잠깐 멈추면 거기에 망설임이나 변명 때로는 거북함이나 당황스러움 등이 묻어났다. 그가 잉글랜드로 건너간 다음 한두 달 정도는 그 같은 침묵이 스텔라의 의심을 샀다. 그와 가까운 곳에서 하숙을 하고 때때로 그와 함께 식사를 하는 사람이 누구일까 그녀는 의구심을 품고 물었다. "나는 하숙생들과 식사를 하지 않아. 짜증스러운 사람들이지! 너와 헤어진 뒤 내가 누구와 식사를 하는지 나보다 네가 더 잘 알잖아. 그런데 무슨 말을 하는 거야?" 스위프트의 대답이었다. 그렇지만 그는 그녀가 무슨 말을 하는지 잘 알고 있었다. 스텔라는 그 가까이에서 살고 있는 과부 바넘리 부인Mrs. Vanhomrigh과 그녀의 딸 에스터Esther를 말하는 것이었다. 그 후 "바 모녀"는 《스텔라에게 보내는 일기》에 거듭 등장했다. 스위프트는 자존심이 강했기 때문에 그들과 만난 사실을 감추지 않았지만, 십중팔구는 변명하려 들었다. 그가 서퍽 가Suffolk Street에 있을 때 바 모녀는 세인트 제임스 가에 있었고 그는 걷지 않아도 되었다. 그가 첼시에 있을 때 그들은 런던에 있었으므로 그곳에 그의 가장 좋은 가운과 가발을 보관하기 좋았다. 때로는 너무 더워서, 때로는 비가 와서 그곳에 머물기도 했다. 그리고 지금은 트럼프 놀이를 하고 있으며, 젊은 레이디 애시버넘이 스텔라를 연상시키는 바람에 계속 남아 그녀를 도와주었다. 때로는 마음이 내키지 않는데도 남아 있었고, 어떤 때는 그들이 의례를 견디지 못하는 소박한 사람들이기 때문에 남아 있기도 했다. 바 모녀가 그에게 중요한 사람이냐고 스텔라가 돌려 물으면 그는 다음과 같이 반박했다. "아냐, 내게 남자들이 찾아오는 것처럼 그들에게도 여자들이 찾아와. (……) 오늘 오후에도 베티Betty라는 이름의 두 사람이 같이 있었는걸." 간단하게 얘기하면, 예전처럼 자유롭게 머리에 떠오르는 것을 적는 일이 수월하지 않았다는 말이다.

정말이지 모든 상황이 어려웠다. 스위프트는 어느 누구보다 오류를 싫어하고 온 힘을 다해 진실을 사랑한 사람이었다. 하지만 여기서는 변명의 여지를 남겨 두거나 숨기거나 얼버무려야 했다. 그리고 그에게는 "품행이 좋지 못한 태도"를 내보이거나 편안하게 프레스토가 되고 "또 하나의 나"가 되지 않아도 되는 혼자만의 방이 필요했다. 스텔라는 다른 누구보다 이 필요성을 만족시켰다. 하지만 그때 스텔라는 아일랜드에 있었고, 버네사Vanessa[11]는 스위프트 근처에 있었다. 그녀는 더욱 젊고 신선했으며, 그녀만의 매력이 있었다. 스텔라가 그랬던 것처럼 그녀도 가르침을 받아 나아지고 때로는 꾸지람을 듣기도

---

11 에스터 바넘리를 가리킴.

하면서 성숙해 갔다. 분명히 스위프트의 영향이 컸다. 그렇다면 아일랜드에 있는 스텔라와 런던에 있는 버네사 사이에서 스위프트가 받을 수 있는 것을 누리고 두 사람 모두에게 이익을 주며 아무에게도 해를 끼치지 않는 일이 불가능한가? 아니, 가능해 보였다. 여하튼 그는 해 보기로 했다. 스텔라는 오랫동안 자신의 운명을 바꾸기 위해 궁리해 왔지만 결코 자신의 운명에 불평한 적이 없었다.

하지만 버네사는 달랐다. 그녀는 더욱 젊고 더욱 격렬했으며, 덜 단련되고 덜 현명했다. 그녀에게는 자신을 억제시켜 줄 딩글리 부인 같은 존재가 없었다. 자신을 위로해 줄 과거의 추억도, 그녀를 위로하기 위해 날마다 도착하는 일기도 없었다. 그녀는 스위프트를 사랑했으며, 그 말을 해서는 안 될 이유를 몰랐다. 스위프트가 그녀에게 "올바르게 행동하고 세상에서 하는 말에는 개의치 말라"고 가르치지 않았던가? 따라서 어떤 장애가 그녀 앞에 나타날 때, 어떤 수수께끼 같은 비밀이 드러날 때 그녀는 그에게 질문하는 우를 범했다. "불행한 젊은 여성을 만나 충고하는 데 무슨 잘못이 있는지 기도를 하라고? 무슨 말인지 모르겠구나.""선생님께서는 제게 똑똑해져야 한다고 가르치셨어요. 그래 놓고 이제와 저를 비참한 상태에 내버려 두시는군요." 울음을 터뜨리며 그녀가 말했다. 마침내 그녀는 괴로움과 당혹감 속에서 스텔라에게 직접 연락했다. 스텔라와 스위프트가 어떤 관계인지 진실을 밝혀 달라고 편지를 썼던 것이다. 그러나 그 답을 알려 준 것은 스위프트였다. 그리고 밝고 푸른 눈이 매섭게 그녀를 쳐다보며 그녀가 쓴 편지를 탁자에 내려놓고 그녀를 노려본 뒤 아무 말도 없이 말을 타고 떠났을 때 그녀의 인생은 끝났다. "그의 살인적인 말"이 형틀보다 더욱 나빴다고, "선생님의 표정 속에 뭔가 끔찍한 것이 있어 저를 멍청하게 만들어요" 하고 그녀가 외쳤을 때 그것은 수사적인 표현이 아니었다. 그 일이 있고 몇 주 뒤 그녀는 죽었다. 그리고 사연 많은 스텔라의 인생에 자주 출몰하는 불안한 유령 가운데 하나가 되어 그 외로움을 두려움으로 채웠다.

스텔라는 친밀한 관계를 혼자 즐겼다. 그녀는 친구를 자신의 곁에 머물도록 하는 서글픈 기술을 구사하면서 살다가 긴장과 은폐, 딩글리 부인과 그녀의 무릎에 올라앉은 개, 지속적인 두려움과 절망이 모두 사라진 뒤 죽음을 맞이했다. 사람들이 그녀를 매장하는 동안 스위프트는 빛이 들지 않는 교회 묘지의 뒷방에 앉아 "나 또는 다른 어떤 사람보다도 더 축복받았을, 가장 참되고 소중하며 항상 고결한" 사람에 대한 글을 썼다. 몇 해가 지나자 광증이 그를 엄습했다. 그는 극렬한 분노를 폭발시켰다. 그러다가 차츰 침묵에 빠져들었다. 언젠가 사람들은 그가 중얼거리는 소리를 들었다. "나는 곧 나다."[12]

---

12 구약 성경의 출애굽기 3장 14절에 나오는 하느님의 말.

《감상적인 여행》
《The Sentimental Journey》

《*The Sentimental Journey*》

시각의 변화 자체가 과감한 혁신이었다. 지금까지 여행자는 비례와 원근법 등 어떤 법칙들을 관찰해 왔다. 대성당은 어느 여행 책에서나 거대한 건축물이었고, 그 곁에 적당히 작은 사람이 서 있었다. 하지만 스턴은 대성당을 아예 빼놓았다. 노트르담보다 녹색 공단 지갑을 든 소녀가 훨씬 중요할지도 모른다. 그는 보편적인 가치 척도란 없기 때문이라고 암시하는 것 같다.

《트리스트럼 샌디 Tristram Shandy》는 스턴 Laurence Sterne[1]이 처음 쓴 소설이지만, 이 작품은 그의 나이 마흔다섯 살 때, 그러니까 다른 작가들이 스무 번째 작품을 쓸 시기에 집필되었다. 그러나 그 소설에는 원숙성의 기미가 보인다. 젊은 작가라면 문법과 구문, 감각과 교양, 그리고 소설을 어떻게 써야 하는지에 대한 오랜 전통 속에서 그 같은 자유를 누릴 수 없었을 것이다. 문단 사람들에게 자신의 독창적인 문체로 충

---

1 1713~1768, 영국의 소설가. 성직에 취임한 이후 30여 년을 성직자로 살았다. 오늘날 그는 '18 세기에서 20세기로 뛰어든 현대 소설의 대부'라는 찬사를 받고 있다. 제임스 조이스, 토머스 만, 니체, 샐먼 루시디, 밀란 쿤데라 등의 작품에 큰 영향을 끼쳤다. 기이한 작품으로 불리는 《트리스트럼 샌디》는 제9권을 마지막으로 미완성으로 끝났다. 이 소설은 출간되면서 많은 관심을 모았고, 이는 책 판매로도 이어졌다. 그의 파격적 수법과 생생한 관능, 정서의 묘사는 의식의 흐름을 담는 현대 작가들에 의해 재평가되었다.

격을 주고, 존경 받는 사람들에게 자신의 부도덕한 도덕으로 충격을
주는 위험을 감수하려면 중년의 강한 확신, 질책에 대한 무관심이 필
요했다. 이런 위험을 감수하자 커다란 성공이 뒤따랐다. 훌륭한 사람
들, 까다로운 사람들이 모두 매혹되었고, 스턴은 런던의 우상이 되었
다. 사람들은 커다란 웃음과 박수로 이 책을 맞이했지만 그 가운데
일부는 그 책을 성직자가 쓴 것은 스캔들이며 요크 대주교가 최소한
의 문책이라도 해야 한다는 목소리도 있었다. 그러나 대주교는 아무
런 조치도 취하지 않았던 것 같다. 스턴은 겉으로 드러내지는 않았지
만 그 비판을 가슴에 새겼다. 그 역시 《트리스트럼 섄디》의 출간 이후
괴로움을 겪었다. 그가 열정을 바쳤던 엘리자 드레이퍼Eliza Draper[2]가
봄베이Bombay[3]에 있는 남편에게 돌아가기 위해 배를 탔기 때문이다.
스턴은 그 다음 책에서 자신의 변화를 실행에 옮기고 그의 화려한 위
트뿐 아니라 깊이 있는 감수성을 입증하기로 결심했다. 그의 말에 의
하면 그 작품에 대한 구상은 "세상과 우리 인간들에게 사랑하는 법을
더 훌륭하게 가르치려는 것"이었다고 한다. 그가 자리에 앉아 프랑스
로의 작은 여행을 묘사하면서 그것을 《감상적인 여행》[4]이라 부른 것
은 바로 이런 이유에서였다.

---

2 1744~1778, 스턴과의 관계로 유명한 기혼 여성. 주로 인도에서 생활했으며, 1766년과 1767년
   사이에 영국을 방문했을 때 스턴과 만났다.

3 인도 서해안의 도시 뭄바이Mumbai.

4 스턴이 프랑스를 여행했을 때의 견문을 엮은 글이다. 다른 여행서와는 달리 길을 걷다 마주친
   미녀, 죽은 나귀를 보고 느낀 작가의 마음을 묘사한 것이 특징이다. 원래 제목은 《프랑스와 이
   탈리아 기행》이었으나 저자의 죽음으로 인해 이탈리아에 대한 언급은 없다.

하지만 스턴이 자신의 태도를 고치는 것은 가능했을지 몰라도 자신의 문체를 고치기란 불가능했다. 그것은 그의 커다란 코와 밝은 두 눈과 마찬가지로 그의 일부가 되어 버렸다. 처음의 몇 마디("나는 프랑스에서 이 문제를 훨씬 잘 처리한다고 말했다")로 우리는 《트리스트럼 샌디》의 세계에 들어와 있다. 그곳은 무엇이든 일어날 수 있는 세계이다. 이 놀랄 만큼 민첩한 펜이 울창하게 조성된 영국 산문의 울타리를 파고들면서 만든 틈으로 어떤 농담, 어떤 비웃음, 어떤 시적 섬광이 보이는지 우리는 알 수 없다. 스턴이 책임질 수 있을까? 그는 이번에는 훌륭하게 처신하겠노라고 결심했지만 다음에 할 말이 무엇인지 알고 있을까? 갑작스레 튀어나오는 단절된 문장들은 말솜씨가 뛰어난 이야기꾼의 입에서 흘러나오는 어구만큼 재빠르며, 통제되지 않은 것처럼 여겨질 수도 있다. 그 문장의 구두점은 글의 구두점이 아니라 연설의 구두점이며, 이를 통해 말하는 사람의 목소리와 그 이미지가 연상된다. 관념의 순서와 그들의 갑작스러움, 그들의 부적절함은 문학보다 인생에 대입될 때 더 진실되다. 이 관계는 여러 가지 일에도 비난받지 않고 빠져나갈 수 있다. 만약 그들이 공개되었다면 의심 받을 만한 취향이었을 것이다. 이 특별한 문체의 영향으로 그 책은 반투명해지며, 독자와 작가의 거리를 유지하는 의례와 관습이 사라진다. 그리고 우리는 가능한 대로 인생에 가까워진다.

스턴이 오로지 극단적인 기교와 엄청난 고통으로 이 환상을 이루어 냈음은 그의 원고를 살펴보지 않더라도 알 수 있다. 왜냐하면 작가는 글쓰기의 의례와 관습을 뿌리치고 독자들에게 입으로 내뱉는 말처럼 직접적으로 전하는 것이 가능하리라고 생각하지만 막상 이런 실험을 한 사람은 그 어려움에 놀라거나 말로 표현할 수 없는 혼란 속으로 빠져들기 때문이다. 어쨌든 스턴은 그 놀라운 조합을 만들어 냈다. 어떤 글쓰기도 개인의 정신이 접혀 있는 사이로 정확하게 흘러 들거나, 뒤바뀌는 기분을 표현하거나, 가장 경박한 변덕이나 충동에 대답하는 것 같지 않다. 그리고 그 결과는 아직 완벽하게 명료하거나 차분하지 않다. 최고의 유동성은 최고의 영구성과 함께 존재한다. 마치 파도가 해변의 여기저기에 몰려왔다가 대리석에 소용돌이 자국을 남겨 놓는 것 같다.

물론 스턴보다 더 그 자신이 되어야 하는 사람은 없었다. 왜냐하면 재능에 인격이 없는 작가들, 예컨대 톨스토이 같은 작가는 인물을 창조한 뒤 우리에게 인물을 그대로 남겨 두지만, 스턴은 직접 나서서 우리를 도와주어야 하기 때문이다. 만약 스턴이 《감상적인 여행》에서 빠져나가 버린다면 그 작품은 거의 또는 전부가 사라질 것이다. 그에게는 제공할 만한 소중한 정보도 없고, 전하고 싶은 합당한 철학도 없다. 그의 말에 의하면 그는 "비가 너무 많이 와서 우리가 프랑스와 전쟁 상태라는 점을 깨닫지 못한 채" 런던을 떠났다. 그에게는 그림, 교회, 시골의 참상이나 행복에 대해 할 이야기가 없다. 그는 프랑스를 여행하고 있었지만, 도로는 가끔 그의 정신에 나 있었으며, 그의 주된 모험은 산적이나 절벽이 아니라 자신의 감정에 의해서 이루어졌다.

이러한 시각의 변화 자체가 과감한 혁신이었다. 지금까지 여행자는 비례와 원근법 등 어떤 법칙들을 통해 여행지를 관찰해 왔다. 대성당은 어느 여행 책에서나 거대한 건축물이었고, 그 곁에 적당히 작은 사람이 서 있었다. 하지만 스턴은 대성당을 아예 빼놓았다. 그에게는 노트르담보다 녹색 공단 지갑을 든 소녀가 훨씬 중요할지도 모른다. 그는 보편적인 가치 척도란 없다고 암시하는 것 같다. 소녀가 성당보다 더욱 흥미로울지 모르며, 죽은 당나귀가 살아 있는 철학자보다 더 교훈적일지 모른다. 그것은 모두 관점의 문제이다. 간혹 스턴의 눈에는 작은 사물들이 큰 건물들보다 커 보였다. 가발 끈에 대한 어느 이발사의 이야기는 프랑스 정치가들의 웅변보다 프랑스인의 성격에 대해 더 많은 것을 이야기해 준다.

나는 국가의 가장 중요한 문제들보다 넌센스 같은 사소한 것에서 두드러진 국민성을 정확하게 더 많이 볼 수 있다고 생각한다. 국가의 중요한 문제들에 대해서는 모든 나라의 훌륭한 사람들이 똑같이 이야기하므로 나는 그들 사이에서 고르기 위해 9펜스를 내고 싶지 않다.

그러므로 만약 우리가 감상적인 여행자처럼 사물의 본질을 파악하고자 한다면 훤한 대낮에 크고 탁 트인 노상이 아니라 어두운 입구 쪽 아무도 쳐다보지 않는 모퉁이를 보아야 한다. 그리고 몇 가지 간단한 부호를 평범한 어휘로 바꾸는 일종의 속기술을 배워야 한다. 그것은 바로 스턴이 연마했던 기술이다.

나는 본래 그것을 아주 기계적으로 처리하기 때문에 런던에서 길을 걸을 때 모든 것을 번역하면서 움직인다. 그리고 세 단어도 말하지 않은 사람들의 뒤에 서서 나하고 스무 마디 이상의 대화를 하게 한 적도 있었다. 그러면 그것을 기록으로 옮기고 욕까지 덧붙였다.

스턴은 우리의 관심을 밖에서 안으로 옮긴다. 여행 안내서를 뒤적거려 봐야 아무 소용이 없다. 우리는 우리 자신의 정신과 의논해야 한다. 그 정신만이 성당, 당나귀, 녹색 공단 지갑을 든 소녀 등의 중요성을 비교할 수 있다. 여행 안내서보다 꾸불꾸불한 자신의 정신과 그것이 만들어 낸 큰길을 따르는 스턴은 기묘하게도 우리 시대 사람이다. 말보다 침묵에 관심을 기울인 현대인의 선구자라고도 할 수 있다. 이런 이유 때문에 그와 동시대를 살았던 위대한 인물인 리처드슨Samuel Richardson[5]이나 필딩Henry Fielding[6]보다 오늘날 우리와 더 친밀하다.

하지만 차이가 있다. 스턴은 심리학에 많은 관심이 있었고 학교에 앉아만 있는 이 유파의 거장들보다 훨씬 재치가 있었지만 심오함은 적었다. 결국 그는 발길 닿는 대로 지그재그로 움직이면서 여행하고 이야기한다. 비록 헤매더라도 칼레Calais[7]와 모단Modane[8] 사이의 거리는

---

5 1689~1761. 영국의 작가로 영국 근대 소설의 개척자로 평가 받는다. 그의 소설에서 근대 소설의 태동을 볼 수 있다.
6 1707~1754. 영국의 소설가이자 극작가. 영국 소설 확립기의 대표적 작가이다.
7 프랑스 북부의 도시로 도버 해협을 사이에 두고 영국과 마주보고 있다.
8 프랑스와 이탈리아 국경 지방에 있는 프랑스의 도시.

몇 페이지에 불과하다. 그는 사물을 보는 방법에 관심이 있었지만, 사물들 자체도 날카로운 그의 관심을 끌었다. 그의 선택은 변덕스럽고 독특하지만, 어떤 사실주의자도 그 순간의 인상을 그보다 더 훌륭하게 표현하지 못할 것이다. 《감상적인 여행》은 일련의 초상화이며 (수도사, 귀부인, 파테pâté[9]를 파는 슈발리에chevalier[10], 서점에 있는 소녀, 새로운 바지를 입은 '꽃' La Fleur이라는 사내 등), 일련의 장면들이다. 그리고 이 산만한 정신은 잠자리처럼 지그재그로 날지만, 이 잠자리에게도 비행하는 방법이 있으며, 꽃도 아무렇게나 고르는 것이 아니라 어떤 훌륭한 조화나 어떤 화려한 부조화를 위해 고르는 것임을 우리는 부인할 수 없다. 우리는 웃었다 울었다 비웃다 동정했다를 반복한다. 눈 깜빡할 사이에 어떤 감정에서 그 반대의 감정으로 바뀐다. 받아들인 현실에 대한 이 경박한 애착, 묘사의 질서정연한 순서를 무시하는 일은 스턴에게 시인과 같은 면허를 부여한다. 그래서 범상한 소설가라면(비록 범상한 소설가가 마음대로 구사할 수 있다고 하더라도 그의 책에서는 참을 수 없을 정도로 이국적으로 보이게 될 언어에서) 틀림없이 무시할 만한 관념들도 그는 표현할 수 있다.

나는 먼지투성이 검은색 코트를 입고 근엄하게 창가로 걸어갔으며 유리창을 통해 온 세상이 노란색, 파란색, 녹색으로 쾌락의 고리가 되어 움

---

9 고기를 갈고 기름과 섞은 뒤 채소와 향신료 등을 넣어 가공한 프랑스 음식.
10 프랑스의 기사 작위.

직이는 것을 보았다. 부러진 창에 복면이 없는 투구를 쓴 노인들, 황금처럼 반짝이고 제각기 동양의 화사한 깃털로 장식한 눈부신 갑옷 차림의 젊은이, 이들 모두가 명성과 사랑을 위해 옛날의 마상 경기에 나서는 기사들처럼 그 고리를 향해 달려가고 있었다.

스턴의 책에는 이런 순수한 시구가 많다. 우리는 그것만 따로 떼어 본문과 별도로 읽을 수 있다. 하지만 대조 기법의 대가였던 스턴 때문에 이들은 인쇄된 지면 위에서 나란히 조화를 이룬다. 그의 신선함, 그의 쾌활함, 놀라움을 자아내는 그의 영속적인 힘은 모두 이 대조의 결과이다. 그는 영혼이 가야 할 깊은 낭떠러지의 가장자리로 우리를 이끌어간다. 우리는 짧은 순간에 그 깊이를 흘낏 쳐다보지만, 다음 순간에는 등 뒤에서 밝게 빛나는 푸른 초원을 바라보게끔 재빨리 돌려 세워진다.

만약 스턴이 우리를 괴롭힌다면 그것은 다른 이유이다. 그리고 그 잘못의 일부는 대중(《트리스트럼 샌디》가 출간되자 충격을 받아 그 작가는 성직자의 옷을 벗어야 할 냉소주의자라고 외쳤던 대중)에게 있다. 불행하게도 스턴은 대답해야 한다고 생각했다.

세상은 내가 《트리스트럼 샌디》를 쓴 사람이 아니라 내가 샌디라고 상상하고 있습니다(고 그는 셸번 경[11]에게 말했다). (……) 만약에 그것(《감상적인 여행》)이 품위 있는 책이 아니라고 생각된다면 그것을 읽은 분들에게 자비가 있을진저! 왜냐하면 그분들에게는 정말 온정적인 상상력이 있

132

을 것이기 때문입니다.

따라서 우리는 《감상적인 여행》에서 스턴이 그 누구보다 민감하고 동정적이며 인간적이라는 사실, 그가 그 무엇보다도 품위와 인간의 단순한 마음씨를 존중한다는 사실을 잊어서는 안 된다. 우리는 작가가 직접 이러저러한 사실들을 입증하려고 나서면 의심한다. 왜냐하면 우리가 그에게서 찾는 자질이 조금이라도 강조되면, 그것이 거칠어지거나 지나치게 채색되어 우리에게 유머 대신 익살이 생기고, 감정 대신 감상이 생기기 때문이다. 여기서 우리는 부드러운 스턴의 마음에 대한 확신 대신(《트리스트럼 샌디》에서 그것은 문제되지 않았다) 그것을 의심하기 시작한다. 왜냐하면 스턴이 사물 그 자체가 아니라 그 사물이 우리의 견해에 미치는 효과에 대해 생각하고 있다고 느끼기 때문이다. 거지들이 그의 주위에 모여들면 그는 의도한 것보다 더 크게 '부끄러운 거지pauvre honteux'라고 말한다. 그러나 그의 정신은 거지에게만 있는 것이 아니다. 그의 정신 일부는 우리에게 쏠려, 우리가 그의 선의를 알아차리는지 보려고 한다. 따라서 장의 끝부분에 더 많은 강조를 위해 "그리고 그가 그들 모두에게보다 내게 더 고마워한다고 나는 생각했다"는 그의 결론은 컵의 아래에 깔린 덜 녹은 설탕처

---

11 1737~1805, 영국의 귀족이자 정치가였던 제2대 셸번 백작Earl of Shelburne 윌리엄 페티 William Petty를 가리킨다. 총리대신을 역임하고 1784년 랜즈다운 후작Marquess of Lansdowne이 되었지만 흔히 셸번 경으로 통한다.

럼 달콤하며 역겹다. 《감상적인 여행》의 결정적인 결점은 스턴의 마음에 대한 우리 의견에 그가 관심을 갖는 것에서 비롯된다. 거기에는 그 모든 광채에도 불구하고, 저자가 본인 취향의 자연스러운 다양성과 활기를 상하지 않게 억제하는 듯한 단조로움이 있다. 기분은 지나치게 똑같이 친절하고 부드러우며 동정적이어서 전혀 자연스러울 수 없게 가라앉아 있다. 그래서 《트리스트럼 샌디》는 다양성, 활기, 상스러움을 놓쳐 버린다. 자신의 감수성에 대한 관심 때문에 그의 타고난 날카로움이 무뎌졌고, 우리는 움직이지 않기 때문에 쳐다볼 수 없는 겸손, 단순성, 장점 등을 너무 오래 보고 있으라는 요구를 받는다.

그러나 우리의 기분을 상하게 하는 것은 스턴의 감상이지 그의 부도덕이 아니라는, 우리 취향의 변화가 중요하다. 19세기에는 남편과 연인으로서 그의 행동에 의해 스턴이 쓴 모든 것이 흐려졌다. 새커리는 의분을 느끼며 스턴을 공격하고, "스턴의 글에는 불순한 것에 대한 암시와 같은 잠재적인 부패가 없는 페이지가 없다"고 말했다. 오늘날 우리는 빅토리아 시대 소설가의 공격이 18세기 교구 목사의 부정만큼 비난할 만한 것이라고 생각한다. 빅토리아 시대인들은 그의 거짓말과 그의 경거망동을 개탄했지만, 인생의 모든 불행을 웃음과 훌륭한 표현으로 바꾼 용기는 훨씬 더 훌륭하다.

《감상적인 여행》은 모든 변덕과 위트에도 불구하고 근본적으로 철학을 바탕으로 한다. 빅토리아 시대에 유행하지 못한 것, 예를 들자면 쾌락의 철학, 큰일에서와 마찬가지로 작은 일에서도 훌륭하게 행동하는 것이 필요하다고 하는 철학, 다른 사람들의 즐거움이 자신의 고통보다 더 바람직한 것처럼 보이게 하는 철학이 그의 작품에는 있었다. 부끄러움이 없는 사람은 "거의 평생 동안 여러 공주와 사랑에 빠졌음"을 고백하고 "내가 비열한 행동을 한다면 그것은 분명 여러 애정 행각들의 막간에 일어난 일이라고 굳게 믿으면서 죽을 때까지 계속 그렇게 하기를 바랄 것이다"고 덧붙일 배짱이 있었다. 그 철면피는 그가 만들어 낸 한 인물의 입을 통해 대담하게 외친다. "하지만 즐거움이여 만세! (……) 사랑 만세! 그리고 바가텔[12]만세!" 그는 성직자지만 프랑스 농부들이 추는 춤을 지켜보면서 단순한 즐거움과는 다른 높은 정신을 그 춤에서 구별할 수 있다고 생각할 만큼 불손한 태도를 지니고 있었다. "요컨대 나는 춤 속에서 종교를 보았다고 생각했다."

성직자가 종교와 쾌락 사이의 관계를 인식하는 것은 대담한 일이었다. 하지만 행복의 종교를 극복하는 것이 훨씬 더 어렵다는 사실이 그를 용서할지도 모른다. 만약 여러분이 더 이상 젊지 않다면, 만약 많은 빚을 지고 있다면, 만약 아내가 마음에 들지 않다면, 만약 사륜 역마차를 타고 프랑스를 돌아다니면서 난봉을 피운다면, 여러분은 늘 소비 때문에 죽어 갈 것이고 결국 행복의 추구는 쉽지 않다. 하지만 우리는 행복을 추구해야 한다. 이리저리 들여다보고 한쪽에서는 이성을 치근덕거리는가 하면 다른 쪽에서 잔돈을 내밀기도 하고 아

---

12 짧고 가벼운 음곡.

주 작은 양지라도 발견하면 거기에 앉아 세상을 한쪽 발끝으로 돌려야 한다. 점잖지 못한 농담도 해야 한다. 심지어 일상생활에서도 잊지 말고 "소소하고 훌륭한 생활 예절 너희들이여, 생활의 길을 순탄하게 만들지어다!" 하고 외쳐야 한다. 그리고 또, 하지만 이제 '해야 한다'는 말은 그만하자. 그것은 스턴이 즐겨 사용했던 말이 아니다. 우리가 확신을 가지고 작가를 지지하게 되는 것은 오직 옆으로 책을 치워 놓고 인생의 서로 다른 모든 측면에서 그것의 대칭성, 그것의 즐거움, 진심에서 우러나는 그것의 기쁨, 그리고 그들이 우리에게 전해주는 놀라운 용이성과 아름다움 등을 깨달을 때이다. 새커리가 말한 비겁자(병상에 누워 있거나 설교문을 써야 할 때 수많은 여성과 부도덕하게 노닥거리고 금박 테두리가 있는 편지에 연애편지를 썼던 사내)도 자신의 입장에서는 금욕주의자이자 모럴리스트이며 교사가 아니었을까? 대부분의 위대한 작가들이 그렇다. 그리고 스턴이 매우 위대한 작가였음을 우리는 부인할 수 없다.

체스터필드 경이 아들에게 보낸 편지

Lord Chesterfield's Letters to His Son

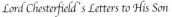

Lord Chesterfield's Letters to His Son

이 놀랄 만한 귀족과 그의 인생에 관한 견해를 즐기는 동안 우리는 편지의 반대편에 있는 멍청하지만 실체가 있는 인물을 깨닫는다. 그 편지들이 매혹적인 것은 이 때문이다. 항상 필립 스탠호프가 거기에 있다. 그는 아무 말도 하지 않았지만, 우리는 드레스덴, 베를린, 파리 등지에서 그 편지를 꼼꼼히 읽으면서 일곱 살 때부터 점점 늘어나는 편지 꾸러미를 쳐다보는 그의 존재를 느낀다.

마혼 경Lord Mahon[1]은 체스터필드 경Lord Chesterfield[2]의 편지들을 편집하면서 이 책을 읽는 사람에게 "아침 일찍 또는 무작위로 읽는 것이 적합하지 않다"는 경고가 필요하다고 생각했다. 마혼 경은 "어느 정도 이해력이 있고 원칙이 확고한 사람들"만이 아무 탈 없이 읽을 수 있다고 말했다. 하지만 그것은 1845년의 일이다. 1845년은 조금 멀어 보인다. 우리에게 1845년은 화장실이 없는 거대한 주택 시대처럼 여겨진다. 남자들은 요리사가 자러 간 다음 주방에서 담배를 피운다. 앨

---

1 1805~1875, 영국의 정치가이자 역사가인 5대 스탠호프 백작Earl Stanhope 필립 헨리 스탠호프 Philip Henry Stanhope로 마혼 자작Viscount Mahon으로 불렸다.

2 1694~1773, 영국의 정치가이자 문인이었던 4대 체스터필드 백작 필립 도머 스탠호프Philip Dormer Stanhope.

범은 응접실 탁자 위에 있고, 커튼은 두껍고, 여자들은 순결하다. 그러나 18세기도 변화를 겪었다. 1930년의 우리에게 18세기는 초기 빅토리아 시대보다 덜 낯설고 멀게 느껴진다. 이 시대의 문명은 마혼 경과 그 동시대인의 문명보다 더 합리적이고 더 온전한 것 같다. 여하튼 그때 높은 교육을 받은 소규모 집단은 그들의 이상에 따라 살았다. 그 자체의 마음이 있었고, 그 자체의 기준이 있었다. 만약 그 세상이 더 작았다면 더 밀집했을 것이다. 같은 시대의 시는 똑같은 안전 의식의 영향을 받는다. 《머리카락의 강탈Rape of the Lock》[3]을 읽으면 우리는 걸작이 나타날 정도로 안정적이지만 제한을 받는 시대에 있는 것 같다. 이런 시대에 시인은 자신의 임무에 온 정신을 기울이고 이를 유지하며, 우리는 귀부인의 화장대에 놓인 작은 상자까지도 그의 상상력이 빚어내는 물건이라고 혼잣말을 한다. 우리의 가장 깊은 감정을 직접 겨냥하는 시처럼 트럼프 놀이나 여름날 템스 강에서의 보트 놀이에도 우리가 받아들이는 아름다움과 사라지는 사물에 대한 감각을 암시하는 똑같은 힘이 있다. 시인이 그의 힘을 가위와 머리채에 쏟아붓고, 그의 세계와 가치를 보증할 수 있었던 그때, 귀족은 아들의 교육에 대한 명확한 법을 마련할 수 있었다. 그 세계에는 지금 우리에게는 없는 확실성과 안전이 있었다. 여러 가지 일이 있었고 시대가 바뀌었다. 이제 우리는 체스터필드 경의 편지를 얼굴 붉히지 않고 읽을 수 있다. 만약 얼굴을 붉힌다면, 마혼 경에게는 전혀 거북하

---

3 알렉산더 포프가 1712년 간행한 서술시집.

지 않았던 구절이 20세기에 와서 얼굴을 붉히게 하는 셈이다.

체스터필드 경이 네덜란드 인 가정교사 사이에 얻은 사생아 필립 스탠호프가 일곱 살이었을 때 편지는 시작된다. 우리가 그 아버지의 도덕 교육에 불만이 생긴다면 그것은 어린 나이인 필립의 교육 수준이 너무 높기 때문이다. "웅변, 말을 잘하는 방법의 문제로 되돌아가자. 너는 언제나 이에 관해 생각하고 있어야 한다"고 그는 일곱 살의 소년에게 말한다. "그 실력이 없으면 남자는 의회나 교회에서 또는 법의 세계에서 제대로 존재할 수 없다"고 마치 그 어린 소년이 자신의 장래 직업에 대해 생각하는 것처럼 이야기한다. 그 아버지의 잘못은(그것이 잘못이라면) 그 자신이 성공하지 못하고 자식들에게만은(필립은 유일한 자식이었다) 자신이 누리지 못한 기회를 주어야겠다고 결심하는, 유명 인사에게서 공통적으로 발견되는 잘못이다. 정말이지 편지가 계속되고 체스터필드 경이 자신의 경험과 독서, 세상에 대한 지식의 창고를 넘겨주면서 아들을 가르치는 동안은 그 자신도 즐거워 보인다. 그 편지에는 간절한 마음과 활기가 있고, 이는 필립에게 쓰는 편지는 임무가 아니라 기쁨이었다는 증거이다. 어쩌면 공직의 직무에 지치고 실망스러운 결과에 환멸을 느껴 펜을 들고 써 내려가며 자유로운 의사소통에 기뻐하다 그의 편지를 받는 사람이 편지의 절반도 이해할 수 없는 어린아이임을 잊어버렸는지도 모른다. 그렇다 하더라도 미지의 세계에 대한 체스터필드 경의 밑그림 속에 거부감은 없다. 그는 항상 온건, 관용, 추론의 편에 섰다. 그는 절대로 사람들을 혹사시키지 말라고 충고한다. 교회에 자주 가고 어떤 사람이라도 비웃지 말라. 모든 일에 관해 배워라. 아침에는 공부를 하고, 저녁에는 사교 생활을 하라. 옷을 가장 잘 입는 사람처럼 옷을 입고 그들처럼 행동하라. 괴벽스럽거나 이기적이거나 방심해서는 안 된다. 비례의 법칙을 준수하고, 모든 순간을 충만하게 살도록 하라.

그리하여 그는 필립이 되어야 한다고 설득하는 완벽한 인간의 모습을 단계적으로 구축해 나간다. 그러나 부인들과 교제하는 이야기를 할 때 체스터필드 경은 자신의 가르침을 색칠해야 할 어휘들을 흘리며 여성을 뒤쪽에 조심스럽게 감추어 두었다. 처음에는 소년이 여성과 시인에 관한 훌륭한 감정에 젖어 있는 것이 좋다. 체스터필드 경은 아들에게 그 둘을 존경하라고 말한다. "나는 애디슨 씨와 포프 씨와 함께 있을 때 마치 유럽의 모든 왕자들과 함께 있는 듯, 나보다 훨씬 위에 있는 사람과 함께 있다고 생각했다." 하지만 세월이 흐름에 따라 그 미덕은 점점 당연하게 여겨지고 그들은 스스로 살피도록 내버려 두면 된다. 하지만 부인들의 비율은 엄청나게 늘어난다. 부인이 인간의 삶을 지배하는 것이다. 한순간도 그들의 역할을 무시할 수 없다. 그리고 그들의 역할은 분명히 강요하는 것이다. 그것이 암시하는 것, 즐거움을 주는 방법에 대해 생각해 보라. 먼저 우리는 방에 들어가는 법, 다시 나오는 법에 대해 알아야 한다. 사람의 팔다리는 마음대로 되지 않기 십상이므로 이 자체도 상당히 눈치가 빨라야 한다. 그런 다음에는 새 옷이라거나 독특한 옷이라는 느낌을 주지 않으면서 유행에 맞는 옷차림을 해야 한다. 이도 완벽하고, 가발도 반감을 사지 않아야 하며, 손발톱은 둥글게 깎아야 한다. 조각도 하고, 춤도

취야 하며, 훌륭한 예술의 경지에 이른 것처럼 우아하게 의자에 앉아야 한다. 여기까지가 이들에게 주는 즐거움의 기본이다. 이제 말하기이다. 적어도 세 가지 언어를 완벽하게 구사해야 한다. 하지만 입을 열기 전에 주의해야 할 점이 있다. 절대로 웃지 않아야 한다. 체스터필드 경도 웃지 않았다. 항상 미소만 지었다. 훗날 그 젊은이가 말을 할 수 있게 되면, 그는 온갖 속담이나 저속한 표현을 피하고, 분명하게 발음하고 완벽한 문법을 구사해야 하며, 논쟁해서는 안 되고, 옛날이야기를 하거나 자신에 대한 이야기를 해서도 안 된다. 그런 다음에야 비로소 그 젊은이는 즐거움을 주는 방법 가운데 가장 훌륭한 것(바로 아첨하는 법)을 숙달하는 데 착수할 수 있다. 왜냐하면 모든 남녀에게는 허영심이 있기 때문이다. 지켜보고 기다리고 엿보면서 그들의 약점을 찾아라. "그러면 그들을 붙잡기 위해서 어떤 미끼를 써야 할지 알게 될 것이다." 왜냐하면 그것이 바로 세상에서 성공하는 비결이기 때문이다.

이 부분에서 우리는 거북스러워지기 시작한다. 우리 시대가 바로 그렇기 때문이다. 성공에 관한 체스터필드 경의 견해는 사랑에 관한 것보다 의구심이 든다. 왜냐하면 이 끊임없는 수고와 자기희생으로 무엇을 얻게 될지 궁금하기 때문이다. 방 안으로 들어오는 법과 나가는 법, 다른 사람의 비밀을 엿보는 법, 하고 싶은 말을 참는 법과 아첨하는 법, 부패한 하층민 집단과 교활한 사람들이 모이는 타락한 집단과 어울리지 않는 법 등을 배워 무엇을 얻을 것인가? 무엇으로 돌아올 것인가? 그것은 내가 세상에서 나아지리라는 답으로 돌아온다.

더 분명한 답을 요구한다면 최상의 사람들과 더불어 인기를 얻을 것이라는 답을 들을지도 모른다. 그러나 최상의 사람이 누구냐고 묻는다면 돌아오지 못할 미로에 빠지게 된다. 그 자체는 아무것도 존재하지 않는다. 좋은 사회란 무엇인가? 그것은 최상의 사람들이 좋은 사회라고 믿는 사회이다. 위트란 무엇인가? 바로 최상의 사람들이 위트라고 생각하는 것이다. 모든 가치는 다른 사람의 의견에 달려 있다. 사물은 독립된 존재가 아니라 다른 사람들과 함께 살아간다는 것이 이 철학의 요체이다. 이 세계는 거울과 같고, 우리는 아주 천천히 지위가 올라가며 그 보상은 거울에 반사되는 모습이다. 그 모습은 어쩌면 우리가 책을 뒤적거리다 품위 있는 페이지에 내려놓을 수 있는 묵직한 무엇인가를 찾는 동안 느끼는 당혹스러움을 설명해 줄지 모른다. 왜냐하면 우리가 묵직한 것을 찾기란 거의 불가능하기 때문이다. 하지만 결함을 인정하면, 엄격한 모럴리스트들에 의해 무시되는 많은 것들, 체스터필드 경의 마법이 걸려 있는 동안은 함부로 평가할 수 없는 이들 성질이 가치를 갖고 있으며 그들의 광채가 번쩍거린다는 사실을 누가 부인할 것인가? 자신에게 헌신했던 종복인 백작에게 부인들이 어떻게 했는지 잠시 생각해 보라.

여기에 너무 일찍 늙고, 공직과 치아까지 잃고, 무엇보다 비참하게도 나날이 귀까지 먹는, 정치에 환멸을 느낀 사내가 있다. 하지만 그는 신음 소리를 낸 적이 없고, 멍청하지도 따분하지도 않으며, 단정하다. 그의 정신도 육체만큼 훌륭하게 다듬어져 있다. 그는 잠시라도 "안락의자에서 뒹구는" 적이 없다. 이들 편지는 사적인 것이며 분명히 자연발생적인데도, 아주 자연스럽게 주제 하나에 몰두하므로 지루하지 않고, 특히 더 주목할 만한 것은 우스꽝스럽지 않다는 점이다. 즐거움을 주는 법은 글을 쓰는 법과 관련이 있을지도 모른다. 정중하고 사려 깊으며 절제하는 것, 이기심을 가라앉히는 것, 자신의 개성을 내보이기보다 감추는 것 등 상류 사회의 남자에게 도움이 되는 이러한 미덕은 작가에게도 도움이 될지 모른다.

물론 거기에는 어떻게 정의를 하든 훈련이라는 것은 우리가 호의적으로 느끼게 된다. 그리고 그 훈련은 체스터필드 경이 여러 인물들에 대해 쓰는 데 도움이 되었다. 그 작은 종이에는 구식 미뉴에트에 있는 것과 같은 정확성과 형식이 있다. 하지만 그 예술가에게 대칭성은 자연스러운 것이고 그는 자신이 좋아하는 곳에서 그것을 깨뜨릴 수 있다. 그리고 모방자와는 달리 거북해지거나 형식적이지 않다. 그는 음흉할 수도 있고 위트가 넘칠 수도 있으며 설교투일 수도 있지만, 잠시도 시간 감각을 잃지 않는다. 그래서 이야기가 끝나면 멈춘다. 그는 조지 1세의 애인들에 대해 "성공한 사람도 있었고 몸이 터져 버린 사람도 있었다"고 말한다. 왕은 그녀들이 살진 것을 좋아했다. 그리고 "그는 불치병 환자들의 병원인 상원에 틀어박혀 있었다"는 표현도 있다. 그는 미소를 지을 뿐 웃지 않는다. 물론 여기서 18세기가 그를 돕기 위해 왔다. 체스터필드 경은 별과 버클리 주교[4]에게

---

4 1685~1753, 영국의 성직자로 아일랜드 클로인 교구의 주교Bishop of Cloyne였던 조지 버클리 George Berkeley.

까지 모든 것에 정중했지만, 그 시대의 아들이 됨에 따라 한없이 빈
둥거리거나, 내부가 겉으로 드러난 사물처럼 견고하지 않다고 생각
하는 모든 것을 단호히 거부했다. 그에게 세상은 있는 그대로 충분히
좋고 충분히 컸던 것이다. 이러한 산문적인 기질은 흠 없는 상식 속
에 그를 세워 주었지만 다른 한편으로는 그의 시야를 제한했다. 그의
글에서는 라브뤼예르Jean de la Bruyère[5]의 글처럼 많은 반향을 일으키고
침투하는 구절은 하나도 보이지 않는다. 하지만 그는 그 위대한 작가
와 비교하는 것을 비난한 최초의 인물이었다. 게다가 라브뤼예르처
럼 글을 쓰기 위해서는 무엇인가를 믿어야 할 것이다. 그러나 그럴
경우 부인들을 관찰하기가 얼마나 어려울 것인가! 웃는 사람도 있고
울음을 터뜨리는 사람도 있을 것이다. 두 가지 모두 똑같이 통탄할
일이다.

　이 놀랄 만한 귀족과 그의 인생에 관한 견해를 즐기는 동안 우리는
편지의 반대편에 있는 멍청하지만 실체가 있는 인물을 깨닫는다. 그
편지들이 매혹적인 것은 이 때문이다. 항상 필립 스탠호프가 거기에
있다. 그는 아무 말도 하지 않았지만, 우리는 드레스덴, 베를린, 파리
등지에서 그 편지를 꼼꼼히 읽으면서 일곱 살 때부터 점점 늘어나는
편지 꾸러미를 쳐다보는 그의 존재를 느낀다. 그는 약간 진지하고 약
간 살이 쪘으며 약간 키가 작은 젊은이로 자랐다. 그는 외국의 정치
에 관심이 있었다. 약간 진지한 그의 취향은 독서였다. 그리고 그가

5　1645~1696, 17세기 프랑스의 모럴리스트.

가는 곳이 어디든 그에게 춤을 배우고 조각을 배우며 두 다리를 제대로 움직이고 상류층의 숙녀를 유혹할 것을 명령하는, 품위 있고 세련된 재기가 번뜩이는 편지들이 왔다. 그는 최선을 다했다. 부인들을 다루고 봉사하기 위해 열심히 노력했지만, 그들의 요구가 너무 많았다. 그는 사방이 거울로 둘러싸인 번쩍거리는 넓은 방에서 나갈 수 있는 가파른 계단의 중간쯤에 앉아 있었다. 그는 아무것도 하지 못했다. 하원에서 실패했고, 레겐스부르크Ratisbon[6]에서 미미한 직책에 있다가 갑자기 죽었다. 그는 여러 해 전에 신분이 낮은 아가씨와 결혼하여 자식이 여럿 있다는 소식(그 동안 아버지에게 차마 말할 용기가 없었던 소식)을 아내를 통해 아버지에게 전했다.

백작은 그 놀라운 소식을 신사답게 받아들였다. 그가 며느리에게 보낸 편지는 세련의 본보기이다. 그는 손자들의 교육을 시작했다. 하지만 그 후에는 자신에게 무슨 일이 일어나는지에 대해 무관심해진 듯하다. 그는 자신의 생사에 그다지 개의치 않았다. 하지만 마지막까지도 부인들에 대해서는 주의를 기울였다. 그의 마지막 말은 그 부인들에게 경의를 표하는 것이었다. 그가 죽어 가고 있을 때 누군가 방으로 들어왔고 그는 몸을 일으키며 말했다. "데이롤스[7]에게 의자를 드려라." 그러고는 더 이상 입을 열지 않았다.

---

6 독일어 표기는 Regensburg로, 독일 남동부 바이에른 주의 유서 깊은 도시.
7 체스터필드 경의 비서를 지낸 솔로몬 데이롤스Solomon Dayrolles.

두 교구 목사
Two Parsons

Two Parsons

1
제임스 우드퍼드

심리 분석가들이 일기에 대해 다루었으면 좋겠다고 바라는 사람도 있을 것이다. 왜냐하면 일기는 맑은 하늘이나 그대로 드러나 보이는 새벽과 같은 인생에서 가끔 수수께끼처럼 여겨지는 경우가 있기 때문이다. 교구 목사 우드퍼드Woodforde가 바로 그렇다. 그에게는 일기가 유일한 수수께끼이다. 그는 43년 동안 거의 날마다 월요일에는 무엇을 했고, 화요일에는 저녁 식사로 무엇을 먹었는지를 적었지만, 누구를 위해, 왜 그것을 썼는지는 남기지 않았다. 일기에다 영혼의 짐을 내려놓지도 않지만, 그렇다고 일기가 단순한 약속이나 경비 지출의 기록만은 아니다. 문학적 측면에서 보면, 그가 일기를 문학적으로 생각했다는 징후는 없다. 그리고 그의 일기를 보면 그 사람 자체도 평화스럽지만, 혹시 그의 친구들이 일기를 읽더라도 친구들을 곤란하게 하거나 그들의 감정을 상하게 할 비밀 누설이나 비판도 거의 없다. 그렇다면 68권이나 되는 작은 일기장은 어떻게 쓰였을까? 어쩌면 친밀함에 대한 욕구 때문인지도 모른다. 제임스 우드퍼드가 꼼꼼하게 적어 내려간 일기장 하나를 펼치면 그가 가난한 사람들을 찾아가고 교회에서 설교를 하는 목사와 전혀 다른 또 하나의 제임스 우드퍼드를 찾아가 이야기를 나누었음을 알 수 있다. 이들 두 사람은 온 세상이 아는 이야기를 나누지만 거기에는 그 두 사람만 공유하는 몇 가지 비밀이 있다. 예컨대 그해 크리스마스에 낸시Nancy, 베치Betsy, 워커Walker 씨 등이 그에 대한 음모를 꾸미고 있는 것처럼 보일 때는 일기장에 "이번 크리스마스 때 나에 대한 정중한 반응은 가증스럽기 그지없다"고 적으며 커다란 위안을 받는다. 또 다른 제임스 우드퍼드도 공감하고 동의했다. 낯선 사람이 그의 호의를 거절했을 때도 다락방에서 잠자는 일기장의 다른 자아에게 "그래서 나는 그를 친절하게 대하면서도 너무 제멋대로 구는 사람처럼 대했다"고 말하며 위안을 삼았다. 시골 교구의 고적한 생활에서 이들 두 독신자가 절친한 사이가 된 이유를 쉽게 알 수 있다. 만약 일기가 금지되었다면 그에게 없어서는 안 될 부분이 죽었을 것이다. 정말이지 그는 자신이 죽음의 수중에 있다고 생각될 때도 일기를 썼다. 그리고 우리는 그것을 읽는 동안(읽는다는 말이 어울린다고 한다면) 잠들기 전에 조용한 곳에서 자기 자신에게 하루 일과를 중얼거리는 사람의 말에 귀를 기울이고 있다고 느낀다. 사실 그것은 쓰는 것도, 읽는 것도 아니다. 그것은 창가에서 창밖을 내다보며 거리에 있는 사람들을 쳐다보고 우드퍼드와 같은 사람들에 대해 계속 생각하는 것이다. 산책하면서 제임스 우드퍼드의 생애와 성격을 생각하는 것이다. 그것은 쓰는 것도 읽는 것도 아니다. 뭐라고 해야 할지는 정확히 알 수 없다.

제임스 우드퍼드는 매끈한 뺨, 흔들리지 않는 시선으로 주변을 제대로 쳐다보려고 하지 않는 사람들(인생의 한창 때가 아니면 결코 상상할 수 없는 사람들) 가운데 하나였다. 그는 한결같았다. 다만 젊을 때 연애를 했던 것 때문에 결혼하지 않는 사람들에게서 보이는 신랄한 말이나 까다로운 태도 같은 일반적인 모습이 보일 뿐이었다. 그러나 그 교구 목사의 연애가 거창했던 것은 아니었다. 옛날 서머싯Somerset[1]의 젊은이였을 때 그는 셉턴Shepton[2]으로 가는 산책을 즐겼는데, 그곳에서 "상냥한 마음씨의" 베치 화이트Betsy White를 만날 수 있기 때문이었다. 그는 "용기를 내어" 그녀에게 청혼하기로 했다. 그래서 "기회가 닿는 대로" 결혼하자고 베치에게 말했으며, 그녀도 기꺼이 그러자고 했다. 하지만 그는 계획을 연기했고, 4년이 지났다. 베치는 데번셔Devonshire[3]에 가서 연수입이 500파운드에 이르는 웹스터 씨Mr. Webster와

---

1 영국 잉글랜드의 남서부에 있는 주.
2 영국 서머싯 주의 한 촌락.
3 지금은 데번Devon이라고 하며, 서머싯 주의 서부에 있는 주.

결혼했다. 제임스 우드퍼드가 길에서 그들을 만났을 때 그는 "수줍은 탓에" 아무 말도 하지 못했지만, 일기장에는 썼다. 이는 그의 결론이 었음에 틀림없다. "내가 생각하기에 그녀는 남자를 버린 여자에 지나지 않았다."

하지만 당시 그는 젊은이였다. 세월이 흐르면서 그가 결혼에 대한 생각을 완전히 접고 조카딸 낸시Nancy와 웨스턴롱빌Weston Longueville[4]에 정착한 뒤 열심히 하루하루를 살아가는 일에 전념하지 않았을까 우리는 생각해 본다. 다시 하는 말이지만 그것을 달리 어떻게 표현해야 할지 모르겠다.

왜냐하면 제임스 우드퍼드는 특별한 인물이 아니었기 때문이다. 인생은 그를 마음껏 짓눌렀다. 그는 특별한 재능도 없었고, 괴벽이 있거나 몸이 허약하지도 않았다. 그가 성실한 성직자였다는 주장도 무의미하다. 그에게 천국의 하느님은 옥좌에 앉아 있는 국왕 조지와 같았다. 말하자면 자상한 군주로서, 일요일 설교를 통해 여러 축제를 기념하고, 탄신일에는 총을 발사하거나 만찬 때 축배를 들었다. 그는 소년이 말에게 끌려가다 죽은 불행한 일이 생기면, 즉시 그러나 마지 못한 듯 "하느님께 바라노니 이 불쌍한 소년이 행복하기를" 하고 외쳤으며, 그리고 "우리는 모두 노래를 부르며 집으로 돌아왔다"고 덧붙였다. 치안 판사 크리드Creed의 공작이 꼬리를 펼치면 "하느님께서 모든 존재에 하신 일이 얼마나 훌륭한가" 하고 감탄했다. 하지만 제임

---

4 영국 잉글랜드의 동중부에 위치한 노퍽 주의 작은 마을.

스 우드퍼드에게는 광신적인 모습이나 열광적인 태도, 서정적인 충동은 없었다. 모든 것이 아주 깔끔하게 분류된 뒤 하루가 지나가면 그의 일기장은 경주마의 규칙적인 발걸음처럼 조용히 그리고 넉넉히 다시 채워지고 금성의 운행에 관한 시구가 일기에 나타난다. "그것은 아름다운 귀부인 얼굴의 검은 점처럼 나타났다." 그 어휘들은 온화하지만, 행성 자체의 광채와 더불어 목사의 산문은 물결처럼 퍼지는 파도 위에 드리워진다. 그래서 잉글랜드 동부의 소택지에서는 헛간이나 나무가 주위의 가옥들보다 두 배는 커 보인다. 그러나 무엇 때문에 그가 그해 여름밤을 이토록 지나치게 생생히 묘사하였는지는 알 수 없다. 술에 취하지는 않았을 것이다. 그는 형인 잭^{Jack}이 술에 취해 실수를 한다고 강력히 비난했으므로 그가 그럴 리는 없다. 그는 체질적으로 육식을 즐겼지만 술을 마시지는 않았다. 우리가 우드퍼드 가의 숙부와 조카딸에 대해 생각할 때 그들은 종종 저녁 식사를 초조하게 기다렸을 것 같다. 두 사람은 고기가 식탁에 놓이는 것을 진지하게 지켜보고 재빨리 나이프를 들어 육즙이 많은 다리나 허리 부분을 먹는다. 소스나 요리에 관한 이야기가 아니면 말없이 계속 먹는다. 그리하여 그들은 날마다 고기를 씹었고, 수많은 양과 수소, 엄청난 닭과 오리, 적지 않은 백조와 백조 새끼, 사과와 자두 상당량이 소비되었을 것이다. 또한 과자와 젤리도 그들의 손아래에서 산이나 피라미드, 탑을 이룬다. 이만큼 음식으로 가득 찬 책은 없었다. 꼼꼼하게 빠짐없이 적어 놓은 식단을 읽으면 포만감이 느껴진다. 송어와 닭고기, 양고기와 완두, 돼지고기와 사과 소스 등 저녁 식사에서는 고기들이 이어지고 다른 식사 때도 마찬가지로 고기가 나오는데, 이는 전부 집에서 기르고 육즙이 많으며 대부분 조카딸이 직접 만든 영국식 요리로 아주 담백하고 가장 맛있는 음식이다. 하지만 웨스턴 홀Weston Hall에서 커스턴스 부인Mrs. Custance과 함께 저녁 식사를 하면서 부인이 그들에게 런던의 별미로 "풍경이 비치는" 피라미드 모양의 젤리를 내놓을 때도 있었다. 커스턴스 부인(제임스 우드퍼드는 그녀를 위해 기사처럼 헌신했다)은 때때로 저녁 식사를 하고 나서 "스티카르도 파스토랄레Siccardo Pastorale 5"로 "매우 부드러운 음악"을 연주하거나, 바느질 상자를 꺼내 그것이 얼마나 꼼꼼하게 만들어졌는지 보여 주기도 했는데 그것은 위층에서 또 다시 아이를 출산하고 있지 않을 때였다. 그 아이들은 교구 목사가 세례를 하는가 하면, 또 자주 땅에 묻기도 했다. 그들은 태어나는 것만큼 빈번하게 죽었다. 교구 목사는 커스턴스 부부에게 깊은 존경심을 품고 있었다. 그들은 시골 신사의 바람직한 모습이었다. 애인을 거느리는 습관이 눈에 거슬렸지만, 그 작은 과오는 가난한 사람들에 대한 관대함, 낸시에게 보여준 친절, 많은 훌륭한 사람들과 함께 지내고 있을 때도 교구 목사를 저녁 식사에 초대하는 그들의 겸양을 감안하면 용서할 수 있었다. 하지만 교구 목사는 훌륭한 사람들이 마음에 들지 않았다. 귀족에 대해 깊은 존경을 품었지만, "고백하자면 우리와 같은 계급인 사람이 훨씬 마음에 든다"고 말했다.

---

5 유리로 만든 하모니카로 알려진 고대의 악기.

교구 목사 우드퍼드는 무엇이 마음에 드는지 알고 있었으며 이 드문 재능은 그가 원하는 것을 가질 수 있다는 희귀한 재능에 의해 완성되는 자연의 하사품이었다. 시대는 순조로웠다. 월요일, 화요일, 수요일…… 차례로 뒤를 이었고, 각 요일마다 일기장의 작은 칸에는 무엇인가 적혀 있는 것 같다. 그는 뉴 칼리지$^{New College}$[6]의 특별 연구원이었지만 온갖 일을 자신의 손으로 직접 처리했다. 그리고 집에 있는 모든 방을 들락거렸다. 서재에서 설교 원고를 썼고, 식당에서 풍족하게 식사를 했으며, 주방에서 요리를 했고, 거실에서 트럼프 놀이를 즐겼다. 그런 다음에는 코트를 걸치고 한 손에 지팡이를 들고는 그레이하운드를 산책시키기 위해 밖으로 나갔다. 계절이 바뀌면 식량을 대고, 겨울 추위와 가뭄에 대비하여 집을 관리하는 것이 그의 일이 되었다. 그는 군대의 장수처럼 계절의 변화를 살피고, 석탄과 땔감, 고기와 맥주를 갖추는 등 적에 대비하여 자신의 진지를 안전하게 구축했다. 따라서 그의 하루는 어울리지 않는 여러 가지 잡일로 채워졌다. 엄숙하게 봉행해야 할 종교가 있는 반면 돼지를 도축하고, 환자를 방문하고, 식사를 하고, 죽은 사람을 매장하면서 맥주를 양조하기도 했다. 또 평의회에 참가하기도 하고 암소의 고기를 먹기 좋게 잘라 놓았다. 그의 일기장 속에서 삶과 죽음이 서로 다투며 골고루 뒤섞여 있다. "(……) 그 늙은 신사는 거의 마지막 숨을 쉬고 있는 것 같았음. 목구멍을 가르랑거리는 일이 전혀 무의미함. 오늘 저녁 식사

---

6 옥스퍼드대학교를 구성하는 단과 대학의 하나.

는 삶은 쇠고기와 구운 토끼고기." 만사가 그럴 수밖에 없다. 인생이 란 그런 것이다.

그렇다면 분명 여기에, 인간사에서 숨 돌리는 곳 가운데 하나가 있다. 바로 18세기 말 노퍽의 교구 목사관이다. 왜냐하면 그곳에서는 인간이 자신의 몫에 만족하고 조화로우며, 그의 가옥이 그에게 알맞고, 나무가 나무, 의자가 의자로서 각자 자신의 임무에 맞게 존재하기 때문이다. 교구 목사 우드퍼드의 눈으로 보면 인간의 서로 다른 삶도 질서정연하고 안정된 것 같다. 국왕이 실각하고 멀리서 대포 소리가 들리지만 그 소리는 그다지 크지 않고, 이곳 노퍽 사람들에게는 영향을 미치지 못한다. 사물의 비례가 다른 것이다. 유럽 대륙은 너무 멀리 떨어져 있어 하나의 점으로 보인다. 아메리카 대륙은 거의 존재하지 않으며, 오스트레일리아 대륙은 알려져 있지 않다. 그러나 확대경 하나가 노퍽 들판에 놓여 있다. 그 확대경으로 보면 모든 풀잎이 보인다. 모든 길과 밭, 도로의 바퀴자국과 농부의 얼굴도 볼 수 있고, 초원에 둘러싸인 떨어져 있는 주택들도 보인다. 마을과 마을을 잇는 전선도 없고 공기 사이를 뚫고 나아가는 목소리도 없다. 사람의 신체는 실질적이다. 그래서 더욱 아프게 고통을 겪는다. 육신의 고통을 없애는 마취제가 없다. 외과의사의 칼이 몸에서 날카롭게 움직인다. 추위는 전혀 누그러지지 않은 채 무서운 기세로 집앞에 이른다. 우유는 냄비에서, 물은 대야에서 두껍게 언다. 겨울에 목사관의 방과 방을 오가는 일은 불가능하다. 가난한 남녀는 노상에서 얼어 죽기도 한다. 가끔 오던 편지도 오지 않고 방문객이나 신문도 없다. 목사관은 서리가 내린 들판 한가운데 홀로 서 있다. 이윽고(하느님을 칭송할지어다) 생활이 다시 시작되면서 한 남자가 마다가스카르 원숭이를 데리고 문간에 나타나며, 다른 남자는 양쪽으로 가르마를 탄 아이가 든 상자를 가지고 온다. 풍선이 노리치 상공에 올라갈 것이라는 소문도 있다. 아무리 사소한 사건이라도 모두 정확하고 분명하게 드러난다. 노리치까지 아무 사고 없이 가는 것은 모험이다. 말이 한 발짝씩 움직일 때마다 뒤에서 바퀴를 굴려야 한다. 하지만 울타리에 서 있는 나무들이 얼마나 뚜렷하며, 마차가 움직이는 동안 소들이 얼마나 천천히 고개를 젓는지, 노리치의 첨탑들이 언덕 위에 어떻게 모습을 드러내는지를 보라. 그런 다음에는 커스턴스 부부, 뒤켄 씨Mr. du Quesne 등 몇몇 친구들의 얼굴이 얼마나 또렷하며 낯익은지 보라. 우정이 공고해지고 지속적으로 가치 있는 소유물이 되기까지는 시간이 걸리는 법이다.

사실 젊은 낸시는 가끔 자신이 뭔가를 놓치고 있으며 뭔가를 원한다는 들뜬 생각이 든다. 어느 날 그녀는 숙부에게 생활이 매우 따분하며 "내 집의 처참한 상황, 볼 것도 없고, 찾아오거나 찾아갈 사람도 없다는 등등"에 대해 불평을 터뜨려 그를 거북하게 만들었다. 우리는 낸시의 그 "등등"을 원하는 어리석음에 대해 훈계를 조금 할 수 있다. 우리는 네가 말한 "등등"이 가져온 결과를 보라고 말할 것이다. 유럽의 절반 가까운 나라가 재정 파탄에 이르렀고, 푸른 언덕 등성이마다 빨간색 고급 주택이 즐비하며, 노퍽의 도로가 타르처럼 새까맣고, "찾아가거나 찾아오는 사람"은 끝이 없다고 우리는 말할 것이다. 우리의 말에 낸시는 우리의 과거가 그녀의 현재라고 대답할 것이다. 이 말에 우리는 다시 카우슬립^{cowslip[7]}을 페이글^{pagle}이라 부르고 자동차 대신 이륜 쌍두마차를 타는 18세기에 태어난 것을 커다란 영광으로 생각해야 한다고 말한다. 하지만 그녀는 회상록을 광적으로 좋아하는 당신들이 완전히 틀렸다고 말한다. 가끔 내 생활이 견딜 수 없을 만큼 따분하다는 것은 내가 보증할 수 있다. 여러분이 웃을 만한 일에도 나는 웃지 않았다. 나는 내 숙부가 꿈에 맥주 거품이나 모자를 보면 그것은 집안에 누가 죽는다는 뜻이라고 말씀하셨을 때 즐겁지 않았다. 나도 그렇게 생각했던 것이다. 베치 데이비^{Betsy Davy}는 잔가지 무늬의 패듀어소이^{paduasoy[8]}를 입고 있었고 진심으로 어린 워커의 죽음을 슬퍼했다. 18세기에 관한 이야기에는 허풍이 많다. 옛날과 옛날의 일기에 대해 여러분이 느끼는 즐거움은 어느 정도는 불순하다. 여러분은 존재하지 않았던 것을 지어내기도 한다. 우리의 과장 없는 현실이 여러분에게는 꿈에 불과한 것이다, 낸시는 이렇게 18세기를 하루하루 시시각각 생활하면서 한탄하고 불평을 터뜨린다.

그래도 그게 꿈이라면 조금 더 거기에 젖어들기로 하자. 어떤 것들이 지속되고, 몇몇 장소와 몇몇 사람은 변화에 영향 받지 않음을 믿기로 하자. 어느 맑은 5월의 아침, 떼까마귀가 날아오르고 토끼가 깡충깡충 달리며 물떼새가 풀밭 사이에서 노래를 부르고, 그 환상을 북

---

7 앵초목 앵초과의 여러해살이풀.
8 튼튼한 견직물의 일종.

돋위 주는 것이 아주 많다. 변화하고 사라지는 것은 바로 우리들이다. 교구 목사 우드퍼드는 계속 살아간다. 감옥에 가는 사람은 왕과 왕비이다. 무정부 상태와 혼란 가운데 대도시가 파괴된다. 하지만 여전히 웬섬 강River Wensum[9]은 흐르고, 커스턴스 부인은 또 아이를 낳기 위해 침대에 누우며, 그해의 첫 제비가 날아온다. 봄이 오고 건초와 딸기와 함께 여름도 온다. 그리고 배는 보잘것없지만 호두는 예외적으로 잘된 여름이 오며, 정말이지 요란하게 바람이 휘몰아치는 겨울로 접어든다. 하지만 가옥은(하느님에게 감사할지어다) 그 폭풍을 이겨낸다. 그리고 다시 이듬해의 첫 제비가 나타나고, 교구 목사 우드퍼드는 그레이하운드를 데리고 산책한다.

2
존 스키너

1740년에 태어나 1803년에 죽은 우드퍼드는 1772년에 태어나 1839년에 죽은 스키너와 전혀 다른 세상에서 살았다.

　왜냐하면 두 교구 목사를 분리시킨 연도가 바로 18세기와 19세기를 나누는 중대한 해였기 때문이다. 서미싯셔Somersetshire[10]의 심장부에

9　영국 잉글랜드의 노픽을 흐르는 강.
10　영국 잉글랜드의 남서쪽에 위치한 주로서 지금은 서머싯이라고만 부름.

자리 잡고 있는 캐머턴Camerton은 아주 오래된 마을로 우리는 일기의 다섯 장을 채 넘기지 못하고 탄광에 대해 읽게 된다. 또한 새로운 광맥이 발견되고 탄광 주인이 촌락의 번영을 약속하는 이 사건을 축하하기 위해 노동자들에게 돈을 지급했으며 그 탄광에서 커다란 함성이 터져 나왔음을 알게 된다. 그 후 여느 시골 신사들처럼 그들의 지위를 확고히 유지했던 것 같지만, 캐머턴의 영주 저택은 물론 그와 관련된 모든 권리와 의무가 자메이카 무역으로 큰 재산을 모은 재럿Jarrett 가문 수중으로 들어가는 일이 벌어졌다. 이 같은 진기한 일, 이 같은 우드퍼드의 시대에는 있을 수도 없었던 이런 일은 당연히 스키너의 혼란스러운 성격에도 영향을 미쳤다. 그는 화를 잘 내고 초조해하며 미리 걱정했다. 그러다 그는 우리 시대가 있기 전부터 우리 시대의 산란한 모든 투쟁과 불안을 구현하는 것처럼 보였다. 그는 산문적이며 어울리지 않는 옷감과 19세기 초의 판탈롱[11] 차림으로 갈림길에 선다. 그의 뒤에는 질서와 규율, 영웅적인 과거의 미덕이 놓여 있지만, 그가 서재를 떠난 다음에는 만취, 부도덕, 무규율, 무신앙, 감리교파와 로마 가톨릭, 선거법 개정안과 가톨릭교도 해방령, 자유를 외치는 폭도, 예의 바르고 올바른 모든 것을 전복하려는 시도 등과 마주쳤다. 괴롭고 투덜거리지만 성실하면서 유능한 그는 뒤로 물러설 의향이 전혀 없었다. 그는 어떤 주장에도 물러서지 않았고, 거칠며 절대적이고 희망 없이, 많은 우려를 안은 채 갈림길에 서 있었다.

---

11 아랫부분이 나팔 모양으로 벌어진 여자용 바지.

개인적인 슬픔은 그의 신랄한 천성을 더욱 도드라지게 만들었다. 그의 아내는 어린 네 자녀를 남겨 놓고 젊은 나이에 세상을 떠났으며, 그가 가장 사랑했던 아이, 그를 닮아 일기를 쓰고 조개껍데기를 장식장에 깔끔하게 정리해 그를 기쁘게 해 줄 것으로 기대했던 딸 로라Laura마저 죽었다. 이들의 상실은 명목상으로는 하느님을 더욱 사랑하게 만들었지만, 실제로는 사람들을 미워하게 이끌었다. 일기장이 1822년을 기록할 무렵 거기에는 일반 대중은 부당하고 사악하며, 캐머턴의 사람들은 일반 대중보다 더욱 부패되어 있다는 의견에 고정되어 있다. 그러나 그날에 이르면 그의 직업도 정해져 있다. 그는 운명에 따라 변호사 사무실(그곳은 정의를 다루고 공문서를 작성하는 곳이며 그곳이라면 엄격하게 법률의 조문에 따르면서 훌륭하게 일할 수도 있었을 것이다)을 나와, 캐머턴의 교구 위원과 농부들, 걸릭Gullick 가족과 패드필드Padfield 가족, 병을 앓는 노파, 백치, 난쟁이 등과 함께 지냈다. 하지만 그의 임무가 아무리 더럽고 교구의 신자들이 아무리 혐오스러울지라도 그는 그들에 대한 의무가 있었으므로 그들과 함께 지냈다. 그리고 어떤 비난을 듣더라도 원칙에 따라 살며 옳은 것을 지지하고 가난한 자를 보호하며 나쁜 짓을 저지른 사람을 벌하려고 했다. 일기장이 시작될 즈음에는 이 비참한 활동이 본 궤도에 접어든 상태였다.

어쩌면 1822년의 캐머턴은 그 탄광들과 그 혼란 때문에 영국의 촌락에 대한 훌륭한 사례가 아닐지도 모른다. 교구 목사가 돌아다니는 과정을 뒤따라가 보면, 옛날 촌락 생활의 기묘함과 쾌적함이 가득한 달콤한 꿈에 젖기 어렵다. 예컨대 그는 굴드 부인Mrs. Goold을 찾아갔다. 그녀는 혼자 오두막에 갇혀 있다가 불이 나서 화상을 입고 고통스러워하는 정신 박약 여인이었다. 그녀는 "왜 나를 도와주지 않았느냐? 왜 나를 돕지 않느냐?"고 소리쳤다. 이 비명을 들으면서 교구 목사는 그녀가 본인의 잘못과 무관하게 이 지경이 되었음을 알았다. 그녀는 살림을 하다 술을 마시게 되었고, 이성을 잃을 정도가 되자 그녀의 부양 문제를 놓고 빈민 구제법 관계 공무원과 가족 사이에 다툼이 벌어졌다. 그러다 계속되는 남편의 무절제와 폭음에 혼자 내버려진 그녀는 결국 불길에 휩싸이고 말았던 것이다. 누구의 탓이었을까? 가난한 사람들에게 지급되는 수당 삭감에 전적으로 찬성하는 인색한 치안 판사 퍼넬 씨Mr. Purnell일까, 거칠기로 악명 높은 빈민 감독관 힉스Hicks일까, 선술집일까, 그것도 아니면 감리교도일까? 여하튼 교구 목사는 자신의 임무를 완수했다. 그는 아무리 미울지라도 짓밟힌 자들의 권리를 옹호했으며, 밟은 자들의 잘못을 지적하고 죄를 물었다. 그가 만난 사람 중 매음굴을 운영하면서 딸에게 같은 직업을 갖도록 한 소머 부인Mrs. Somer이 있었다. 또 한밤중에 만취한 채 술집에서 나와 길을 잃고 채석장으로 굴러 떨어져 가슴뼈가 부서져 죽은 농부 리핏Lippeatt도 있었다. 어디로 고개를 돌려도 괴로운 고통이 있었고, 그 고통 뒤에는 잔혹한 행위가 있었다. 예컨대 빈민 감독관 힉스 부부는 신체가 불구인 거지를 전혀 보살피지 않고 열흘 동안 구빈원에 누워 있게 했다. "그의 몸에 구더기가 끓어 커다란 구멍을 내려 했다." 노파 한 명이 이를 지켜보았지만 노파는 기력이 너무 쇠약하여 그를 일으킬 힘도 없었다. 다행히 그 거지는 죽었다. 다행히 불쌍한 광부 가랫Garratt도 죽었다. 술과 가난과 콜레라의 악과 더불어 광산 자체도 위험했기 때문이다. 사고는 흔했고, 그들을 치료하는 수단은 원시적이었다. 석탄이 가랫의 등으로 떨어져 허리가 부러졌고 그나마 시골 외과 의사의 조잡한 치료를 받아 1월부터 11월까지 생명을 부지했지만 결국 죽고 말았다. 엄격한 교구 목사와 대저택의 경박한 귀부인은 자신에게 맞는 정당한 대접을 받기 위해 반 크라운[12]짜리 은화, 수프, 의약품을 준비해 환자가 앓아누운 병상을 방문했다. 스키너 씨의 천성적인 신랄함을 감안하더라도, 1세기 전 캐머턴 마을의 삶을 미소 띤 그림처럼 묘사하기 위해서는 매우 낙관적인 펜과 매우 친절한 시선이 필요했을 것이다. 반 크라운짜리 은화나 수프는 문제를 해결하는 데 아무런 효과가 없었으며, 설교나 비난은 사태를 더욱 악화시켰을 것이다.

그 교구 목사는 캐머턴을 벗어날 피난처를 발견했다. 그 피난처는 몇몇 이웃처럼 유흥이나 다른 몇몇처럼 운동이 아니었다. 그는 간혹 다른 마을에 가서 그곳의 성직자와 식사를 하면서 그 접대가 "프랑스 요리와 프랑스 포도주가 잔뜩 나오는 성직자의 가정보다 그로브너 광장Grosvenor Square[13]에 더 어울리는 것"이었다고 신랄하게 비판했다. 그리고 그는 11시가 넘어서야 귀가했다고 감탄 부호와 함께 기록한

---

12 이전에 영국에서 사용된 5실링짜리 은화.

13 런던의 메이페어Mayfair 구역에 조성된 정원 형태의 광장으로, 1710년 리처드 그로브너 경Sir Richard Grosvenor(1689~1732)이 개발 허가를 얻었다. 그 후 인근에 고급 주택이 들어섰다.

다. 그는 자식들이 어릴 때 함께 들판을 산책하거나 그들에게 배를 만들어 주며 즐거워했고, 애완견이나 길들인 비둘기의 무덤에 묘비명을 세우면서 라틴 어 실력을 다시 연마했다. 그리고 페닉 부인Mrs. Fenwick이 평화롭게 몸을 기댄 채 남편의 플루트 반주에 맞추어 부르는 무어Moore의 노래에 귀를 기울였다. 하지만 그런 민폐 없는 즐거움까지 의심을 샀다. 어느 농부는 그가 지나가자 오만하게 쳐다보았으며, 누군가는 창문에서 돌을 던지기도 했다. 분명 재럿 부인은 그녀의 다정한 태도 뒤에 어떤 사악한 목적을 감추고 있었다. 사실 캐머턴으로부터 유일한 그의 피난처는 카물로두눔Camulodunum[14]에 있었다. 그 생각을 할수록 그는 자신이 운 좋게도 카락타쿠스Caractacus[15]의 아버지가 살았던 곳, 오스토리우스Publius Ostorius Scapula[16]가 식민지를 개척했던 곳, 아서Arthur[17]가 반역자 모드레드Modred[18]와 싸웠던 곳, 앨프레드Alfred[19]가 역경에 처하게 되었던 곳에 살고 있음을 점점 더 확신하게 되었다. 캐머턴은 타키투스Tacitus[20]의 카물로두눔임이 확실했다. 서재에 홀로 앉아 입을 굳게 다문 채 지치지도 않고 문서를 필사하며 비

---

14 런던의 북동쪽에 위치한 작은 도시 콜체스터Colchester의 로마 시대 때 이름. 당시 로마 식민지였던 브리튼 섬의 수도였다.

15 10?~50?. 로마가 브리튼 섬을 식민지로 삼기 전 브리튼 인의 왕.

16 ?~52. 로마의 정치가이자 장군. 카락타쿠스를 패배시키고 사로잡았다.

17 5세기 말과 6세기 초에 브리튼 인을 다스렸다는 전설상의 왕.

18 아서 왕의 전설에 등장하는 인물로, 캄란Camlann 전투에서 아서와의 싸움 끝에 전사하지만 아서 역시 치명상을 입는다.

19 849~899. 바이킹 족의 침공에 대항해 싸웠던 앵글로색슨 왕국의 왕.

20 55?~117?. 로마의 역사가.

교하고 입증하고 있으면, 그는 안전하고 편안하며 행복하기까지 했다. 그리고 또 "합성된 켈트 어의 모든 글자 속에" 은밀한 뜻이 있음을 입증할 수 있는, 어떤 중요한 어원 상의 발견에 다가가고 있음을 확신했다. 궁전에서 지내는 어느 대주교도 좁은 서재에서 일하는 고문서 연구자 스키너만큼 만족스러울 수 없었다. 이 같은 성과를 거두는 데는 또한 리처드 호어 경Sir Richard Hoare의 시골 별장인 스타워헤드Stourhead[21]를 가끔 찾아가 자신과 같은 일을 하는 사람들과 어울리고 윌트셔Wiltshire[22]의 고적과 골동품을 검사하는 신사들과의 만남이 커다란 힘이 되었다. 아무리 길이 꽁꽁 얼어 있더라도, 아무리 도로에 눈이 높이 쌓여 있더라도 스키너는 스타워헤드로 갔으며, 심한 감기에 괴로웠지만 완벽한 만족감으로 도서관에 앉아 세네카Seneca[23]의 글, 디오도로스 시켈로스Diodorus Siculus[24]의 글, 프톨레마이오스Ptolemy[25]의 《지리학Geography》 등을 발췌했다. 또는 카물로두눔이 콜체스터에 자리 잡고 있다는 주장만큼 무모하며 성급하고 잘못된 정보를 입수한 동료 연구자의 글을 아무렇게나 집어던지기도 했다. 그는 교구 신자들이 녹슨 못을 종이에 싸서 보낸 악의적인 선물에도 불구하고, 스타워헤드의 주인이 웃으면서 "아, 스키너, 자네는 모든 것을 카물로두

---

21 영국 잉글랜드 윌트셔 주의 미어Mere 가까이에 있는 스타워 강River Stour의 수원에 위치한 면적 11제곱킬로미터의 토지. 저택과 조경으로 유명하며 1946년 이후 국가가 관리하고 있다.

22 영국 잉글랜드 남서부에 위치하는 주.

23 기원전 4?~기원후 65, 고대 로마의 스토아 철학자.

24 고대 로마 공화제 말기와 제정 초기에 살았던 그리스의 역사가.

25 85?~165?, 그리스의 천문학자이자 지리학자.

눔으로 가지고 오겠어. 이미 발견한 것으로 치게. 만약 지나치게 환상을 품으면 실질적인 사실의 권위를 약화시킬 테니까"라는 경고에도 불구하고, 학자들의 글을 발췌하고 자신의 이론을 정립하며 증거를 수집하는 일을 계속했다. 리처드 호어 경의 말에 스키너는 보통 글자의 6분의 1크기로 34페이지에 달하는 분량으로 대답했다. 그 내용은 날마다 캐머턴의 빈민 감독관 힉스와 치안 판사 퍼넬, 매음굴, 맥줏집, 감리교도, 온갖 병 등을 겪어 내는 사람에게 카물로두눔이 얼마나 필요한지 리처드 경은 모르며 만약 고대에 카물로두눔이 있었다면 심지어 홍수까지 막을 수 있다는 것이었다.

그리하여 그는 98권이나 되는 원고를 철제 궤짝 세 개에 채웠다. 그러나 우리는 이제 그 원고에서 카물로두눔 뿐 아니라 존 스키너를 다루기 시작했다. 카물로두눔에 관한 진실을 파악하는 것도 중요한 일이었지만, 존 스키너에 관한 진실을 파악하는 일 역시 중요했다. 그가 죽은 지 50년이 지나고 그의 일기가 출판되었을 때, 사람들은 스키너가 훌륭한 고문서 연구자였을 뿐 아니라 매우 부당한 취급을 받고 많은 고통을 겪은 사람임을 알게 되었다. 일기는 그의 옹호자처럼 절친한 친구가 되었다. 예컨대 그는 자신이 자상한 아버지인지를 일기장에게 물었다. 그는 아들들에게 끊임없는 시간과 수고를 바쳤으며, 아들들을 윈체스터Winchester[26]와 케임브리지Cambridge에 보냈다.

---

26 영국 잉글랜드 남중부에 위치하는 햄프셔Hampshire 주의 유서 깊은 도시지만, 여기서는 그곳에 있는 윈체스터 칼리지Winchester College를 뜻한다.

그러나 지금 농부들은 그에게 십일조를 지불하는 데 인색하고 등이 부러진 양을 주거나 그에게 주는 닭이 점점 줄어드는 데도 아들 조지프Joseph는 그를 돕지 않았다. 그의 아들은 캐머턴 사람들이 그를 조롱하며, 그가 자식들을 하인 취급하고, 아무 이유 없이 악을 의심한다고 말했다. 그러다 스키너는 우연히 파손된 이륜마차에 대한 청구서를 발견하기도 했고, 그를 도와 벽에 그림을 걸어야 할 아들들은 담배를 피우면서 빈둥거렸다. 그는 아들들이 집에 있는 것을 견딜 수 없었다. 그래서 화를 내면서 그들을 배스Bath[27]로 쫓아냈다. 자식들이 떠나자 그는 자신의 잘못이라고 인정하지 않을 수 없었다. 그것은 투덜거리기를 잘하는 그의 성미였다. 하지만 그를 투덜거리게 하는 일들은 아주 많았다. 재럿 부인의 공작이 밤새도록 그의 창문 아래에서 소리를 질렀고, 사람들은 그를 화나게 하려고 일부러 교회의 종을 쳤다. 그렇지만 그는 노력할 것이며, 자식들을 돌아오게 할 것이다. 그리고 조지프와 오언Owen이 돌아왔다. 그러자 이전의 짜증이 다시 그를 엄습했다. 그는 게으름에 대해, 또는 사이다를 너무 많이 마시는 사실에 대해 "말하지 않을 수 없었으며", 그 때문에 소란이 벌어졌고, 조지프는 거실의 의자를 부수었다. 오언도 마찬가지였고, 애나Anna도 그랬다. 그의 자식들 어느 누구도 그에게 관심을 갖지 않았다. 오언이 특히 심했다. 오언은 "저는 미치광이예요. 저를 알려면 정신과 전문의 이상의 전문가가 되어야 할 거예요" 하고 말했다. 게다가 오언

---

27 영국 잉글랜드 서부의 서머싯 주에 있는 온천 휴양 도시.

은 스키너의 운문, 그의 일기장과 고고학적 이론을 경멸하는 말을 쏟아냄으로써 그의 감정을 상하게 했다. 조지프는 "아무도 내가 쓴 엉뚱한 것을 읽지 않을 것이라고 했다. 내가 트리니티 칼리지^{Trinity College}에서 상을 받았다는 이야기를 하자 (……) 그 녀석은 아주 어리석은 자가 아닌 이상 대학에서 상을 받으려고 글을 쓰지는 않는다고 대답했다"고 말했다. 다시 커다란 소란이 일어났고 그들은 다시 아버지의 저주를 받으면서 배스로 쫓겨났다. 그러다가 조지프가 폐결핵으로 몸져누웠다. 그의 아버지는 후회했고 부드러워졌다. 그는 의사를 부르는가 하면 배를 타고 아일랜드까지 바다 여행을 하자고 제의했으며, 정말로 웨스턴^{Weston}으로 데리고 가서 돛단배를 타고 바다에 나갔다. 가족은 다시 한 번 하나가 되었다. 투덜거리고 요구하는 것이 많은 아버지는(온갖 걱정 때문이었지만) 심술궂은 방법으로 진정 사랑하는 자식들의 분통을 다시 한 번 터뜨렸다. 종교가 문제였다. 오언은 아버지가 자연신 숭배자나 소키누스 파[28]와 마찬가지라고 말했다. 그리고 위층에 몸이 아파 누워 있는 조지프는 너무 피로하기 때문에 논쟁을 할 수 없다고 했다. 오언은 아버지가 그에게 그림을 가져와 보여 주거나 기도문을 읽어 주는 것을 원하지 않았다. "오언은 나보다 다른 사람과 대화를 나누었을 것이다." 스키너 인생의 위기였고 아버

---

[28] 라일리우스 소키누스Laelius Socinus(1525~1562)와 그의 조카 파우스투스 소키누스Faustus Socinus(1539~1604)가 이끌었던 16세기 이탈리아의 종교 집단으로 예수의 신성 등 삼위일체설을 부인하고 유일 신격을 주장하는 교리를 추종하는 사람들.

지가 자식들과 가까이 있어야 할 때였는데도 자식들이 그에게서 멀어졌다. 살아야 할 이유가 전혀 없었다. 하지만 그가 무엇을 했기에 모든 사람이 그를 미워한 것일까? 왜 농부들이 그를 미쳤다고 했을까? 조지프는 왜 그가 쓴 글을 아무도 읽지 않을 것이라 말했을까? 왜 마을 사람들은 그의 개 꼬리에 깡통을 매달았을까? 왜 공작은 비명을 지르고 사람들은 종을 울렸을까? 왜 그에게는 아무런 자비나 존경심, 사랑을 보여 주지 않았을까? 일기장은 이 질문을 고통스럽게 반복하지만 아무 대답이 없었다. 마침내 1839년 12월의 어느 날 아침, 그 교구 목사는 집 가까이에 있는 너도밤나무의 숲에서 자신을 향해 권총을 쏘았다.

버니 박사의 저녁 모임
Dr. Burney's Evening Party

Dr. Burney's Evening Party

1

그 저녁 모임은 1777년 아니면 1778년에 열렸다. 그해의 어느 달, 어느 날에 열렸는지는 알려지지 않았지만 밤은 쌀쌀했다. 우리가 많은 정보를 얻고 있는 패니 버니Fanny Burney [1]는 스물다섯 아니면 스물여섯 살이었다. 하지만 그 저녁 모임을 충분히 즐기기 위해서는 몇 해를 거슬러 올라가 손님들과 가까워질 필요가 있다.

---

1 1752~1840, 영국의 소설가이자 극작가 프랜시스 버니Frances Burney. 결혼한 뒤로는 마담 다르블레Madame d'Arblay로 알려졌다.

패니는 아주 어릴 때부터 글쓰기를 좋아했다. 킹스린King's Lynn[2]에 있던 계모의 집 정원 구석에 오두막이 하나 있었는데, 그녀는 오후에 거기에서 글을 쓰곤 했다. 그러나 강을 지나다니는 뱃사람들의 욕설 때문에 오전에는 오두막에 있을 수가 없었고 오후에는 집 안에 있어야만 했다. 글쓰기에 대한 반쯤 억압된 그녀의 정열이 발휘되는 것은 오직 오후의 한적한 곳에서였다. 글쓰기는 어린 소녀에게는 약간 우스꽝스럽게, 성숙한 여인에게는 꼴사납게 여겨졌다. 게다가 소녀가 일기를 쓴다면 그것은 경솔한 내용이 될지도 몰랐다. 그래서 수수하지만 킹스린에서 가장 높은 성품을 지닌 존경 받는 미스 돌리 영Miss Dolly Young이 그녀에게 주의를 주었다. 패니의 계모도 글 쓰는 일에 찬성하지 않았다. 하지만 그녀의 글쓰는 즐거움은 대단했다. 그녀는 "나는 머리에 떠오르는 생각을 그 자리에서 적는 것과 처음 만난 사람들에 대한 생각을 적을 때의 기쁨은 말로 표현할 수가 없다"고 했다. 그러므로 그녀는 끼적거려야 했다. 그녀의 호주머니에서 떨어진 종이를 아버지가 주워 읽는 바람에 고통과 수치심을 느낀 적도 있었고, 가지고 있는 종이를 모조리 불살라 버리라는 아버지의 명령도 있었다. 그러나 곧 타협이 이루어졌던 것 같다. 아침 시간에는 바느질 같은 진지한 일에 몰두하고, 강이 내려다보이는 전망 좋은 곳에서 편지, 일기, 단편 소설, 운문 등을 끼적거리는 것이 허용되는 시간은 뱃사람들과 함께 그들의 욕설이 배로 들어가는 오후였다.

---

2 영국 잉글랜드 동중부에 위치하는 노퍽 주의 소도시.

그런데 약간 이상한 점이 있다. 그것은 아마 18세기가 욕설의 시대이기 때문일 것이다. 패니의 초기 일기에는 욕설이 잔뜩 나열되어 있다. '하느님 맙소사', '나를 찢어', '죽겠군', '빌어먹을'이나 '악마 같으니' 하는 욕이 사랑하는 그녀의 아버지와 존경하는 크리스프 아저씨[3]에게서 매일 흘러나왔다. 어쩌면 언어에 대한 패니의 태도가 약간 비정상적이었는지도 모른다. 그녀의 어휘력은 민감했지만, 제인 오스틴처럼 신경질적이거나 격렬하지 않았다. 그녀는 인쇄된 지면 위로 따뜻하고 풍부하게 쏟아지는 언어의 유창한 소리를 사랑했다. 그녀가《라셀라스 Rasselas》[4]를 읽자 곧 어린 그녀의 펜 끝에서 존슨 박사와 같은 방식으로 확대되고 부풀어진 문장들이 만들어졌다. 그녀는 일찍부터 톰킨스 Tomkins와 같은 수수한 이름은 피하려고 했다. 따라서 정원 끝에 있는 오두막에서 그녀가 들었던 말들은 다른 소녀들보다 그녀에게 더 많은 영향을 미쳤을 것이며, 그녀가 소리에 민감한 만큼 그녀의 영혼은 의미에 민감했을 것이다. 그녀는 약간 고상한 척하는 면이 있었다. 그녀는 톰킨스라는 이름을 피했던 것처럼 일상생활의 거칠고 가혹하며 검소한 것들도 피했다. 초기 일기의 엄청난 활기와 생생함을 해치는 주된 결점은 풍부한 어휘가 문장을 다듬어 부드럽

---

3 1707~1783, 그녀의 집에 자주 왕래했던 새뮤얼 크리스프 Samuel Crisp.

4 새뮤얼 존슨이 1759년에 발표한 중편 소설. 원제는《아비시니아의 왕자 라셀라스의 이야기 The Hostory of Rasselas, Prince of Abissinia》이다. 이 작품은 영국에서 소설이 발생하기 시작한 18세기에 집필된 작품으로 소설과 수필의 특징을 모두 갖고 있으며, 풍자 소설과 교훈적 우화의 형식을 띠고 있다. 초기 소설의 특징을 보여 주고 있어 문학 분야에서 중요한 자료로 평가된다.

게 하고 아름다운 감정이 생각의 윤곽을 매끄럽게 한다는 점이다. 따라서 뱃사람들이 욕하는 소리가 들리면, 비록 계모의 딸 마리아 앨런 Maria Allen은 거기에 앉아 물 위로 키스를 던지는 시늉을 했지만(그녀의 미래를 감안할 경우 얼마든지 그렇게 생각할 수 있다) 패니는 안으로 들어갔다.

안으로 들어간 패니는 홀로 생각에 잠기지 않고 킹스린에서든 런던에서든(그보다 많은 시간을 폴랜드 가 Poland Street[5]에서 보냈다) 여기저기 움직이며 서성였다. 하프시코드[6] 소리, 노래 소리, 서재에서 버니 박사가 책에 둘러싸인 채 격렬하게 글을 쓰는 소리도 있었고(그렇게 정신을 집중해서 중얼거리는 소리들이 집 안에 온통 퍼져 있는 것 같다), 다양한 직업에 종사하는 버니 가의 자녀들이 모일 때는 잡담과 웃음소리가 터져 나왔다. 패니보다 가정생활을 더 즐기는 사람은 없었다. 그 자리에서 수줍어하면 할머니라는 별명만 붙을 뿐이고, 그녀의 유머를 들어 줄 친밀한 청중이 있고, 옷차림에 신경 쓸 필요가 없었기 때문이기도 하다. 아마 이 모두가 어릴 때 세상을 떠난 어머니 때문이겠지만 이들 사이에는 농담과 전설, 사적인 언어 등으로 저절로 표현되는 친밀감이 있었고("가발이 젖었어" 하고 서로 눈을 찡그리며 말하기도 한다), 자매와 형제 사이, 그리고 형제와 자매 사이에 끊임없는

---

5 런던의 거리 이름.

6 이탈리아 어로는 쳄발로cembalo, 프랑스에서는 클레브생clavecin이라고 불리는 악기. 피아노가 나오기 전 인기를 누린 건반 악기이다.

담소와 은밀한 이야기가 있었다. 버니 남매(수전Susan, 제임스James, 찰스Charles, 패니, 헤티Hetty, 샬럿Charlotte 등)가 재능 있다는 사실에는 의심의 여지가 없었다. 찰스는 학자, 제임스는 유머 작가, 패니는 작가였고, 수전은 음악에 조예가 깊었다. 모두가 특별한 재능이나 특징이 있었다. 그들은 타고난 재능 이외에도 아버지가 인기 있는 사람이라는 사실에 행복을 느꼈으며, 사교에 적합한 그의 재능과 좋은 문벌 태생이 알맞게 조화를 이루어 그들은 귀족이나 제본업자와 아무 어려움 없이 어울릴 수 있었고, 실제로 원하는 대로 인생을 마음껏 누릴 수 있었다.

버니 박사는 지금 시각으로 보면 의심스러운 점이 몇 가지가 있다. 지금 그를 만난다면 그에게서 무엇을 느낄지 확신하기 어려울 것 같다는 점이다. 그렇지만 한 가지는 분명하다. 그는 어디에서나 만날 수 있다. 파티의 여주인들은 그를 붙잡기 위해 경쟁했을 것이다. 많은 쪽지가 그를 기다릴 것이며, 많은 전화벨이 울릴 것이다. 그는 바쁜 사람이었기 때문이다. 그는 항상 서둘러 들어왔다가 서둘러 나갔고 마차에서 샌드위치를 먹는 것으로 끼니를 해결할 때도 있었다. 때로는 아침 7시에 외출해 음악 레슨을 하다 밤 11시가 넘어서야 집에 오기도 했다. 그의 사교적 매력인 "예절 바르며 부드러운 습관" 때문에 모든 사람이 그에게 매혹되었다. 그의 계획성 없고 단정치 못한 습관들(쪽지, 돈, 원고 등 모든 것이 한 서랍에 있고, 한번은 돈을 모조리 강탈당했지만 그의 친구들이 기꺼이 그 돈을 빌려 주었다)과 그의 기이한 모험(도버Dover 해협을 힘겹게 건너다 잠이 들어 프랑스로 되돌아갔기 때문에 다시 해협을 건너야 하지 않았던가)은 사람들의 친절과 동정을 끌어 모았다. 그가 조금 불분명하게 여겨진다면 그가 말수가 적기 때문인지도 모른다. 그는 끊임없이 책이나 글을 쓰고 또 썼고 딸들에게도 자기를 대신해 쓰도록 한 것 같다. 한편 그에게는 분류되지도 않고 읽지 않을 쪽지나 편지, 식사 초대장이 쏟아졌다. 그는 그들을 버리지 못하고 언젠가 설명을 붙이거나 수집품으로 보관할 생각이었지만, 결국 어휘의 구름 속으로 사라져 버린 것 같다. 그가 여든여덟의 나이로 세상을 떠났을 때 헌신적인 딸들은 초대장들을 모조리 태워 버리는 것 말고는 달리 할 일이 없었다. 심지어 패니의 언어에 대한 애정조차도 숨을 죽였다. 우리는 버니 박사에 대해 약간의 망설임이 있을지 몰라도, 패니는 전혀 그렇지 않았다. 그녀는 아버지를 사랑했고 아버지의 글을 필사하기 위해 자신의 글쓰기를 몇 번이나 제쳐 놓아야 했지만 개의치 않았다. 그리고 그 역시 딸의 애정에 보답했다. 딸이 궁정에서 성공하기를 바랐던 그의 야심은 어리석었고, 까딱하면 딸의 목숨까지 잃을 뻔했지만, 패니는 혐오스러운 구혼자를 받아들이라는 압력을 받자 울면서 말했다. "아빠, 저는 아무것도 원하지 않아요! 아빠와 함께 살게만 해 주세요!" 그러자 감정적인 박사가 대답했다. "애야, 그렇다면 영원히 나와 함께 살자꾸나. 내가 너를 떼어 내려 했다고 생각하지는 말아 다오." 그렇게 말하면서 그의 두 눈은 눈물로 가득 찼다. 주목할 만한 사실은 그가 발로 씨_{Mr. Barlow}를 더 이상 언급하지 않았다는 점이다. 버니 가족은 행복했지만 신기하게 혼합된 가족이었다. 거기에는 앨런 가족도 있었고, 계모에게서 태어난 형제와 자매도 함께였기 때문이다.

그렇게 세월이 흘러, 가족이 더 이상 폴랜드 가에서 지내기 어려워지자 일단 퀸 광장Queen Square[7]으로 이사했다. 그리고 다시 1774년에는 레스터필즈Leicester Fields[8]의 세인트마틴스 가St. Martin's Street로 이사했다. 그곳은 한때 뉴턴Isaac Newton이 살았고 그가 세운 천문대가 있으며 그때까지도 벽이 채색된 뉴턴의 방이 보이는 곳이었다. 런던의 중심에 있지만 초라한 거리였던 이곳에 버니 일가는 그들의 보금자리를 마련했다. 이곳에서 패니는 이전에 킹스린에서 오두막에 몰래 들어갔던 것처럼 천문대에 몰래 들어가 글을 계속 끼적거렸다. 그녀는 "나는 내 생각을 종이에 적는 즐거움을 더 이상 거역할 수 없다"고 외치고 있다. 유명한 사람들은 박사와 은밀히 면담하기 위해, 개릭David Garrick[9]처럼 잘생긴 머리카락을 솔질하면서 박사와 함께 앉아 있기 위해, 활기 있는 가족끼리의 저녁 식사에 합석하기 위해 이곳을 찾았다. 또는 형식적이지만 버니 가의 자식들은 모두 악기를 연주했고 아버지는 하프시코드를 '연주하다 말고 사라졌다'. 그리고 외국의 저명한 음악가의 독주회에 참가하기 위해 찾아 오는 사람들도 있었다. 아주 많은 사람들이 이런 이유, 저런 까닭으로 찾아왔기 때문에 괴짜나

---

7 런던의 블룸스베리Bloomsbury 지역에 있는 광장으로, 조지 3세의 비였던 샬럿 왕비Queen Charlotte의 동상이 서 있다.

8 런던의 웨스트엔드West End에 있는 광장으로 지금은 레스터 광장Leicester Square으로 불린다.

9 1717~1779, 영국의 연극배우로 각본을 쓰기도 했다. 자연스럽고 힘찬 연기 양식을 확립하여 런던 연극계에 새로운 바람을 일으켰다.

특이한 사람들이 주변의 눈길을 끌 수 밖에 없었다. 예컨대 놀라운 소프라노 가수 아구이아리Lucrezia Agujari 는 "어린아이였을 때 돼지의 공격을 받았고 그녀가 소의 허벅지 살을 가지고 있다고 알려졌다." 그리고 여행가 브루스James Bruce 는 다음과 같은 이유로 눈길을 끌었다.

그는 매우 특별한 병이 있었다. 그가 말을 하려고 하면 배가 갑자기 소리를 내는 오르간처럼 부풀어 올랐다. 그는 이 사실을 굳이 비밀로 하지 않았으며 그것이 아비시니아Abyssinia[10]에서 연유한다고 말했다. 어느 날 저녁 그가 흥분했을 때, 그 현상이 여느 때보다 오래 계속되고 아주 격렬해서 모여 있는 사람들이 깜짝 놀랐다.

패니는 다른 사람들을 묘사하면서 자기 자신도 묘사했기 때문에, 특히 우리는 큰 모기 같은 눈과 수줍어하면서도 어색한 태도로 그 사람들 사이를 살그머니 들락날락하는 모습으로 패니를 기억한다. 하지만 큰 모기 같은 눈, 어색한 태도와 같은 묘사는 그녀의 민첩한 관찰력과 좋은 기억력을 드러내지 못했다. 그 사람들이 떠나기 무섭게 그녀는 몰래 천문대로 들어가 편지지 열두 페이지에 모든 장면과 오갔던 대화를 적었다. 체싱턴Chessington[11]에 있는 크리스프 아저씨를 위해서였다. 그 나이 많은 은자는(사회와 등지고 들판에 있는 저택에 살고

---

[10] 에티오피아의 옛 이름.
[11] 현재 런던 광역시의 남서부에 편입된 킹스턴어폰템스Kingston upon Thames 구역의 소도시.

있었다) 세상에서 훌륭한 사람들과 어울리기보다는 포도주 저장실의 포도주 한 병, 마구간의 말 한 필, 밤에 즐기는 백개먼backgammon[12]이 훨씬 재미있다고 말했지만 항상 새로운 소식을 기다렸다. 그래서 패니킨Fannikin[13]이 근황을 이야기해 주지 않거나, 그녀의 머리에 떠오른 그대로 아주 정확하게 글을 쓰지 않으면 그녀를 책망했다.

특히 크리스프 씨는 "그레빌 씨와 그의 생각에 관해" 알고 싶어 했다. 그레빌 씨야말로 지속적으로 호기심을 자아내는 원천이었다. 세월이 흘러 그레빌 씨의 가장 뚜렷한 특징이라고 할 그의 출생, 그의 인격, 그의 코만이 드러나는 것은 안타까운 일이다. 풀크 그레빌Fulke Greville은 필립 시드니 경의 친구였던 자[14]의 후손이었다(그는 분명 그 사실을 반복적으로 말하면서 강조했을 것이다). 귀족이 머리에 쓰는 관은 "허공에 매달린 듯 그의 머리 위에 걸려 있었다." 직접 만나 보면 그는 키가 컸고 체격이 좋았다. "그의 얼굴, 몸매, 살결 등은 놀라운 남성미를 드러내고 있었다." "그의 몸가짐과 태도는 의식적인 위엄으로 고결했다." 그의 동작도 "당당했지만 우아했다." 그러나 이들 온갖 재능과 자질은(여기에 승마와 펜싱과 춤과 테니스를 감탄할 정도로 잘했다는 사실을 덧붙여야 할 것이다) 커다란 결점 때문에 훼손되었다. 그는 극도로 거만하고 이기적이었으며 변덕스러웠고 성미도 급했다.

---

12 실내에서 두 사람이 하는 서양식 주사위 놀이.
13 크리스프가 패니를 부르는 애칭.
14 1554~1628, 같은 이름을 가진 영국의 시인이자 극작가이며 정치가인 초대 브룩 남작Baron Brooke을 가리킨다.

그가 버니 박사와 알게된 건 음악가가 신사와 어울릴 수 있는지에 대한 궁금증 때문이었다. 젊은 버니가 하프시코드를 완벽하게 연주하는 동안 손을 둥글게 하고 손가락을 구부리는 것을 보았을 때, 버니가 후원자보다 음악에 관심을 기울이며 그의 말에는 "그렇습니다", "아닙니다" 하고 짤막하게 대답할 때, 그리고 그렌빌이 더 이상 참지 못하고 손을 탁탁 두들겼을 때도, 그가 더 이상 점잔 빼지 않고 활발하게 대화를 시작한 것은 젊은 버니가 재능이 있고 훌륭한 젊은이임을 알았기 때문이다. 버니는 그의 친구이자 동등한 존재가 되었다. 결국 버니는 그의 희생자가 된 셈이었다. 왜냐하면 필립 시드니 경의 친구였던 자의 후손이 혐오하는 것이 하나 있었는데 그는 이를 "보수적인 구식 태도"라고 불렀다. 표현이 풍부한 이 어휘를 통해, 그는 자신이 "활기"라고 부르는 귀족적인 미덕과 반대되는, 중산층의 미덕인 신중성과 체통을 가리켰던 듯하다. 인생은 지속적인 과시와 더불어 기세 좋고 과감하게 살아야 한다. 그 과시에는 엄청나게 많은 비용이 들므로 과시로 인한 개선에 동조하지만 비참하게도 자신의 수준을 겨우 유지하는 사람들에게는 꿈같은 일처럼 보이지만 말이다. 또한 손님들에게 자신을 향한 감탄을 강요했던 사람에게는 그것이 지겨워 보일지라도 말이다. 그러나 그레빌은 자신이나 친구들의 보수적인 구식 태도를 견딜 수 없었다. 그는 이름 없는 젊은 음악가를 화이츠 White's[15]와 뉴마킷Newmarket[16]의 방탕한 생활로 내몰고 거기서 가라앉는지 헤엄을 치는지 재미있게 지켜보았다. 민첩한 버니는 그 물에서 태어난 것처럼 헤엄쳤고, 그러자 필립 시드니 경의 친구였던 자의 후손은 즐거워했다. 버니는 그의 제자였다가 이제는 절친한 친구가 되었다. 정말이지 그 멋진 신사는 그의 모든 훌륭한 조건에도 불구하고 친구가 필요했다. 왜냐하면 그에게서 세월의 흔적을 지울 수 있다면 알수 있겠지만, 그레빌은 상반된 욕망들 때문에 갈가리 찢어진, 고문당하고 불행한 영혼이었기 때문이다. 한편 그는 유행의 선두에 서고, 아무리 비용이 많이 들거나 따분하더라도 '그 일'을 하고 싶은 욕망에 사로잡혀 있었다. 다른 한편으로는 은밀하게 "그의 정신이나 이해력의 적절한 성향은 형이상학을 위한 것"이라고 설득했다. 버니는 아마도 '활기'의 세계와 '보수적인 구식 태도'의 세계 사이를 잇는 고리였을 것이다. 그는 주사위를 굴리는 내기에 자신의 피까지 걸 수 있는 교양 있는 사람이자, 지적인 이야기를 하고 똑똑한 사람들을 자기 집에 부를 줄 아는 음악가이기도 했다.

따라서 그레빌은 버니 일가를 그와 동등하게 취급하면서 그의 집을 방문했다. 그러나 그의 방문은 붙임성 있는 버니 박사와의 격렬한 말다툼으로 중단되기도 했다. 정말이지 세월이 흐르면서 그레빌과 다투지 않는 사람은 없었다. 그는 도박으로 재산을 크게 잃었다. 사교계에서의 위신도 엉망이 되었다. 그의 습관 때문에 가족들과도 멀어지고 있었다. 천성적으로 점잖고 타협적인 그의 아내조차(비록 너무 여위어 "통찰력과 권력이 있고 빈정대는 요정의 여왕" 초상화의 모델이

---

15 1693년에 설립된 런던의 신사 전용 클럽.
16 잉글랜드 동부 서퍽의 소도시. 17세기부터 경마로 유명하다.

될 정도였지만) 그에게 지친 상태였다. 그의 부정에 영감을 받은 그녀는 갑자기 그 유명한 〈무관심에 대한 송시〉를 내놓았다. 그것은 "영어로 된 모든 작품집에 수록되었고", (다음은 마담 다르블레의 말이지만) "그녀의 눈썹 주위에는 널리 퍼지고 사라지지 않는 향기가 감돌았다." 그녀의 명성은 남편의 입장에서 볼 때 또 다른 가시였을지도 모른다. 왜냐하면 그도 책을 펴냈기 때문이다. 격언과 인물에 관한 책을 내고, "의심 없는 기대가 있었으므로 초조해 하기보다 위엄 있게 명성을 기다렸다가", 명성이 지연되자 어쩌면 조금 조바심을 느끼기 시작했을지도 모른다. 한편 그는 현명한 사람들이 모이는 사교계를 좋아했으며, 매우 추운 어느 날에 세인트마틴스 가에서 함께 모였던 그 유명한 파티도 대략적으로 말하면 그가 바란 것이었다.

2

런던이 매우 작았던 당시에는 굳이 애쓰지 않아도 만장일치로 명예를 누리기가 지금보다 수월했다. 모든 사람은 그레빌 부인이 〈무관심에 대한 송시〉를 썼다는 사실을 알고 있었으며, 그녀를 보면 이를 떠올렸고, 브루스 씨가 아비시니아를 여행했음도 알고 있었다. 마찬가지로 모든 사람이 스트레텀Streatham[17]에 사는 스레일 부인Mrs Thrale[18]을 알고 있었다. 스레일 부인은 번거롭게 송시를 쓰거나, 야만인들 사이에서 위험을 무릅쓰지 않았고, 높은 지위도, 엄청난 재산도 없었지만 유명 인사였다. 정의하기 어려운 힘(왜냐하면 그 힘을 느끼기 위해서는 탁자에 앉아 그 순간에 사라지는 수많은 뻔뻔한 짓과 손재주, 그리고 그들의 능숙한 조합을 알아차려야 했기 때문이다)을 행사하는 스레일 부인은 훌륭한 여주인이라는 명성을 얻었다. 그녀의 명성은 멀리 퍼졌고 그녀를 보지 못한 사람들도 그녀를 입에 올렸다. 사람들은 그녀가 어떻게 생겼으며, 정말로 위트가 풍부하고 책을 많이 읽는지, 따분한 남자로 보이는 양조업자 남편을 사랑하는지, 왜 그와 결혼했는지, 존슨 박사와 사랑하는 사이인지, 요컨대 그녀에 관한 진실, 그녀가 지닌 힘이 무엇인지 알고 싶어 했다. 왜냐하면 그녀는 힘을 가지고 있었기 때문이다. 그 점에는 논의의 여지가 없었다.

그렇다고 해도 그 힘이 무엇인지는 말하기 어려웠을 것이다. 왜냐하면 그녀는 말로 표현할 수 없는 어떤 자질을 하나 가지고 있었으며, 그녀의 명성에 다른 사람들이 이의를 제기할 수 없도록 만드는 재능을 즐겼다. 어쩌다 보니 그녀는 명사였다. 버니 가의 젊은이들은 스레일 부인을 만나거나 스트레텀에 간 적이 없었지만, 그녀가 주위에 일으킨 야단법석이 세인트마틴스 가에 있던 그들에게까지 전해졌다. 그들의 아버지가 스트레텀의 미스 스레일의 음악 레슨 첫 시간을 마치고 돌아왔을 때, 그들은 그 아가씨의 어머니에 대한 이야기를 듣기 위해 아버지에게로 모여들었다. 정말 사람들이 말하는 것처럼 그

---

17 런던 남부에 있는 지역의 하나.
18 1741~1821. 영국의 여류 저술가 헤스터 린치 스레일Hester Lynch Thrale.

부인이 똑똑해요? 친절하던가요? 무례했어요? 아빠는 그 여자가 마음에 들었나요? 버니 박사는 기분이 좋았다. 그 자체가 그를 맞이한 여주인의 힘을 보여 주는 증거이기 때문이었다. 패니의 말에 따르면 스레일 부인은 "여성의 위트로 이루어진 별자리에 있는 첫 번째 별이며, 그녀의 특별한 재능과 이를 다른 사람들의 눈에 잘 띄게 만든 놀라운 행운 덕에 그녀의 명성이 널리 퍼졌지만 그녀의 명성보다는 오히려 그녀가 더 나았다"고 아버지가 대답했다지만 이는 분명하지 않다. 그것은 패니의 문체가 낡고 녹슬고 그 잎들이 펄럭거리며 땅으로 많이 떨어졌을 때 씌어진 글이었기 때문이다. 아마도 박사는 레슨이 대단히 즐거웠지만 그 부인은 매우 똑똑했고 레슨을 끊임없이 방해했다고 대답했을 것이다. 그리고 입이 험했으나 본심은 다정하다는 점은 내기를 걸어도 좋다고 말했을 것이다. 그러면 버니 가의 젊은이들은 그 여자가 어떻게 생겼는지 궁금했을 것이다. 나이가 마흔이라는데 나이보다 젊어 보였어. 포동포동한 편이고 몸집은 작았지만 푸른 눈이 매우 아름다웠지. 그리고 입술이 찢어진 듯한 상처가 있었어. 얼굴 화장을 했지만 원래 피부가 붉은 편이기 때문에 불필요한 일이었지. 그녀에 대한 전체적인 인상은 부지런하고 명랑하며 성격이 좋다는 거야. 그녀는 박사가 참지 못하는 학식 있는 숙녀가 아니라 "장난기가 가득한" 여성이었다는 것이 그의 말이었다. 분명하지는 않지만, 그녀의 일화들이 입증하다시피 그녀는 날카로운 관찰력을 가졌고, 스트레텀에서 아직 드러나지 않았지만 정열적이었으며, 지혜나 학식을 뽐내는 여자로서 자신이 얻어야 할 것에 대해서는 의

아할 정도로 무관심하고 무던한 반면, (비록 스레일 가문이 희미해지긴
했으나) 유서 깊은 웨일스 상류 계급의 후예라는 데 긍지를 가지고 있
었다. 또한 문장원College of Heralds[19]에서 인정했다시피 그녀는 자신에게
잘츠부르크의 아담Adam of Salzburg[20]의 피가 흐르고 있다고 생각하면서
만족감을 느끼기도 했다.

많은 여자들이 이런 자질을 가지고 있었겠지만 기억되지는 않았
다. 스레일 부인에게는 사람들이 자신을 영원히 잊지 못하게 하는 자
질도 있었다. 이는 존슨 박사의 친구가 되는 데 결정적 역할을 했다.
이 자질이 없었더라면 그녀의 삶은 타오르다가 꺼져 버렸을 것이다.
하지만 존슨 박사와의 조합은 하나의 예술 작품처럼 견실하고 지속
적이었고, 그 과정은 주목할 만한 일들을 만들어 냈다. 그리고 이것
은 스레일 부인의 입장에서 훌륭한 여주인의 자질보다 훨씬 어려운
일에 대한 대가였다. 스레일 부부가 처음 존슨을 만났을 때 존슨은
깊은 우울 상태에서 상실감에 빠져 얼마나 끔찍한 말을 토해 냈는지
스레일 씨가 손으로 그의 입을 막아야 할 정도였다. 그는 천식과 수
종에 걸려 있었으며, 태도는 거칠었고, 옷은 더러웠고, 가발은 그을
려 있었으며, 속옷은 흙이 묻어 있었다. 그리고 어느 누구보다도 무
례했다. 하지만 스레일 부인은 그 괴물과 함께 브라이턴Brighton[21]에 갔

---

19 1484년 리처드 3세가 설립한 단체로 현재도 영국의 왕가 및 귀족의 문장을 관리한다.
20 독일 바이에른 공작의 아들로 프랑스의 노르망디 공이 영국을 정복할 때 함께 영국으로 건너왔
다고 전해지는 인물.
21 영국 잉글랜드 남동부의 해안 도시.

고 자신의 스트레텀 집에서 그를 길들였다. 그곳에는 그의 방이 있었
고 존슨 박사는 매주 며칠 동안 습관적으로 거기에서 시간을 보냈다.
사실 이는 영국 사람이라면 돈을 주고서라도 만나려고 하는 그 존슨
박사를 자기 집에 묵게 하려고 온갖 불쾌한 일을 참으려는 어느 호기
심 사냥꾼의 열광적인 마음일 수도 있다. 하지만 그녀의 감식안은 분
명 그보다 훌륭했다. 그녀는 존슨 박사가 보기 드물고 중요한 사람이
며, 그와 친교를 맺는 일이 부담스러울지 모르지만 분명히 명예로운
일이 될 것임을 알고 있었다(그녀의 일화들이 그것을 입증한다). 하지만
그때 이를 알아차리기란 쉬운 일이 아니었다. 그때 알고 있는 것은
존슨 박사가 저녁 식사를 하기 위해 방문할 예정이라는 사실이었다.
그리고 존슨 박사가 저녁 식사 때 온다면, 다른 누가 또 올지 알아보
아야 했다. 만약 다른 사람이 케임브리지 종사자라면 폭발이 일어날
지도 모르기 때문이다. 휘그당 사람이라면 분명히 좋지 못한 일이 일
어날 것이고 스코틀랜드 사람이라도 마찬가지였다. 그의 변덕과 편
견은 그 정도였다. 그 다음에는 저녁 식사로 어떤 음식을 먹을지 생
각해야 했다. 왜냐하면 음식이 그냥 넘어가는 경우는 없었기 때문이
다. 정원에서 갓 딴 완두를 내놓았더라도 이에 대해 좋은 말을 해서
는 안 된다. 언젠가 그 풋풋한 완두가 매력적이지 않아요? 하고 스레
일 부인이 묻자, 그는 설탕 덩어리를 집어넣은 돼지고기와 송아지고
기 파이를 꿀꺽 삼킨 뒤 그녀를 돌아다보며 "아마 그렇겠지. 돼지에
게는" 하고 잘라 말했다. 그 다음에 어떤 이야기가 나올 것인지가 또
다른 걱정이었다. 만약 회화나 음악 이야기라면 그는 경멸을 날리며

무시해 버렸다. 그는 그 두 가지 예술에 무관심했기 때문이다. 그는 자신이 직접 본 것이 아니면 아무것도 믿지 않았기 때문에 만약 여행자가 어떤 이야기를 한다면 그는 분명 그 이야기를 조롱할 것이다. 만약 누군가 그 앞에서 동정심을 표현한다면 그것은 불성실하다는 책망을 듣게 되었다.

어느 날 내가 미국에 있던 사촌이 죽어 슬퍼하자 그가 말했다. "이것 봐, 제발 위선적인 짓은 그만두게. 자네의 모든 친척들이 즉시 프레스토Presto[22]의 먹이로 종달새처럼 꼬챙이에 꿰여 구워진다고 해서 세상이 더 나빠지겠나?"

간단히 말해 저녁 식사는 많은 어려움에 봉착할 것이다. 어느 순간 암초에 부딪칠지 모를 일이었다.

만약 스레일 부인이 천박한 호기심 사냥꾼이었다면 존슨에게 보이는 관심은 한 계절을 넘지 않았을 것이다. 하지만 스레일 부인은 존슨 박사에게서 무시나 괴롭힘을 당하거나, 짜증스러워지거나 감정이 상하는 바로 그 순간에도 잠자코 있어야 한다는 사실을 깨달았다. 글쎄, 존슨이 명령하면, 보즈웰James Boswell[23]과 같은 뻔뻔스럽고 오만한 젊은이도 꾸중을 당한 소년처럼 의자로 되돌아간 이유는 무엇이었을

---

22 이들이 대화할 때 탁자 밑에 누워 있던 개의 이름.
23 1740~1795, 영국의 전기 작가로《새뮤얼 존슨의 생애The Life of Samuel Johnson》를 썼다.

까? 왜 그녀는 새벽 4시까지 잠도 안 자고 그에게 차를 따랐을까? 그에게는 세상살이에 유능한 여성이 경외심을 갖게 하고, 뻔뻔하고 자부심이 강한 소년을 누그러지게 하는 힘이 있었다. 그는 자신을 위해 연간 70파운드를 썼고 나머지는 자기 집에 하숙하는 노쇠하고 고마움을 모르는 사람을 부양했다. 그녀가 이 사실을 알았을 때 그녀는 그의 비인간적인 면을 책망할 권리가 있었다. 비록 게걸스럽게 식사를 하고 벽에 대고 복숭아를 깨더라도, 그는 시간에 맞춰 런던에 가서 자신이 보살피는 사람들이 주말 동안 세 끼 식사를 제대로 했는지 확인했다.

그는 지식의 창고였다. 존슨은 무용의 대가가 무용에 대해 하는 것보다 더 많이 이야기할 수 있었다. 그는 사회 밑바닥 이야기, 술고래, 그의 하숙집에 나타나 재산을 노리는 악한의 이야기로 사람들이 시간 가는 줄 모르게 만들 수 있었다. 그는 사람들이 잊지 못하는 것을 무심코 말했다. 그러나 이 모든 학식과 장점보다 더 사람의 마음을 끄는 것은 쾌락에 대한 그의 애착, 단순한 책벌레에 대한 그의 혐오, 인생과 사교계에 대한 그의 정열임에 분명하다. 그리고 여자라면 누구나 그랬겠지만 스레일 부인은 그를, 그의 용기를 사랑했다. 그는 보클러크 씨 Mr. Beauclerc의 거실에서 서로 물어뜯는 사나운 개 두 마리를 갈라놓았고, 남자 하나와 의자를 객석으로 집어던지기도 했다. 눈이 멀고 몸에 경련이 일기는 했지만, 그는 브라이텔름스턴 Brighthelmstone[24]의 초원에서 사냥개들이 모여 있는 언덕으로 달려갔다. 그는 몸집이 크고 우울한 노인이 아니라 유쾌한 개라도 된 양 사냥감의 뒤를 쫓아갔던 것이다. 게다가 그와 그녀 사이에는 본능적인 호감이 있었다. 그녀는 그를 잡아끌었고 그가 그녀에게만 말을 하도록 만들었다. 그는 젊은 시절의 고통스러운 비밀을 고백했고, 그녀는 그 이야기를 어느 누구에게도 말하지 않았다. 무엇보다도 그들은 똑같은 열정을 공유했다. 두 사람 모두 늘 대화가 부족하다고 생각했다.

사람들은 존슨 박사를 만나게 해 줄 사람은 스레일 부인이라고 생각했고, 그레빌 씨가 가장 만나고 싶었던 사람이 존슨 박사였다. 버니 박사는 스트레텀으로 첫 음악 레슨을 하러 갔다가 거기에서 "매우 온화한 표정으로" 있던 존슨 박사를 아주 오랜만에 다시 만났다. 자상하게도 그가 버니 박사를 기억했기 때문이다. 그는 버니 박사가 자신의 사전을 칭송한다는 편지를 썼음을 기억했고, 수년 전 어느 날 자신이 외출했을 때 버니 박사가 방문했었고 자신의 숭배자에게 보내기 위해 벽난로 빗자루의 털을 잘라내려 했다는 사실까지 기억했다. 스트레텀에서 버니 박사를 다시 만나게 되자 존슨 박사는 호감을 가졌고, 곧 스레일 부인이 버니 박사가 쓴 책들을 가져다주었다. 따라서 1777년 아니면 1778년 초봄 어느 날 저녁에 존슨 박사와 스레일 부인을 만나고자 하는 그레빌 씨의 커다란 바람이 이루어지도록 버니 박사가 주선하기란 쉬운 일이었다. 날짜를 골라 약속을 잡았다.

그 날짜가 언제였든 그 모임을 주선한 사람의 달력에는 물음표가 표시되었을 것이다. 무슨 일이든 일어날 수 있었다. 그처럼 유별난

---

24 잉글랜드 남부의 해안 도시 브라이턴의 옛 이름.

사람들의 모임에서는 아주 훌륭한 일 아니면 엄청난 실패가 있을 수도 있었다. 존슨 박사는 무서운 사람이었고, 그레빌 씨는 거만한 사람이었으며, 그레빌 부인이 어느 쪽에서 유명인이었다면 스레일 부인은 그 다른 쪽의 유명인이었다. 그렇다면 그것은 기회였다. 모두가 긴장된 위트, 높은 기대감을 예상했다. 버니 박사는 이 어려움을 예견하고 만남을 피해 보려고 했지만, 그러나 버니 박사가 확실히 느낄 수 없는 것이 있었다. 머리에는 음악이 가득 차 있고 책상에는 메모가 널브러져 있는 열성적이고 친절하며 바쁜 이 남자는 안목과 식견이 없었다. 사람들 성격의 정확한 윤곽은 산만한 분홍색 안개로 뒤덮여 있었다. 그의 순결한 정신의 바닥에는 음악이 깔려 있었다. 모든 사람이 음악에 대한 그의 열광을 공유해야 한다. 만약 어떤 어려움이 있다면 음악이 해결할 것이다. 그래서 그는 시뇨르 피오치Gabriel Mario Piozzi[25]에게 파티에 참석하도록 요청했다.

그날 밤이 왔고 불이 켜졌다. 의자들이 자리에 놓였고 사람들이 도착했다. 버니 박사의 예견대로 거북한 분위기가 역력했다. 처음부터 잘못되어 가는 듯했다. 존슨 박사는 소모사로 만든 가발을 쓰고 들어섰다. 가발은 매우 깨끗했으며, 즐거운 때를 위해 준비한 것이 분명했다. 하지만 그레빌 씨는 그를 한 번 쳐다보더니 그 노인이 무섭다고 판단한 듯 보였다. 경쟁하지 않는 게 좋겠어. 신사처럼 행동하고

---

25 이탈리아의 음악가로 당시 영국에서 음악 교사로 일했고 1784년 스레일 부인과 결혼했다. 시뇨르는 이탈리아 어로 남성의 이름 앞에 붙이는 존칭이다.

문학이 먼저 화제가 되면 내버려둬야겠군. 그레빌 씨는 치통에 대해 뭔가를 중얼거리면서 "막연한 우월감을 느끼는 듯 가장 거만한 태도를 취하고 고결한 입상처럼 벽난로 가에서 움직이지 않았다." 그리고 아무 말도 하지 않았다. 그레빌 부인도 자신을 돋보이게 하고 싶었지만, 존슨 박사가 먼저 이야기를 시작해야 한다고 생각하여 아무 말도 하지 않았다. 분위기를 이끌지 않을까 기대했던 스레일 부인은 자신이 주최한 파티가 아니어서인지 다른 사람들이 시작하기를 기다리면서 아무 말도 않기로 작정한 듯 보였다. 그레빌 부부의 딸 크루 부인 Mrs. Crew 도 사랑스럽고 활발했지만, 이날은 그저 즐기고 가르침을 얻기 위해 왔으므로, 당연히 아무 말도 하지 않았다. 어느 누구도 말이 없었다. 완전한 침묵이었다. 바로 버니 박사가 지혜를 발휘하여 대비해 놓은 순간이었다. 그가 시뇨르 피오치에게 고개를 끄덕이자, 시뇨르 피오치는 앞으로 나와 노래를 부르기 시작했다. 자신이 직접 피아노 반주를 하면서 아리아 파를란테^{aria parlante 26}를 불렀다. 그는 아름답게, 최선을 다해 노래했지만 분위기는 더욱 어색해졌다. 여전히 아무도 입을 열지 않았다. 모두가 존슨 박사가 시작하기를 기다렸다. 하지만 이는 그들의 치명적인 무지였다. 왜냐하면 존슨 박사가 절대로 하지 않는 것 하나가 바로 먼저 이야기를 시작하는 것이었기 때문이다. 누군가 이야기를 시작하면 그는 이야기에 동의하거나 깔아뭉갰다. 지금도 그는 침묵 속에 도전자를 기다리고 있었지만 그의 기다림

---

26 이야기하듯 노래하는 아리아.

은 헛된 것이었다. 감히 누구도 입을 열려고 하지 않았다. 시뇨르 피오치의 룰라$^{roulade\ 27}$가 이어졌다. 존슨 박사는 즐거운 저녁 식사의 대화를 즐길 기회가 피아노 소음에 파묻힌다고 생각하면서 침묵했고, 피아노를 등지고 벽난로의 불길을 응시했다. 아리아 파를란테는 계속되었다. 그 긴장된 분위기를 더 이상 견디기 어려워졌고 스레일 부인은 더 이상 참을 수 없었다. 그녀의 반감은 그레빌 씨의 태도 때문이었다. 그는 벽난로 앞에 서서 "묘한 침묵 속에서 냉소를 지으면서 주위의 모든 사람을 응시하고 있었다." 그가 아무리 필립 시드니 경의 친구였던 자의 후손이라지만 무슨 권리로 다른 참석자들을 무시한 채 난롯불만 쬐고 있을까? 갑자기 그녀의 조상에 대한 긍지도 살아났다. 잘츠부르크 아담의 피가 그녀 속에 흐르지 않는가? 그것이 그레빌 가문의 피만큼 푸르지 않거나 반짝이지 않는단 말인가? 끓어오르는 무모한 기분에 사로잡힌 그녀는 살그머니 자리에서 일어나 피아노 앞으로 다가갔다. 시뇨르 피오치는 여전히 노래를 부르고 있었고, 극적으로 반주하면서 노래를 하고 있었다. 그녀는 우습게도 그의 몸짓을 흉내 내기 시작했다. 그녀는 그가 하는 대로 어깨를 으쓱이거나 눈을 치뜨며 고개를 한쪽으로 숙였다. 이 기이한 행동에 사람들이 킥킥 웃기 시작했다. 정말이지 그것은 나중에 "런던 전역을 통틀어 모이는 사람들마다 끝없이 다양한 이야기와 빈정거림으로" 묘사될 광경이었다. 그날 밤 스레일 부인이 그렇게 흉내 내는 것을 본

---

27 장식음으로 삽입된 빠른 연속음.

사람들은 이것이 사건의 시작이고, 스레일 부인이 친구들과 자녀들의 존경을 잃고 불명예 속에 쫓겨 가며 다시는 런던에서 모습을 드러낼 수 없게 되는 "매우 특별한 드라마"의 서막임을 알았다. 또한 그들은 이것이 음악가이며 외국인인 사람에 대한 비난할 만하고 부자연스러운 정열이라는 것도 잊지 않았다. 하지만 이 모든 것은 아직 신의 품속에 있었다. 아직 어느 누구도 활기 있는 부인이 어떤 죄를 저지를지 알지 못했다. 그녀는 여전히 부유한 양조업자의 부인으로 존경을 받았다. 다행히 존슨 박사는 불길을 응시하고 있었으며, 피아노쪽의 광경은 전혀 모르고 있었다. 버니 박사가 즉시 웃음을 중단시켰다. 외국인이고 음악가인 자신의 손님이 등 뒤에서 조롱받는다는 사실에 충격을 받고, 살그머니 스레일 부인에게 다가가 친절하게 그러나 위엄을 갖추고, 음악에 대한 취향이 없더라도 취향이 있는 사람의 감정도 고려해야 하지 않겠냐고 그녀에게 속삭였던 것이다. 스레일 부인은 감탄할 정도로 상냥하게 받아들였고, 고개를 끄덕이며 자신의 자리로 돌아왔다. 그녀는 자신의 역할을 한 셈이었다. 그녀에게서 더 이상은 기대할 수 없었다. 이제 그들이 하고 싶은 대로 하라고 해. 그녀는 그 일에서 손을 떼고, 나중에 그녀가 말한 것처럼 "이제껏 보낸 가장 지루한 저녁을 견뎌내기 위해 귀여운 어린 아가씨처럼 자리에 앉았다."

처음에 존슨 박사에게 아무도 대들지 못했다면 이제 와서 그럴 가능성은 거의 없었다. 그는 대화에 관해서는 그날 저녁 모임은 실패라고 단정했다. 만약 훌륭한 옷을 입지 않았다면 호주머니에 넣어 온

책을 꺼내 읽었을 것이다. 오직 그의 엄청난 인내심이 남아 있었고 그는 피아노에 등을 돌리고 앉아 중력, 위엄, 침착 바로 그 이미지를 보이면서 그들을 탐구했다.

마침내 아리아 파를란테가 끝났다. 시뇨르 피오치는 대화 상대를 찾지 못하자 따분해져 잠이 들었다. 그러자 버니 박사도 음악이 모든 것을 해결할 수 있는 완벽한 것은 아니라는 사실을 깨달았을 테지만, 지금은 그런 것은 따질 때가 아니었다. 사람들이 대화하려 하지 않았으므로 음악은 계속되어야 했다. 그는 두 딸을 불러 이중창을 시켰다. 노래가 끝나자 그들은 또 다른 노래를 불러야 했다. 시뇨르 피오치는 아직도 자고 있거나 아니면 잠든 시늉을 했다. 존슨 박사는 여전히 자신의 정신적인 자질을 탐구했다. 그레빌 씨는 여전히 벽난로 앞 깔개에 거만하게 서 있었다. 그날 밤은 쌀쌀했다.

그러나 존슨 박사가 골똘히 생각에 잠겨 있고 거의 눈이 멀었기 때문에 그 방 안에서 일어나고 있는 일, 특히 비난할 만한 일을 알아차리지 못하리라는 생각은 중대한 실수였다. 그의 "벌떡 시야가 뜨이는 순간"은 항상 놀라웠으며 언제나 고통스러웠다. 지금도 그렇다. 그는 갑자기 몸을 일으키더니, 사람들이 저녁 내내 기다렸던 말을 내뱉었다.

그는 그레빌 씨에게 시선을 고정한 채 말했다. "숙녀들에게 온기를 빼앗는 것이 아니라면 내가 벽난로 앞에 서고 싶구려!" 효과는 엄청났다. 버니 가의 자녀들은 이 상황이 희극처럼 좋았다고 나중에 말했다. 필립 시드니 경 친구의 후손은 박사의 시선에 풀이 죽었다. 브룩 남작 가문의 피가 그 모독을 극복하기 위해 모두 모여들었다. 서적 판매상의 아들[28]에게 그의 자리를 가르쳐 주어야 했다. 그레빌은 희미하게 비웃는 미소를 지으려고 최선을 다했다. 그는 저녁 내내 있던 곳에 서 있으려고 최선을 다했다. 그는 아마 2, 3분 정도 더 미소를 지으며, 미소를 지으려고 애쓰며 서 있었다. 하지만 방 안을 둘러보다가 모든 사람이 시선을 내리깔고 재미있다는 듯 서적 판매상 아들에게 공감을 표하고 있음을 알아차리자, 더 이상 거기에 서 있을 수 없었다. 풀크 그레빌은 어깨를 축 늘어뜨리고 슬그머니 의자 쪽으로 걸어갔다. 그러다 도중에 "힘껏" 종을 울렸다. 그리고 마차를 준비시키게 했다.

"그때 저녁 모임은 끝났다. 그 자리에 있었던 그 누구도 그 저녁 모임을 다시 열기를 바라거나 요청하지 않았다."

---

28 존슨 박사를 가리킨다.

잭 마이턴
Jack Mytton

Jack Mytton

그는 인간이 바라는 모든 것을 가졌지만 '즐길 줄 아는 능력'이 없었다. 따분하고 불행했다. "그에게는 지칠 줄 모르고 돌아다니는 하이에나와 비슷한 면이 있었다." 그는 맛을 보거나 즐기기 위해 분주히 이것저것을 했지만, 무엇이든 손을 대는 순간 그의 즐거움은 반감되었다.

브라이턴 부두의 접이의자에 앉아 있는 당신은 옆에 앉은 여자가 어떤 사람인지 알고 싶은가? 그렇다면 그녀가 〈더 타임스〉의 어떤 칼럼을 먼저 읽는지 지켜보라. 그녀는 신문을 사서 프렌치롤빵처럼 말았고, 지금 그녀의 가방 위에 얹어 놓았다. 그녀가 먼저 읽은 기사는 정치에 관한 것일까? 예루살렘의 사원에 관한 기사? 아니, 전혀 아니다. 그녀는 스포츠 기사를 읽는다. 하지만 그녀가 신은 부츠나 스타킹 등 그녀의 모습이나 의회 법령집, 청서^blue book 1 한두 권, 그리고 점심으로 비스킷과 바나나를 가방에 넣어 다니는 것으로 미루어 그녀를 공무원이라고 생각할 수 있다. 바다 위 높은 플랫폼에서 마담 로

---

1 영국 의회나 추밀원의 보고서. 표지가 푸른색으로 되어 있다.

살바Madame Rosalba가 준비하고 있다가 동전이나 수프 접시를 줍기 위해 잠수하는 동안 잠시 그녀가 브라이턴 부두에서 햇볕을 쬔다면, 그것은 우리 사회 제도의 불공평에 대한 공격을 새롭게 전개하기 전에 휴식을 취하려는 것뿐이다. 하지만 그녀는 스포츠 뉴스를 먼저 읽는다. 거기에 그다지 이상한 점은 없다. 영국의 위대한 스포츠를 맹렬하게 쫓는 사람은 당나귀에 탈 수 없는 사내, 생쥐를 잡아 죽이지는 못하지만 부츠를 신고 맹렬하게 쫓아내는 여인들이다. 그들은 상상 속에서 사냥을 한다. 그들은 환영 사냥꾼을 통해 버클리Berkeley 가, 캐티스톡Cattistock 가, 퀸Quorn 가, 벨버Belvoir 가의 재산을 쫓는다. 그리고 험블비humblebee, 도들스힐Doddles Hill, 캐롤라인보그Caroline Bog, 위니어츠브레이크Winniats Brake 등 소리가 특이하고 아름답게 비틀어 놓은 영어 지명을 입술에 굴려 보기도 한다. 그들은 신문을 지하철 손잡이에 매달거나, 찻주전자에 기대어 놓고 읽으면서 이번에는 '느린 지그재그형 사냥', 그 다음에는 '매우 빠른 속보'를 상상한다. 구불구불한 초원이 그들의 눈앞에 펼쳐지고 천둥소리, 말과 사냥개가 낑낑거리는 소리가 들린다. 그들 앞에 레스터셔의 멋진 비탈면이 펼쳐지고, 저녁이 되면 기분이 좋아져 집으로 돌아오며 농가의 창문에서 새어 나오는 불빛을 바라본다. 정말이지 영국의 스포츠 작가들, 벡퍼드 경Sir Peter Beckford, 세인트 존Charles William George St. John, 서티스Robert Smith Surtees, 님로드Nimrod는 천박한 읽을거리를 쓰지 않는다. 그들은 저돌적이면서도 신사적인 방법으로, 말을 타듯 과감하게 펜을 구사했다. 그들은 언어에도 영향을 미쳤다. 이렇게 말을 타고 그러다 떨어지고, 이렇게 비

바람을 맞고 머리에서 발끝까지 진흙탕에서 구르는, 바로 영국 산문에 작용했으며, 영국의 산문을 도약하고 돌진하게 함으로써, 프랑스 산문보다 낫지는 않지만 뚜렷하게 구분해 준다. 얼마나 많은 영국의 시가 사냥에 의존하는지는 여기에서 다루지 않는다. 셰익스피어가 엉뚱하지만 용감한 기수였음은 말할 필요가 없다. 따라서 영국 여성이 정치 기사보다 스포츠 기사를 먼저 읽는 일은 놀랄 일이 아니다. 그리고 그녀가 신문을 접은 뒤 가방에서 청서가 아니라 신사록^{red} $^{book\,2}$을 끄집어내고, 마담 로살바가 잠수하고 밴드가 음악을 연주하며 번쩍거리는 영국 해협의 푸른 물이 부두의 틈새로 흘러드는 동안 존 마이턴$^{John\ Mytton\,3}$의 생애에 대해 읽는다고 그녀를 비난할 일은 아니다.

  잭 마이턴은 존경할 만한 인물이 아니었다. 전통 있는 슈롭셔$^{Shropshire\,4}$ 가문 출신으로(그의 이름은 한때 머턴^{Mutton}이었다. 브론테^{Brontë}도 원래 프런티^{Prunty}였다) 그는 상당한 재산과 많은 수입을 상속받았다. 1796년에 태어난 어린 소년은 그의 조상들이 제각각 5세기 동안 추구했던 정치와 스포츠의 전통을 이어 나가야 했다. 하지만 가문에는 일 년 사계절처럼 그들의 계절이 있다. 습기와 이슬비, 성장과 번영의 몇 개월이 지나면 환절기의 바람이 온종일 나무를 뒤흔들어 열매

---

2 19세기의 귀족과 중상류층의 인명이 실린 붉은 표지의 책.
3 1796~1834, 19세기 초 영국의 괴짜로 유명했다.
4 영국 잉글랜드의 중서부에 위치한 주.

가 상하고 꽃이 떨어진다. 번개가 내리쳐 지붕이 불길에 휩싸이기도
한다. 1796년에 마이턴 가문의 훌륭한 정신까지 짓밟을 만한 무거운
짐이 내려왔다. 단단한 바위를 깎아 만든 것 같은 신체와 훼손할 수
없을 만큼 엄청난 재산이었다. 자연과 사회가 그들에게 맞서기 위해
도전하는 듯했다. 그는 그 도전을 받아들였다. 얇은 스타킹을 신고
사격을 하러 갔고, 억수같이 내리는 비를 맨몸으로 맞았으며, 강에서
헤엄치다 바로 성문에 뛰어드는가 하면 알몸으로 눈 속에서 웅크리
고 있기도 했다. 그래도 그는 굳건하고 건장했다. 바지 주머니에 구
멍을 내서 돈을 흘리고 다니며 다른 사람들이 숲에서 지폐를 줍게 했
지만, 그의 재산은 축나지 않았다. 자식이 태어나자 그들을 공중에
내던지고, 아이들을 향해 오렌지를 집어던졌으며, 아내를 고문하고
가두었다. 그러다 한 명은 죽고 다른 한 명은 기회를 엿보다 달아났
다. 면도를 하는 동안 옆에 포도주를 한 잔 놓아 두었는데, 하루 동안
대여섯 병을 마셨고 안주로 먹는 개암나무 열매도 엄청났다. 그에게
는 별난 행동부터 평범한 모습까지 극단적인 면이 많았다. 털 많은
원시인의 몸이 그의 식욕과 태도와 함께 무덤에서 살아난 것처럼 보
였다. 그의 무덤은 커다란 돌이 그의 몸을 누르고, 한때 그가 희생양
을 바쳤으며, 떠오르는 태양에 경배하기도 했던 곳이었다. 그 털 많
은 원시인은 조지 4세 때 독한 술을 조금씩 습관적으로 마시던 여우
사냥꾼과 함께 흥청망청 마시기 위해 일어난 것처럼 보였다. 그의 사
지는 원시적인 재료로 조각된 것 같았다. 그의 몸과 마음은 미모나
우아한 태도와는 거리가 멀며 과격했다. 그가 태어난 땅에서 걸어 나

오는 모습에서는 자연 번식의 분위기가 풍겼다. 드물기는 했지만 그가 말할 때는 몇 마디로 모든 사람을 웃겼다고 님로드는 말한다. 하지만 그가 고르지 않은(어떤 점에서는 날카롭고 어떤 점에서는 무딘) 재능을 가지고 있었더라도, 소리를 들을 수 없었기 때문에 일반 사회에는 제대로 받아들여지기 어려웠다.

그렇다면 조지 4세 치세에 영국에서 태어난 원시인이 무엇을 할 수 있었을까? 그는 내기에 응하거나 내기를 제의할 수 있었다. 비가 올 것 같은 겨울밤이었다면? 그는 달밤에 이륜마차를 몰아 시골을 횡단했을 것이다. 얼음이 얼었다면? 그는 마구간에서 일하는 아이들에게 스케이트를 타게 하면서 쥐를 잡게 했을 것이다. 적당히 조심스러운 다른 손님이 이륜마차에서 당황한 적이 없다고 했다면? 마이턴은 강둑 위에서 한 바퀴로 달렸다가 도로에서 다시 두 바퀴로 달릴 것이다. 그의 앞길에 어떤 장애물을 놓더라도 그는 그것을 뛰어넘거나 헤엄을 치거나 때려 부수면서(비록 뼈가 부서지거나 마차가 부서지는 희생이 있더라도) 그것을 극복했을 것이다. 위험에 굴복하거나 고통을 인정하는 일은 생각할 수 없었다. 그래서 올컨Henry Thomas Alken[5]과 롤린스 Thomas J. Rawlins[6]의 여러 삽화에서 보다시피 슈롭셔의 농부들은 성문 곁에 앞뒤로 말 두 필을 묶은 마차를 세워놓거나, 곰에 올라탄 채 자신

---

5 1785~1851, 영국의 화가.
6 1800?~1850?, 영국의 화가. 올컨과 함께 님로드가 쓴 《고 존 마이턴의 생애에 관한 회상록 Memoirs of the Life of the Late John Mytton》의 삽화를 그렸다.

의 거실을 빙글빙글 돌거나, 맨주먹으로 투견을 때리거나, 당황해 우왕좌왕하는 말 다리 사이에 드러눕거나, 갈비뼈가 부서지는 바람에 삐걱거리는 소리가 날 정도로 고통스러워하면서도 말을 타는 신사의 등장에 놀랐다. 그들은 놀라고 아연실색했으며, 그의 괴벽스러운 행동, 부정한 행동, 너그러운 태도 등은 인근 마을의 여관이나 농장에까지 화제가 되었다. 하지만 어쩐 일인지 인근 4개 주의 어느 관리도 그를 체포하려 들지 않았다. 그들은 일상적인 의무나 즐거움이 제거된 어떤 것, 예를 들면 기념비나 골칫거리 등을 쳐다보는 것처럼 경멸과 동정, 그리고 약간의 경외심을 가지고 그를 바라보았다.

그러나 잭 마이턴은 그 동안 무엇을 느끼고 있었을까? 아무 감흥 없이 완벽한 만족감에 몸을 떨고 즐거워 어쩔 줄 몰랐을까? 그 야만인은 분명 만족했을 것이다. 하지만 님로드는 다르게 생각했다. "고 마이턴 씨는 엄청나게 돈을 썼지만 정말로 인생을 즐겼던 것일까?" 님로드는 그렇지 않다고 생각했다. 그는 인간이 바라는 모든 것을 가졌지만 '즐길 줄 아는 능력'이 없었다. 따분하고 불행했다. "그에게는 지칠 줄 모르고 돌아다니는 하이에나와 비슷한 면이 있었다." 그는 맛을 보거나 즐기기 위해 분주히 돌아다녔지만 무엇이든 손을 대는 순간 그의 즐거움은 반감되었다. 아주 훌륭한 만찬 두 시간 전에 농장에서 두꺼운 베이컨과 독한 맥주를 먹고 와서는 만찬 요리가 형편없다고 요리사를 나무랐다. 그는 식욕이 없었지만 식사를 했다. 그리고 둔해진 미각을 자극하기 위해 포도주 대신에 브랜디를 마셨다. "일종의 파괴적인 정신이 그를 이끌었다." 그는 모든 면에서 훌륭하고 낭비적이며 사치가 심했다. "(……) 마이턴 씨를 파멸시킨 것은 신중함을 멸시하는 높은 자존심과 그의 큰 야망이었다"고 님로드는 말했다.

여하튼 서른 살이 된 잭 마이턴은 대부분의 사람들에게는 불가능한 두 가지를 했다. 자신의 건강을 파멸시켰고, 자신의 돈을 다 썼던 것이다. 그는 마이턴 가문이 대대로 살던 집을 떠나야 했다. 그러나 형편 때문에 칼레^{Calais 7}에 살아야 하는, 떳떳하지 못한 모험가들 사이에 합류한 사람은 건강을 자랑하고 원기 왕성한 원시인이 아니라 "술살이 올라 배가 나오고 몸을 비틀거리는, 나이보다 훨씬 늙어 보이는 젊은이"였다. 심지어 그 무리 안에서 그는 부담감을 느꼈다. 그는 여전히 빛나고 뛰어난 존재여야 했다. 그를 조니 마이턴이라 부른 사람은 무사할 수 없었다. 그의 방까지는 300야드 정도의 짧은 거리였지만 말 네 필이 끄는 마차가 아니면 타지 않았다. 그러자 딸꾹질이 났다. 그는 침실의 양초를 집어 입고 있는 셔츠에 불을 붙였고 그것이 타면서 불꽃이 일자 비틀거렸다. 그것은 잭 마이턴이 어떻게 딸꾹질을 멈추는지 친구들에게 보여 주기 위한 방법이었다. 그에게 어떻게 더 이상을 요구하겠는가? 신들조차 그 피해자에게 더 이상 어떤 광기를 요구하겠는가? 그가 자신의 몸을 산 채로 불태웠으므로 이제 그는 사회의 의무에서 벗어났고 그 원시인도 편히 쉬게 되었다. 어쩌면 다른 영혼, 그 야만인과 어울리지 않게 짝을 이루었던 교양 있는

---

7 영국에서 볼 때 도버 해협의 건너편에 가장 가까이 있는 프랑스의 도시.

신사가 표면에 나서게 할 수도 있었을 것이다. 한때 그리스 어를 배웠던 그는 불에 타고 부어 오른 채 침대에 누워 소포클레스를 인용했다. "오이디푸스가 자식들을 크레온에게 맡기는 아름다운 구절"이었다. 그는 그리스의 앤솔러지를 기억했다. 사람들이 바닷가로 데려가자 그는 조개껍데기를 줍기 시작했고, "식초에 적신 손발톱 청결용 작은 붓으로" 그들을 손질하는 데 몰두하다 저녁 식사를 하지 못할 지경이었다. "온 세상이 기쁨을 주지 못한다고 생각한 그였지만……이제는 완전히 행복해졌다." 하지만 조개껍데기와 소포클레스, 평화와 행복은 연기될 수 없는 총체적인 와해에 휩싸였다. 그는 감옥에 갇혔고, 심신은 망가졌고, 재산까지 탕진한 채 서른여덟 살의 나이로 그곳에서 죽음을 맞이했다. 그러자 그의 아내는 "그의 온갖 잘못에도 불구하고 그를 사랑하지 않을 수 없었다"고 탄식했으며, 네 마리의 말이 무덤까지 그를 운구했고, 3000명의 가난뱅이들은 신들이 그에게 부여한, 역겹고 기괴한 역할(그것은 인류의 교화와 그들의 쾌락을 위해서지만 그 자신으로서는 말할 수 없는 고통이었다)을 맡았던 자가 떠남을 슬퍼했다.

진실을 말하자면 우리는 이들 인간성의 전시회를 좋아한다. 우리는 잭 마이턴 같은 여우 사냥꾼이 딸꾹질을 치료하기 위해 살아 있는 몸을 불태우거나, 마담 로살바 같은 잠수부가 아무런 즐거움도 없지만 점점 더 높은 곳으로 올라가 자루로 몸을 감싸고, 이런 미치광이 같은 도전 행위를 한동안 포기했다가 고통을 겪고 나서 다시 계속한다는 듯 냉담하고 싫증난다는 표정을 지으면서 도버 해협 속으로 잠수해 들어가서는 싸구려 수프 그릇을 입에 물고 올라오는 모습을 칭송한다. 부두의 여성은 만족감을 느낀다. 내가 이들을 좋아하는 것은 바로 이 때문이라고 그녀는 말한다.

드퀸시의 자서전
De Quincey's Autobiography

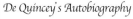

치명적인 다변성과 건축적인 약점이 합쳐진 드퀸시는
(……) "명상을 너무 많이 하고 관찰을 너무 적게 하는
것이 내 고질"이라고 말했다. 호기심을 자아내는 형
식적인 태도가 그의 시야를 무채색으로 만들고 종합
적으로 모호하게 만들어 버렸다. 그는 방심한 상태에
서 자신이 꿈꾸는 모든 광택이나 쾌적함을 내던졌다.

독자들은 가끔 영문학에서 산문에 관한 비평이 적다는 생각을 할 것
이다. 우리의 위대한 비평가들은 시에 정신을 집중해 왔다. 산문 비
평은 비평가의 더 많은 능력을 요구하지는 않는다. 그 이유는 산문
비평이 작가의 개성을 논의하는 토론의 장으로 비평가를 초대하는
일이기 때문이다. 하지만 산문 비평은 책에서 주제를 찾고 작가에 대
한 비평은 작품의 변주가 되는 아리아로 만들어야 한다. 그 이유는
작가의 태도를 바로 그의 작품에서 찾을 수 있기 때문이다. 아무리
산문 작가가 실제적인 목적을 드러내지 않고 예술가처럼 글을 쓰고
산문을 온갖 잡동사니를 운반하는 보잘것없는 짐승처럼, 먼지나 잔
가지, 파리가 머무는 불순한 물질처럼 간주하더라도 산문 작가에게
는 실제적인 목표, 주장하고 싶은 이론, 호소해야 할 대의 등이 있는

경우가 많고, 그러므로 그는 멀리 떨어진 것, 어려운 것, 복잡한 것 등은 포기해야 한다는 모럴리스트의 견해를 받아들인다. 그는 현재와 살아 있는 것에 의무가 있다. 그는 자신을 언론인이라 자랑스럽게 부른다. 그는 가장 쉬운 방법으로 가장 많은 사람에게 가기 위해 가장 단순한 말을 사용하여 최대한 분명하게 자신의 의사를 표명해야 한다. 따라서 그는 자신의 글이 다른 예술 형식을 배양한다면 비평가들에게 불평할 수 없다. 그리고 그 뜻을 전달한 자신의 글이 이런 역할을 수행했던 다른 글처럼 쓰레기더미에 내동댕이쳐지더라도 놀라지 말아야 한다.

그러나 우리는 때때로 다른 목표로 씌어진 산문을 만난다. 그 글은 주장을 하거나 개종을 하거나 이야기를 하지 않는다. 우리는 어휘 자체에서 즐거움을 끌어낼 수 있다. 행간을 읽거나 작가의 심리를 파악해 그 즐거움을 찾을 필요가 없다. 드퀸시Thomas De Quincey[1]는 이들 희귀한 사람들 가운데 하나이다. 우리가 그의 작품을 염두에 둘 때는 다음과 같은, 고요하고 완벽한 구절로 그것을 상기한다.

"인생이 끝난다!"는 것은 내 마음의 은밀한 불안이었다. 왜냐하면 행

---

1 1785~1859, 영국의 비평가 겸 소설가. 그의 출세작 《어느 영국인 아편쟁이의 고백Confessions of an English Opium-Eater》은 아편 중독자인 자신의 경험을 엮어 아편이 주는 몽환적인 쾌락과 매력, 고통과 꿈의 공포를 이야기한다. 여러 잡지에 서평을 기고하면서 콜리지, 워즈워스 등 낭만파 시인들과 친교를 맺었고 이들에 대해 날카롭게 평가했다. 화려하고 여운이 풍부한 명문을 구사한 에세이스트로 평가 받고 있다.

복에 긁힌 어느 커다란 상처로 인해 갓난아이도 가장 성숙한 지혜를 지닌 사람과 마찬가지로 걱정스럽다. "인생은 끝난다! 끝난다니까!" 하는 말은 반쯤은 무의식적으로 내 한숨 속에 잠복하고 있었다. 그리고 여름날 저녁 먼 곳에서 들리는 종소리가 때로는 또렷한 형태의 말, 어떤 훈계로 충만해 보이는 것처럼, 내게는 어떤 소리 없는 지하의 목소리가 내 마음에만 들리도록 "지금 인생의 꽃이 영원히 시든다"는 은밀한 말을 지속적으로 읊조리는 것 같았다.

그런 구절은 자연스럽게 등장한다. 그의 자서전에서 이런 구절들은 행위나 극적인 장면이 아니라 비전이나 꿈이다. 그리고 우리는 그의 자서전을 읽는 동안 드퀸시를 생각하지 않는다. 만약 그의 자서전을 읽으면서 느낀 감흥을 분석하려고 한다면, 음악을 듣는 것처럼 두뇌가 아니라 감각이 자극된다. 문장의 오르내림은 우리를 위로하여 어떤 기분을 느끼게 하며, 우리 마음속에서 거리를 좁혀 가까운 곳은 흐릿해지고 세부는 사라진다. 따라서 불안의 넓이만큼 넓어지고 위로받은 우리의 마음은 열린다. 드퀸시가 "어느 여름날 열린 창문과 시체 사이에" 서 있는 동안, 느리고 기품 있는 행진을 하는 동안, 그가 우리에게 주고자 하는 이념, 황금 같은 인생의 충만함, 천상의 화려함, 지상의 영광인 꽃 등을 하나씩 받을 수 있도록 마음이 열리는 것이다. 주제는 지원되고 증폭되며 다양해진다. 영원히 비상하는 무엇인가에 이르려는 서두름과 당황의 관념이 정적과 영원성의 인상을 강렬하게 한다. 여름날 저녁에 들려오는 종소리, 흔들리는 종려나무

나뭇가지, 영원히 부는 애처로운 바람은 감정의 파도로 우리를 똑같은 기분으로 유지시키지만 그 감정은 이야기되지 않는다. 그 모든 완벽한 복잡성 가운데 자리 잡기 전까지 감정은 반복적인 이미지에 의해 암시되고 천천히 우리 앞에 제시될 뿐이다.

이런 성격 때문에 드퀸시의 자서전은 산문에서 드문 시도이고 훌륭한 작품이 되기 힘들다. 그것은 우리를 어디로 끌고 가지 않는다. 우리는 한여름과 죽음과 불멸성에 대한 우리의 지각에 대해 보고 듣고 느끼는 사람이 누구냐는 어떤 의식도 덧붙이지 않는다. 드퀸시는 그 감정의 깊이를 이해하고 파악하도록 하기 위해 "외로운 갓난아이가 칠흑 같은 암흑과 목소리 없는 슬픔과 벌이는 외로운 싸움"의 모습을 제외하고는 모든 것은 우리가 헤아리기를 바랐다. 그것은 드퀸시의 일반적인 모습이다. 따라서 드퀸시는 산문 작가의 목표나 그의 도덕성과 사이가 나빴다. 그의 독자는 대체로 감흥이라 할 복잡한 의미를 갖게 되었다. 그는 단지 어린이가 침대 곁에 서 있다는 사실뿐 아니라, 정적, 햇빛, 꽃, 시간의 경과, 죽음의 존재까지도 완전히 인식해야 했다. 이 가운데 논리적으로 배열된 말로 전달될 수 있는 것은 없었다. 명확성과 단순성은 의미를 우스꽝스럽게 만들거나 변형시킬 뿐이었다. 물론 드퀸시는 그런 관념을 전달하고자 했던 작가로서 자신과 동시대인들 사이에 놓여 있는 간격을 충분히 인식했다. 그는 자신이 살고 있던 시대의 깔끔하고 간단명료한 연설에서 밀턴John Milton[2]과 제러미 테일러Jeremy Taylor[3]와 토머스 브라운 경Sir Thomas Browne[4]으로 방향을 돌렸으며, 그들에게서 고리를 감았다 말았다 하는 법,

점점 더 높게 쌓아올려 꼭대기에 이르는 긴 문장의 낭랑한 음조를 배웠다. 이어 그 자신의 훌륭한 귀를 이용한 아주 과감한 훈련(운율의 검토, 휴지의 고려, 반복과 유사음의 효과 등)이 뒤따랐고, 이 모두는 독자에게 복잡한 의미를 완전하게 제시하기를 원하는 작가의 의무 가운데 일부였다.

따라서 우리에게 매우 깊은 인상을 준 구절 하나를 비평적으로 검토하면, 테니슨과 같은 시인에 의해 쓰여진 듯한 느낌을 받게 된다. 음향도, 운율의 다양성도 똑같고 문장의 길이가 다양하고 그 비중은 변화된다. 하지만 이 모든 수단은 강도가 약화되어 있고, 그 힘은 훨씬 넓은 공간으로 퍼져 있다. 우리는 이를 통해 계단 아래에서 위로 차츰 올라가는 것처럼, 격렬하지 않지만 가장 높은 곳까지 올라갈 수 있다. 따라서 시와 같이 어느 한 행의 특정한 성질을 강조하는 일의 어려움과 문맥에서 하나의 구절을 떼어내는 것의 무익함이 드러난다. 이것은 몇 페이지 앞에서 나온 암시의 화합물이기 때문이다. 게다가 드퀸시는 그의 스승들과는 달리 갑작스러운 어구의 장엄성을 제대로 살리지 못한다. 그의 힘은 종합화된 커다란 비전을 제시하는 데 있다. 세부적으로 보면 보이지 않는 풍경, 특징 없는 얼굴, 한밤이나 여름의 적막, 떼 지어 나는 것들의 소란과 전율, 영원히 올라갔다

---

2 1608~1674, 영국의 시인.

3 1613~1667, 영국의 성직자이자 저술가.

4 1605~1682, 영국의 의사 겸 저술가.

내려갔다 하다가 결국 절망하고 두 팔을 위로 올리는 고뇌 등이다.

그러나 드퀸시가 아름다운 산문 구절의 대가만은 아니다. 만약 그랬다면 그의 성과는 지금보다 적었을 것이다. 그가 이야기체의 작가이면서 1833년에 자서전을 썼다는 점을 감안하면 자서전 기법에 대한 매우 독특한 견해를 가진 자서전 작가이기도 했다. 우선 그는 솔직함의 엄청난 가치를 확신했다.

만약 그가 정말로 그 자신이나 그 자신의 행동과 신중함이 나오는 은밀한 원천에까지 자주 엄습해 오는 그 아지랑이를 꿰뚫을 수 있다면, 인생에서 완전한 솔직성이라는 힘이 있다면, 그의 지적 충동은 깊고 장엄하며 때로는 전율을 자아내기까지 하는 관심의 범위에 이르고도 남을 것이다.

그는 자서전을 통해 외면적인 인생의 역사뿐 아니라 더욱 깊고 더욱 감추어진 감정의 역사까지 이해했다. 그리고 그런 고백을 하기가 어려움을 깨달았다. "(……) 엄청나게 많은 사람들이 자제라는 이성적인 동기에서 해방될지언정 속내를 털어놓을 수는 없다. 유보적인 태도를 제쳐 놓을 수 없는 것이다." 가공의 사슬, 눈에 보이지 않는 주문이 자유로운 소통의 정령을 묶어 꼼짝 못하게 한다. "인간이 이들 신비로운 힘을 제대로 다루지 못하는 이유는 자신을 마비시키는 그 힘이 보이지 않고 측정할 수 없기 때문이다." 그런 인식과 의도를 가지고서도 드퀸시가 영문학의 위대한 자서전 작가들 가운데 하나가 되지 못한 것은 이상하다. 그는 혀가 굳었거나 주술에 걸리지 않았다. 아마도 자신에 대해 쓰는 일에 실패한 이유 중 하나는 표현력의 과잉일 것이다. 그는 매우 그리고 무차별적으로 말이 많았다. 종잡을 수 없는 병(19세기 영국 작가 대다수를 공격했던 질병)이 그를 사로잡았다. 하지만 러스킨이나 칼라일의 작품들이 왜 거대하고 형식이 없는지는 알아차리기 쉬운 반면(이질적인 대상은 모두 어떻게든 어딘가에서 발견되어야 했다) 드퀸시에게는 변명의 여지가 없었다. 그에게는 예언자의 부담이 지워지지 않았고 게다가 그는 예술가들 가운데서도 조심스러운 편이었다. 그보다 더 조심스럽게 그리고 훌륭하게 문장의 음향을 맞추고 문장의 운율을 조정하는 사람은 없었다. 그러나 신기하게도 하나의 음이 충돌하거나 하나의 리듬이 풀어지면 감수성은 즉각적으로 그에게 경고했지만, 건축물 전체에 이르면 그 감수성은 전혀 소용이 없었다. 각각의 문장이 대칭적이고 매끄러우므로 그는 그의 책을 무형으로 만들어 버리는 불균형과 낭비를 너그럽게 이해하고 넘어간다. 소년 시절 "어떤 차이를 주장하고 반대를 표시하는" 드퀸시의 경향을 묘사한 그의 형이 한 말을 빌리자면 그는 협잡꾼의 왕자이다. 그는 "모든 사람의 말에서 의도하지 않게 이중적인 해석이 가능한 시작 부분"을 발견하면, 아무리 단순한 이야기라 해도, 분명히 해야 할 점이 오래전에 먼 곳의 희미한 안개 속으로 사라진 다음까지 반드시 그것을 수식하거나 자세히 설명하거나 추가 정보를 소개해야 했다.

  치명적인 다변성과 건축적인 약점이 합쳐진 드퀸시는 명상적 추상 때문에 자서전 작가로서도 고통을 겪었다. 그는 "명상을 너무 많이 하고 관찰을 너무 적게 하는 것이 내 고질"이라고 말했다. 호기심을 자아내는 형식적인 태도가 그의 시야를 무채색으로 만들고 종합적으로 모호하게 만들어 버렸다. 그는 방심 상태에서 자신이 꿈꾸는 모든 광택과 쾌적함을 내던졌다. 실수로 빈민가에 접어든 훌륭한 신사 흉내를 내면서, 눈이 붉게 충혈된 혐오스러운 두 백치에게 접근하기도 했다. 이튼 Eton [5]에 다니는 젊은 귀족들과 이야기를 하거나 일요일 만찬으로 고기 뼈다귀를 먹기로 한 노동자 가족과 이야기를 나누더라도 똑같이 대했다. 그러면서 그는 모든 사회 계층 사이의 간격을 매끄럽게 가로질렀다. 드퀸시는 자신이 하나의 영역에서 다른 영역으로 쉽게 돌아다닐 수 있음을 자랑스럽게 생각했다. "(⋯⋯) 아주 어릴 때부터 나는 기회가 닿는 대로 소크라테스처럼 남녀노소 구분 없이 모든 인간과 친밀하게 대화할 수 있었다." 하지만 이들 남녀노소에 관한 그의 묘사를 읽으면, 그가 그들과 쉽게 이야기를 나눌 수 있었던 이유는 그에게 있어 그들이 거의 차이가 없었기 때문이다. 그들 모두에게 똑같은 예의가 똑같이 표현되었다. 학생 시절 가장 친한 친구였던 올터먼트 경 Lord Altamont [6]이나 매춘부 앤 Ann에게 모두 똑같이 의례적이고 상냥했다. 그의 초상화에는 흘러내리는 윤곽선, 조각 같은 포즈, 스콧 Walter Scott [7]의 남녀 주인공들과 다르지 않은 특징이 있다. 그

---

5 런던 서쪽에 있는 도시 이튼에 있는 사립 학교 이튼 칼리지.
6 아일랜드 출신의 영국 귀족 하우 브라운 Howe Peter Browne(1788~1845)을 가리킨다. 올터먼트 백작을 거쳐 제2대 슬라이고 후작 Marquess of Sligo이 되었다.
7 1771~1832, 영국의 역사 소설가이자 시인.

의 얼굴도 전반적으로 모호하다. 자신에 대한 진실을 이야기할 때가 되면, 그는 좋은 환경에서 성장한 영국 신사에게 보이는 두려움을 나타내며 제대로 이야기하지 못했다. 루소의 고백에서 우리를 사로잡는 솔직함(그 자신에게 있는 우스꽝스러운 것, 비열한 것, 더러운 것을 표명하겠다는 결심)이 그에게는 혐오스러웠다. 그는 "자신의 도덕적 병폐나 상처를 우리에게 강제로 알려 주는 인간의 모습보다 더 불쾌한 것은 없다"고 썼다.

따라서 드퀸시는 자서전 작가로서 커다란 결점을 안은 채로 노력을 기울인다. 산만하고 말이 많으며, 쌀쌀맞고 몽환적이며, 과거의 점잔 빼는 표현이나 전통에 얽매인다. 하지만 동시에 어떤 감정이 나타내는 신비로운 엄숙함에 꼼짝하지 못하거나, 어떻게 한 순간이 50년을 초월하는 가치가 있는지 깨달을 수도 있었다. 인간의 마음을 분석한다고 공언한 스콧, 제인 오스틴, 바이런 등과 같은 사람들이 당시에 갖추지 못한 솜씨를 사람들이 분석하게끔 내놓을 수도 있었다. 우리는 그가 자의식적인 면에서는 19세기 소설이 필적할 만한 작품이 없는 구절을 쓰고 있었음도 발견한다.

그것을 회상하는 나는, 우리의 깊은 생각과 감정 가운데 훨씬 많은 것이, 항상 우리에게 직접적으로 그들 자체의 추상적인 형태로 우리에게 이르기보다, 구체적인 대상의 당혹스러운 조합을 통해 우리에게 전해지며, 풀리지 않는 복합적인 경험의 신개선[8](내가 그 말을 만드는 것인지도 모른다)으로 우리에게 전해진다는 진실과 마주친다. (……) 우리에게 인간

은 인식되지 않으면서 갓난아이에서 노망이 난 늙은이에게까지 이어지
는 어떤 미묘한 연계에 의한 존재이다. 하지만 서로 다른 단계의 성격에
수반되는 여러 가지 애정이나 정열을 보면 그렇지 않다. 끝났다가 다시
시작하는 단속적인 존재이다. 이 점에서 인간의 통일성은 정열이 있는
특정 단계하고만 동일한 시공간에 걸친다. 성적인 사랑 같은 정열의 그
기원은 절반은 신성하지만 나머지 절반은 동물적이고 세속적이다. 그들
정열은 그들 자체의 적합한 단계에 살아남지 못할 것이다. 하지만 두 어
린이의 사랑처럼 전적으로 거룩한 사랑은 쇠퇴기의 침묵과 어둠을 다시
힐끗거릴 특권이 부여되어 있다. (……)

우리가 그런 분석의 글을 읽고 되돌아봤을 때, 그런 정신 상태가
인생의 중요한 요소이며 그래서 관찰과 기록할 가치가 있다고 생각
할 때, 18세기에 알려졌던 자서전의 기법은 그 성격이 변하고 있다.
전기의 기법 또한 변모되고 있다. 그 후 어느 누구도 "그 아지랑이를
꿰뚫지" 않고서는, "자기 자신의 행동과 신중이 나오는 은밀한 원천"
을 드러내지 않고서는 인생의 모든 진실을 이야기할 수 없었다. 하지
만 외면적인 사건들 역시 중요하다. 인생의 모든 이야기를 털어놓기
위해 자서전 작가는 사건이나 행위들의 급속한 진행과 응집된 감정
이라는 단일하며 장엄한 순간들의 느린 개시, 이 두 단계가 기록될

---

8 평면 위의 곡선에 접하는 직선을 곡선을 따라 회전시킬 때 직선 위의 일정한 점 하나가 그 평면
위에 그리는 곡선을 나타내는 수학 용어.

수 있는 어떤 수단을 마련해야 한다. 그들 두 단계가 동등하지는 않지만 아름답게 결합되어 있다는 점이 바로 드퀸시가 쓴 자서전의 매력이다. 왜냐하면 우리는 페이지마다 그가 본 것과 아는 것(역마차, 아일랜드의 폭동, 조지 3세의 모습과 대화 등)을 매혹적이고 웅변적으로 묘사하는 교양 있는 신사와 함께 있기 때문이다. 그러다가 갑자기, 매끄러운 서술 부분이 갈가리 흩어지고 아치가 잇달아 나타나는가 하면 영원히 휘날리며 영원히 달아나는 어떤 환영이 드러나고 시간은 꼼짝하지 않는다.

네 명의 인물
Four Figures

Four Figures

1
쿠퍼와 레이디 오스틴

그 일은 여러 해 전에 일어났지만 사람들이 여전히 그 장면을 자신들의 눈앞에 가져오기를 원하는 것으로 미루어 그 회합에는 뭔가 특이한 것이 있었음에 틀림없다. 1781년 여름, 어느 나이 많은 시골 신사가 길거리에 있는 그의 집에서 창문을 내다보다가 귀부인 두 사람이 건너편 직물점으로 들어가는 것을 보았다. 그들 중 한 사람이 그의 관심을 끌었고 그가 말을 전한 것 같다. 왜냐하면 곧 서로 만날 수 있도록 주선이 이루어졌기 때문이다.

노신사가 아침에 창밖을 내다보고 매력적인 얼굴을 보게 된 일이

사건이었던 것을 보면, 노신사의 생활이 조용하고 외로웠음에 틀림
없다. 하지만 그것이 사건이 되었던 이유는 이 일이 어느 정도 잊혀
졌지만 아직도 마음에 남아 있는 추억들을 되살려 주었기 때문일지
도 모른다. 쿠퍼William Cowper[1]가 항상 시골길의 집 창문으로 세상을 내
다본 것은 아니었다. 잘 차려입은 여성에게는 익숙한 시절이었다. 젊
은 시절 그는 매우 어리석었다. 여자들과 치근거리고 웃고 떠들었으
며, 잘 차려입고 복솔 정원Vauxhall Gardens이나 말리번 정원Marylebone
Gardens[2]을 찾아갔다. 경솔하게도 자신이 일하던 재판소를 그만두어
친구들을 놀라게 하기도 했다. 먹고 살 길이 막막했기 때문이다. 그
리고 사촌 누이였던 시어도라 쿠퍼Theodora Cowper를 사랑하게 되었다.
정말이지 그는 생각이 없고 거친 젊은이였다. 하지만 한창 때의 젊은
이로 희희낙락하던 도중 갑자기 뭔가 끔찍한 일이 일어났다. 그 경솔
함에 숨어 있다가 사람의 어떤 결함에서 생기는 병적 상태, 행동하게
하고 결혼하게 하며 그 자신의 겉모습을 참을 수 없게 만드는 불안과
같은 상태를 일으켰다. 만약 자극을 받으면(그는 이제 막 의회의 상원
에서 공직을 맡으려는 참이었다) 죽음의 입속으로 들어갈 수밖에 없었
다. 그래서 공직을 맡기보다 물에 빠져 죽으려고 했다. 하지만 그는

---

1 1731~1800, 영국의 시인. 선천적 우울증 때문에 자주 자살을 기도했고 일정한 직업에 종사할
 수 없었기에 많은 사람의 도움을 받아 생활을 꾸렸다. 그는 전원적인 생활을 찬미하는 새로운
 경지를 개척했고 낭만파 시인들에게 많은 영향을 끼쳤다. 온화한 인품을 풍기는 서간문으로도
 유명하다.
2 복솔과 말리번 모두 런던 시민을 위한 유원지.

다시 물가로 나왔고 그가 아편을 먹으려고 하자 어떤 보이지 않는 손이 그것을 빼앗았고, 심장을 찌르기 위한 칼, 침대 기둥에 목을 매달려고 했던 양말도 마찬가지였다. 쿠퍼는 살아야 할 운명이었다.

따라서 그해 7월의 아침 창밖으로 쇼핑하는 귀부인을 내다보았을 때 그는 절망의 심연을 헤쳐 나온 상태로, 한적한 시골 소도시를 안식처로 삼고 정신 상태와 생활 방식도 안정되어 있었다. 그는 그보다 여섯 살 많은 과부인 언윈 부인Mrs. Unwin의 보살핌을 받고 있었다. 그녀는 그에게 말을 하게 했고 그의 공포에 귀를 기울이며 그것을 이해함으로써, 어머니처럼 현명하게 그의 마음에 평화가 깃들도록 했다. 그들은 여러 해 동안 질서 정연한 단조로움 속에 함께 생활했다. 그들은 성서를 같이 읽으며 하루를 시작했고 교회에 갔다. 헤어져서 독서를 하거나 산책을 했고, 저녁 식사 뒤 만나 종교 이야기를 나누거나 함께 찬송가를 불렀다. 그런 다음 날씨가 좋으면 다시 산책을 하고, 비가 오면 독서를 했으며, 찬송가를 좀 더 부르고 기도를 하면서 하루를 끝냈다. 이것이 여러 해 동안 쿠퍼가 메리 언윈Mary Unwin과 함께 지내는 동안의 일과였다. 때때로 펜이 손에 닿을 때는 찬송가 구절을 쓰거나 어긋난 길을 걷고 있는 어떤 인간(예컨대 케임브리지에 있는 그의 동생 존John)에게 더 늦기 전에 구원을 찾으라는 편지를 쓰기도 했다. 하지만 이런 일들도 과거의 경솔함과 비슷할지 모른다. 그것 역시 어떤 공포를 쫓아내고 그의 영혼 밑바닥에 있는 어떤 깊은 불안을 달래려는 절박함이었다. 갑자기 그 평화가 깨졌다. 1773년 2월 어느 날 밤 그의 적이 몸을 일으켜 강력하게 공격했다. 꿈속에서 무시무시한 목소리가 쿠퍼를 소리쳐 불렀다. 그 목소리는 쿠퍼가 저주를 받아 쫓겨났고 그 앞에 무릎을 꿇어야 한다고 주장했다. 그 후 쿠퍼는 기도를 할 수 없었다. 식탁에서 다른 사람들이 기도할 때 그는 자신에게는 기도할 권리가 없음을 나타내기 위해 나이프와 포크를 집어 들었다. 심지어 언윈 부인조차 그 꿈의 무시무시한 의미를 이해하지 못했다. 왜 그가 다른 사람들과 다르고, 왜 그가 모든 인류와 달리 저주를 받아야 하는지 아무도 깨닫지 못했다. 하지만 그 외로움에는 이상한 효과가 있었다. 더 이상 누군가를 돕거나 지도할 수 없었기 때문에 그는 자유로워졌다. 존 뉴턴 신부Rev. John Newton[3]도 더 이상 쿠퍼의 펜을 움직이게 하거나 영감을 주지 못했다. 종말이 선고되었고 천벌을 피할 수 없었으므로 그는 산토끼와 놀고 오이를 재배하며 시골의 소문에 귀를 기울이고 그물을 뜨며 탁자를 만들려고 했다. 바라는 바는 오직 다른 사람들을 계몽시킬 수 없고 스스로 도움을 받을 수 없는 끔찍한 세월을 빈둥거리며 지내는 것뿐이었다. 자신의 운명을 알게 된 바로 그때, 쿠퍼는 친구들에게 더욱 매혹적으로 더욱 즐겁게 편지를 썼다. 공포가 표면 위로 그 무시무시한 머리를 들어 올리는 것은 그가 뉴턴이나 언윈에게 편지를 쓸 때 아주 가끔이었고, 그러면 그는 외쳤다. "내 하루하루는 헛되이 가고 있다. (……) 자연은 다시 살아나지만 한번 죽은 영혼은 더 이상 살지 못한다." 창문 아래 무엇이 지나가는지 재미있게 쳐다보는 것처럼 자신이 좋아

---

3 1725~1807. 영국의 시인이자 성직자.

하는 일로 대부분의 시간을 보내고 있는 동안 그는 이 세상에서 가장 행복한 사람처럼 여겨질 정도였다. 거기에는 위스키를 마시기 위해 '로열 오크'로 찾아가는 기어리 볼Geary Ball이 있었다. 그는 쿠퍼가 이를 닦을 때마다 규칙적으로 보였다. 그렇지만 잠깐, 귀부인 두 명이 직물점으로 들어가고 있었다. 그것은 하나의 사건이었다.

두 부인 중의 한 사람은 그가 이미 알고 있는 이웃에 사는 성직자의 아내 존스 부인Mrs. Jones이었다. 그러나 다른 한 사람은 낯설었다. 그녀는 장난꾸러기 같았고 명랑했으며, 검은색 머리와 검은색 동그란 눈을 가지고 있었다. 그리고 과부였지만(로버트 오스틴 경Sir Robert Austen의 아내였다) 아직 젊었고 엄숙하지 않았다. 곧 그녀와 쿠퍼는 함께 차를 마셨다. "그녀는 이야기할 때 잘 웃고 다른 사람도 웃게 만들었으며, 특별한 노력을 기울이지 않고도 대화를 이끌어 나갔다." 훌륭한 가정에서 자란 활기 넘치는 여성으로 프랑스에서 상당 기간 살았던 그녀는 세상을 많이 본 사람답게 "세상을 매우 단순하게 생각했다." 그것이 바로 앤 오스틴Ann Austen에 대한 쿠퍼의 첫 인상이었다. 시골 거리에 자리 잡은 커다란 주택에서 살고 있는 기이한 두 남녀에 대한 앤의 첫 인상은 열광적이었다. 하지만 그것은 자연스러운 일이었다. 앤은 쉽게 열광하는 사람이었기 때문이다. 게다가 그녀는 견문이 넓고 퀸앤 가Queen Anne Street⁴에 저택을 가지고 있었지만, 그곳에는 마음에 맞는 친구나 친척이 없었다. 여동생이 살고 있는 클리프턴레

---

4 런던 중심부 웨스트민스터 시에 있는 거리 이름.

인스^{Clifton Reynes}⁵는 귀부인이 혼자 살고 있으면 주민들이 집 안으로 침범하는 거칠고 무질서한 곳이었다. 레이디 오스틴은 불만이었다. 그녀는 사교계를 바랐지만 그와 동시에 정착해서 진지하게 사는 것도 바랐다. 클리프턴레인스나 퀸앤 가 그 어느 곳도 그녀가 원하는 것을 주지 않았다. 그러던 차에 매우 운 좋게, 아주 우연한 기회에 그녀는 세련되고 교양 있는 두 남녀를 만났다. 그들은 그녀가 내놓는 것을 감상할 줄 알고, 그들이 소중하게 여기는 시골의 한적한 즐거움을 함께 나누자고 그녀를 초대할 만한 사람들이었다. 그녀는 그 즐거움을 더욱 즐길 수 있게 되었다. 하루하루를 활동이나 웃음으로 가득차게 했고 여러 가지 소풍 계획을 짰다. 그들은 스피니^{Spinnie}에 갔으며, 나무뿌리로 만든 집에서 저녁 식사를 했고, 외바퀴 손수레를 받치고 차를 마셨다. 그리고 가을이 되었고 저녁이 되어도 앤 오스틴은 그들에게 활기를 불어넣었다. 쿠퍼에게 소파에 관한 시를 쓰게 하고, 그가 우울증의 발작 때문에 자리에 누워 있는 동안 존 길핀^{John Gilpin}⁶의 이야기를 들려줌으로써 그가 침대에서 벌떡 일어나 온몸을 뒤흔들며 웃게 만든 것도 그녀였다. 또한 그녀의 쾌활성 이면에 있는 진지한 모습을 발견하고 두 사람은 기뻐했다. 쿠퍼는 그녀에 대해 "그 온갖 명랑함에도 불구하고" 평화와 고요를 동경했다고 썼다. "그녀는 위대한 사상가이다."

---

5 잉글랜드 중남부 버킹엄셔Buckinghamshire 주에 속하는 마을.
6 17세기의 포목상으로, 앤 오스틴의 이야기를 바탕으로 윌리엄 쿠퍼가 쓴 희극적인 담시에 의해 그의 공적이 전해진다.

　　그리고 그가 한 말을 바꾸어 말하면, 쿠퍼는 우울증에도 불구하고 세상을 잘 아는 사람이었다. 스스로 말한 것처럼, 야윈 몸으로 홀로 지내는 천성적 은둔자는 아니었다. 젊은 시절에는 그 역시 세상을 알았으며, 그 세상을 충분히 봤고, 당연히 세상에 대해 할 말이 있었다. 여하튼 쿠퍼는 자신의 출신 성분에 대해 적이 자랑스러워했다. 심지어 올니Olney[7]에서도 신사 행세를 위한 어떤 기준을 갖고 있었다. 바로 코담배를 넣는 멋진 상자와 구두용 은제 버클이었다. 만약 모자를 쓴다면 그것은 "내가 싫어하는 둥글고 부드러운 챙이 아니라, 날렵하고 챙이 위로 젖혀지는 최신 유행품"이어야 했다. 그의 편지들은 아름답고 명쾌한 산문들 속에 고요함, 훌륭한 양식과 함께 장난스러운 유머를 간직하고 있다. 우편 마차가 일주일에 세 번밖에 오지 않았으므로, 조금이라도 어색한 부분은 평소에 충분히 완벽하게 다듬을 시간이 있었다. 그에게는 어떻게 농부가 짐수레와 분리되는지, 어떻게 애완용 산토끼 한 마리가 달아났는지, 그리고 그렌빌 씨Mr. Grenville가 찾아왔으며, 그들이 소나기를 만났고 스로크모턴 부인Mrs. Throckmorton이 그들을 집 안으로 들어오게 한 일 등 매주 일어난 사소한 일들을 그의 목적에 맞추어 매우 적절히 이야기할 시간도 있었다. 또는 만약 아무 일도 일어나지 않았다면(사실 올니에서는 하루하루가 "두꺼운 천신발을 신은 것처럼" 지나갔다) 그는 머리를 들어 바깥세상에서 그에게

7　영국 잉글랜드 중남부에 위치하는 버킹엄셔 주의 소도시로서, 앞서 나온 클리프턴레인스와는 1마일 정도 떨어진 서쪽에 있다.

까지 온 소문들을 다룰 수 있었다. 당시 비행에 관한 이야기가 많았으며 그는 비행과 그것의 신앙심 없음에 대해 여러 장의 글을 썼을 것이고, 어떤 영국 여성이든 화장을 하는 세태는 나쁘다는 견해도 표명하였을 것이다. 그리고 호메로스와 베르길리우스에 대해서 논하기도 하고, 어쩌면 직접 번역을 시도했을지도 모른다. 날이 어두워 더 이상 진흙 사이를 걸을 수 없게 되었을 때는 그가 좋아하는 여행가들 가운데 하나의 책을 펴들고 쿡James Cook [8]이나 앤슨George Anson [9]과 함께 항해하는 꿈을 꾸었을 것이다. 왜냐하면 몸은 비록 버킹엄Buckingham [10]에서 서식스Sussex [11]를 왔다갔다하는 정도지만 상상 속에서는 아주 멀리까지 여행할 수 있기 때문이다.

쿠퍼의 편지들은 그와 함께 있는 것이 매력적이라는 사실을 알게 해 준다. 쿠퍼의 위트, 그의 이야기, 차분하고 사려 깊은 그의 태도 등으로 미루어 그의 아침 방문(매일 오전 11시에 레이디 오스틴을 방문하는 것이 습관처럼 되어 있었다)을 그녀가 반갑게 받아들였음을 쉽게 짐작할 수 있다. 하지만 쿠퍼와 사귀는 데는 그보다 더 많은 것이 있다. 바로 그와 사귀지 않을 수 없게 만드는 어떤 매력, 어떤 묘한 황홀감이었다. 그의 사촌누이 시어도라는 한때 그를 사랑했고(그 당시도 여전히 은밀하게 그를 사랑했다), 언윈 부인도 그를 사랑했으며, 이

---

8 1728~1779, 영국의 항해가이자 탐험가.
9 1697~1762, 영국의 해군 제독이자 귀족.
10 영국 잉글랜드 중남부에 위치하는 버킹엄셔 주 북부의 소도시.
11 영국 잉글랜드 남동부의 주.

제 앤 오스틴이 우정보다 강한 무엇인가가 그녀의 내부에서 치밀어 오르는 것을 느끼기 시작하고 있었다.

어느 산자락, 어느 나무, 어느 꽃 위에 앉은 박각시처럼 떨리는 황홀경이 뒤따르는, 강렬하고 어쩌면 비인간적인 정열의 그 긴장, 바로 그것이 시골 아침의 고요를 긴장시키고, 다른 사람들과의 사교보다 그와 교감하도록 하는 더욱 날카로운 어떤 관심을 자아내지 않았을까? 그는 "정원의 담장에 박혀 있는 돌과 나는 친근한 사이이다. 내가 바라보는 들판이 내게는 하나의 대상이며, 날마다 똑같은 개울, 늠름한 나무를 바라볼 수 있으니, 내 생활은 날마다 새로운 기쁨이다"라고 썼다. 온갖 도덕적이고 교훈적인 경향에도 불구하고 그의 시에 우수성을 부여하는 것은 바로 이 강렬한 통찰력이다. 《과제The Task》[12]의 시구들을 깨끗한 창문처럼 다른 산문 속으로 들어가게 하는 것도 바로 이 때문이며, 그의 이야기에 예리함과 묘미를 자아낸 것도 바로 이것이었다. 어떤 훌륭한 통찰력이 그를 사로잡았다. 그것은 긴 겨울 저녁 혹은 이른 아침 방문 때 파토스와 매혹이 결합된 형언하기 어려운 어떤 것을 자아냈음에 틀림없다. 그러나, 시어도라가 앤 오스틴에게 경고할 수 있었겠지만, 그의 정열은 남녀 사이의 정열이 아니라 추상적인 정열이었다. 그는 성에 대한 생각이 없는 유별난 남자였다.

처음 우정을 주고받기 시작했을 때 이미 앤 오스틴은 경고를 받은 셈이었다. 그녀는 친구들을 사랑했으며, 따라서 천성적인 열광으로

---

12 1785년에 발표된 윌리엄 쿠퍼의 시집.

그 사랑을 표현했다. 그러자 쿠퍼는 즉시 그녀에게 친절하지만 엄격하게 그녀의 어리석은 행동을 꾸짖었다. "우리가 어느 창조물에게 우리의 환상에서 얻어진 색깔을 입히는 것은 바로 우상을 만드는 짓입니다. (……) 그리고 그것에서는 우리의 실수에 대한 괴로운 확신 이외에 아무것도 얻지 못합니다" 하고 편지를 썼던 것이다. 앤은 그 편지를 읽고 화가 나서 발끈하여 시골을 떠났다. 하지만 그 불화는 곧 끝났다. 그녀는 주름 장식을 선물했고 답례로 그는 자기 책을 선물했다. 곧 그녀는 메리 언원을 포옹했으며, 여느 때보다 더욱 친근한 사이로 돌아갔다. 그리고 그녀가 서둘러 계획을 추진해 바로 다음 달에 런던에 있던 그녀의 저택을 처분해서 쿠퍼가 묵고 있는 집 바로 옆에 있는 목사관의 일부를 매입했다. 그녀는 이제 올니 이외에는 갈 곳이 없으며, 쿠퍼와 메리 언원 이외에는 친구가 없노라고 선언했다. 두 집 사이에 있는 정원 문이 열렸고, 두 집에서 번갈아 가면서 저녁 식사를 함께했다. 쿠퍼는 앤을 동생이라고 불렀고, 앤은 윌리엄을 오빠라고 불렀다. 그보다 더 목가적인 것이 있었을까? "레이디 오스틴과 우리는 번갈아 서로의 성에서 시간을 보냈다. 아침이 되면 나는 두 부인 가운데 한 사람과 산책을 하고 오후에는 실을 감는다"고 쿠퍼는 적었고, 장난스럽게 자신을 헤라클레스나 삼손과 비교했다. 그러자 저녁, 그가 가장 좋아했던 겨울날의 저녁이 찾아왔으며, 그는 난로 불빛 속에서 꿈을 꾸었다. 그림자들이 추는 세련되지 못한 춤과 그을음이 벽면에 얇은 막을 입히는 모습을 지켜보았다. 이윽고 등불이 켜지면 고른 불빛 속에서 네트 또는 뒤엉킨 비단을 끄집어냈고 그러면 앤이 하프시코드에 맞추어 노래를 부르고 메리와 쿠퍼는 배드민턴을 쳤다. 안전하고 순진하며 평화롭기만 한데, 인간의 행복 곁에 자란다고 쿠퍼가 말한 "가시가 찌르는 듯한 슬픔"은 어디에 있었을까? 불화가 생긴다면 어딜까? 그 위험은 어쩌면 여자들에게 있을지 모른다. 어느 날 저녁, 메리는 앤이 쿠퍼의 가발을 쓰고 다이아몬드로 고정시킨 모습을 발견할지 모른다. 또는 쿠퍼가 앤에게 보낸 시 가운데 오빠의 애정보다 더한 표현을 발견할지도 모른다. 그녀는 차츰 질투를 느낄 것이다. 왜냐하면 메리 언윈은 순박한 시골 여자가 아니라, 독서도 많이 하고 "공작 부인의 예절"을 갖춘 여인이었으며, 그들 두 사람이 매우 사랑했던 "정적인 생활"을 앤이 흔들어 놓기 전까지 여러 해 동안 쿠퍼를 보살피고 위로했던 것도 그녀였기 때문이다. 따라서 두 부인은 경쟁할 것이며, 불화는 싹틀 것이고 쿠퍼는 그들 사이에서 선택을 강요받게 될 것이다.

하지만 우리는 그 순진무구한 저녁 놀이에 나오는 또 하나의 존재를 잊고 있다. 앤이 노래를 부르고 메리가 놀이를 할 것이며, 난로가 밝게 타고 문 밖의 눈과 바람 때문에 난롯가의 평온한 분위기가 더욱 빛난다. 그러나 그들 사이에 하나의 그림자가 있었다. 그 평온한 방 안에서 틈이 벌어졌다. 쿠퍼는 나락의 가장자리로 살금살금 다가갔다. 노래에 속삭임이 뒤섞였고, 여러 사람의 목소리가 그의 귀에 파멸과 저주의 말을 내뱉었다. 그는 끔찍한 목소리에 의해 나락으로 끌려갔다. 그러자 쿠퍼는 앤 오스틴이 자신에게 애정 표현을 해 주기를 바랐고, 자신과의 결혼을 바란다는 생각이 들었다. 이는 역겨웠고 무레했으며 참을 수 없었다. 그는 그녀에게 편지를 썼으며, 그것은 답장이 올 수 없는 편지였다. 쓰라린 심정으로 앤은 그 편지를 불태웠다. 그리고 올니를 떠났고, 그 후로는 그들 사이에 아무 말도 오가지 않았다. 우정이 끝난 것이다.

쿠퍼는 개의치 않았다. 모든 사람이 그에게 매우 친절했기 때문이다. 스로크모턴 부부는 그에게 그들의 정원에 들어갈 수 있는 열쇠를 주었다. 어느 익명의 친구(쿠퍼는 결코 그녀의 이름을 짐작하지 못했다)는 그에게 해마다 50파운드를 지급했다. 이름이 알려지기를 원하지 않는 또 다른 친구는 은제 손잡이가 달린 삼목으로 만든 책상을 보내왔다. 올니의 친절한 사람들은 길들인 산토끼를 너무 많이 주었다. 하지만 저주를 받은 사람이라면, 고독한 사람이라면, 하느님과 사람들로부터 단절된 사람이라면, 사람들의 친절이 무슨 소용이 있을까? "그것은 모두 허영이다. (……) 자연은 다시 살아난다. 하지만 한번 죽은 영혼은 다시 살지 못한다." 그는 우울한 상태를 거듭하다가 고통 속에 죽음을 맞이했다.

레이디 오스틴은 프랑스 인과 재혼했다. 행복했다고 한다.

2
보 브러멀

올니에서 칩거하던 쿠퍼가 데번셔 공작 부인Duchess of Devonshire[13]의 생각에 격분하여 "거들이 찢어지고, 아름다움이 사라지고, 대머리가 될" 때를 예견한 것은 그가 경멸하는 그 부인의 권력을 인정하는 셈이다. 그렇지 않다면 왜 그녀가 올니의 습기 찬 황야에 자주 출몰하겠는가? 그렇지 않다면 왜 그녀의 사각거리는 비단 스커트 소리가 그들 명상을 방해하겠는가? 공작 부인은 출몰의 명수였다. 그 말이 씌어지고 오래 지난 뒤, 그녀는 죽어서 번쩍거리는 작은 관에 묻혔고, 그녀의 유령은 전혀 다른 계단으로 올라왔다. 캉Caen[14]에서는 한 노인이 안락의자에 앉아 있었다. 문이 열리더니 하인이 외쳤다. "데번셔 공작 부인이십니다." 보 브러멀Beau Brummell[15]은 당장 몸을 일으켜 문 앞으로 나가 영국의 궁중을 우아하게 만든 동작으로 정중하게 절을 했다. 하지만 안타깝게도 거기에는 아무도 없었다. 여관의 계단에는 차가운 공기만 가득했다. 공작 부인은 오래전에 죽었고, 보 브러멀은 나이가 많고 허약했지만 런던에 돌아가 파티를 열 꿈을 꾸고 있었다. 쿠퍼의 저주는 그 둘 모두에게 내려졌다. 공작 부인은 수의 차림으로 누워 있었으며, 여러 나라 국왕들이 부러워할 정도로 옷을 잘 차려 입었던 브러멀은 이제 여러 번 꿰맨 바지 하나를 걸쳤고, 그것

---

13 1757~1806, 제4대 데번셔 공작의 첫째 부인이었던 조지애나 캐번디시Georgiana Cavendish.

14 프랑스 북서부에 위치하는 옛 도시.

15 1778~1840, 남성 패션의 권위자로 본명은 조지 브라이언 브러멀George Bryan Brummell이다. 당시 사교계에 그의 영향력이 컸고 그가 입은 옷은 영국 신사복 유행의 기본 원칙으로 자리 잡았다. 멋쟁이 브러멀이라고까지 불리던 그는 당시 황태자였던 조지 4세와도 친교가 있었지만 말년에 낭비와 도박으로 파산했다. 현재 'Beau Bremmell'은 멋쟁이, 맵시꾼이라는 의미로 사전에 등재되어 있다.

을 넝마가 된 외투 안으로 감추려 했다. 그의 머리카락은 의사의 지시로 말끔하게 면도가 되어 있었다.

쿠퍼의 독설적인 예언이 실현되었지만, 공작 부인과 그 멋쟁이는 자신에게도 그럴듯한 한때가 있었노라고 큰소리칠지도 모를 일이었다. 둘 중 브러멀의 기적적인 경력이 더 자랑할 만할 것이다. 그에게는 출생의 이점도, 재산도 없었다. 그의 조부는 세인트 제임스 가에서 방을 세놓는 사람이었다. 브러멀이 처음 일을 시작할 때 자본은 3만 파운드뿐이었으며, 그는 코가 부러져 그 아름다움도 손상됐지만 미모보다는 체형이 멋졌다. 그는 자기의 이름으로는 훌륭하거나 중요하거나 가치 있는 일을 전혀 하지 않았지만 하나의 모습이 되고 하나의 상징이 되었다. 그의 유령은 아직 우리들 사이를 걸어 다니고 있다. 이처럼 그가 특출한 이유를 지금은 단정하기 어렵다. 물론 그는 손재주가 있었고 훌륭한 판단을 했다. 그렇지 않았다면 목에 천을 완벽하게 두르지 못했을 것이다. 어쩌면 그 이야기는 너무 많이 알려져 있는지도 모른다. 그는 머리를 뒤로 완전히 젖혔다가 천천히 고개를 숙여 목을 감고 있는 천의 주름이 완벽한 대칭을 이루게 했다. 만약 그 주름이 너무 깊거나 얕으면 천을 바구니에 내던지고 다시 시도했다. 왕세자는 몇 시간이고 옆에 앉아 그 모습을 지켜보았다고 한다. 그러나 손재주나 훌륭한 판단만으로는 충분하지 않았다. 브러멀이 명성을 얻은 데는 기묘하게 섞인 위트와 취향, 오만한 태도, 독립심 등이 한몫했다. 그는 아첨꾼이 아니었다. 그것을 생활 철학이라기에는 적당하지 않지만 그 목적에는 부합했다. 어린 시절 소년들이 뱃사공을 강물에 빠뜨리려 하자, "거기, 친구들, 그 사람을 강에 빠뜨리지 말게나. 그는 땀을 많이 흘리고 있고 분명 감기에 걸릴 거야"라며 냉정하게 농담을 던졌고 이튼에서는 인기 있는 소년이 되었다. 그 이후 그는 경쾌하고 즐겁게 그리고 별다른 노력 없이 그가 참가하는 사교계에서 항상 정상의 자리에 올랐다. 경기병 제10연대 대위였을 때 군복무에 얼마나 주의를 기울이지 않았는지, 부대원 가운데 하나의 "아주 큰 푸른색 코"를 보고 자기 부대를 찾아낼 정도였다. 그런데도 그는 호감을 얻었고 이러한 사실들은 묵인되었다. 그의 연대가 맨체스터로 파견될 예정이었기 때문에 그는 제대한 뒤("저는 갈 수 없었습니다. 생각해 보십시오, 전하, 맨체스터라뇨!") 체스터필드 가Chesterfield Street[16]에 집을 하나 마련했는데 거기서 그는 당대에 가장 많은 질시를 받고 가장 배타적이었던 사교계의 우두머리가 되었다. 예컨대 그는 어느 날 밤 올맥스Almack's[17]에서 ○○경과 이야기를 나누고 있었고 ○○공작 부인이 어린 딸 레이디 루이자Lady Louisa와 함께 그곳에 나타났다. 공작 부인은 브러멀 씨를 알아보고는 딸에게, 만약 문간에 서 있는 저 신사가 다가와 말을 걸면 그에게 좋은 인상을 주라고 말했다. 그리고 덧붙였다. "저 사람이 바로 유명한 브러멀 씨거든." 레이디 루이자는 왜 브러멀 씨가 유명한지, 그리고 왜 공작의 딸이 브러멀 씨에게 좋은 인상을 주어야 했는지 궁금했을지도 모른다. 그러자 그가

---

[16] 런던의 하이드 공원 동부에 위치한 거리.
[17] 런던의 상류층 사교 클럽으로 1765년에 개설되었다.

그들 쪽으로 움직였고, 어머니가 한 말을 이해했다. 그의 우아한 거동은 놀라웠고, 그의 인사는 아름다웠다. 마치 그의 주변에 있는 모든 사람이 지나치게 옷을 많이 입거나 엉망으로 입은 것처럼 보였다(몇몇 사람은 더러워 보이기까지 했다). 그의 복장은 완벽한 재단과 색채의 조화로 서로 녹아드는 것 같았다. 아무런 과장도 없었지만 인사하는 모습부터 왼손으로 코담뱃갑을 여는 모든 행동이 눈에 띄었다. 그는 신선함과 청결과 질서의 현신이었다. 그가 자신의 의자를 드레스룸으로 가져갔다거나, 바람이 불어도 머리카락이 헝클어지지 않았다거나, 구두에 흙이 묻지 않게 했다는 말이 모두 믿어졌다. 그가 실제로 레이디 루이자에게 말을 걸었을 때 그녀는 마법에 걸린 듯했다. 그보다 더 긍정적이고 더 즐거울 수 없었으며, 그보다 더 아첨을 잘하고 유혹적인 태도를 가진 사람은 없었던 것이다. 그녀는 곧 어리둥절해졌다. 그가 오늘이 가기 전에 결혼해 달라고 말한대도 이상할 게 없었다. 그의 이런 태도는 아주 순진한 사교계 초년생 아가씨도 그의 말을 진지하게 받아들이지 못하게 만들었다. 묘하게 생긴 그의 회색 눈은 그의 입술과 모순되는 것 같았으며, 그의 꾸준한 칭찬을 의심스럽게 만들었다. 이어 그는 다른 사람들에 대해 매우 신랄하게 이야기했다. 그 말은 위트가 있거나 심오한 말은 아니었지만, 매우 능숙했으므로 머릿속에 들어 있다가 더 중요한 다른 말이 생각나지 않으면 그곳에 자리잡아 변형될 수 있었다. 그는 섭정[18]마저 "전하의 뚱보 친구는 누구입니까?" 하고 민첩하게 물음으로써 꺾었으며, 그 방법은 그를 무시하거나 지겹게 만드는 신분이 낮은 사람들에게 똑같이 적용되었다. "아니, 이보게, 내가 그 관계를 끊지 않고 어떻게 하겠는 가? 나는 레이디 메리Lady Mary가 실제로 배추를 먹는 모습을 보았네." 그는 어느 귀족과의 결혼에 실패한 사정을 친구에게 이렇게 설명했 다. 그리고 어느 따분한 사람이 북쪽 지방으로의 여행에 대해 성가시 게 질문을 하자, 그가 하인에게 물었다. "내가 어느 호수를 사랑하는 가?" "윈더미어Windermere [19]입니다." "아, 그래, 윈더미어로군. 그러니 까 윈더미어일세." 그것이 바로 그의 방식이었다. 눈을 깜박이고 비 웃으며 오만에 가까운 태도를 보이며 허튼소리의 가장자리를 스쳐 지나가지만, 호기심을 자아내는 어떤 수단을 갖고 있으므로, 사람들 은 참된 이야기와 과장으로 잘못된 이야기를 구분했다. 브러멀은 밝 은 색 조끼를 입고 번쩍이는 넥타이를 매는 이야기 이상으로 "웨일스 여, 종을 울려라"고 말할 수 없었다. 바이런 경이 그의 옷에 대해 "어 떤 훌륭한 교양"이라고 한 말은 그의 존재 자체에 대한 이야기였다. 스포츠(브러멀은 싫어했다) 이야기만 하고 마구간(브러멀은 한번도 찾아 간 적이 없었다) 냄새를 풍기는 신사들 사이에서 브러멀은 냉정하고 세련되며 쾌활해 보이기까지 했다. 레이디 루이자는 브러멀 씨에게 좋은 인상을 주는 데 집착하는 편이 좋을 것이다. 무엇보다 레이디 루이자의 세계에서 브러멀 씨의 의견은 무엇보다 중요했다.

---

18 영국왕 조지 3세는 말년(1811~1820)에 정신 이상을 일으켜 국정을 볼 수 없었으므로 왕세자(후 년의 조지 4세)가 섭정했다.

19 영국 잉글랜드 지방의 북서부에 있는 잉글랜드 최대의 호수.

그리고 그 세계가 폐허로 바뀌지 않는다면 그의 지배는 보장된 것처럼 보였다. 잘생기고 냉혹하며 냉소적인 보(멋쟁이)는 약점이 없어 보였다. 그의 취향은 흠잡을 데 없었으며, 그는 매우 건강했고, 그의 몸은 여느 때와 마찬가지로 날씬했다. 그의 지배는 여러 해 동안 계속되었고, 여러 가지 변화도 이겨냈다. 프랑스 대혁명도 그의 머리카락 한 올 건드리지 못하고 머리 위로 지나가 버렸다. 그가 목을 감싸는 천의 접은 자국을 실험하고 코트의 재단을 비판하는 동안 여러 제국이 흥하고 망했다. 워털루 전투가 벌어지더니 평화가 찾아왔다. 그 전투도 그를 건드리지 못했다. 그를 망친 것은 평화였다. 얼마 동안 그는 도박에서 이겼다 졌다를 되풀이했다. 해리엇 윌슨Harriette Wilson[20]은 그가 파멸했다는 소식을 듣고 실망했다가 다시 그가 안전하다는 소식을 들었다. 많은 병사들이 제대한 런던은 여러 해 동안 전투를 겪은 뒤 즐거움을 누리려는 거칠고 무례하기 짝이 없는 사내들로 복작거렸다. 그들은 도박장으로 몰려들었고 큰돈을 걸었다. 어쩔 수 없이 브러멀도 그렇게 했다. 그는 잃기도 하고 따기도 했으며, 다시는 도박을 하지 않겠다고 맹세했다가 다시 시작하기도 했다. 그에게 남아 있던 마지막 1만 파운드가 날아가 버렸다. 그는 더 이상 돈을 빌릴 수 없을 때까지 빌렸다. 수천 파운드를 잃었고, 그에게 늘 행운을 가져다주었던, 가운데 구멍이 뚫린 6펜스 은화까지 잃어버렸다. 실수로 전세 마차 마부에게 주었던 것이다. 로스차일드Nathan Mayer

---

20 1786~1845. 19세기 초 영국의 고급 매춘부.

Rothschild[21]가 그것을 차지했다고 그는 말했다. 그것으로 그의 행운은 끝이었다. 그 문제에 대한 그의 이야기는 그랬다. 하지만 다른 사람들의 생각은 훨씬 불순했다. 여하튼 간단하게 말하면 1816년 5월 16일이 되었다. 그날은 모든 것이 간명해지는 날이었다. 그날 그는 와티에스Watier's[22]에서 혼자 닭고기와 적포도주로 식사를 하고 오페라를 관람했으며, 그런 다음 도버로 가는 마차를 타고 밤새도록 달려 이튿날 칼레에 도착했다. 그 후로 다시는 영국 땅을 밟지 않았다.[23]

그러자 이제 호기심을 자아내는 붕괴 과정이 시작되었다. 기묘하고 인위적인 런던의 사교계는 방부제처럼 그를 존재시켜 왔고 하나의 보석으로 응축시켰다. 이제 그 방부제와 압력이 제거되었으므로, 따로 분리하면 사소하고, 합쳐지면 화려한, 그동안 보(멋쟁이)를 만들었던 온갖 잡동사니들이 산산이 떨어지면서 그 안에 있는 것이 드러났다. 그래도 처음에는 그의 광택이 사라지지 않았다. 옛 친구들은 그를 보기 위해 바다를 건넜고, 반드시 그에게 저녁 식사를 대접하고 그의 계좌에 약간의 선물을 남겼다. 그는 보통 자신의 숙소에서 사람들을 만났다. 몸을 씻고 옷을 입는 데 오랜 시간을 들였다. 식물의 붉

---

21 1777~1836, 유대계의 국제적 금융 자본가.

22 1807년 런던에 개장한 오락장 겸 사교 클럽이며, 이름은 당시 왕세자(나중의 조지 4세)의 주방장 장바티스트 와티에Jean-Baptiste Watier로부터 유래한다.

23 세인트제임스 가에 거주하는 베리 씨Mr. Berry가 보 브러멀이 1822년 분명히 영국을 방문했다고 정중하게 지적했다. 그는 1822년 7월 26일 유명한 포도주 상점에 와서 여느 때와 마찬가지로 몸무게를 쟀다고 한다. 당시 그의 몸무게는 10스톤stone 13파운드였다(1스톤은 보통 14파운드이다-옮긴이). 그보다 앞선 1815년 7월 6일 몸무게는 12스톤 10파운드였다고 한다. 베리 씨는 1822년 이후 그가 찾아온 기록은 없다고 덧붙였다_원주

은색 뿌리로 이를 닦았고, 은제 핀셋으로 털을 뽑았으며, 찬탄을 자아낼 정도로 넥타이를 맸고, 정확하게 4시에 루아얄 가Rue Royale[24]가 바로 세인트제임스 가이며 왕세자가 직접 그의 팔을 붙잡을 것처럼 완벽하게 준비를 하고 밖으로 나갔다. 하지만 루아얄 가는 세인트제임스 가가 아니었으며, 바닥에 침을 뱉는 프랑스의 늙은 백작 부인은 데번셔 공작 부인이 아니었고, 그에게 오리 고기를 먹게 해 준 선량한 부르주아는 올밴리 경Lord Alvanley[25]이 아니었다. 그리고 곧 자신을 가리키는 루아 드 칼레Roi de Calais[26]라는 칭호를 얻고, 노동자들에게는 '조지, 종을 울려라'로 알려졌다. 하지만 그 칭찬은 천한 것이었고, 사교계는 거칠었으며, 칼레에서의 즐거움은 빈약했다. 그 멋쟁이는 자신에게 있는 자원에 의지할 수밖에 없었다. 그 자원은 상당한 정도였을지 모른다. 레이디 헤스터 스탠호프Lady Hester Stanhope[27]에 의하면, 그가 그렇게 선택했다면 그는 매우 현명한 사람이며, 그에게 이를 이야기했을 때 그 멋쟁이는 댄디의 생활 방식이 "그를 뛰어나게 만들고, 그가 경멸하는 일반인들과 그를 구분해 주는" 유일한 생활 방식이며 이런 자신의 재능을 낭비했음을 인정했다고 한다. 그 생활 방식이 시 짓기(그의 시 〈나비의 장례Butterfly's Funeral〉는 많은 찬사를 받았다)와

---

24 프랑스의 도시 칼레에 있는 거리.

25 제2대 올밴리 남작 윌리엄 아든William Arden(1789~1849)으로 브러멀의 친구였으며, 프랑스에 있는 그에게 돈을 보내 주고 있었다.

26 '칼레의 왕'이라는 뜻.

27 1776~1839, 제3대 스탠호프 백작의 장녀로서 여행가로 유명하다.

노래, 그리고 연필을 움직이는 손재주를 허락했다. 하지만 이제 긴 여름이 오고 허전해지자, 이런 성취가 시간을 보내는 데 아무 도움이 되지 않는다는 사실을 깨달았다. 그는 회고록에 몰두하려고 애썼다. 폭이 넓은 병풍을 사서 거기에 위대한 남성들과 아름다운 여성들의 그림을 풀로 붙이면서(그들의 장단점을 하이에나, 말벌, 잡다한 연애로 나타내고 특별한 솜씨를 발휘하여 서로 어울리게 했다) 시간을 보냈다. 불 André Charles Boulle이 디자인한 가구를 수집하기도 했다. 그리고 호기심을 불러일으킬 정도로 우아하고 정성스럽게 귀부인들에게 편지를 썼다. 하지만 곧 이런 일에 신물이 났다. 그의 정신적인 자원은 시간이 흐르면서 조금씩 줄더니 이제 그를 망쳐 놓았다. 그러자 붕괴 과정이 점점 빨라지고 또 하나의 기관인 심장이 드러났다. 지난 세월 그는 사랑을 유희로 간주하면서 능숙하게 정열의 범위 밖에 서 있었다. 그런 그가 딸 같은 젊은 아가씨들에게 무리하게 접근했다. 그가 캉의 엘렌 양Mademoiselle Ellen에게 얼마나 열정적인 편지를 썼던지, 그녀는 웃어야 할지 화를 내야 할지 모를 정도였다. 한때 공작의 딸들에게 군림했던 그 멋쟁이는 그녀가 화를 내자 절망에 휩싸여 그녀 앞에 엎드렸다. 하지만 이미 늦었다. 이제 그의 심장은 소박한 시골 아가씨에게도 아무런 떨림을 느끼지 않았고 그는 동물들에게 애정을 쏟았다. 빅이라는 이름의 테리어가 죽자 3주 동안 슬픔에 잠겼고, 생쥐하고도 우정을 나누었으며, 캉에 있는 모든 버림받은 고양이와 굶주린 개의 보호자가 되었다. 정말이지 그는 사람과 개가 물에 빠져 있는 상황에서 보는 사람만 없다면 개를 살리고 싶다고 어느 부인에게 말하기도 했다. 하지만 그는 여전히 모든 사람이 자신을 본다고 여겼으며, 외모에 대한 극도의 관심 때문에 금욕적인 인내심을 발휘했다. 그래서 만찬 도중에 마비가 왔을 때 아무 내색 없이 식탁에서 일어났고, 빚더미에 올라앉아 있지만 구두가 상하지 않도록 발끝으로 자갈길을 걸었다. 이윽고 그가 감옥에 들어가는 끔찍한 날에도 마치 아침 방문을 하러 가는 듯 냉정하고 예의 바른 모습이었기 때문에 살인자나 도둑들에게 찬탄을 받았다. 그가 계속 자신의 역할을 할 수 있으려면 경제적 후원이 필요했다. 충분한 구두약과 오드콜로뉴^{eau-de-} Cologne [28], 하루에 세 번 갈아입을 속옷이 필요했다. 그가 여기에 지출하는 금액은 엄청났다. 관대한 그의 옛 친구들에게 지속적으로 간청했지만, 더 이상 그들에게서 무언가를 얻어낼 수는 없었다. 속옷은 하루에 한 번 갈아입는 것으로 만족하고, 용돈은 꼭 필요한 것에만 써야 했다. 그러나 브러멀 같은 사람이 어떻게 필요한 것만 하고 살 수 있을까? 부당한 일이었다. 그 후 얼마 지나지 않아 그는 목 감는 천을 검은색 비단으로 사용함으로써 사태의 심각성을 드러냈다. 그는 검은색 비단으로 목을 감는 것을 싫어했다. 그것은 절망의 표시였으며, 종말이 다가오고 있다는 신호였다. 그 후 그를 지탱하고 존재하게 해 주었던 모든 것이 허물어졌다. 자존심도 사라졌다. 돈을 지불해 줄 사람이라면 누구라도 함께 식사를 했다. 기억력도 약해졌으며, 심지어 캉의 시민들이 따분해 할 정도로 똑같은 이야기를 되풀이

---

28 상쾌한 향을 내는 향수.

했고 예절도 퇴보했다. 극단적이었던 결벽증이 무뎌지더니 결국 불결해졌고 그가 호텔 식당에 나타나면 사람들은 꺼려 했다. 정신도 나가 버렸다. 바람 소리가 들리면 데번져 공작 부인이 계단을 올라온다고 생각했다. 마침내 아주 많은 것이 허물어졌지만 엄청난 탐욕 하나가 그대로 남아 있었다. 랭스Rheims[29]의 비스킷을 사기 위해 그는 남아 있는 가장 훌륭한 보물을 희생시켰다. 코담뱃갑을 팔아 치웠던 것이다. 그러자 마음에 들지 않고 썩은 인간, 수녀들의 자비에 의지하여 요양원에서 보호되어야 할 노쇠하고 혐오스런 사내밖에 남지 않았다. 그곳의 성직자가 그에게 기도를 하라고 권했다. "'노력하겠소' 하고 그가 말했지만, 그 말을 이해한 건지 의심스럽게 만드는 어떤 말을 덧붙였다." 그는 노력할 것이다. 왜냐하면 성직자가 그것을 바랐고, 그는 예의 바른 사람이었기 때문이다. 그는 도둑들에게, 공작 부인들에게, 그리고 하느님에게 예의 바른 사람이었다. 하지만 노력은 더 이상 쓸모없는 일이었다. 이제는 뜨거운 불길, 달콤한 비스킷, 원하면 마실 수 있는 커피 이외에는 아무것도 믿을 수 없었다. 그래서 은총과 부드러움이 사라진 그 멋쟁이는 더러운 옷을 입고 교양 없고 아무짝에도 소용없는 다른 노인과 마찬가지로 무덤 속에 들어갈 수밖에 없었다. 하지만 바이런이 멋쟁이처럼 차려입은 순간에는 "항상 존경과 질시가 뒤섞인 감정으로 브러멀의 이름을 내뱉었다"는 사실을 기억해야 한다.

---

[29] 프랑스의 북동부에 위치하는 도시.

3
메리 울스턴크래프트

이상하게도 커다란 전쟁은 일관성이 없다. 프랑스 대혁명의 경우 어떤 사람들은 산산조각 냈지만, 어떤 사람들은 머리카락 하나 건드리지 않고 지나가 버렸다. 제인 오스틴은 그것을 언급하지 않았고, 찰스 램은 그것을 무시했으며, 보 브러멀은 그것에 대해 아무 생각도 하지 않았다고 한다. 하지만 워즈워스William Wordsworth[30]와 고드윈William Godwin[31]에게 그것은 여명이었다.

> 황금 같은 시간들의 꼭대기에 서 있는 프랑스,
>
> 그리고 다시 태어나는 듯한 인간성.

그들은 이를 놓치지 않고 보았던 것이다. 따라서 기발한 역사가라면 가장 대조적인 일들을 나란히 놓기가 쉬웠을 것이다. 한쪽에는 체스터필드 가에서 조심스럽게 넥타이를 매고 저속한 강조를 탈피하면서 주도면밀하고 자유롭게 코트의 옷깃을 적절히 재단하는 방법을 논의하는 보 브러멀이 있고, 다른 한쪽에는 서머스타운Somers Town[32]에

---

30 1770~1850, 영국의 낭만주의 시인. 영문학뿐만 아니라 역사상 유럽 문화에도 커다란 영향을 미쳤다. 시인 콜리지의 영향을 많이 받았는데 1797년 여동생 도로시와 함께 콜리지의 집 근처로 이사했고, 이듬해 《서정가요집Lyrical Ballads》을 발표했다.
31 1756~1836, 영국의 정치 평론가 및 소설가.

서 조잡한 옷을 입은 흥분한 일군의 젊은이들(그 가운데 하나는 몸에 비해 머리가 너무 크고 얼굴에 비해 코가 너무 컸다)이 날마다 찻잔을 앞에 놓고 인간이 완벽해질 가능성, 이상적 통일성, 인권 등에 관해 의견을 교환했다. 거기에는 총명한 말을 하고 싶어 하고 영리한 눈을 가진 여성이 있었다. 발로Barlow, 홀크로프트 Holcroft, 고드윈Godwin 과 같은 중산층 젊은이들은 그녀가 결혼했는지의 여부는 아무 상관없다는 듯 그들과 같은 젊은 남자처럼 그녀를 그냥 '울스턴크래프트 Wollstonecraft' 라고 불렀다. 찰스 램, 고드윈, 제인 오스틴, 메리 울스턴크래프트[33]와 같은 지식인들의 그 같은 불일치는 그들의 견해에 큰 영향을 미쳤다. 예를 들어 고드윈이 템플Temple[34]에서 성장하고 자선 기숙 학교Christ's Hospital에서 골동품이나 옛 글자에 몰두했다면, 인간의 미래와 종합적인 인권에 대해서는 전혀 생각하지 않았을지 모른다. 만약 제인 오스틴이 어릴 때 아버지가 어머니를 매질하는 것을 막기 위해 층계 중간에 누웠다면, 그녀의 영혼은 폭압에 항거하는 정열에 불타고 그녀의 소설은 정의에 대한 함성으로 가득 차 있을지도 모른다.

메리 울스턴크래프트가 결혼 생활의 기쁨에 대해 처음 경험한 것은 그 같은 것이었다. 그러나 그녀의 여동생 에버리나Everina는 비참한 결혼을 하고 마차에서 결혼반지를 산산조각 내 버렸다. 남동생은 그

---

32 런던의 한 지역.
33 1759~1797. 영국의 여류 작가 및 여권 운동가.
34 런던 중심지의 한 구역.

녀에게 부담이 되었고 아버지는 농장 경영에 실패했다. 붉은색 얼굴과 과격한 기질, 더러운 머리카락 때문에 평판이 좋지 않은 아버지의 인생을 되살리기 위해 그녀는 가정교사로서 귀족 사회에 얽매였다. 간단히 말해 행복이 무엇인지 몰랐고, 그에 따라 인간 생활의 비참함을 벗어날 수 있는 적합한 신조를 만들었다. 그 신조에서 가장 중요한 것은 독립이라는 내용이었다. "우리가 다른 사람들로부터 받는 모든 은혜가 새로운 족쇄이며, 우리의 타고난 자유를 빼앗고, 우리의 정신을 저하시킨다." 독립이야말로 여성의 첫 번째 필수품이었다. 여성에게는 우아함이나 매력이 아니라 자신의 의지를 발휘할 수 있는 활력과 용기가 필요했다. 그녀의 가장 큰 자랑은 "나는 신봉하지 않으면서 어떤 일을 하기로 결심한 적이 결코 없다"는 것이었고 이 말은 진실이었다. 그녀는 서른 살이 조금 넘었을 때, 격렬한 반대를 무릅쓰고 했던 행동을 되돌아보았다. 엄청난 노력을 기울여 친구 패니Fanny를 위해 집을 장만했지만, 패니의 마음이 바뀌어 집을 원하지 않는다는 사실을 알았다. 그녀는 학교를 개설했고 패니를 설득해 스케이스 씨Mr. Skeys와 결혼하게 했다. 그리고 패니가 죽어갈 때 학교를 내팽개치고 그녀를 간호하러 리스본으로 갔다. 돌아오는 길에 난파된 프랑스 배를 만나자 귀국선의 선장에게 그 배를 구조하게 했다. 선장이 거부하면 그 사실을 폭로하겠다고 위협했다. 그리고 퓨젤리Henry Fuseli[35]에 대한 열정으로 그와 함께 동거하고 싶다고 선포했고, 그의

---

35 1741~1825. 스위스 출신의 영국 화가.

아내에게서 거부 당하자 바로 단호한 행동이라는 자신의 원칙을 지
켜 글을 쓰며 자신의 생계를 유지하겠다고 결심하고 파리로 건너갔
다.

　프랑스 대혁명은 그녀의 외부에서 일어난 단순한 사건이 아니라
자신의 핏속에 있는 활성제였다. 그녀는 전 생애를 통해 폭압에, 법
에, 인습에 반항했다. 많은 사랑과 많은 미움을 지닌 개혁가의 인류
애가 그녀의 내부에서 끓어올랐다. 프랑스에서 발발한 혁명은 그녀
의 심오한 이론과 확신의 일부를 표현했으며, 그 특별한 순간의 열기
속에서 그녀는 급히 웅변적이며 과감한 책《버크[36]에 대한 답변Reply to
Burke》과《여성의 권리 옹호Vindication of the Rights of Woman》두 권을 내놓았
다. 그 책의 내용은 지금 우리에게는 새로울 것이 전혀 없으며 진부
해 보이기까지 한다. 그 책들의 독창성이 지금 우리에게는 진부한 것
이다. 그러나 그녀가 파리의 커다란 집을 임대해 혼자 살고 있을 때,
자신이 경멸하던 왕이 방위군의 호위를 받으며 지나가는 모습이 생
각보다 훨씬 위엄 있음을 직접 목격하고 "이유를 알 수 없지만" 두 눈
에 눈물이 고였다. "저는 잠자리에 들려 합니다. 하지만 생전 처음으
로 촛불을 끌 수가 없습니다" 하고 그때의 감정을 표현한 편지는 끝
을 맺었다. 그러니까 사정은 그리 단순하지 않았던 것이다. 그녀는
자신의 감정을 이해할 수 없었다. 자신의 가장 소중한 신념을 실천에
옮겼지만 두 눈에 눈물이 가득 고였던 것이다. 그녀는 명성과 독립,

---

36 1829~1797, 영국의 정치가 및 정치 사상가 에드먼드 버크Edmund Burke.

자신의 삶을 살아갈 수 있는 권리를 얻어 냈지만 뭔가 다른 것을 원하고 있었다. 그녀는 편지에 "저는 사랑 받는 여신이 아니라 당신에게 필요한 사람이기를 바랍니다"고 썼다. 그 편지를 받는 사람인 매혹적인 미국인 임레이 Gilbert Imlay [37]가 그녀에게 다정하게 대해 주었기 때문이다. 그녀도 열정적인 사랑에 빠져 있었다. 하지만 사랑은 자유로워야 한다는 것("서로 주고받는 사랑이 결혼이며, 만약 사랑이 식는다면 결혼의 매듭이 구속해서는 안 된다는 것")이 그녀의 신념이었다. 그렇지만 그녀는 자유와 확실성을 원했다. 그녀는 "저는 애정이라는 말을 좋아합니다. 습관적인 뭔가를 의미하기 때문입니다"고 했다.

이 온갖 모순이 가져온 갈등은 그녀의 얼굴에도 드러난다. 그녀의 얼굴은 매우 단호한가 하면 매우 몽환적이었고, 매우 감각적인가 하면 매우 지성적이었으며, 게다가 사우디 Robert Southey [38]가 그처럼 표현력이 풍부한 눈은 없었노라고 했던 큰 눈과 밝은 머리결은 아름답기까지 했다. 이러한 여성의 삶은 폭풍처럼 사납게 마련이다. 그녀는 날마다 인생을 어떻게 살아야 하는지 이론을 만들었고, 그리고 날마다 다른 사람들의 편견이라는 바위에 정면으로 맞서야 했다. 또한 그녀의 이론을 밀어내고 새롭게 본보기를 삼도록 하는 뭔가가 그녀 안에서 태어났다. 그녀는 임레이에 대해 법적 권리를 갖고 결혼하기를 거부해 자신의 이론에 따라 행동했지만, 그들 사이에 태어난 아이와

---

37 1754~1828, 미국의 사업가이자 외교관 겸 저술가.
38 1774~1843, 영국의 시인이자 전기 작가.

그녀를 두고 그가 떠났을 때 그녀는 오랫동안 그 고통을 이겨낼 수 없었다.

이처럼 그녀는 자신의 마음을 산란하게 만들고 자신까지도 어리둥절하게 만들었다. 그러므로 이성적인 부분과 비이성적인 부분으로 빠르게 바뀌는 그녀의 기분에 맞추지 못했다고 해서 말주변이 좋고 믿을 수 없는 임레이만 비난할 수는 없다. 편견 없이 그녀를 좋아했던 친구들조차 그녀의 모순적인 행동에 당황했다. 메리는 자연을 열정적으로, 열광적으로 사랑했다. 그래서 어느 날 밤하늘이 얼마나 아름다웠던지 마들렌 슈웨제르Madeleine Schweizer가 그녀에게 "메리, 계속 색깔이 바뀌는 이 놀라운 밤하늘을 봐." 하고 말했을 때, 메리는 드 볼조장 남작Baron de Wolzogen에게서 시선을 떼지 않았다. 슈웨제르 부인은 "나는 이 에로틱한 몰입에 기분이 나빠졌으므로 내 모든 즐거움이 사라져 버렸다"고 썼다. 하지만 그 감상적인 스위스 인이 메리의 관능에 당황했다면, 기민한 사업가였던 임레이는 그녀의 지성 때문에 분통이 터졌다. 그녀를 만날 때마다 그녀의 매력에 빠졌지만, 그녀의 민첩함, 통찰력, 타협할 줄 모르는 이상주의가 그를 괴롭혔다. 그가 변명하는 모든 상황의 진상을 그녀는 꿰뚫고 있었고, 그가 말하는 모든 이유를 알아차렸으며, 심지어 그의 사업까지도 관리할 수 있었다. 그가 그녀와 함께 있을 때는 평화가 없었고 그는 서둘러 떠나야 했다. 그러면 성실성과 통찰력으로 무장한 편지들이 뒤따라와서 그를 괴롭혔다. 편지들은 큰소리로 말했고, 열정적으로 진실을 이야기해 달라고 간청했다. 또 반복해서 비누와 알루미늄, 재산과 안락한 생활에 대해 깊은 경멸을 표시했다. 따라서 편지는 "당신은 이제 내 말을 들으려 하지 않는군요" 라는 말밖에 할 수 없었다. 그는 더 이상 견디지 못했다. 그는 잡어로 돌고래를 잡았지만 이제 그 돌고래는 그가 견디지 못하고 벗어나야겠다고 생각할 때까지 그에게 달려들고 있었다. 그도 함께 이론을 만들었지만, 아무래도 사업가인 그는 비누와 알루미늄에 의존했다. "내가 안락하게 지내는 데는 인생의 부차적인 쾌락이 매우 필요하오." 그는 인정해야 했다. 그리고 그들 사이에는 질투를 느끼는 메리의 시선과 동시에 그 눈을 피하는 무언가가 있었다. 그를 떠나게 만든 것은 사업이었을까, 정치였을까, 여자였을까? 그는 빈둥거리면서 지냈고, 만나면 매혹적이었다가 다시 사라졌다. 마침내 분통을 터뜨리면서 의심 때문에 반쯤 미친 그녀는 요리사에게 진실을 추궁했다. 그리고 결국 순회 극단의 어린 배우가 그의 정부였음을 알게 됐다. 메리는 단호한 행동이라는 자신의 신조에 따라, 실수 없이 강물 속에 빠질 수 있도록 스커트에 물을 적신 뒤, 퍼트니 다리Putney Bridge[39]에서 몸을 던졌다. 그러나 그녀는 구조되었고, 말할 수 없는 고통을 겪었다. 그러자 그녀의 "정복될 수 없는 위대한 정신", 독립이라는 소녀 시절의 신조가 다시 떠올랐고, 그녀는 다시 행복을 추구하면서 자신을 위해, 자식을 위해 임레이에게서 한 푼도 받지 않고 살겠다고 결심했다.

그녀가 다시 고드윈(프랑스 혁명이 발발할 당시 서머스타운의 젊은이

---

[39] 런던 서부에서 남쪽의 퍼트니 구역과 북쪽의 풀럼Fulham 구역을 잇는 템스 강의 다리.

들이 새로운 세상이 탄생했다고 생각할 때 만났던 작은 체구에 커다란 머리를 지닌 남자)을 다시 만난 것은 바로 이 위기 때였다. 사실 두 사람이 만났다는 것은 완곡한 표현이다. 왜냐하면 실제로는 메리 울스턴크래프트가 그의 집으로 찾아갔기 때문이다. 그녀가 외투를 걸치고 서머스타운에 고드윈을 찾아가느냐, 아니면 그가 찾아오기를 기다리느냐 하는 문제가 중요하지 않게 여겨진 것은 프랑스 대혁명의 결과였을까? 그녀가 포장도로 위에 흩뿌려진 핏자국을 보았고, 성난 군중들의 함성이 그녀의 귀를 울렸기 때문일까? 그리고 비열함과 너그러움, 냉정함과 깊은 감정(유별나게 깊은 감정이 있지 않았다면 그의 아내는 결코 회고록을 쓸 수 없었을 것이다)이 아주 기묘하게 결합된 호기심을 자아내는 그 인물에게, 메리가 올바른 행동을 했다고 생각하고 여성의 삶을 얽매이게 하는 바보 같은 관습을 짓밟은 메리에 대해 존경심을 느끼게 만든 건 얼마나 귀한 인간 생활의 급변이었을까? 그는 여러 가지 문제에 대해, 특히 남녀 관계에 대해 매우 특별한 견해를 가졌다. 그는 남녀의 사랑에 이성이 영향을 미쳐야 한다고 생각했다. 그들의 관계에는 영적인 뭔가가 있다고 생각했다. 그는 "결혼은 하나의 법이며, 모든 법 가운데 가장 나쁜 법이다. (……) 결혼이란 소유물의 문제, 모든 소유물 가운데 가장 나쁜 소유물"이라고도 했다. 만약 남녀 두 사람이 서로 좋아한다면 그들은 아무 의례 없이 동거하거나, 혹은 동거는 사랑을 무디게 하는 경향이 있으므로 예컨대 같은 동네에서 스무 집 정도 떨어져 살아야 한다고 생각했다. 그는 훨씬 더 나아갔다. 만약 다른 남자가 여러분의 아내를 좋아하더라도 "이것은 어떤 어려움도 없을 것이다. 우리는 모두 그녀와 대화를 즐길 수 있을 것이며, 그리고 현명하며 관능적인 교합은 아주 사소한 일로 간주할 수 있을 것"이라고도 말했다. 사실 그가 처음 그런 글을 썼을 때 그는 사랑해 본 적이 없었다. 그리고 이제 처음으로 그 감정을 경험하게 되었다. 그것은 매우 조용하게 그리고 자연스럽게 찾아왔고, 서머스타운에서 태양 아래의 모든 것에 대한 그들의 대화(아주 부적절하게 그의 방 안에서만 이루어졌다)는 "두 사람의 마음속에서 똑같은 정도로" 증대되었다. 그는 "그것은 사랑으로 녹아든 우정이었다. (……) 사물의 진행 과정에 따라 사실이 드러나게 되면 어느 한쪽 이 다른 쪽 사람에게 드러낼 것이 전혀 없었다"고 썼다. 분명히 그들은 가장 본질적인 점에 동의하고 있었다. 예컨대 두 사람은 결혼이 불필요하다고 생각했고 계속 따로 떨어져 살려고 했다. 메리는 자식과 함께 있는 자신의 모습을 보며 자신의 이론을 지키지 않으면 자연이 다시 개입하여 소중한 친구를 잃게 되지나 않을지 걱정이 되었다. 그녀는 그렇지 않다고 생각했고, 두 사람은 결혼했다. 그러면 남편과 아내는 따로 떨어져 살아야 한다는 그녀의 신념은 그녀의 다른 감정들과 양립할 수 없지 않을까? 그녀는 "남편은 집에 있는 가구 가운데 편리한 일부"라고 썼다. 그녀는 자신이 아주 가정적이라는 사실을 깨달았다. 그렇다면 그 이론도 바꾸고 한 지붕 아래 살아도 좋지 않을까? 고드윈은 약간 떨어진 곳에 작업실을 가져야 했고 원한다면 식사도 따로 했고, 일, 친구들도 따로 구분했다. 그러자 그 계획은 훌륭하게 효과를 발휘했다. "신기함과 생생한 감흥이 더욱 달콤하고 포근한 가정생

활의 기쁨"을 결합시켰다. 메리도 행복하다고 인정했고 고드윈은
"자신의 행복에 관심을 갖는 누군가가 있음"을 발견하는 것이 "극도
로 만족스러운 일"이라 고백했다. 메리는 새로운 만족으로 온갖 종류
의 힘과 감정에서 해방되었다. 고드윈과 임레이의 아이가 함께 놀고
있는 모습, 곧 그들 두 사람의 자식이 태어나리라는 생각, 당일치기
로 갔다 오는 시골 여행 등 사소한 일들이 그녀에게 더할 수 없는 즐
거움이었다. 어느 날 뉴로드New Road[40]에서 임레이를 만나자 그녀는
아무런 감정 없이 인사를 했다. 고드윈의 말대로 그들의 생활은 "게
으른 행복, 이기적이며 일시적인 쾌락의 낙원"이 아니었다. 아니, 메
리의 삶이 처음부터 실험이었던 것처럼 그것은 실험이자 인습을 인
간의 필요성에 따라 근접시키려는 시도였다. 그리고 그들의 결혼은
시작에 지나지 않았다. 온갖 것이 뒤따르도록 예정되어 있었다. 메리
는 아이를 낳을 예정이었고 《여성의 잘못The Wrongs of Women》이라는
책도 쓰려고 했으며 교육 개혁도 생각하고 있었다. 고드윈은 아이를
낳은 다음날 저녁 식사를 하러 올 예정이었다. 메리는 출산 때 의사
를 부르지 않고 산파만 부르기로 했다. 하지만 그것이 그녀의 마지막
실험이 되었다. 그녀는 출산 도중 죽었다. 자신의 존재에 대한 의식
이 강했고 비참한 상태에서도 "더 이상 내가 존재하지 않는다. 내 자
신을 잃는다는 생각에 견딜 수 없다. 아니다, 내가 존재함을 멈추는

---

40 런던의 거리 가운데 하나였으나, 현재는 내부 순환 도로의 일부가 되어 있다.
41 서른여덟 살의 오류.

일은 불가능하다"고 외쳤던 그녀는 서른여섯 살[41]의 나이로 세상을 떠났다. 하지만 그녀는 복수를 하고 있다. 그녀가 매장된 뒤 130년이라는 시간이 흐르는 동안 수백만의 사람들이 죽고 잊혀졌다. 하지만 우리가 그녀의 편지를 읽으며, 그녀의 주장에 귀를 기울이고, 그녀의 실험, 무엇보다도 결실을 맺었던 실험인 고드윈과의 관계를 고려하며, 인생의 핵심에 파고든 그녀의 거만하고 열렬한 태도를 이해하고 있으니, 그녀는 어떤 형식으로든 불멸성을 획득했다. 그녀는 살아 숨쉬며, 주장하고 실험하며, 우리는 그녀의 목소리를 듣고, 살아 있는 사람들에게 지금도 미치는 그녀의 영향을 뒤쫓는다.

4
도러시 워즈워스

아주 기이한 두 여행자, 메리 울스턴크래프트와 도러시 워즈워스는 서로를 가까이서 뒤쫓았다. 메리는 1795년 갓난아이를 데리고 엘베 강변의 알토나Altona[42]에 갔는데, 3년 뒤 도러시도 오빠 그리고 콜리지와 함께 그곳에 왔다. 두 사람 모두 같은 곳을 둘러보았고 두 사람 모두 그 여행을 기록했지만 두 사람의 눈은 매우 달랐다. 메리가 본 것

---

42 독일 함부르크Hamburg 시의 북서 지역으로, 한때 별개의 항구 도시로 발전하였으나 1938년 함부르크에 합병되었다.

은 무엇이나 그녀의 마음속에 어떤 이론, 정부의 효과, 국민들의 상태, 그녀가 지닌 영혼의 신비 등을 생각하게 만들었다. 물결을 가르는 노의 박자는 그녀에게 "생명이란 무엇인가? 이 호흡은 어디로 가는가? 여기 있는 나는 얼마나 살아 있는 것일까? 그것은 새로운 에너지를 주고받으면서 어떤 요소를 혼합해 낼까?"라는 물음을 생각하게 만들었다. 그리고 때때로 일몰 감상을 잊고 볼조장 남작을 쳐다보았다. 반면 도러시는 눈앞에 있는 것을 있는 그대로 정확하게 산문을 대하듯 주목했다. "함부르크와 알토나 사이를 걷는 산책은 매우 즐겁다. 대부분 나무가 심어져 있고, 번갈아 자갈길이 나타난다. (······) 엘베 강 건너편은 습지처럼 보인다." 그녀는 "전제 정치의 발굽"에 대해 비난하지 않았다. 수입과 수출 같은 "남자들의 질문"도 하지 않았고 자신의 영혼과 하늘을 혼동하지 않았다. "여기에 있는 나는 얼마나 살아 있는 것일까" 하는 물음은 나무와 풀에 종속되었다. 왜냐하면 만약 그녀가 "나"와 그것의 옳고 그름, 그것의 정열과 고통을 그녀와 대상 사이에 들어오게 하면, 달을 "밤의 여왕"이라 부르거나 새벽을 "동방 광선"으로 이야기하거나 호수 위 몽환과 환희에 휩싸인 바람에 비치는 달빛 무늬를 표현할 정확한 어구를 찾아내지 못할 것이기 때문이다. 그것은 "물속에 있는 청어들"과 같았다. 만약 그녀가 자신에 대해 생각하고 있었다면 그 말을 할 수 없었을 것이다. 그래서 메리가 이 벽과 저 벽 사이에서 머리를 쥐어박으면서 "사라질 수 없는 뭔가가 이 가슴 속에 살고 있다. 그리고 인생은 꿈 이상의 것"이라고 외치는 반면, 도러시는 앨폭스든Alfoxden[43]에서 다가오는 봄에 대해 기록한다. "자두나무에 꽃이 피었고, 산사나무가 푸르렀으며, 공원의 낙엽수는 이삼 일 사이에 검은색에서 녹색으로 바뀌었다." 그리고 다음날인 1798년 4월 14일에는 다음과 같이 기록한다. "저녁에 폭풍이 몰아쳐 집에 있었다. 《메리 울스턴크래프트의 생애》 기타 등등이 도착했다." 그리고 그다음 날 그들은 대지주의 땅으로 산책을 나갔다가 "자연이 매우 성공적으로 변형시킨 예술(폐허, 외딴집, 기타 등등, 기타 등등)을 아름답게 만들기 위해 노력하고 있음"을 발견했다. 메리 울스턴크래프트에 관한 언급은 전혀 없다. 그녀의 생애와 그것의 온갖 폭풍은 그 간결한 기타 등등과 기타 등등 사이로 휩쓸려 간 듯하다. 하지만 그 다음 문장은 무의식적인 언급처럼 읽힌다. "다행히 우리는 우리의 환상대로 거대한 산을 세우거나 계곡을 파낼 수 없다." 그렇다, 우리는 형태를 바꿀 수 없으며 반항해서도 안 된다. 다만 자연의 메시지를 받아들이고 그것을 이해하기 위해 노력할 뿐이다. 그렇게 일기는 계속된다.

봄이 가고 여름이 왔으며, 여름이 가을로 바뀌더니 겨울이 되었다. 그리고 다시 자두나무 꽃이 피었고, 산사나무가 푸르렀으며, 봄이 왔다. 하지만 그것은 북쪽 지방의 봄이며, 산으로 에워싸인 그래스미어 Grasmere[44]의 작은 오두막에서 도러시는 오빠와 단둘이 살고 있었다.

---

43 현재는 앨폭스턴Alfoxton으로 알려져 있다. 앨폭스턴은 잉글랜드 서머싯 주의 홀퍼드Holford에 있는 시골 별장으로 1797년 7월부터 1798년 6월까지 워즈워스 남매가 살았다. 도러시 워즈워스의 사후에 《1798년 앨폭스든 일기The Alfoxden Journal, 1798》가 발표되었다.

44 잉글랜드 북서부 컴브리아Cumbria 주에 속하는 마을.

청춘의 고난과 이별을 겪은 그들은 한 지붕 아래 지내면서 자연에서 살아가고 그 의미를 읽는 생활에 몰두할 수 있었다. 그들은 돈을 벌지 않아도 살 수 있을 정도의 여유가 있었다. 가족으로서의 의무나 직업적인 임무 때문에 산만해지는 일도 없었다. 도러시는 온종일 산을 헤매거나, 밤새도록 자지 않고 콜리지와 대화를 나눴고, 숙모는 여성답지 못하다고 도러시를 꾸짖지 않았다. 해가 떠서 지기까지 시간은 그들의 것이었고, 계절에 따라 바뀔 수 있었다. 날씨가 좋으면 굳이 집에 들어갈 필요가 없었고, 비가 오면 자리에서 일어날 필요가 없었다. 산에서는 뻐꾸기가 울고 윌리엄은 원하는 어구를 찾아내지 못하면 음식이 식더라도 아랑곳하지 않았다. 일요일도 마찬가지였다. 관습이나 전통 모든 것은 자연에서 살아가며 열중해야 하고 힘들고 고된 시를 쓰는 일에 종속되었다. 왜냐하면 시를 쓰는 일은 정말 고되었다. 윌리엄은 시의 말을 찾으려다 두통으로 괴로워하기도 했다. 시를 한 편 쓰는 데 얼마나 정성을 기울였는지 도러시가 수정을 말하기 두려울 정도였다. 그녀의 우연한 말이 그의 머릿속에 맴도는 바람에 정상적인 상태로 돌아가지 못하는 경우도 있었다. 그는 아침 식사를 하러 "셔츠의 단추를 열고 조끼도 풀어헤친 채" 앉더니, 그녀의 이야기를 바탕으로 나비에 대한 시를 쓰느라 아무것도 먹지 않고, 다음에는 그 시를 고치기 시작해 다시 피로해졌다.

그 일기가 어느 조용한 여성이라도 적을 만한 정원의 변화, 오빠의 기분, 계절의 진행 등에 관한 짧은 메모임을 생각한다면, 이 모든 것이 얼마나 생생하게 우리 앞에 펼쳐지는지 이상할 지경이다. 어느 날

265

그녀는 비가 온 다음이라 포근했다고 적었다. 들판에서 암소 한 마리와 마주쳤다. "그 소는 나를 쳐다보았고, 나는 그 소를 쳐다보았다. 그리고 그 소는 내가 움직일 때마다 먹기를 멈추었다." 이어 그녀는 지팡이 두 개를 들고 걷는 노인을 만났다. 여러 날 동안 그녀는 먹이를 먹는 암소와 산책하는 나이 많은 노인을 만났을 뿐이다. 그녀가 일기를 쓰는 동기는 아주 평범하다. "내 자신과 다투지 않아도 되고 오빠가 다시 집으로 돌아오면 즐겁게 해 줄 수 있기 때문이다." 이 조잡한 메모장과 다른 것의 차이는 메모장이 점차적이라는 점이다. 만약 일기가 가리키는 모습을 정확하게 살펴보면 우리가 본 바로 그 광경을 메모장에서 보게 된다. 그 평범한 이야기가 아주 직접적으로 대상을 가리키고 있다는 것은 그 짧은 메모들이 마음속에 펼쳐지고 전체의 풍경을 우리 앞에 전개하고 있다는 뜻이다. "달빛이 눈처럼 산 위에 자리 잡고 있다." "대기는 조용해졌고, 호수는 밝은 석판 같은 색을 띠었으며, 산들은 깜깜해지고 있었다. 만은 낮게 사라지는 해안을 향해 달려갔다. 양들은 휴식. 모든 것이 고요했다." "폭포 위에 다른 폭포가 있는 것이 아니었다. 그것은 공기 속에 들리는 물 소리, 공기의 목소리였다." 그 같은 짧은 메모에서 자연주의자보다 시인에 가까운 재능인 암시의 힘, 가장 단순한 사실만 취해 고요한 호수, 아름다움을 자랑하는 산 등 그들 전체의 모습이 우리 앞에 오게끔 명령하는 힘이 느껴진다. 하지만 그녀는 통상적인 의미에서 묘사적인 작가는 아니었다. 그녀의 첫째 관심사는 진실이다. 우아함과 대칭은 진실에 종속되어야 한다. 그러나 호수에 불어오는 미풍이 움직이는 모습을 속이는 것은 겉모습을 지탱하는 정신을 바꾸려는 것이므로 진실이 추구된다. 그녀를 자극하고 충동질하며 그녀의 재능을 꾸준히 발휘하도록 하는 것은 바로 그 정신이다. 광경 하나, 소리 하나는 그녀가 인식의 과정을 지나가면서 그것이 비록 운치가 없을지라도 비록 모난 것일지라도 말이나 이미지로 고정해 이들을 존재하게 만든다. 자연은 엄격한 감독관이었다. 거창하고 꿈같은 개요뿐만 아니라 세부적인 내용까지 산문으로 정확하게 표현되어야 한다. 심지어 찬란한 꿈속에서 먼 산이 꿈틀거릴 때조차 그녀는 문학적으로, 정확하게 "양들의 등성이 위에서 번쩍거리는 은색 선"이라고 적거나, "우리에게서 조금 떨어진 까마귀는 햇빛 속에 날아가는 동안 은색이 되었으며, 더 멀리 갈 때는 푸른 들판 위를 통과하는 물처럼 보였다"고 언급했다. 훈련을 받아 사용되던 그녀의 관찰력은 아주 능숙하고 날카로워, 산책을 하고 나면 마음의 눈이 호기심을 자아내는 대상을 엄청나게 많이 수집했고 한가할 때면 그들을 분류했다. 양들이 덤바턴 성 Dumbarton Castle[45]에 주둔하는 병사와 엮이다니 얼마나 놀라운가! 어떤 이유인지 양은 실제 크기로 보였지만 병사들은 꼭두각시처럼 보였다. 양의 움직임은 아주 자연스러웠고 두려움이 없었지만 난장이가 된 병사들의 움직임은 침착하지 못하고 아무 의미가 없었다. 그것은 대단히 기묘했다. 또 그녀는 침대에 누워 천장을 올려다보면서 광이 나도록 칠해진 들보가 "햇빛 비치는 날에 얼음 속에 가두어 놓은 검

---

45 스코틀랜드 덤바턴 주의 자치 도시 덤바턴에 있는 영국에서 가장 오래된 성채.

은색 바위처럼 광택이 난다"고 생각하기도 했다.

> 커다란 너도밤나무의 아래쪽 큰 가지가 그늘에 시든 것처럼 내가 본 것들이 복잡하고 환상적인 방식으로 서로 가로지르고 있었다. (……) 그것은 내가 생각했던, 물이 스며 있거나 축축해진 지붕과 어떻게 해서든 안으로 들어온 달빛이 있는 지하 동굴이나 사원과 같았지만, 그 색깔은 녹은 보석들과 비슷했다. 나는 누워서 난로의 빛이 꺼질 때까지 올려다보았다. (……) 잠을 많이 자지 않았다.

정말이지 그녀는 거의 눈을 감지 않는 것 같다. 그 눈은 지칠 줄 모르는 호기심에 또는 존경심에 자극을 받아, 매우 중요한 어떤 비밀이 표면 아래에 감추어져 있는 듯, 보고 또 보았다. 열정과 수줍음 사이의 갈등으로 말할 때 그녀의 혀가 더듬거린다고 드퀸시가 말했던 것처럼, 그녀의 펜도 때때로 감정의 격렬함으로 인해 더듬거렸다. 하지만 그녀는 제어했다. 천성적으로 감성적이자 충동적이었고, "거칠게 튀어나오는" 두 눈은 그녀를 지배한 감정들에 의해 괴로움을 겪었지만 그래도 그녀가 제어하고 억제하지 않았다면 임무를 제대로 수행하지 못했을 것이다. 즉 더 이상 볼 수 없었을 것이다. 만약 자신을 억제하고 개인적인 흥분을 진정시킨다면, 자연은 마치 보상이라도 하듯 대단한 만족감을 선물한다. 그녀는 "라이덜Rydal[46]은 광택 있는

---

46 잉글랜드 북서부에 위치한 컴브리아 주의 마을.

강철이 만들어 내는 날카로운 창 모양의 줄무늬로 무척 아름다웠다.
(······) 그곳은 우리의 가슴을 가라앉게 한다. 나는 매우 우울했다"고
적었다. 콜리지가 산 너머에서 산책을 하다 밤늦게 그녀의 오두막 문
을 두드리지 않았기 때문일까? 그녀는 콜리지의 편지를 가슴속에 간
직하고 있지 않았는가?

그처럼 자연에게 주고, 그처럼 자연에서 받으면서 고되고 금욕적
인 나날이 지나는 동안 자연과 도러시는 완벽한 공감 속에서 함께 성
장했다. 그 핵심에 "내 사랑하는 사람"인 그녀의 오빠(정말이지 그 공
명의 심장이자 영감)를 향한 사랑이 타올랐기 때문에, 차갑거나 식물
적이거나 비인간적이 아닌 자연스럽게 그를 따랐다. 윌리엄과 자연
과 도러시, 그들은 하나가 아니었던가? 그들은 실내에 있든 밖으로
나오든 자족적이며 독립적인 삼위일체를 이루지 않았던가? 그들은
실내에 있었다.

10시 정도 된 고요한 밤이었다. 난롯불은 차츰 꺼져 가고 시계는 똑딱
거린다. 사랑하는 오빠가 가끔 책을 앞으로 내밀면서 내는 숨소리밖에
들리지 않는다. 오빠가 잎새 하나를 꺼낸다.

그리고 4월의 어느 날, 그들은 낡은 외투를 걸치고 밖에 나가 존
John의 작은 숲에서 함께 드러눕는다.

오빠는 내가 숨 쉬는 소리, 때때로 나는 옷자락 소리를 들었지만, 그러

나 우리는 잠자코 서로 모습을 감춘 채 누워 있었다. 오빠는 그렇게 무덤 속에 누워 흙 속의 평화로운 소리를 듣고, 사랑하는 친구들이 가까이 있다면 더할 수 없이 좋겠다고 생각했다. 호수는 고요했으며, 가까이에는 보트가 한 척 있었다.

마치 남매가 함께 성장하면서 말이 아닌 감정을 공유하고, 어느 쪽이 느끼고 어느 쪽이 말하며 어느 쪽이 수선화나 잠자는 도시를 보는지 알 수 없이, 단지 도러시가 그 기분을 산문으로 저장해 두면 나중에 윌리엄이 거기에 몸을 담가 시로 만든 것 같은, 심오하며 멍청하기까지 한 이상한 사랑이었다. 하지만 두 사람은 어느 한쪽이 없으면 아무것도 할 수 없었다. 그들은 느끼고 생각하며 함께 있어야 했다. 그래서 그들은 산등성이에 누웠다가도 집으로 돌아가 차를 끓일 것이며, 도러시는 콜리지에게 편지를 쓰고, 또 함께 붉은 콩을 심을 것이며, 윌리엄은 그의 시 '거머리 수집가 Leech Gatherer'를 쓰고, 도러시는 오빠를 위해 그 시행들을 필사할 것이다. 넋이 없는 듯, 하지만 제어되고 자유로우면서도 엄격한 질서가 있는 그 가정적인 묘사는, 산 위의 황홀경에서 자연스럽게 빵을 굽고 속옷을 다리며 오두막에 있는 윌리엄에게 식사를 가져다주는 광경으로 옮겨진다.

오두막은 정원이 산으로 이어지지만 큰길에 자리 잡고 있었다. 도러시는 그녀의 방 창문을 통해 지나가는 사람들을 모두 볼 수 있었다. 갓난아이를 업은 키가 큰 여자 걸인, 나이 많은 병사, 호기심으로 밖을 내다보는 여성 관광객을 태운 2인승 귀족 사륜마차도 있었다.

그녀는 부자들이나 훌륭한 사람들에게는 무관심했다. 대성당이나 화랑, 대도시처럼 귀족도 그녀의 관심을 끌지 못했다. 하지만 문간에 나타난 걸인에게는 안으로 들어오게 해서 여러 가지를 물었다. 그동안 어디에 있었고, 무엇을 보았는가? 자녀는 몇 명인가? 가난한 사람들이 산과 같은 비밀을 가지고 있기라도 한듯 그녀는 그들을 탐색했다. 어느 방랑객이 주방의 화로에서 식은 베이컨을 먹었던 일은 별이 빛나던 어느 밤이었을 것이다. 그녀는 아주 자세히 그를 관찰했다. 그의 낡은 외투에 "단추가 달려 있었던 곳에 석 장의 감색 종 모양 헝겊"이 기워져 있는 것, 보름 동안 자란 그의 턱수염이 "회색 플러시천"과 같았던 것도 또렷하게 보았다. 그리고 항해, 수병 강제 징집, 그랜비 후작Marquis of Granby[47] 등 그들이 오래 이야기를 할 때, 그녀는 그 이야기들이 잊혀진 다음에도 마음속에 그 소리가 울릴 만한 한 마디를 덧붙였다. "뭐라고요? 서쪽으로 발을 들여 놓았다고요?", "분명히 천국에 처녀들이 약속되어 있을 거예요.", "그녀는 젊을 때 죽은 사람들의 무덤 곁을 가볍게 지나칠 수 있겠군요." 가난한 사람들에게는 산과 마찬가지로 그들의 시가 있었다. 하지만 그녀의 상상력이 가장 자유롭게 활약한 것은 오두막 안이 아니라 문 밖, 노상, 황무지에서였다. 그녀가 가장 행복했던 순간은 물에 젖은 스코틀랜드 땅에서 잠자고, 먹을 것에 대한 확신이 없어 나가려 하지 않는 말 옆을 터벅

---

47 러틀랜드 공작Duke of Rutland의 후계자이자 장남에게 부여되는 칭호. 많은 군공을 세워 가장 유명한 그랜비 후작은 제3대 공작의 아들인 존 매너스John Manners(1721~1770).

터벅 지나는 동안이었다. 그녀가 아는 것은 앞쪽에 어떤 광경, 주목
할 만한 나무들로 이루어진 어떤 작은 숲, 물어볼 만한 어떤 폭포가
있다는 사실뿐이었다. 일행인 콜리지는 갑자기 장엄, 숭고, 웅장 등
말이 지니는 참된 의미에 대해 이야기하려고 했지만, 그들은 입을 다
물고 오랫동안 터벅터벅 걷기만 했다. 그들이 힘들게 걸어야 했던 이
유는 말이 수레를 강둑 아래로 내던져 버렸고, 마구는 끈과 손수건만
으로 대체해야 했기 때문이었다. 또 워즈워스가 닭고기와 빵을 호수
에 빠뜨렸고 더 이상 식사가 될 만한 음식이 남아 있지 않았기 때문
에 그들은 배도 고팠다. 길도 정확히 몰랐고, 어디로 가야 묵을 곳이
있는지도 몰랐다. 아는 것이라고는 오로지 앞쪽에 폭포가 있다는 사
실이었다. 류머티즘을 앓고 있던 콜리지는 더 이상 견딜 수가 없었
다. 아일랜드식 경장 이륜마차는 그 날씨에 피난처가 되지 못했다.
그리고 동행자들은 생각에 잠겨 아무 말도 없었다. 그래서 콜리지는
그들과 헤어졌다. 하지만 윌리엄과 도러시는 계속 걸었다. 그들은 방
랑자 같았다. 도러시의 뺨은 집시처럼 갈색이었고, 옷은 초라했고,
걸음걸이는 빠르고 볼품없었다. 하지만 그녀는 지치지 않았다. 그녀
의 눈은 그녀를 실망시키지 않고 모든 것을 알아차렸다. 마침내 그들
은 폭포에 이르렀다. 그러자 도러시의 모든 힘은 그것에 집중되었다.
그녀는 발견자의 열정, 박물학자의 정확성, 연인의 환희로 그 폭포의
특징을 찾고 비슷한 점을 주목하고 차이점을 밝혔다. 그리고 마침내
그것을 파악하고, 그녀의 마음속에 영원히 간직했다. 폭포는 이제 그
들의 독특함과 특수성에 따라 언제라도 그녀가 꺼낼 수 있는 "내면적

인 심상"이 되었다. 그것은 오랜 세월이 지나 그녀가 늙고 그녀의 정신이 제대로 발휘되지 못하면 그녀를 찾아올 것이다. 다듬어지고 정돈되어, 과거의 가장 행복했던 모든 추억들(레이스다운Racedown [48]과 앨폭스든과 〈크리스타벨Christabel〉[49]을 읽는 콜리지와 사랑하는 오빠 윌리엄에 대한 생각)과 함께 다시 찾아올 것이다. 그리고 이는 어느 인간도 줄 수 없고, 어느 인간관계도 제공할 수 없는 위안과 고요를 가져다줄 것이다. 만약 메리 울스턴크래프트의 열정적인 외침("분명히 사라질 수 없는 뭔가가 이 가슴 속에 살고 있다. 그리고 인생은 꿈 이상의 것이다")이 그녀의 귀에 이르렀다면, 그것이 어떤 것이든 그녀는 자신의 대답을 가지고 있었을 것이다. 도러시는 아마도 아주 소박하게 "우리는 주위를 돌아보았고 행복했다"고 말하지 않았을까.

---

48 1795년 처음으로 윌리엄과 함께 생활했던 잉글랜드 남서부 도싯Dorset 주의 마을.
49 1797년에 1부, 1800년에 2부가 완성된 콜리지의 장시로서 1816년에 출판되었다.

윌리엄 해즐릿
William Hazlitt

William Hazlitt

그의 수필은 독립적이고 자족적인 수필이 아니라 큰 책에서 떨어져 나온 단편, 즉 인간의 행위에 대한 이유나 인간의 제도가 가지고 있는 성질에 대한 탐구처럼 여겨진다. 길이가 짧아진 것은 단지 우연일 뿐이며, 그들이 화려한 이미지와 선명한 색깔로 치장된 이유는 대중적 취향에의 영합일 뿐이다.

해즐릿^{William Hazlitt}[1]을 만났던 사람이라면, "만났던 사람은 좀체 미워할 수 없다"는 원칙에 따라 우리는 그를 좋아했을 것이다. 그러나 해즐릿은 죽은 지 100년이 지났고, 우리가 그를 얼마나 알아야 머리와 마음으로 그를 싫어하는 감정(그의 글이 아직도 날카롭게 제기한다)을 극복할 수 있을지는 의문이다. 왜냐하면 (그의 주된 장점 가운데 하나지만) 해즐릿은 안개 속으로 사라져 아무런 의미 없이 세상을 떠나는 이도 저도 아닌 작가는 아니었기 때문이다. 그의 수필은 바로 그 자신이라고 강조할 만하다. 그는 과묵하지 않으며 부끄러움도 없다. 그

---

1 1778~1830, 영국의 평론가이자 수필가. 인간애가 넘치는 수필 작품으로 대중들의 사랑을 받았다. 문학적인 기교와 허세를 부리지 않는 진솔한 문체에 작가의 지성을 담았다는 평을 받았다.

는 자신이 생각하고 느끼는 바를 정확하게 우리에게 이야기한다(자신감은 덜 매력적이다). 모든 사람이 그렇듯 그도 자신의 존재에 대한 강렬한 의식을 지니고 있다. 그에게는 격렬한 미움이나 질투, 전율적인 분노나 쾌감 없이 지나가는 날이 하루도 없었고, 우리는 그의 글을 많이 읽지 않아도 심술궂지만 고결하고 비열하지만 훌륭하며 이기적이지만 인류의 권리 및 자유를 위한 가장 참된 열정으로 고무시킨 매우 유별난 인물을 접하게 된다.

해즐릿이 쓴 수필의 장막은 아주 얇기 때문에 그의 모습은 우리 눈앞에 그대로 들어온다. 콜리지는 그가 "눈썹을 매달고 구두를 보며 생각에 잠기는 기이한" 사람이라고 했는데, 우리에게도 그렇게 보인다. 그는 몸을 질질 끌며 방 안으로 들어오고, 누구와도 정면으로 얼굴을 마주치지 않고, 물고기의 지느러미와 악수를 하는 듯 보이며, 때때로 구석에서 적의 가득한 시선을 던진다. 콜리지는 "이상하게도 그의 태도는 99퍼센트가 역겹다"고 말했다. 하지만 가끔 그의 얼굴은 지성으로 빛났고, 그의 태도는 동정심과 이해로 광채를 띠기도 했다. 그리고 그의 글을 읽으면서 우리는 그의 원한과 고충에 익숙해진다. 그는 대체로 여관에서 생활했으리라 추측되며 어떤 여성도 그의 식사를 살펴 주지 않았다. 아마 그는 램을 제외한 모든 옛 친구들과 싸웠을 것이다. 하지만 그의 잘못은 자신의 원칙을 준수하고 "정부의 도구가 되지 않은 것" 뿐이었다. 그는 적의를 띤 괴롭힘의 대상이 되었다. 블랙우드William Blackwood[2]의 비평가들은 얼굴이 석고처럼 흰 그를 '여드름투성이 해즐릿'이라고 불렀다. 그러나 이 거짓말이 인쇄되었으므로, 그는 친구들을 찾아가기가 두려웠다. 마부들이 신문을 읽었고 하녀들이 등 뒤에서 킥킥거리며 웃었기 때문이다. 그는 가장 훌륭한 정신의 소유자 가운데 하나였고(이 점은 아무도 부인할 수 없었다) 이견 없이 당대의 가장 훌륭한 산문을 썼다. 하지만 그것이 여성들에게 무슨 소용이 있었을까? 아름다운 귀부인들은 학자들을 존경하지 않고, 여관의 종업원도 마찬가지이다. 그래서 그의 불평불만이 계속 쏟아지고 그것은 우리를 혼란스럽고 짜증나게 만든다. 그러나 매우 독립적이고 미묘하며 예민하고 열광적인 무엇인가가 그에게는 있다. 그가 다른 사물에 관해 열렬하게 생각하느라고 넋을 잃을 때는 자신에 대해서도 잊을 정도였다. 이를 통해 혐오가 가시면서 그보다 훨씬 따뜻하고 복잡한 무엇인가로 바뀐다. 다음 글에서 해즐릿은 옳았다.

우리가 두려워하고 미워하는 것은 오직 가면이다. 인간은 자신에 대해 인간적인 면이 있을지 모른다. 우리가 멀리 떨어진 사람에 대해 가지고 있는 생각이나 부분적인 표현 혹은 짐작은 단순하며 혼합되지 않은 관념이고, 그것은 실제적인 어떤 것에 대해서도 대답하지 않는다. 우리가 경험에서 끌어내는 것은 혼합된 방식이며 유일하게 참된 것이자 일반적으로 가장 좋은 방식이다.

물론 어느 누구도 해즐릿의 글을 읽고 그에 대해 단순한 하나의 관

---

2 1776~1834, 스코틀랜드의 출판업자가 세운 출판사.

념을 지닐 수 없었다. 우선 그는 아주 상반된 두 가지 일에 똑같이 마음이 쏠리는 양립된 성격을 가진 사람이었다. 그가 처음에 충동을 느낀 일이 수필이 아니라 회화와 철학이었음은 의미가 있다. 사회와 격리된 채 조용히 일하는 화가의 작업에는 고통스러운 그의 정신에 피난처를 제공하는 무엇인가가 있었다. 그는 화가들의 노년이 얼마나 행복한지에 대해 "그들의 정신은 끝까지 살아 있다"고 선망하듯 말했다. 그리고 들판이나 숲 등 집 밖으로 나가고, 검은색 잉크가 아니라 밝은 색 물감을 쓰며, 날카로운 펜과 흰색 종이가 아니라 견고한 붓과 캔버스를 사용하는 회화를 동경의 눈빛으로 쳐다보았다. 하지만 동시에 그는 구체적인 아름다움을 생각하면서 휴식할 수 없는 추상적인 호기심에 괴로워했다. 그가 열네 살 소년이었을 때, 유니테리언 교파의 훌륭한 목사였던 아버지가 신자인 나이 많은 부인과 함께 회합에서 나오면서 종교적 용인의 한계에 관해 논하는 말을 들었고, "내 미래의 운명은 바로 이 상황이 결정했다"고 말했다. 그 일은 "내 머릿속에 (……) 정치적 권리와 일반적인 법학 체계를 형성"했다. 그리고 그는 "사물의 이유를 납득하기를" 바랐다. 그 후 이 두 가지 이상은 언제나 충돌했다. 사상가가 되어 단순하고 정확한 말로 "사물의 이유"를 표현하는 일과, 푸른색과 진홍색을 흐뭇하게 바라보고 신선한 공기를 쐬면서 감정에 휩싸여 감각적으로 살아가는 화가가 되는 일, 이 두 가지는 서로 다른 양립할 수 없는 이상이었고, 다른 감정들과 마찬가지로 그 둘은 힘든 일이었고 숙련이 필요했다. 그는 어느 때는 이것을, 다른 때는 저것을 했다. 파리에서 여러 달을 지내며 루

브르에서 그림을 필사했다. 영국에 돌아와서는 보닛을 쓴 노파의 초
상화에 여러 날 몰두했고, 근면과 고통으로 렘브란트Rembrandt[3]가 천
재성을 발휘한 비결을 찾으려 했지만 그에게는 어떤 자질이(아마도
창조의 힘이었을 것이다) 부족했다. 결국 화를 내며 캔버스를 리본처럼
조각내고 절망에 싸여 벽면에 기대어 놓았다. 그러면서《인간 행동의
원칙에 관한 글 Essay on the Principals of Human Action》을 썼다. 그는 그 자신의
어느 글보다 이 책을 좋아했다. 왜냐하면 그는 즐거움을 주거나 돈을
벌겠다는 욕망 없이, 명백하고 진실하게, 오로지 진실에 대한 자신의
욕구를 만족시키기 위해 그 책을 썼기 때문이다. 당연히 "그 책은 인
쇄되자마자 사장되었다." 그리고 그의 정치적 희망, 왕정의 압제가
끝났다는 믿음도 허망해졌다. 그의 친구들은 그를 버리고 정부에서
일했지만 그는 자유, 박애, 영원한 소수파에서의 혁명이라는 교의(이
것을 지지하기 위해서는 아주 많은 자기 평가가 요구된다)를 견지했다.

이처럼 그는 분해된 취향과 좌절된 야망을 가진 사람이었고 생애
의 시작에서부터 행복이 뒷전으로 밀린 사람이었다. 그의 마음은 일
찍 정해졌고, 최초의 인상을 영원히 간직했다. 가장 행복한 기분에
젖어 있을 때 그는 앞을 내다보는 대신 어렸을 때 뛰어놀던 정원과
슈롭셔의 푸른 언덕 그리고 아직 희망이 있었을 때 그가 보았던 풍경
등을 되돌아보았다. 그리고 평화가 찾아왔고, 그는 자신의 그림이나
책에서 고개를 들어 마치 들판이나 숲이 내면의 평온에 대한 외적인

---

3 1606~1669, 네덜란드의 화가이자 판화가.

표현이기라도 하듯 그들을 쳐다보았다. 그리고는 그때 읽었던 루소, 버크, 그리고 《유니우스의 서한집Letters of Junius》[4]에게 돌아갔다. 그들이 그의 젊은 상상력에 가한 인상은 지워지지도 흐려지지도 않았다. 젊은 시절이 끝나고 그는 더 이상 즐거움을 위한 독서를 하지 않았으며, 젊음과 순수함, 강렬한 즐거움은 곧 그대로 뒤에 남았다.

그가 이성의 매력에 끌리기 쉬웠음을 감안하면 당연히 그도 결혼했고, "그 자신의 꼴불견이 조롱을 받으리라고" 그가 의식했음을 감안하면 당연히 그의 결혼은 불행했다. 램의 집에서 그를 만난 미스 세러 스토더트Miss Sarah Stoddart는 냄비를 찾아내 메리 램이 다른 생각을 하는 동안 미뤄졌던 요리를 해 그를 기쁘게 했다. 하지만 그녀에게는 가사의 재능이 없었다. 그녀의 적은 수입은 결혼 생활의 비용을 충당하기에 부족했고, 곧 해즐릿은 여덟 페이지의 글을 쓰기 위해 여덟 해를 보내는 대신, 언론인이 되어 정치와 연극, 그림과 책에 대한 적당한 길이의 글을 써야겠다고 올바른 생각을 했다. 곧 밀턴이 살았던 요크 가York Street[5]의 낡은 집 선반은 수필에 대해 떠오르는 생각을 적은 낙서로 뒤덮였다. 그 습관 덕에 그 집은 깔끔하지 않았고, 온정이나 안락함이 있다는 핑계도 댈 수 없었다. 해즐릿 부부의 집 난로에는 쇠창살이 없었고 창문에 커튼도 없었으며, 그들 부부는 오후 2시

---

4 유니우스는 1769년 1월 21일부터 1772년 1월 21일까지 《퍼블릭 애드버타이저Public Advertiser》에 정치적 내용의 서한문을 기고한 필자의 필명이며, 이 서한집은 1772년에 출판되었다.
5 런던의 거리 이름.

에야 아침 식사를 했다. 걸어다니기를 좋아하고 시력이 좋은 해즐릿 부인은 남편에 대해 착각하지 않았다. 그는 그녀에게 충실하지 않았고, 그녀는 상식 선에서 그 사실을 알 수 있었다. 그녀는 "그는 항상 내가 그와 그의 능력을 얕보았노라고 말했다"고 일기에 적었다. 하지만 이는 상식을 너무 멀리까지 적용한 것이었다. 그 산문적인 결혼은 불안한 결말에 이르렀다. 마침내 가정과 남편에서 자유로워진 세러 해즐릿은 부츠를 신고 스코틀랜드로 도보 여행을 떠났으며, 애착을 갖거나 안락을 즐기지 못하는 해즐릿은 여관을 떠돌아다니면서 창피를 당했고 환멸을 겪었다. 하지만 그는 진한 차를 마시고 여관 주인의 딸과 동침하는 가운데 우리에게 남겨진 최상의 수필들을 썼다.

그 수필들은 훌륭한 수필로 평가 받는 몽테뉴나 램의 수필처럼 마음속에 자주 나타나지 않고 제대로 기억되지도 않는다. 그가 이 위대한 작가들의 완벽함이나 통일성에 이르는 경우는 거의 없다. 아마도 이들 짧은 글에 통일성 그리고 조화를 이루는 정신이 필요하다는 점은 그들 글의 본성일 것이다. 거기에 있는 자그마한 항아리가 전체의 구성을 흔들리게 만든다. 몽테뉴, 램, 심지어 애디슨의 수필도 침착함에서 나오는 과묵함이 있다. 왜냐하면 그들이 아무리 친근하더라도 감추고자 하는 일은 우리에게 이야기하지 않는다. 하지만 해즐릿은 다르다. 가장 훌륭한 수필에서도 두 가지 정신이 작용하는 몇몇 순간을 제외하고는 서로 어울리지 못하며 항상 나뉘고 불일치하는 무엇인가가 있다. 우선 사물의 이치를 납득하기를 바라는 미심적은 소년의 정신, 사상가의 정신이 있다. 대부분 주제를 선정하는 것은 사상가이다. 그는 선망, 이기심, 이성과 상상력 등 어떤 추상적인 관념을 선정하고 정력적, 독립적으로 그 관념을 다룬다. 그것은 지맥을 탐구하고 산길을 오르는 것처럼 힘들지만 영감을 불러일으키는 듯 좁은 길을 기어오른다. 해즐릿의 이런 운동선수 같은 과정에 비해 램의 과정은 꽃들 사이로 변덕스럽게 돌아다니면서 창고에 잠시 앉았다가 수레에 앉기도 하는 나비의 비행과 같다. 하지만 해즐릿의 모든 문장은 우리를 앞으로 데리고 간다. 그에게는 목표가 있으므로, 그것을 향해 "그 순수한 대화체 산문"(이것은 그도 지적하다시피 훌륭하게 글로 나타내기보다 실천하기가 훨씬 어렵다)으로 나아간다.

사상가 해즐릿이 놀라운 동반자임에는 의문이 없다. 그는 강하고 두려움이 없으며, 강력하면서도 찬란하게 이야기한다. 왜냐하면 신문을 읽는 사람들은 멍청한 눈을 가지고 있으므로, 그들이 보게 하기 위해서는 황홀하게 만들어야 한다. 하지만 사상가 해즐릿 말고 예술가 해즐릿이 있다. 예술가 해즐릿에게는 색채와 붓질에 대한 느낌, 내기 권투와 세러 워커Sarah Walker[6]에 대한 열정이 있었다. 그는 가끔 지성으로 사물을 자세히 분석하면서 시간을 보내는 일을 쓸모없게 만드는 감수성을 지닌 감각적이고 감정적인 사람이다. 사물의 이치를 아는 것은 그들을 느끼는 일보다 빈약하다. 해즐릿은 시인처럼 강렬하게 느꼈다. 매우 추상적인 그의 수필도 무엇인가가 그의 과거를 연상시키면 갑자기 뜨겁게 달아오를 것이다. 만약 어떤 풍경이 그의

---

6 하녀로서 해즐릿의 애인이 되었다.

상상력을 흔들거나, 어떤 책이 그가 처음 읽었던 책을 떠오르게 하면 그는 분석적인 펜을 내려놓고 물감을 듬뿍 바른 붓으로 화려하고 아름답게 한두 구절을 칠할 것이다. 《사랑을 위한 사랑Love for Love》[7]을 읽는 구절, 은제 커피포트로 커피를 마시는 구절, 《신 엘로이즈La Nouvelle Héloïse》[8]를 읽는 구절과 식은 닭고기를 먹는 유명한 구절은 모두에게 잘 알려져 있다. 그러나 그들이 가끔 얼마나 기이하게 문맥 속으로 파고들며, 얼마나 급격하게 이성에서 광상으로 바뀌는가! 또한 우리의 엄격한 사상가가 얼마나 당황스럽게 우리의 어깨에 부담을 지우며 우리의 동정을 요구하는가! 해즐릿이 쓴 가장 훌륭한 몇몇 수필이 평온을 해치고 요령부득하게 느껴지는 이유는 바로 이 불균형과 두 가지 세력이 일으키는 갈등 때문이다. 그 수필들은 우리에게 증거를 주려고 시작하여, 우리에게 그림을 주면서 끝난다. 우리는 튼튼하다고 생각한 바위에 발을 내딛으려다 그 바위가 수렁으로 바뀌는 모습을 보며, 수렁은 진흙과 물과 꽃이 범벅을 이루어 우리의 무릎에까지 닿는다. "히아신스 같은 머리카락에 앵초처럼 창백한 얼굴"이 우리 눈에 머물고, 터덜리Tuderly[9]의 숲은 그들의 신비스런 목소리를 우리 귀에 내뿜는다. 그러다 갑자기 우리는 생각이 떠오르고,

---

7 영국의 극작가 윌리엄 콩그리브William Congreve(1670~1729)가 쓴 희극 작품으로 1695년에 초연되었다.

8 프랑스의 사상가이자 작가 장 자크 루소가 1761년에 발표한 서간체 연애 소설.

9 잉글랜드 남중부 햄프셔Hampshire 주의 마을 이스트타이덜리East Tytherley와 웨스트타이덜리West Tytherley를 합친 지역의 이전 이름으로 여겨진다.

엄격하고 강건하며 냉소적인 그 사상가는 우리를 분석하고 해부하며 비난으로 이끈다.

만약 우리가 해즐릿을 그와 관계가 있는 다른 위대한 거장들과 비교한다면, 그의 한계가 어딘지 알기 쉽다. 그의 범위는 좁고 그의 공감은 강렬하지만 한계가 있다. 그는 아무것도 거부하지 않고, 모든 것을 용인하며, 아이러니와 초연한 자세로 영혼의 놀이를 지켜보지만, 몽테뉴처럼 모든 경험에 대해 문을 활짝 열지 않는다. 오히려 그와 반대로 그의 마음은 자신의 첫인상에 대한 이기적인 고집으로 단단히 닫혔고, 바뀔 수 없는 확신으로 동결되었다. 램처럼 친구들의 모습을 상상과 몽환의 환상적인 비행으로 새롭게 창조하면서 놀이를 만들지도 않았다. 그의 인물들은 그가 실제로 사람들에게 던지는 기민함과 의심으로 가득 찬 재빠른 곁눈질과 똑같다. 그는 주위를 돌거나 산만하게 나아갈 수 있는 수필가의 특권을 사용하지 않는다. 이기주의와 하나의 시간과 하나의 장소와 하나의 존재에 대한 확신에 얽매여 있다. 우리는 이곳이 19세기 초 잉글랜드임을 잊지 않는다. 우리는 자신이 사우샘프턴 빌딩스Southampton Buildings[10]에서나 여관의 거실에서 언덕진 초원과 윈터슬로Winterslow[11]의 큰길을 내다본다고 느낀다. 그는 우리를 그와 동시대인처럼 만드는 특별한 힘이 있다. 하지만 그가 많은 노력을 기울였지만 그 일에 대한 사랑 없이 가득 채웠

---

10 런던의 중심지인 홀번Holborn에 있는 사무실 건물.

11 잉글랜드의 서부 윌트셔Wiltshire 주 솔즈베리Salisbury의 북동쪽에 있는 작은 마을.

던 책을 여러 권 읽는 동안 우리는 다른 수필가들과의 비교를 중단한다. 그의 수필은 독립적이고 자족적인 수필이 아니라 큰 책에서 떨어져 나온 단편, 즉 인간의 행위에 대한 이유나 인간의 제도가 가지고 있는 성질에 대한 탐구처럼 여겨진다. 길이가 짧아진 것은 단지 우연일 뿐이며, 그들이 화려한 이미지와 선명한 색깔로 치장된 이유는 대중적 취향에의 영합일 뿐이다. 그리고 이런 저런 형태로 아주 빈번히 나타난다. 만약 그가 자유롭다면 따라했을 구조를 가리키는 말("나는 여기서 더욱 상세히 그 문제를 다루고자 하며, 그런 다음 떠오르는 대로 그 사례와 도해를 제시하고자 한다")은 《엘리아의 수필Essays of Elia》[12]이나 《로저 드 카벌리 경Sir Roger de Coverley》[13]에서는 결코 있을 수 없는 일이다. 해즐릿은 호기심을 자아내는 인간 심리의 깊은 곳을 더듬어 어떤 일에 대한 이유를 찾아내고 즐거워한다. 흔한 말이나 감흥, 모호한 원인을 찾는 데 뛰어나며, 그의 마음을 끄는 것들은 그림과 설명과 함께 차곡차곡 쌓인다. 우리는 20년 동안 힘들게 생각했고 많은 고생을 했다는 그의 말을 믿는다. "단 하루의 사색이나 독서로 마음속의 길고 깊으며 강렬한 관념과 감흥이 얼마나 많이 빠져 나가는가!" 그의 외침은 그가 경험을 통해 알게 된 바를 보여 준다. 그에게 신념은 원기를 유지하는 근원이며, 관념은 해가 갈수록 종유석처럼 한 방울씩 커졌다. 그는 혼자 오랜 산책으로 신념과 관념을 날카롭게 다듬었

---

12 1823년에 제1집, 10년 뒤에 제2집이 간행된 찰스 램의 수필집.
13 조지프 애디슨과 리처드 스틸이 함께 '관객the Spectator'이란 필명으로 발표한 수필집.

고, 사우샘프턴 여관Southampton Inn에서 늦은 저녁 식사를 앞에 놓고 구석에 앉아 냉소하듯 관찰하면서 논점마다 하나씩 테스트를 했다. 하지만 그들을 변화시키지는 않았다. 그의 마음은 자신의 것이며 정해져 있다.

추상적 개념이 아무리 진부하더라도 그에게는 《온냉Hot and Cold》, 《선망Envy》, 《생활 태도The Conduct of Life》, 《그림과 이상 The Picturesque and the Ideal》 등을 쓸 수 있는 소재가 분명했다. 그는 두뇌가 느슨해지도록 놔 두지 않으며, 그림 같은 어구를 구사하는 그의 훌륭한 재능이 얕은 생각을 깊게 해 주리라는 것도 믿지 않았다. 심지어 그가 자신의 임무를 잔인하게 경멸적으로 공격하는 모습을 보면, 그럴 기분이 아니었더라도 그가 진한 차와 의지력으로 자신의 정신을 연마시켰고 그가 여전히 비꼬고 탐구적이며 날카롭다는 사실을 우리는 알게 된다. 그의 수필에는 그의 재능이 지니는 모순이 그를 꾸준히 유지시키는 듯한 동요와 문제점, 활기와 갈등이 있다. 그는 항상 미워하고 사랑하며 생각하고 괴로워한다. 그는 당국과 타협하거나 다른 사람의 의견을 따르다 자신의 특질을 포기할 수 없었을 것이다. 따라서 그의 수필은 짜증스럽고 신경질적이며 수준이 높다. 화려한 수사적 표현 중에는 무미건조하고 야하며, 정도를 벗어나지 않으면서 단조로운 것도 있다(왜냐하면 해즐릿은 한 번에 오래 읽을 수 있는 글을 쓰는 작가라기에는 "평범함, 무미건조, 특징의 결여가 커다란 약점"이라는 자신의 말을 지나치게 믿었다). 그의 수필 중 사색에 대한 강조, 강력한 성찰, 날카로운 통찰이 없는 수필은 없다. 그의 글은 훌륭한 말, 의외의 반전,

독립성, 독창성으로 가득하다. "인생에서 기억할 만한 가치가 있는 것은 시뿐이다." "만약 진실이 알려진다면 이를 반대할 사람은 가장 붙임성 있는 사람일 것이다." "유명한 옥스퍼드 대학교의 학부생이나 그 대학 학장들과 열두 달을 함께 보낼 때보다 런던에서 옥스퍼드로 가는 역마차 바깥에서 좋은 이야기를 훨씬 더 많이 듣게 될 것이다." 우리는 나중에 검토하려고 열거하는 말들에 끊임없이 끌린다.

그러나 해즐릿에게는 수필집 말고도 평론집이 있다. 해즐릿은 영문학을 섭렵하면서 강연자나 서평가의 방식으로 유명한 책들에 대한 자신의 의견을 내놓았다. 그의 비평에는 신속성과 과감성, 글이 쓰여진 상황의 느슨한 면과 거친 면도 있었다. 그는 엄청 많은 면을 다루었고 자신의 주장을 독자가 아닌 청중에게 명쾌하게 전달해야 했다. 하지만 주어진 시간은 풍경을 다룬다고 하면 가장 높은 탑과 가장 화려한 꼭대기를 지적할 수 있을 정도였다. 하지만 가장 마지못해 한 것 같은 그의 서평에서도 우리는 중요한 것을 파악하고 주된 개요를 지적하는 능력(가끔 박식한 비평가들도 잃어버리고, 자신이 없는 비평가들은 결코 가질 수 없는 능력)을 본다. 그는 생각을 아주 많이 해서 굳이 책을 읽지 않아도 되는 희귀한 비평가들 가운데 하나이다. 해즐릿이 던의 시를 한 편만 읽었고, 셰익스피어의 소네트를 이해할 수 없다고 생각했으며, 서른 살 이후에는 책을 제대로 읽지 않았고, 독서를 아예 싫어하게 되었다는 사실은 그리 중요하지 않다. 그러나 그는 한번 책을 펴면 열심히 읽었다. 그리고 그는 "한 작품의 색깔, 빛과 그늘, 영혼과 신체를 반영하는 것"이 비평가의 의무라고 생각했으므로 미

289

묘함을 분석하는 데 오래 걸렸고, 광범위한 연구보다 식욕, 감칠맛, 즐거움을 더 중요하게 생각했다. 그의 목표는 자신의 열의에 대한 소통이었다. 따라서 그는 정력적이고 직접적인 필치로 어느 저자의 모습을 먼저 그려내고 그를 다른 저자와 대조시킨 다음, 가장 자유스러운 비유법과 색채로 그의 책이 마음속에 희미하게 빛나도록 하는 유령을 만들었다. 시는 열렬한 어구로 재창조된다. "증류된 짙은 향수처럼 천재의 숨결이 그것에서 나온다. 황금빛 구름이 그것을 감싼다. 꿀 같은 시적인 화법이 설탕에 절인 앵초의 껍질처럼 그것을 둘러싼다." 하지만 해즐릿 내부의 분석가는 표면에서 떨어져 있지 않다. 그러므로 화가로서의 이 비유적 표현은 문학에서 힘들고 영속적이고 책의 의미가 무엇이며 어디에 자리매김하는지, 그의 열광을 본보기로 삼아 어느 것을 다듬을지에 대한 초조함에 의해 제한된다. 그는 자신이 다루는 저자의 특이한 자질을 골라내고 그것을 열렬하게 드러낸다. 초서에게는 "깊고 내면적이며 지속적인" 감정이 있다. "크래브George Crabbe[14]는 '비극의 정적인 생활'을 시도해 성공한 유일한 시인이다." 스콧에 대한 그의 비평은 축 늘어지거나 허약하지 않으며 장식에 불과한 것이 없다. 감각과 열정이 함께 손잡고 달려간다. 만약 이런 비평이 끝이 아니라면, 그것이 완전하지 않고 결론이 아니라 시작이고 격려하는 것이라면, 독자에게 여행을 떠나게 한 뒤 자신의 모험에 대해 이야기하는 비평가에 대해 할 말이 있다. 만약 버크의 글

---

14 1754~1832. 영국의 성직자이자 시인.

을 읽고 싶은 동기가 필요하다면, "버크의 문체는 갈라지고, 번개처럼 장난스러우며, 뱀처럼 볏이 나 있다"는 말보다 무엇이 더 필요하겠는가? 또는 먼지투성이의 고서 앞에서 망설이는 사람이 있다면 다음의 글은 고서를 읽게 만드는 데 충분하다.

옛 사람들의 지혜에 의지하는 것, 어떤 훌륭한 사람의 이름을 가까이 두고 항상 그의 얼굴을 마주치는 것, 자신의 자아에서 빠져나와 칼데아인Chaldee[15], 히브리 인, 이집트 인이 되는 것, 야자수 가지가 지면의 여백에서 신비롭게 휘날리고 낙타가 3000년의 거리를 천천히 움직이는 것 등은 모두 기분 좋은 일이다. 그 건조한 배움의 사막에서 우리는 힘과 인내심, 낯설고 충족시킬 수 없는 지식욕을 끌어 모은다. 폐허가 된 고대의 기념비, 파묻힌 도시의 파편(그 아래에 작은 독사가 숨어 있다), 시원한 샘, 햇살 가득한 푸른 점, 회오리바람과 사자의 함성, 천사들의 날개가 만드는 그림자도 그곳에서 볼 수 있다.

이것은 두말할 것도 없이 비평이 아니다. 안락의자에 앉아 혹은 난로 앞에 앉아 책에서 보았던 이미지를 쌓은 것이다. 그것은 연인과의 사랑이고 자유를 누리는 것이다. 바로 해즐릿이 되는 것이다.

그러나 해즐릿이 살아남은 이유는 그의 강연이나 여행 때문이 아

---

15 칼데아는 바빌로니아 남쪽의 옛 지명. 칼데아 인은 기원전 7세기에 바빌로니아를 수도로 삼아 신바빌로니아 왕국을 세움.

니다. 물론 그의 책들이 정력과 성실성, 부서지고 간헐적인 광채로 가득 차 있고, 지평선 위에 어렴풋이 나타나는, 씌어 있지 않은 어떤 광대한 형태로 그림자를 드리우기는 한다. 하지만 그가 집필한 《나폴레옹의 생애》[16]나 《노스코트[17]의 대화록》[18] 때문에 그가 살아남지는 않았을 것이다. 그가 살아 있는 곳은 어딘가에 흩어져 있는 모든 힘이 모인 수필집(복잡하고 고문 당한 그의 정신 여러 부분이 우호적인 화합의 분위기 속에서 한데 모이는 곳)일 것이다. 그리고 그것을 완성하기 위해서는 화창한 날이나 파이브스[19] fives 게임, 시골길의 오랜 산책이 필요했을 것이다. 해즐릿이 쓰는 모든 글에서는 몸이 커다란 역할을 한다. 그러면 강렬하고 충동적이면서 몽상적인 기분이 찾아오고, 그는 패트모어[20] Peter George Patmore가 말한 "아주 순수하고 고요하여 중단시키고 싶지 않은 평온한 상태"로 들어갔다. 그의 뇌는 매끄럽고 신속하게 그리고 무의식적으로 움직였다. 펜은 원고지에서 한 번도 떨어지지 않고 지워지지 않았다. 그러면 그의 마음은 행복의 광시곡 중에서도 책과 사랑, 과거와 그 아름다움, 현재와 그 안락, 오븐에서 따뜻한 메추라기 한 마리 또는 냄비에서 지글거리는 소시지 한 접시를 꺼내는 미래에서 방황했다.

---

16 전기 《나폴레옹 보나파르트의 생애Life of Napoleon Bonaparte》를 가리킴.

17 1746~1831, 영국의 화가.

18 《영국 예술원 회원 제임스 노스코트 씨의 대화록Conversations of James Northcote, Esq., R.A.》을 가리킴.

19 영국의 사립 학교에서 주로 행해지는 공 놀이.

20 1786?~1855, 영국의 잡지 기고가.

나는 창문을 내다보고 방금 소나기가 왔음을 알았다. 소나기가 내린 뒤 들판은 푸르고, 장밋빛 구름이 언덕 꼭대기에 걸려 있다. 백합은 사랑 스러운 녹색과 흰색으로 치장한 채 습기를 머금고 꽃잎을 편다. 방금 목동은 데이지와 풀이 섞인 잔디를 조금 가져왔다. 그의 애인이 소중하게 여기는 종달새의 침대를 만들기 위해서이다. 그 새는 얼룩진 새벽에 날개를 적시지 않을 것이다. 기분이 좋지 못한 내 생각들도 사라진다. 성난 정치의 폭풍도 가라앉았다. 블랙우드 씨, 저는 당신의 사람입니다. 크로커 씨^{Mr. Croker}, 저의 봉사를 받아 주십시오. 무어 씨^{Mr. T. Moore}, 저는 살아 있고 잘 지냅니다.

거기에는 쪼개짐도, 불협화음도, 쓰라린 느낌도 없다. 서로 다른 능력들이 조화와 통일 속에서 발휘된다. 문장들은 건전한 고리와, 모루를 내리치는 대장장이의 망치 같은 리듬으로 꼬리를 물고 이어진다. 어휘들은 빛나고 불꽃이 튀어 오른다. 그들이 부드럽게 사라지면 수필은 끝난다. 그리고 그의 글에 이렇게 고무적인 묘사를 지니는 구절이 있는 것처럼 그의 인생에도 큰 즐거움을 느낄 만한 나름의 이유가 있었다. 100년 전 소호^{Soho 21}에 있는 하숙집에 누워 죽어 가고 있었을 때, 그는 이전의 호전적이고 확신에 찬 목소리로 중얼거렸다. "그래, 내 삶은 행복한 것이었어." 그의 글을 읽으면 우리는 그 말을 믿을 수 있다.

---

21 런던 중심지의 한 구역.

제럴딘과 제인
Geraldine and Jane

Geraldine and Jane

그런 의문, 그런 확신은 여전히 그들의 자리에서 썩어 가는 박제된 인간들의 머리를 스치고 지나간다. 그들은 죽었지만, 제럴딘 주스베리는 아직도 독립적이며 용감하고 터무니없이 살아남아, 멈추지 않고 계속 수정하며, 누구라도 듣는 사람이 있으면 시가를 입에 물고 사랑, 도덕, 종교, 남녀 관계 등에 대한 견해를 밝힌다.

제럴딘 주스베리^{Geraldine Jewsbury} [1]는 분명 지금 누군가가 자신의 소설을 거론하리라고 예상하지 못할 것이다. 만약 어느 도서관에서 그들을 꺼내는 사람을 보았다면, "이봐요, 그 책은 모두 헛소리일 뿐이라오" 하고 말했을 것이다. 그리고 그녀는 그 무책임하고 비전통적인 방법으로 도서관이니 문학이니 사랑이니 인생이니 이 모두에 대해 "젠장!", "빌어먹을!" 하고 소리쳤을 것이다. 제럴딘은 욕을 잘했다.

정말이지 제럴딘 주스베리의 이상한 점은 욕설과 애정 표시, 감각과 감격, 과감성과 감정의 폭발 등을 결합하는 방식이었다. "(……) 그녀는 허약하고 다정하지만 또 다른 한편으로는 바위까지도 쪼갤

---

1 1812~1880, 영국의 여류 작가이자 문예 비평가.

정도로 강했다"는 것이 그녀의 전기 작가 아일랜드 부인Mrs. Alexander Ireland[2]의 말이다. 그리고 "지적인 부분에서는 남자였지만, 따뜻한 가슴은 그녀가 하와의 딸이라면 하와가 자랑할 만큼 여성적이었다"고 말한다. 하지만 그녀를 쳐다보는 것은 그녀에게 어울리지 않고 그녀를 약 올리는 일처럼 여겨진다. 그녀는 작았지만 소년 같았고, 못생겼지만 매력적이었다. 옷을 잘 입고, 망사로 붉은색 머리카락을 묶었으며, 작은 앵무새 모양의 귀걸이는 말할 때마다 달랑거렸다. 그녀의 유일한 초상화에서 얼굴을 반쯤 돌린 채 책을 읽으며 앉아 있는 그 순간의 그녀는 바위를 쪼갠다기보다 허약하고 다정한 모습이다.

그러나 사진사 옆 탁자에 앉아 책을 읽기 전에 그녀에게 무슨 일이 일어났는지는 알 수 없다. 그녀가 1812년에 상인의 딸로 태어나 맨체스터 아니면 그 근처에 살았다는 사실 말고는 스물아홉 이전의 삶에 대해 아무것도 알려져 있지 않다. 19세기 초에 스물아홉 살의 여자는 더 이상 젊지 않았다. 그녀는 자신의 인생을 제대로 살았을 수도, 그러지 못했을 수도 있다. 제럴딘은 전통적인 시각에서 보면 예외였지만, 그래도 우리가 그녀를 알기 전 그 희미했던 시간 동안 엄청난 일이 일어났다는 사실에는 의심의 여지가 없다. 맨체스터에서 무슨 일이 일어났던 것이다. 희미한 남자의 모습이 어렴풋하게 나타난다. 신앙은 없지만 매력적인 그 남자는 그녀에게 인생이란 믿을 수 없고 고된 것이며 여성에게는 악마 그 자체임을 가르쳐 주었다. 이 어두운

---

2 알렉산더 아일랜드 부인.

경험이 그녀의 마음 한 켠에 새겨졌고, 그녀는 그곳에서 위안을 얻었으며 다른 일들에 대한 가르침을 찾았다. 그녀는 때때로 "아! 그것은 너무 무서워 이야기할 수 없어요. 2년 동안 나는 어두운 암흑에서 살았고 조금밖에 쉬지 못했어요" 하고 소리쳤다. "한 점 구름이지만 그 하나가 하늘 전체를 덮은, 따분하고 평온한 11월 같은" 시간들이었다. 그녀는 몸부림쳤지만, "몸부림은 아무 소용이 없었다." 그녀는 커드워스 Ralph Cudworth[3]의 책을 모두 읽었고 물질주의에 대한 글을 쓰려다가 도중에 포기했다. 그녀는 여러 감정의 포로였지만 동시에 이상하리만치 초연하고 사색적이기도 했다. 심지어 가슴이 피를 흘리는 동안에도 "물질과 정신과 인생의 본질"에 관한 생각으로 자신을 혼란스럽게 하기를 즐겼다. 위층에는 발췌, 요약, 결론으로 가득 찬 상자가 있었지만 여자가 어떤 결론에 이를 수 있었겠는가? 거기에 사랑이 사라지고 애인이 부정한 짓을 했을 때 그녀에게 도움이 되는 것이 있었을까? 아무것도 없었다. 싸움도 쓸모없었다. 파도가 우리를 집어삼키게 하고 구름이 우리를 덮어씌우게 하는 편이 낫다. 그녀는 가끔 뜨개질감과 녹색 양산을 손에 들고 소파에 누워 생각했다. 왜냐하면 그녀는 눈병, 감기, 피로 등 다양한 병을 앓았고, 그녀가 관리하던 맨체스터 교외에 있는 오빠의 집 그린헤이스 Greenheys에는 습기가 많았기 때문이다. "반만 녹은 더러운 눈과 안개, 차가운 습기가 번져나가는 늪이 많은 초원"이 바로 창밖으로 보이는 전망이었다. 가끔

---

3 1617~1688, 영국의 철학자.

그녀는 건너편 방으로 가기도 힘들 정도였다. 그리고 예기치 않게 손님이 찾아와 저녁 식사를 함께하는 등 끝없는 방해가 있었다. 그러면 그녀는 벌떡 일어나 주방으로 달려가서는 직접 닭고기 요리를 해야 했다. 그런 다음에 녹색 차양을 쓰고 책을 볼 것이다. 그만큼 그녀는 열성적인 독자였다. 형이상학, 여행에 관한 책도 읽고 고서와 신간을 가리지 않았으며, 특히 칼라일 씨의 훌륭한 책들을 즐겨 읽었다.

1841년 초, 그녀는 존경해 마지않던 그 위대한 사람과 런던에서 만날 수 있게 되었다. 칼라일 부인을 먼저 만났다. 두 사람은 급속하게 친해졌고, 얼마 지나지 않아 칼라일 부인은 "친애하는 제인Jane"이 되었다. 그들은 모든 일을 논의했을 것이다. 인생, 과거와 현재, 제럴딘에게 감정적으로 관심을 끌거나 끌지 못한 어떤 '개인들'에 대해서도 이야기를 나누었음이 틀림없다. 도시적이고 영리하며 인생에 정통했고 허풍을 경멸하던 칼라일 부인은 그 맨체스터의 젊은 여성에게 완전히 사로잡힌 것 같다. 제럴딘은 맨체스터로 돌아가자마자 제인에게 체인로Cheyne Row 4에서의 친밀했던 대화를 계속하는 내용으로긴 편지를 쓰기 시작했다. "언젠가 당신께서 찾고 싶다고 말했던, 여자들 사이에서 가장 성공을 거둔 남자, 가장 열정적이며 태도와 대화가 시적으로 세련된 연인 (……)" 하고 시작하는가 하면, 다음과 같은 생각을 피력하기도 했다.

---

4 런던의 첼시 지역에 있는 거리 이름. 그 24번지에 칼라일의 앤 여왕 시대풍 아름다운 저택이 있었음.

우리 여자들은 그들이 비옥한 세상을 만들게 하려고 만들어졌는지도 몰라요. (……) 우리는 계속 사랑하고, 그들(남자들)은 계속 싸우고 힘써 일할 것이며, 그러면 어느 정도 세월이 지나고 모두 하느님 덕분으로 죽음을 맞이하게 되어 있어요. 당신께서 이 생각에 동의하실지 모르겠군요. 이걸 어떻게 주장해야 할지 모르겠어요. 저는 눈이 아주 나쁘고 또 아프거든요.

아마 제인은 이 모든 말에 거의 동의하지 않았을 것이다. 왜냐하면 제인은 제럴딘보다 열한 살이 많고 인생의 본성에 대해 잘 생각하지 않았기 때문이다. 그녀는 신랄하고 구체적이며 총명했다. 그러나 제럴딘과 처음 만났을 때 그녀는, 남편이 명성을 얻으면서 질투를 느낄 것 같은 예감, 이전의 관계와는 다른 새로운 관계가 형성되고 있다는 그 거북스러움을 느끼기 시작했는데, 이 감정은 의미가 있다. 체인로에서 오랜 시간 대화하는 가운데 제럴딘이 어떤 신뢰를 얻고 어떤 불만을 들었으며 어떤 결론에 이르렀는지는 의심의 여지가 없다. 왜냐하면 제럴딘은 감수성의 덩어리일 뿐 아니라 현명하고 위트가 풍부하며, 칼라일 부인이 '허풍'을 싫어한 것처럼 제럴딘도 스스로 생각할 수 있는 여인이었고, 자신이 '존경할 만한 것'이라 불리는 것을 싫어했기 때문이다. 게다가 제럴딘은 처음부터 제인에 대해 이상한 감정을 갖고 있었다. 제럴딘은 "어떻게든 당신의 것이 되고 싶다는 모호하고 막연한 열망"을 느꼈다. 그녀는 "저를 당신의 것이 되게 해 주시고 당신도 저를 그렇게 생각해 주시지 않겠어요?" 하고 거듭 촉구

했다. 그리고 "저는 가톨릭 신자들이 성자를 생각하는 것처럼 당신을
그렇게 생각합니다. (……) 웃으실지 모르지만 저는 당신이 여자 친구
라기보다 애인 같은 느낌이 든다니까요!" 하고 말했다. 분명 제인은
웃었겠지만, 그 어린 사람의 숭배에 제인도 마음이 움직였을 것이다.

그랬으므로 1843년 초 불쑥 제인이 함께 지내자고 제안했을 때, 그
녀는 여느 때처럼 솔직하게 논의했고, 동의했다. 그녀는 제럴딘이
"활기를 불어넣는" 면도 있지만 자신들을 지치게 만들 수도 있다고
생각했다. 제럴딘은 누군가의 손에 뜨거운 눈물방울을 떨어뜨리거
나, 누군가를 지켜보는가 하면, 누군가를 귀찮게 하고, 누군가를 괴
롭히는 등 감정이 충만했다. 제럴딘은 "선하고 훌륭했지만 타고난 음
모꾼으로서의 기질을 발휘했다." 바로 남편과 아내를 이간질시키는
것이었다. 하지만 이번에는 달랐다. 왜냐하면 제인 생각에 남편은 다
른 여자들보다 자신을 선호하는 "습관이 있었으며", "그에게 습관은
정열보다 강하기" 때문이었다. 반면에 그녀는 지적으로 점점 게을러
지고 있었다. 제럴딘은 똑똑한 대화를 좋아했다. 제인의 포부와 열의
를 생각하면 맨체스터에서 빈둥거리는 젊은 여성을 첼시로 오게 하
는 것은 친절이었고 그래서 제럴딘이 런던으로 왔다.

그녀는 2월 1일 아니면 2일에 와서 3월 11일 토요일까지 머물렀다.
1843년의 방문은 그런 식이었다. 그 집은 매우 작았고 하인들은 비효
율적이었다. 제럴딘은 항상 집에 있었다. 그녀는 오전 내내 편지를
끼적거리다 오후 시간은 거실의 소파에서 낮잠을 자는 데 거의 썼다.
일요일에 손님을 맞을 때는 목이 깊이 팬 드레스를 차려 입었다. 그

녀는 말이 너무 많았다. 평판이 높았던 그녀의 지성에 대해 사람들은 "고기 자르는 칼처럼 날카로웠지만 그만큼 편협했다"고 말한다. 아첨도, 감언이설도 서슴지 않았고 성실하지도 못했다. 선정적인 언행은 물론 욕도 했다. 하지만 그 어떤 것도 그녀를 떠나게 하지 못했다. 그녀에 대한 비난은 점차 강도가 높아졌고 결국 짜증이 되었다. 칼라일 부인은 그녀를 내쫓아내다시피 했고 마침내 두 사람은 헤어졌다. 제럴딘은 마차에 올라타면서 눈물을 펑펑 쏟았지만, 칼라일 부인의 두 눈은 바짝 말라 있었다. 그녀는 방문객이 떠나자 안도의 한숨을 내쉬었다. 그렇지만 그녀의 마음이 편한 것만은 아니었다. 그녀는 초대한 손님을 대하는 자신의 태도가 완벽하지 않았음을 알고 있었다. 제인은 "쌀쌀맞고 성질을 잘 냈으며 냉소적이며 불친절했다." 무엇보다 제럴딘을 절친한 친구로 받아들였던 자신에게 화가 났다. 그녀는 "아무쪼록 그 결과가 단지 지겨울뿐 치명적이 아니기를 바란다"고 했지만 그녀가 자신에게도 무척 화가 났음은 분명하다.

맨체스터로 돌아간 제럴딘은 무엇인가 대단히 잘못되었음을 깨달았다. 두 사람 사이는 소원해졌고 잠잠해졌다. 사람들은 그녀가 믿기 힘든 사악한 이야기를 계속했다. 그러나 제럴딘은 앙심을 품지 않았으며("제럴딘은 언쟁을 하더라도 매우 점잖다"고 칼라일 부인도 인정했다), 어리석고 감상적이기는 했지만, 자부심이나 자만심은 없었다. 무엇보다도 제인에 대한 그녀의 사랑은 성실했다. 그녀는 곧 제인이 약간의 분노를 느끼면서 한 말 그대로 "초인적인 경지에 이르는 부지런함으로 아무런 사심 없이" 칼라일 부인에게 다시 편지를 썼다. 그녀는 제인의 건강을 염려했으며, 위트 넘치는 편지가 아니라 다만 제인의 상태에 대해 진실을 알려 주는 따분한 편지를 원한다고 말했다. 왜냐하면(방문객인 그녀를 괴롭게 만든 일 가운데 하나였을지도 모르지만) 제럴딘이 체인로에 한 달을 있으면서 다른 일에 전혀 관심 갖지 않고 혼자 지내지는 않았을 것이고 아무것도 모르지는 않았을 것이기 때문이다. 그녀는 "당신을 생각해 줄 사람은 아무도 없어요. 제가 미덕이라는 말에 신물이 날 때까지 당신은 끈기와 인내심을 발휘했지요. 하지만 사람들이 당신을 위해 무엇을 했나요? 죽이다시피 하지 않았나요"라고 적었다. "칼라일은 일상생활에서는 매우 위엄 있어요. 스핑크스는 아늑한 거실에 어울리지 않아요"라고 적기도 했다. 하지만 그녀가 할 수 있는 일은 없었다. "사랑할수록 어쩔 수 없다는 느낌이 들어요" 하고 설교하기도 했다. 맨체스터에서 제럴딘은 밝은 만화경 아래 있는 듯한 친구를 보면서 자신의 온갖 자그마한 잡동사니로 이루어진 산문적인 생활과 비교했다. 하지만 그녀의 생활이 희미하다 해도 더 이상 제인의 화려한 생활을 부러워하지 않았다.

그렇게 두 사람은 멀리 떨어져 간혹 편지를 주고받았다. 어느 날 제럴딘은 "저는 종이에 글자를 적는 것이 끔찍하게 싫어졌어요. 편지는 오래 헤어진 뒤 친구가 아니라 자신에게 쓰는 거예요" 하고 말했다. 그러나 머디Mudie는 예외였다. 제럴딘이 말하는 머디와 머디를 보살피는 일Mudieism은 기록되지 않았지만 빅토리아 시대 귀부인들의 희미한 생활에서 엄청난 역할을 했다. 머디는 이 경우 엘리자베스와 줄리엣이라는 두 소녀였다. 칼라일은 그들을 "자부심이 강하고 둔감해 보이는 아가씨들"이라고 불렀다. 그들은 던디$^{Dundee 5}$에 있는 존경 받는 학교장의 딸로서, 그는 자연사에 관한 책을 저술했고, 죽을 때 어리석은 과부 이외에 유족에게는 아무것도 남기지 않았다. 그들 두 머디는 저녁 식사가 막 차려지는 당황스러운 시간에 체인로에 도착했다. 하지만 빅토리아 시대의 귀부인은 그런 일을 개의치 않았다. 그녀는 당황스러움을 뒤로 하고 머디를 도우려 했다. 칼라일 부인은 그들에게 무엇을 해 줄 수 있을지 궁리했다. 이 아이들이 갈 만한 곳을 누가 알고 있을까, 누가 부자들을 잘 알고 있을까? 제럴딘이 떠올랐다. 제럴딘은 항상 도움이 되기를 바랐다. 맨체스터에서 머디에게 해 줄 수 있는 일이 있다면 당연히 제럴딘에게 요청할 것이다. 아무튼 제럴딘은 신속하게 움직였다. 그는 당장 줄리엣이 갈 곳을 "정해 주었다." 그리고 곧 엘리자베스가 갈 곳에 대한 이야기도 들었다. 와이트 섬$^{Isle of Wight 6}$에 있던 칼라일 부인은 바로 엘리자베스가 묵을 곳과 외투와 속옷을 마련했다. 런던에 도착해서는 엘리자베스를 데리고 런던을 가로질러 유스턴 광장$^{Euston Square 7}$에 도착했고, 저녁 7시 반 무렵에 그 아이를 자애로워 보이는 뚱뚱한 노인에게 맡겼다. 그리고 피곤했지만 의기양양하게 귀가했다. 하지만 머디를 보살피는 일에 헌신하는 사람들에게 흔히 일어나는 일처럼 은근히 불안해지기도 했

---

5 스코틀랜드 동해안 중부의 도시.
6 잉글랜드 남해안의 중부에 있는 섬.
7 런던 중심부에 있는 광장.

다. 머디가 행복할까? 그녀가 해 준 일을 고맙게 생각할까? 며칠 뒤 체인로에는 엘리자베스의 숄이 나타났다. 그보다 훨씬 나쁜 일이지만 4개월 뒤에는 엘리자베스가 직접 나타났다. 엘리자베스는 "검은 에이프런을 흰색 실로 재봉해 실제적인 일에는 전혀 쓸모가 없음"을 입증했고, 조금만 나무라면 "주방의 바닥에 털썩 주저앉아 발로 차고 고함을 지른다"고 했다. "물론 그 아이는 당장 쫓겨났다." 엘리자베스는(흰 실로 검은 에이프런을 더 많이 만들며 발로 차고 고함을 질러 쫓겨나기 위해) 사라졌다. 불쌍한 엘리자베스가 결국 어떻게 됐는지 누가 알겠는가? 그녀는 세상에서 완전히 사라진다. 하지만 줄리엣은 남았다. 제럴딘은 줄리엣을 맡아 감독하고 조언했다. 처음에 주선했던 곳이 만족스럽지 않자 제럴딘은 다른 곳을 찾아 나섰다. 그녀는 하녀를 원하는 "매우 딱딱한 나이 많은 귀부인"의 응접실에 앉았다. 그 매우 딱딱한 나이 많은 귀부인은 줄리엣이 옷깃에 풀을 먹이고 페티코트를 세탁하고 다림질하기를 원했다. 줄리엣은 가슴이 철렁했다. 풀을 먹이고 다림질하는 일은 자신의 능력 밖이라고 소리쳤다. 제럴딘은 밖으로 나갔고 저녁 늦게 그 노부인의 딸과 다시 만났다. 그래서 페티코트 정리, 옷깃과 주름장식 다림질만 줄리엣이 하기로 했다. 그러자 제럴딘은 단골 모자 장수를 불러 줄리엣에게 실을 감는 법과 옷감을 다듬는 법을 가르치게 했다. 칼라일 부인은 줄리엣에게 친절하게 편지를 쓰고 소포를 보냈다. 그 뒤로도 더 많은 곳을 알아보는 더 많은 성가신 일, 노부인을 만나 면접을 보는 일 등을 꾸준히 계속했다. 이윽고 줄리엣이 소설을 쓰자, 어느 신사가 그것을 매우 높이 평가했다. 그리고 줄리엣은 교회에서부터 집까지 쫓아오는 신사가 있는데 짜증스러워 죽겠노라고 제럴딘에게 말했다. 그녀는 여전히 매우 훌륭한 아가씨이고, 1849년까지 모든 사람이 그녀에 대해 호평을 아끼지 않았다. 그러나 그해 아무 이유 없이 한 명 남은 머디에 관해 갑자기 침묵이 찾아든다. 또 하나의 실패가 기록되는 것이다. 소설, 딱딱한 노부인, 신사, 모자, 페티코트, 풀 먹이는 일 중에서 그녀를 타락시킨 원인이 있었을까? 아무것도 알려지지 않았다. 칼라일은 "얼간이를 쫓아다니는 비열한 놈은 천성이 그런 것이므로 어떤 말도 소용이 없으며, 꾸준히 나락으로 떨어지다가 마침내 완전히 시야에서 사라졌다"고 썼다. 칼라일 부인은 노력했지만 머디를 보살피는 일에 실패했음을 인정해야 했다.

하지만 머디를 보살피는 일이 의외의 결과를 낳았다. 바로 제인과 제럴딘을 다시 결합시킨 것이다. 제인은 이전에 밥상을 차려 준 적이 있던 "그 깃털"(그녀가 흔히 구사하는, 칼라일을 즐겁게 하는 수많은 경멸적인 어구 가운데 하나)이 "심지어 나를 뛰어넘는 열성으로 그 문제를 처리했음"을 부인할 수 없었다. 그녀에게는 깃털뿐만 아니라 용기까지 있었던 것이다. 따라서 제럴딘이 자신의 첫 소설 《조 Zoe》의 원고를 보냈을 때, 칼라일 부인은 열심히 출판사를 찾아다녔고("왜냐하면 그녀가 아무런 인맥이나 목적 없이 늙으면 어떻게 될까라는 생각이 들기 때문"이라고 그녀는 적었다) 놀랍게도 그 책은 성공을 거두었다. 채프먼 앤드 홀 Chapman & Hall에서 그 책의 출판에 동의했고, 그 출판사의 편집자는 "그 책이 자신을 사로잡았다"고 했다. 그 책이 나오는 데는 오랜 시간이 걸렸다. 칼라일 부인도 책이 나오기 전까지 여러 단계에서 의논 상대가 되었다. 그녀는 "공포라 할 만한 느낌으로" 초고를 읽었다. "그처럼 대단한 천재의 기운이 알려지지 않은 공간 속으로 아주 무모하게 밀려들고 있었다." 하지만 그녀는 또 깊은 인상을 받기도 했다.

제럴딘은 내 생각보다 훨씬 심오하고 과감한 사색가로 자신을 나타낸다. 이 책에 포함된 가장 훌륭한 몇몇 구절을 쓸 수 있는 살아 있는 여성은, 조르주 상드Georges Sand[8]까지 포함한다 해도 없으리라 생각한다. (······) 하지만 그것을 출판해서는 안 된다. 품위 손상 때문이다!

칼라일 부인은 거기에 대중이 존경할 만한 인물에 대한 참지 못할 외설, "정신적인 문제에 관한 신중함이 결여"되어 있다고 불평했다. 제럴딘은 "그런 일에 소질이 없다"고 고백했지만 수정에는 동의했던 것 같다. 그 원고는 다시 작성되었고, 마침내 1845년 2월에 등장했다. 여느 때와 마찬가지로 떠들썩한 찬반양론이 즉시 쏟아져 나왔다. 열광하는 사람들도 있었고, 충격을 받은 사람들도 있었다. "리폼 클럽Reform Club[9]의 난봉꾼들은 노소를 불문하고 그 책의 외설에 대해 히스테릭한 발작을 일으켰다." 출판사는 깜짝 놀랐지만 이 스캔들은 판매에 도움이 되었고, 제럴딘은 암사자로 인식되었다.

---

8 1804~1876, 프랑스의 여류 소설가.
9 런던 중심가에 있는 신사용 사교 클럽으로 1836년에 설립됨.

그리고 이제 누렇게 퇴색된 작은 책 세 권의 책장을 넘기는 사람은 어떤 찬성 또는 반대의 이유가 있었으며, 그리고 어떤 분노, 어떤 경탄의 발작으로 그러한 연필 자국을 만들어 냈고, 어떤 신비한 감정으로 연애 장면들이 제비꽃을 짓이겨 잉크처럼 검게 되었는지 의아해한다. 각 장들은 매끄럽고 유연하게 넘어간다. 우리는 아지랑이에서 사생아로 태어난 조라는 소녀, 에버하드Everhard라는 수수께끼 같은 가톨릭 성직자, 시골에 있는 성, 하늘색 소파에 누워 있는 숙녀들, 소리 내어 책을 읽는 신사들, 비단에 심장 모양의 수를 놓는 소녀들을 찾아낸다. 거기에는 큰 화재, 숲속에서의 포옹, 끊임없는 대화가 있다. 조가 성직자의 신앙을 뒤흔들어 놓았고 그는 "내가 태어나지 않았더라면!" 하고 외친다. 또한 기원후 첫 4세기 교부들이 쓴 주요 저작들의 번역본을 편집하라는 교황의 편지와 괴팅겐대학교[10]에서 온 황금 사슬이 들어 있는 꾸러미를 서랍 속으로 밀어 넣는 격렬한 순간의 감정이 그 책에 있다. 그러나 리폼 클럽 난봉꾼들이 충격을 받기에 충분한 어떤 외설이 있지만, 칼라일 부인의 예리한 지성에게 깊은 인상을 줄 만큼 놀라운 천재성이 있는지는 짐작하기 어렵다. 80년 전에 장미처럼 싱그러웠던 색깔은 퇴색하여 희미한 분홍색이 되었고, 퇴색한 수선화와 곰팡내 나는 머리 기름의 희미한 냄새 말고는 어떤 향기나 냄새도 남아 있지 않다. 우리는 불과 몇 년 사이에 어떤 기적이 이루어지는 것일까(!) 하고 외친다. 하지만 그렇게 외치는 동안 멀리

---

10 독일의 중앙부에 위치하는 도시 괴팅겐Göttingen 소재의 유서 깊은 대학교.

그 의미의 자취라고 할 수 있는 것이 보인다. 살아 있는 사람들의 입술에서 나오는 열정은 허비되고, 조, 클로틸드^{Clothilde}, 에버하드 등은 그 자리에서 썩는다. 그러나 방에는 누군가 그들과 함께 있다. 바로 무책임한 정신, 과감하고 민첩한 여성(그녀가 크리놀린^{crinoline 11}과 코르셋으로 방해 받고 있다고 생각할지 모르지만), 차츰 쇠약해지고 상세히 설명하며 그 모든 것에도 불구하고 아직까지 살아 있는 부조리하고 감상적인 인간이다. 우리는 가끔 큰 소리로 문장이 들리고 갑자기 생각이 떠오른다. "종교 없이도 올바로 행동한다면 얼마나 좋을까!" "아! 성직자가 그들이 설교한 것을 정말로 모두 믿는다면 제대로 잠을 잘 수 있을까!", "허약은 희망이 전혀 없는 유일한 상태이다.", "올바로 사랑하는 것은 가능한 가장 높은 도덕이다." 그렇다면 그녀는 왜 "인간들의 그럴듯한 수많은 이론"을 미워했을까? 과연 인생이란 무엇인가? 그것이 왜 우리에게 주어졌을까? 그런 의문, 그런 확신은 여전히 그들의 자리에서 썩어 가는 박제된 인간들의 머리를 스치고 지나간다. 그들은 죽었지만, 제럴딘 주스베리는 아직도 독립적이며 용감하고 터무니없게 살아남아, 멈추지 않고 계속 수정하며, 누구라도 듣는 사람이 있으면 시가를 입에 물고 사랑, 도덕, 종교, 남녀관계 등에 대한 견해를 밝힌다.

《조》를 출판하기 얼마 전에 칼라일 부인은 제럴딘에 대한 짜증을 잊어버렸거나 아니면 극복했다. 그것은 제럴딘이 머디를 위해 열심

---

11 여자들이 스커트를 부풀게 하기 위해 입었던 버팀살을 넣은 스커트.

히 노력했기 때문이며, 한편으로는 제럴딘의 노력으로 칼라일 부인이 "그녀의 기이하고 열정적이며 (……) 파악할 수 없는 매력을 내가 느낀다는, 이전에 내가 생각했던 쪽으로 설득되었기" 때문이다. 그들은 다시 편지를 주고받았고 다시 한 지붕 밑에서 지냈다. 1844년 7월 리버풀 부근의 시포스 하우스Seaforth House[12]에서 제럴딘이 자신에게 강한 호감을 느낀다는 칼라일 부인의 끔찍한 '환상'이 사실로 입증되었다. 어느 날 아침 그들은 사소한 말다툼을 했다. 제럴딘은 온종일 뚱해 있다가 밤이 되자 칼라일 부인의 침실로 와서 소란을 피웠다. 그것은 "제럴딘에 대해서뿐 아니라 인간성에 대한 하나의 계시였다! 지금껏 한 여자가 다른 여자에게 그처럼 광적으로 연인처럼 질투를 할 수도 있다는 생각을 해 본 적은 없었다." 칼라일 부인은 화를 냈고 그녀를 경멸했다. 그리고 남편을 즐겁게 하기 위해 그 일을 하나도 빼놓지 않고 기억해 두었다. 며칠 뒤 그녀는 다른 사람들이 있는 자리에서 "이 여자가 다른 남자와 정을 통한 뒤니까 자기에게 점잖게 대해 달라고 저녁 내내 기대하는 건 아닌지 모르겠어요" 하고 말함으로써 그 자리를 웃음바다로 만들었다. 분명 그 벌은 심했고 굴욕감은 고통스러웠다. 하지만 제럴딘은 구제 불능이었다. 1년 뒤 그녀는 다시 뚱해 있고 화를 냈으며, "이 세상 다른 누구보다 더 사랑하기" 때문에 화낼 권리가 있다고 했다. 그러자 칼라일 부인은 자리에서 일어나면서 말했다. "제럴딘, 네가 점잖은 여자처럼 행동할 수 있을 때까

---

12 1813년에 건설되었다가 1881년에 철거된 개인 저택.

지는……"라고 말하며 그 방을 나섰다. 그러자 제럴딘은 다시 눈물을 흘리면서 사과했고 다시는 그러지 않겠다는 약속도 했다.

비록 칼라일 부인이 꾸짖고 조롱하더라도, 두 사람이 소원해졌더라도, 한동안 편지를 주고받지 않았더라도, 그들은 늘 다시 결합했다. 제럴딘은 모든 점에서 제인이 자기보다 현명하고 훌륭하며 강하다고 느꼈고 그래서 제인에게 의존했다. 곤경에서 벗어나는 데 제인이 필요했다. 제인은 곤경에 빠지지 않았기 때문이다. 그러나 제럴딘보다 제인이 현명하고 영리했더라도, 바보스럽고 무책임한 사람이 카운슬러가 되는 경우도 있었다. 제럴딘은 제인에게 왜 헌옷 수선에 시간을 낭비하는지 물었다. 왜 자신의 정력을 활용할 수 있는 일을 하지 않는가? 제럴딘은 글을 쓰라고 권했다. 심오하고 선견지명이 있는 제인이야말로 "매우 복잡한 의무와 어려움에 봉착한" 여성들에게 도움이 되는 글을 쓸 수 있으리라고 확신했다. 제인에게는 여성에 대한 의무가 있었다. 이 용감한 여성은 "칼라일 씨에게 동정을 구하지 마세요. 당신에게 찬물을 끼얹게 하지도 마세요. 당신은 자신과 자신의 일을 존중해야 해요" 하고 말을 이었다. 그것은 제럴딘의 새로운 소설《이복 자매The Half Sisters》를 칼라일 부인에게 헌정하는 데 있어 칼라일의 남편이 반대할까 봐 헌정 받기를 두려워한 제인이 받아들일 만한 충고였다. 때로는 어린 제럴딘이 더 용감하고 더 독립적이었다.

또 제인이 아무리 총명하더라도 제인에게는 없는 시적 능력, 이성적 상상력의 능력이 제럴딘에게 있었다. 그녀는 오래된 책을 보고 야자수와 아라비아의 시나몬에 관한 낭만적인 구절을 베꼈고, 어울리지 않지만 체인로의 아침 식탁에 그 구절들을 늘어놓았다. 제인의 천재성은 그와 반대였다. 제인은 명확하고 직접적이고 실제적이었다. 그녀의 상상력은 사람들에게 꽂혔다. 그녀의 편지가 훌륭한 이유는 어떤 사실에 대해 매처럼 덮쳤고, 마음을 기울였기 때문이다. 아무것도 그녀에게서 벗어나지 못했다. 그녀는 맑을 물을 꿰뚫어 보듯 밑바닥에 있는 바위까지 보았다. 하지만 형태가 없는 것들은 그녀를 빠져나갔다. 그녀는 키츠에게 코웃음 쳤다. 그녀는 스코틀랜드 시골 의사의 딸로 편협성과 얌전빼는 습성이 남아 있었다. 제럴딘이 대가다운 면은 적었지만 훨씬 마음이 넓었다.

그 같은 닮은 점과 다른 점이 지속적인 탄력으로 두 여인을 묶었다. 그들 사이의 매듭은 끊어지지 않았고 무한히 늘어날 수 있었다. 제인은 제럴딘이 얼마나 어리석은지 알았고, 제럴딘은 제인이 얼마나 비난할지 미리 알 수 있었다. 그들은 서로를 용인하는 법을 배웠다. 그들은 여전히 다투었지만 그 성질은 달라졌다. 그만둘 수밖에 없는 다툼이었던 것이다. 그리고 1854년 오빠가 결혼한 뒤 제럴딘은 칼라일 부인의 바람에 따라 그녀와 가까운 런던으로 거처를 옮겼다. 1843년만 해도 다시는 얼굴도 보지 않겠다던 사람이 세상에서 가장 절친한 친구가 되었던 것이다. 그녀는 두 블록 떨어진 곳에 방을 얻었다. 아마도 그 정도 거리감이 두 사람 사이에 알맞았을 것이다. 거리가 멀면 감성적인 면에서 오해로 가득 찼고, 한 지붕 밑에서는 견딜 수 없을 만큼 힘들었다. 하지만 모퉁이를 돌면 나오는 곳에서 살게 되자, 그들의 관계는 넓어지고 단순해졌다. 그것은 동요나 평온, 친밀감의 깊이를 바탕으로 하는 자연스러운 교감이었다. 그들은 함께 다녔다. 〈메시아The Messiah〉[13]의 연주도 들으러 갔다. 그때 제럴딘은 그녀답게 음악의 아름다움에 감동하여 울음을 터뜨렸고, 제인은 울고 있는 제럴딘의 몸이 흔들리지 않게 하면서, 못생긴 여합창단원들 때문에 울지 않으려 애썼다. 그들은 노우드Norwood[14]로 짧은 여행을 떠났고, 제럴딘은 비단 손수건과 알루미늄 브로치("발로 씨Mr. Barlow로부터 받은 사랑의 징표")를 호텔에, 새로 구입한 비단 양산을 대합실에 놓고 왔다. 제럴딘은 돈을 아끼려는 심산으로 이등석 기차표 두 장을 샀지만 제인은 그것이 일등석 왕복표 한 장 값과 똑같은 것을 알고 냉소하면서 만족감을 느꼈다.

한편 제럴딘은 바닥에 누워 자신의 요란한 경험을 일반화해 명상하면서 그것에서 인생의 이론을 수립하고자 애썼다. "얼마나 혐오스러운가"(그녀가 사용하는 어휘는 강렬했다. 자신이 "훌륭한 취향이라는 제인의 생각에 대한 죄"를 자주 범하고 있음을 잘 알고 있었다), 여러 가지 면에서 여성의 지위는 얼마나 혐오스러운가! 그녀가 절름발이고 발육이 저지되다니! 남성들이 여성들에게 휘두르는 힘 때문에 그녀의 피가 얼마나 끓어올랐던가! 그녀는 몇몇 신사들을 발로 차고 싶었다.

---

13 영국에서 주로 활동한 독일 작곡가 게오르크 프리드리히 헨델Georg Friedrich Händel(1685~1759)이 1741년 작곡한 오라토리오 작품.
14 현재 런던에 편입된 지역으로 당시는 런던의 교외였음.

"거짓말을 하는 위선적인 거지들! 그래, 욕을 하는 것은 아무 소용이 없다. 나는 다만 화가 났고 그러는 것이 내 마음을 편하게 해 줄 뿐이다."

그러다가 그녀의 생각은 제인과 가시적인 결과를 내놓지 못하는 자신의 재능 등으로 옮겨졌다(여하튼 제인은 훌륭한 재능을 가지고 있었다). 그렇지만 그녀는 아팠을 때를 제외하고는 다음과 같이 생각했다.

나는 당신이나 내가 실패자로 불리지 않을 거라고 생각해요. 우리는 아직 인정받지 못하지만, 여자들이 발전하는 과정이라고 생각해요. 아직까지 성공한 기성품은 없지만 그래도 나는 살펴보고 시도해서, 여성에 대한 현재의 규칙이 우리에게 적용되지 못할 것이고, 더 나은, 더 강한 것이 필요하다는 사실을 발견했지요. (……) 우리 뒤에 오는 여자들이 있어요. 여성 본성의 위상에 점점 더 가까이 접근할 여자들이에요. 저는 제 자신을 그저 희미한 표시로, 여자들 속에 있는 어떤 더 높은 자질이나 가능성의 기초로 생각해요. 그리고 제가 저지른 괴벽스러운 짓이나 실수, 불행, 터무니없는 일들은 어떤 불완전한 형성, 미숙한 성장의 결과일 뿐이에요.

그녀는 이렇게 생각하고 이론화했으며, 칼라일 부인은 귀를 기울이다가 웃다가 반박했지만 공감하는 면이 많았다. 그녀는 제럴딘이 좀 더 명료해지기를, 그녀의 언어가 완화되기를 바라게 되었다. 그녀의 남편 칼라일이 언제 들어설지 모를 일이었다. 그리고 칼라일이 싫어하는 사람이 있다면 조르주 상드처럼 정신이 강한 여자였다. 하지만 그녀는 제럴딘이 한 말에 진실이 있음을 부인할 수 없었다. 그녀는 항상 제럴딘이 "성패를 운에 맡기고 태어났다"고 생각해 왔지만 제럴딘은 바보가 아니었다.

그러나 제럴딘이 생각하고 말했던 것, 그녀가 어떻게 아침을 보내는지, 런던에서 겨울을 지내면서 긴 저녁 시간에 무엇을 했는지, 그녀의 마컴 광장Markham Square[15] 생활을 구성하는 모든 것은 우리에게 확실하게 알려져 있지 않다. 왜냐하면 당연한 일이지만 제인의 밝은 광채가 비교적 어둡고 많이 깜박거리는 제럴딘의 불을 꺼 버렸기 때문이다. 그녀는 더 이상 제인에게 편지를 쓸 필요가 없었다. 그 집을 들락거렸고, 제인의 손가락이 부어 있으면 제인 대신 편지를 써 주기도 했다. 우체국에 편지를 부치러 가다가 차분하지 못한 낭만적인 아가씨처럼 편지 부치는 일을 잊기도 했다. 칼라일 부인의 편지를 뒤적거리다 보면, 서로 어울리지 않지만 깊은 애착을 느끼는 두 사람의 대화를 볼 수 있다. 마치 고양이가 그르렁거리거나 찻주전자가 달그락거리는 소리처럼 집 안의 부드러운 소리가 차츰 높아지는 것 같다. 그렇게 세월은 지나갔다. 이윽고 1866년 4월 21일 토요일, 제럴딘은 제인의 티파티를 도와주기로 되어 있었다. 칼라일 씨는 스코틀랜드에 있었고, 칼라일 부인은 그가 없는 동안 숭배자들에게 약간의 인사를 하기로 했던 것이다. 프루드James Anthony Froude 씨[16]가 갑자기 제럴

---

15 런던 중심부에 있는 광장.

딘의 집에 나타났을 때, 그녀는 티파티에 참석하려고 옷을 차려입고 있었다. 프루드 씨는 방금 체인로에서 "칼라일 부인에게 무슨 일이 생겼다"는 전갈을 받았다고 했다. 제럴딘은 망토를 걸쳤고 두 사람은 서둘러 세인트 조지 병원^{St. George's Hospital}으로 달려갔다. 프루드는 그곳에서 여느 때와 마찬가지로 아름답게 차려입은 칼라일 부인을 보았다고 썼다.

마치 사륜마차에서 내린 뒤 병상에 앉았다가 누워서 잠든 것 같았다. (……) 화려한 비웃음, 그리고 번갈아 나타나는 슬픔에 젖은 부드러움이 모두 똑같이 사라졌다. 그 얼굴은 엄숙하고 장엄한 평온 속에 가만히 누워 있었다. (……) 제럴딘은 말을 할 수가 없었다.

우리 역시 그 침묵을 깰 수 없다. 침묵은 깊어졌다. 그리고 완전해졌다. 제인이 죽은 뒤 제럴딘은 곧 세븐오크스^{Sevenoaks 17}로 이사했다. 그곳에서 혼자 22년을 살았다. 사람들은 그녀가 활기를 잃어버렸다고들 했다. 그녀는 더 이상 책도 쓰지 않았고 암에 걸렸다. 죽음이 다가오자 그녀는 제인이 바랐듯 한 통만 남기고 제인의 편지를 모두 찢었다. 그리하여 그녀의 인생이 희미하게 시작된 것처럼 희미하게 끝났다. 우리는 그 중간 몇 년 동안의 그녀에 대해서만 알고 있다. 그러

---

16 1818~1894, 영국의 역사가.
17 런던 동부에 있는 켄트 카운티의 도시.

므로 우리가 '그녀를 잘 알고 있다'고 너무 자신만만해하지 말자. 제럴딘이 우리에게 상기시키다시피 친밀감을 유지하는 일은 어려운 기술이다.

아, 만약 제가 익사를 하거나 죽고, 우리의 윗사람이 우리의 '인생과 잘못'에 대해 기록한다면 우리는 어떻게 될까요? 어느 '진실한 사람'이 우리에 대해 적는다면 얼마나 엉망이 될 것이며, 우리가 그때 정말로 했던 일과는 얼마나 다르겠어요! __ 제럴딘이 칼라일 부인에게 쓴 편지

문법에 맞지 않은 구어체이지만 여느 때와 마찬가지로 그 속에 진실이 담긴 그녀의 조롱은 그녀가 잠든 브롬턴 묘지Brompton Cemetery[18]에 있는 레이디 모건Lady Morgan[19]의 지하 납골소에서 메아리친다.

---

18 런던 남서부에 있는 묘지로서 현재 공원으로 많이 이용됨.
19 1776?~1859. 아일랜드의 여류 소설가.

318

《오로라 리》
《Aurora Leigh》

《Aurora Leigh》

따라서 만약 브라우닝 부인이 등장인물을 면밀하고 미묘하게 드러내고 사랑하는 사람들의 관계가 밝혀지며 이야기가 단호하게 전개되는 소설과 같은 시를 추구했다면, 그녀는 완전히 실패한 셈이다. 하지만 (……) 빅토리아 시대 사람들에 대한 감각을 우리에게 주려고 했다면 그녀는 성공했다.

브라우닝 부부[1]를 즐겁게 할지도 모르는 유행의 아이러니 가운데 하나는 그들이 시인으로서의 모습보다 인간으로서의 모습으로 더 잘 알려져 있다는 사실이다. 그들의 시를 한 줄도 읽지 않은 수많은 사람들은 억압에 도전하고 도피 행각을 벌였던 곱슬머리와 구레나룻의 열정적인 연인으로 브라우닝 부부를 기억하고 그들을 사랑하는 것 같다. 그들은 회고록을 집필하고 편지들을 출판하며 사진 촬영을 위해 포즈를 취하는 현대적 습관 덕분에, 옛날 그대로의 모습은 물론 육체의 형태로 살아 있다. 시뿐만 아니라 모자hat로도 널리 알려진 그

---

1 영국의 시인 및 극작가 로버트 브라우닝Robert Browning(1812~1889)과 그의 아내이자 시인인 엘리자베스 배럿 브라우닝Elizabeth Barrett Browning(1806~1861).

들은 찬란하고 활기에 넘치는 저술가들 중에서도 가장 눈에 띄는 사
람이 되었다. 사진 기술이 문학에 어떤 손상을 입혔는지는 생각해 볼
만하다. 우리가 시인에 관한 글을 읽을 때, 그의 시를 얼마나 읽을지
는 전기 작가들의 문제이다. 한편 우리의 공감과 관심을 불러일으키
는 브라우닝 부부의 힘은 아무도 부인할 수 없다. '레이디 제럴딘의
구혼Lady Geraldine's Courtship'[2]은 미국 대학에서 1년에 한 번, 교수 두 명
에 의해 다루어지겠지만 우리는 미스 배럿이 소파에 어떻게 누웠는
지, 그녀가 9월의 어느 날 아침 웜폴 집을 어떻게 탈출했는지, 어떻게
그녀가 건강과 행복과 자유를 얻었는지, 모퉁이를 돌면 나오는 교회
에서 로버트 브라우닝을 어떻게 만났는지를 알고 있다.

　그러나 작가로서 브라우닝 부인의 운명은 친절하지 않았다. 아무
도 그녀의 작품을 읽지 않고, 아무도 그녀에 대해 논하지 않고, 아무
도 그녀의 위상을 정립하려 하지 않는다. 그녀의 쇠퇴를 추적하기 위
해서는 그녀와 크리스티나 로세티Christina Rossetti[3]의 명성을 비교하면
된다. 크리스티나 로세티가 영국의 여류 시인 가운데 첫째로 손꼽히
는 것은 거역할 수 없는 대세이다. 생전에 요란스러운 박수를 받았던
엘리자베스는 점점 더 뒤로 밀린다. 여러 입문서는 오만불손하게도
그녀를 무시한다. 그들은 그녀의 중요성에 대해 "역사적일 뿐이다.
남편의 교육이나 남편과의 관계 모두 그녀에게 어휘의 가치나 형식

2　1844년에 출판된 엘리자베스 배럿 브라우닝의 시.
3　1830~1894, 영국의 여류 시인.

의 감각을 가르치지 못했다"고 말한다. 간단히 말해 문학이라는 저택에서 그녀에게 할당된 유일한 자리는 하인의 거처인 지하층이다. 그곳에서 그녀는 헤먼스 부인Mrs. Felicia Hemans, 일라이자 쿡Eliza Cook, 진 인절로Jean Ingelow, 알렉산더 스미스Alexander Smith, 에드윈 아널드Edwin Arnold, 로버트 몽고메리Robert Montgomery와 같은 작가들과 더불어 도자기를 탕탕 두들기고 완두를 나이프 끝에 찍어 먹는다.

따라서 우리가 《오로라 리Aurora Leigh》[4]를 서가에서 집어 든다면 그것은 이 책을 읽는다기보다 한물간 유행의 징표에 대해 겸손하게 생각해 보기 위함이다. 그것은 우리가 할머니들의 맨틀[5] 끝부분을 만지면서 한때 그들의 거실 탁자를 장식했던 타지마할 석고 모형에 대해 생각하는 것과 같다. 하지만 빅토리아 시대의 사람들에게 그 책은 매우 소중했다. 1873년까지 《오로라 리》는 열세 판이 나왔다. 그리고 헌사로 판단하건대 브라우닝 부인도 그것을 매우 중시한다고 두려움 없이 말했다. 그녀는 "내 작품 가운데 가장 원숙하고, 인생과 예술에 관한 가장 높은 확신이 녹아 있는 작품"이라고 했다. 그녀의 편지들을 보면 그녀는 여러 해 동안 그 책을 염두에 두고 있었다. 브라우닝을 처음 만날 때도 그 책에 대해 생각하고 있었으며, 이 책은 그녀가 연인과 함께 기뻐하고 공유한 작업들 중에서도 확신을 가진 첫 번째

---

4 1856년에 출판된 엘리자베스 배럿 브라우닝의 장편 서사시. 사회 문제, 여성 문제를 다루고 있다.

5 망토, 덮개

의 것이었다.

> (……) 지금 내 주된 의도는 (……) 우리의 관습 한가운데를 파고들고 거실과 "천사들이 지나가기를 두려워하는 곳"으로 달려드는 (……) 일종의 소설과 같은 시를 쓰는 것이며, 따라서 시대의 인간성이라는 가면 없이 얼굴을 맞대고 진실을 명백히 말하는 것이다. 그것이 내 의도이다.

그러나 나중에 밝혀지는 이유들 때문에 그녀는 탈출과 행복이 점철된 놀라운 10년 동안 자신의 의도를 조용히 간직하고 있다가, 1856년 마침내 그 책이 등장하자 그녀가 할 수 있는 모두를 그 책 속에 쏟아부어야겠다고 생각했을 것이다. 어쩌면 그동안 간직해 온 것과 그것의 포화 상태가 우리를 기다리는 놀라움과 관계가 있을 것이다. 여하튼 브라우닝 부인은 오로라 리의 이야기를 아홉 권의 무운시blank verse[6] 속에 쏟아내면서, 알려지지 않은 이유로 그녀가 어떤 책의 서두에서는 머뭇거리지만 다른 책에서는 고대의 뱃사람이 우리의 손을 잡고 우리를 세 살 먹은 어린이처럼 대하는 것처럼, 그 책에 귀를 기울이게 만든다. 그렇지 않고서는 《오로라 리》의 처음 스무 페이지를 읽을 수 없다. 속도와 정력, 단도직입적인 성격과 완전한 자신감, 이들이 우리의 귀를 사로잡는 자질들이다. 그 때문에 우리는 발이 공중

---

6 각운을 맞추지 않아도 되는 시의 한 형식. 셰익스피어는 극작품의 대부분을 무운시 형식으로 썼고 밀턴의 《실낙원》에 이르러 최고의 기교에 도달했다.

에 떠오른 채, 어떻게 오로라가 이탈리아 인 어머니에게서 태어나며, "그녀가 네 살이 될까 말까 할 때 어머니의 희한한 푸른색 눈이 그녀를 볼 수 없게 닫혀 버리는지를" 알게 된다. 오로라의 아버지는 "엄격한 영국인으로 영국에서 무미건조한 생활과 대학 공부, 법률과 교구 이야기로 시간을 보내다가 알 수 없는 열정에 휩싸였지만" 아버지 역시 곧 죽기 때문에 오로라는 영국으로 와서 고모 손에 길러졌다. 잘 알려진 리 가문의 고모는 검은색 옷을 입고 시골 저택의 현관 계단에서 오로라를 맞이했다. 그녀의 이마는 약간 좁고, 회색빛이 도는 갈색 머리카락은 단단히 땋아 늘어뜨렸고, 입은 닫혀 있지만 온화해 보이며, 눈은 아무 색깔이 없었다. 뺨은 책갈피에 끼워둔 장미("즐거움보다 슬픔 때문에 간직되는 것, 피는 것이 지나면 지는 것도 지나느니") 같았다. 그 귀부인은 "결국 우리는 하나의 살이고 프란넬 옷감이 필요하기 때문에" 뜨개질로 스타킹을 만들고 페티코트를 꿰매면서 기독교도로서의 재능을 실천하면서 조용한 생활을 했다. 오로라는 고모의 기준에서 여성에게 적절하다고 판단되는 교육을 받았다. 프랑스어 조금, 대수학 조금, 버마 제국의 국내법, 배가 지나갈 수 있는 강이 라라^{Lara}에 연결되는지, 클라겐푸르트^{Klagenfurt 7}에서 5년째 되는 해는 어떤 인구 조사가 이루어지는지, 갯지렁이를 단정하게 늘어뜨리는 법, 잔을 돌리는 법, 새를 잡는 법, 밀랍으로 꽃 모형을 만드는 법 등을 배웠다. 고모가 여자다운 여자를 좋아했기 때문이다. 어느 날

---

7 오스트리아 남부의 도시.

오로라는 십자수를 하다가, 실을 잘못 골라 여자 목동의 눈을 분홍색
으로 만들어 버렸다. 이러한 여성으로서의 고된 교육을 받는 동안 열
정적인 오로라는 비명을 질렀다. 그러다 어떤 여자들은 죽었고, 이를
애타게 그리워하는 여자들도 있으며, 오로라처럼 "보이지 않는 존재
와 관계"가 있는 소수는 살아남아 새침하게 걸음을 옮기고 사촌들에
게 예의 바른 태도를 보이며 교구 목사의 말에 귀를 기울이고 차를
따랐다. 다행히 오로라는 작은 방을 하나 차지했다. 영국 시골의 무
미건조한 녹색 풍경에 맞춘 듯, 녹색 벽지와, 녹색 카펫, 침대 곁에는
녹색 커튼이 있었다. 그녀는 거기에서 책을 읽었다. 그녀는 "다락방
의 비밀을 발견했다. 아버지의 이름이 적힌 상자들이 쌓인 방이었다.
짐이 높고 빽빽하게 쌓인 그 방을 마스토돈^{mastodon}[8]의 갈비뼈 사이에
들어간 작고 민첩한 생쥐처럼 (……) 들락날락하면서" 책을 읽고 또
읽었다. 그 생쥐들은 날개를 움직여 날았다(그것은 브라우닝 부인의 생
쥐들이 행동하는 방식이다). "그것은 영광스럽게도 우리 자신을 잊고
책의 아름다움과 진실의 보람에 자극을 받아 영혼을 앞세워 책의 심
연 속으로 곤두박질치는 때이며, 바로 그때 우리는 책에서 올바르고
좋은 것을 얻을 수 있다." 그래서 그녀는 사촌 롬니^{Romney}가 산책하자
고 부를 때까지, 또는 "신체를 잘 그리는 사람은 그 함축적 의미로 영
혼을 그린다고 생각하기 때문에 사람들이 제대로 취급하지 않는" 화
가 빈센트 캐링턴^{Vincent Carrington}이 창문을 톡톡 두들길 때까지 계속 읽

---

8 태고의 고생물로 코끼리와 비슷하게 생긴 동물.

었다.

이렇게 《오로라 리》제1권을 대략 발췌한 것으로 그 내용을 제대로 전달할 수는 없다. 그러나 오로라의 충고처럼 영혼을 앞세워 곤두박질하면서 그 원본을 재빨리 섭렵함으로써 우리는 무수한 인상들을 배열해야 한다는 사실이 절박해짐을 발견한다. 이 인상 가운데 첫째이자 가장 널리 퍼져 있는 것은 작가의 존재감이다. 작중인물인 오로라의 목소리와 주위의 상황을 통해 엘리자베스 배럿 브라우닝의 특질이 우리 귀에 울린다. 브라우닝 부인은 더 이상 자신을 감출 수 없었다. 이는 예술가의 불완전성을 나타내는 징후이지만, 동시에 인생이 필요 이상으로 예술을 침해하고 있다는 뜻이기도 했다. 우리가 그 책을 읽을수록 오로라라는 허구 인물이 실제의 인물인 엘리자베스에 대한 빛을 던져 주는 것 같다. 우리는 그녀가 십대 초반에 그 시의 착상을 떠올렸음을 기억해야 한다. 그때는 여성의 예술과 인생이 너무 가까워 자연스럽지 못할 정도였다. 가장 엄격한 비평가도 책에 시선을 고정해야 할 때 육신을 다루어야 하는 시기였다. 그리고 모두가 알다시피 엘리자베스 배럿의 인생은 가장 확실하고 개성적인 재능에 영향을 미쳤다. 배럿의 어머니는 그녀가 어릴 때 세상을 떠났고 그녀는 남몰래 책을 많이 읽었다. 그녀가 따랐던 오빠는 익사했고 그녀는 건강이 나빠졌다. 그리고 아버지의 폭압으로 수녀원에 갇히다시피 윔폴 가의 침실에 감금되었다. 하지만 이런 잘 알려진 사실을 되풀이하기보다 그런 사실들이 그녀에게 미친 영향에 대한 그녀의 이야기를 읽는 편이 더 나을 것이다.

나는 오직 내면에 슬픔을 간직한 채 강한 감정을 위해 살아왔다. 병 때문에 칩거하기 이전부터 칩거했으니, 나보다 더 사회를 보지 못하고 듣지 못하고 알지 못하는 젊은 여성은 없다. 이제 나는 젊다고 할 수 있다. 나는 시골에서 자랐고, 사교 생활의 기회 없이 책과 시를 가슴에 간직했고 공상에 빠져 있었다. (……) 시간은 그렇게 지나갔고, 그 후 내가 병에 걸리고 (……) (한때는) 또다시 방의 문턱을 넘을 수 없으리라고 생각했다. 그때 나는 비통한 심정으로 (……) 떠나려 한 이 사원에 멍하니 서 있었으며, 인간성이라고는 본 적이 없고, 지상의 내 형제자매는 이름일 뿐이며, 내가 커다란 산이나 강을 실제로 본 적이 없다는 데에 생각이 이르렀다. (……) 이러한 무지가 내 예술에 얼마나 불리한지 알았겠는가? 내가 계속 살면서 이 칩거에서 벗어나지 못한다면, 여러분은 내가 신호를 받으려고 애를 쓰는, 즉 내가 장님 시인 같다고 느끼지 않을까? 물론 어느 정도 보상은 있다. 충분한 내면 생활을 했고, 자의식과 자기 분석의 습관을 통해 인간성에 대해 훌륭한 추측을 할 수 있다. 하지만 시인으로서 나는 책에서 얻은 이 잡동사니에 지나지 않는, 무겁기만 하고 아무짝에도 쓸모없는 지식을 기꺼이 교환하고자 한다. 인생과 남자 경험, 또 다른……

그녀는 말줄임표로 말을 마치며, 우리는 그녀가 말을 멈추는 틈을 타 다시 한 번 《오로라 리》로 돌아갈 수 있다.

그녀의 인생은 시인으로서의 그녀에게 어떤 손상을 주었을까? 우리는 그것이 대단했다는 사실을 부인할 수 없다. 《오로라 리》나 《서간집》을 보면 진정한 남녀에 대한 시에서 찾아낸 그 자연스러운 표현이 고독에서 얻은 이점은 아니라는 사실이 분명하기 때문이다. 자연스러운 표현은 간혹 그 두 책 사이에서 메아리친다. 서정적이거나 학구적이며 까다로웠다면 표현을 완벽하게 만드는 데 칩거와 고독을 즐겼을지도 모른다. 테니슨은 깊은 시골에서 책과 함께 사는 것 이상을 요구하지 않았다. 하지만 엘리자베스 배럿은 생기 넘치고 세속적이었으며 풍자적이었다. 그녀는 학자가 아니었다. 그녀에게 책은 목적이 아니라 생활을 위한 대체품이었다. 그녀가 열심히 책을 읽었던 이유는 풀밭에서 깡충깡충 뛰노는 일이 금지되어 있었기 때문이다. 그녀는 살아 있는 남녀와 정치에 관해 논쟁하는 일이 허락되지 않을 것이므로 아이스킬로스와 플라톤과 씨름했다. 그녀가 불구의 몸으로 좋아했던 책은 발자크Honoré de Balzac[9]와 조르주 상드, 다른 "불멸의 점잖지 못한 작품들"이었다. 왜냐하면 "그들이 내 생활에 어느 정도 색조를 유지해 주었기" 때문이다. 그녀가 감옥의 창살을 부수었을 때, 열렬하게 그 순간의 생활에 자신을 내맡긴 것보다 더 놀라운 사실은 없었다. 그녀는 카페에 앉아 지나가는 사람들을 관찰하기를 좋아했다. 그리고 논쟁, 정치, 현대 생활의 투쟁도 좋아했다. 과거와 그 폐허, 심지어 이탈리아의 과거와 폐허는 흄David Hume 씨[10]의 이론이나

---

9 1799~1850, 프랑스의 소설가. 사실주의의 선구자로 작중인물의 재등장 수법을 썼다. 나폴레옹의 숭배자였다.
10 1711~1776, 영국의 철학자.

프랑스 황제 나폴레옹Napoleon의 정치만큼 그녀의 관심을 끌지 못했다. 이탈리아의 회화, 그리스의 시는 그녀의 독창적인 독립성이 실제의 사실들에 적용될 때 그것과 기이한 대조를 이루면서 그녀에게 서툴고 틀에 박힌 열광을 불러일으켰다.

그녀의 천성이 그러므로, 깊숙한 병실에서 시의 소재로 현대 생활을 다룬다고 해서 놀라운 일은 아니다. 그녀는 현명하게도 자신의 탈출이 지식과 균형감을 이룰 때까지 기다렸다. 하지만 여러 해 동안의 칩거는 예술가로서의 그녀에게 돌이키기 어려운 손상을 가했다. 그녀는 외부와 차단된 채 살았으므로 밖에서 일어나는 일은 짐작할 뿐이었고 내부의 일은 불가피하게 확대했다. 플러시Flush라는 스패니얼 강아지를 잃은 일이 그녀에게는 다른 여자가 자식을 잃은 사건과 같고, 담쟁이가 유리창을 두드리는 소리는 그녀에게 질풍 속에서 나무가 몸부림치는 소리가 되었다. 모든 소리가 확대되고 모든 사건이 과장되었다. 병실은 깊은 침묵에 빠져 있고 윔폴 가의 단조로움은 강렬했다. 마침내 "거실로 달려가서 가면 없이 그 시대의 인간성과 마주하면서 진실을 명확하게 이야기할" 수 있게 되었을 때, 그녀는 너무 허약해 그 충격을 이겨내지 못했다. 보통의 햇빛, 현재의 소문, 여느 때와 다름없는 사람들의 왕래는 그녀를 황홀하게 만들었다. 동시에 너무 많이 보고 너무 많이 느끼는 바람에 자신이 무엇을 느끼고 무엇을 보았는지 전혀 알지 못하는 상태로 만들어 버렸다.

소설과 같은 시《오로라 리》는 걸작이 될 수도 있었지만 걸작이 아니다. 미완성의 걸작, 천재성이 태어나기 전 단계에서, 분산되고 동요한 채 떠다니면서 걸작을 만들기 위한 창조적인 힘의 마지막 움직임을 기다리는 작품이다. 자극적이면서 따분하고, 볼품없으면서도 웅변적이고, 기괴하면서도 아름다워 독자인 우리를 압도하는가 하면 당황스럽게 만든다. 하지만 그 작품은 여전히 우리의 관심을 끌며 우리의 존경을 불러일으킨다. 왜냐하면 우리가 그것을 읽는 동안 그녀의 잘못이 무엇이든, 브라우닝 부인은 작가의 작품과 사생활을 독립적으로 개인과 별개의 것으로 생각하기를 바라는, 사심 없이 모험의 위험을 감수하는 희귀한 작가들 가운데 한 명이기 때문이다. 그녀의 '의도'는 살아남았고, 그녀에 관한 이론은 그녀가 실제적으로 잘못 적용한 많은 것을 되살려 낸다. 제5권에 나오는 오로라의 주장을 요약하고 단순화시킨 그 이론은 대략 다음과 같다. 시인의 진정한 임무는 샤를마뉴Charlemagne[11]의 시대가 아니라 그들의 시대를 제시하는 것이다. 롤랑Roland[12]과 그의 기사들이 론체스발레스Roncesvalles[13]에서 보인 것보다 더 많은 열정이 집 안 거실에서 일어난다는 것이다. "현대의 광택제, 코트, 주름 장식에서 몸을 움츠린 채 그림에서 나오는 토가toga[14] 등을 찾는 일은 불행하며 어리석다." 왜냐하면 살아 있는 예술은 현실 생활을 제시하고 기록하는 것이고 우리가 진정으로 알 수

---

11 742~814, 프랑크 왕국의 제2대 국왕.

12 ?~778, 프랑크 왕국의 제후로서 전설과 문학 작품의 주인공으로 유명해짐.

13 프랑스와의 국경 지대에 있는 에스파냐의 작은 마을. 이곳에서 샤를마뉴가 이끄는 군대의 후위를 맡은 롤랑이 바스크 부족의 공격을 받아 전사했다.

14 고대 로마의 남성이 시민의 표적으로 입었던 낙낙하고 긴 겉옷.

있는 유일한 현실 생활은 우리 자신의 생활이기 때문이다. 그렇다면 현대 생활에 관한 시는 어떤 형식을 취할 것인가, 그녀는 자문한다. 연극은 비굴하고 온순한 희곡만이 성공의 기회를 잡을 수 있으므로 이들은 불가능하다. 게다가 (1846년의) 우리가 말하려는 인생은 "무대, 배우, 프롬프터, 가스등, 의상 등과 어울리지 않는다. 우리의 무대는 영혼 그 자체이다." 그렇다면 그녀는 무엇을 할 수 있을까? 그 문제는 어렵다. 아무리 노력해도 결과는 만족스럽지 않았지만 그녀는 책의 모든 페이지에 피를 토하는 심정으로 글을 써 내려갔고 나머지에 대해서는 "내가 형식이나 외적인 것에 대해 덜 생각할 수 있도록 해 주기 바란다. 정신을 믿어라. (⋯⋯) 계속 불을 질러 불길이 저절로 제 모양을 갖추게 하라"고 말했다. 그래서 불이 이글거리고 불길은 높이 타오른다.

시에서 현대 생활을 다루고 싶은 욕망은 미스 배럿에게만 있던 것이 아니었다. 로버트 브라우닝도 평생 동안 똑같은 야심을 지니고 있었다고 말했다. 코벤트리 패트모어Coventry Patmore 의 《집 안의 천사The Angel in the House》와 클러프Arthur Hugh Clough 의 《보시Bothie》도 모두 《오로라 리》보다 몇 년 앞선 같은 시도였다. 그것은 자연스러운 일이었다. 소설가들은 의기양양하게 산문으로 현대 생활을 다루고 있었다. 《제인 에어Jane Eyre》, 《허영의 시장Vanity Fair》, 《데이비드 코퍼필드David Copperfield》, 《리처드 페버럴Richard Feverel》 등은 1847년과 1860년 사이에 앞서거니 뒤서거니 하면서 나왔다. 시인들도 오로라 리와 더불어 현대 생활 그 자체의 강렬함과 의미를 느꼈을 것이다. 그런데 왜 이들

결과물이 산문 작가들의 무릎 위에만 떨어지는 것일까? 시골 생활, 거실 생활, 클럽 생활, 거리 생활 등의 유머와 비극이 큰 소리로 탄성을 지를 때, 시인들은 왜 샤를마뉴와 롤랑, 토가, 그림 같은 동떨어진 것으로 돌아가야 할까? 시가 인생을 다루었던 옛 형식인 연극이 낡기는 했지만, 연극을 대신할 수 있는 것은 그것밖에 없지 않은가? 시의 신성함을 확신한 브라우닝 부인은 곰곰이 생각하고 가능한 대로 실제적인 경험을 많이 파악한 뒤 마침내 아홉 권의 무운시를 통해 브론테 자매와 새커리 같은 작가들에게 도전했다. 그녀는 쇼어디치 Shoreditch[15]와 켄징턴에 대해, 고모와 교구 목사에 대해, 롬니 리Romney Leigh[16]와 빈센트 캐링턴Vincent Carrington[17]에 대해, 메리언 얼Marian Erle[18]과 하우 경Lord Howe[19]에 대해, 최신 유행의 결혼식과 단조로운 교외의 거리들, 보닛과 구레나룻, 사륜마차, 철도의 열차 등에 대해 무운시를 통해 노래했다. 그녀는 시인들이 기사와 귀부인, 성의 궁정 등에 대해서뿐 아니라 그들까지도 다룰 수 있다고 외쳤다. 하지만 그럴 수 있을까? 시인이 소설가의 영역에 살그머니 들어와, 서사시나 서정시가 아니라 움직이고 변화하며 이해와 열정에 의해 자극을 받는 사람들(빅토리아 여왕 치세의 중반기에 살고 있는 우리들)의 이야기를 할 때

---

15 런던의 한 구역.
16 《오로라 리》에서 오로라 리의 사촌.
17 《오로라 리》에 등장하는 화가.
18 《오로라 리》에 등장하는 오로라 리에 버금가는 여주인공.
19 《오로라 리》의 등장인물.

어떻게 되는지 살펴보자.

먼저 줄거리가 있다. 이야기가 전달되어야 한다. 시인은 어떻게 해서든 우리에게 그의 주인공이 저녁 식사에 초대되었다는 정보를 전달해야 한다. 이것은 가능하면 조용히 산문적으로 전달할 진술이다. 예컨대 다음과 같다. "내가 아주 슬프게 그녀의 장갑에 입맞춤을 할 동안, 그녀의 아버지에게서 안부를 물으며 다음날 저녁 그들과 식사를 함께하자는 쪽지가 도착했다." 이것은 아무런 해가 없다. 하지만 시인은 다음과 같이 적어야 한다.

내가 슬픔에 젖어 그녀의 장갑에 입맞춤을 할 동안,

그녀에게 온 쪽지를 내 하인이 가지고 왔으며, 거기에는

아버지가 그녀에게 자신의 사랑을 전하며,

그리고 다음날 내가 그들과 함께 식사를 할 것인지 물었다!

이것은 우스꽝스럽다. 단순한 말들이 점잔 빼는 태도를 취하고, 그 말들을 우습게 만드는 강조를 하고 있다. 그럼 또 시인은 대화를 어떻게 처리할 것인가? 브라우닝 부인이 우리의 무대는 이제 영혼이라고 말할 때 시사했던 것처럼 현대 생활에서는 혀가 칼을 대신하게 되었다. 인생의 찬란한 순간, 인물에 대한 충격 등은 대화를 통해서 이루어진다. 하지만 시가 사람들의 입술에서 나오는 말을 뒤쫓으려면 끔찍하게 방해를 받는다. 그의 옛 사랑이었던 메리언이 다른 남자와의 사이에서 낳은 아이에 대해 이야기하는 격한 감정의 순간에 롬니

가 하는 말에 귀를 기울여 보라.

> 내가 이 아이에게 하듯 하느님께서 내게 아버지 노릇을 하는지 몰라,
>
> 그러니 내가 이 아이에게 고아가 되었다고
>
> 느끼게 하더라도 용서하라. 이제 나는 그 아이를 데려가
>
> 내 컵을 함께 나누고, 내 무릎 위에 재우며,
>
> 내 발 옆에서 아주 소란스럽게 깡충깡충 뛰어다니고,
>
> 사람들 앞에서 내 손가락을 잡으며 (……)

이렇게 계속된다. 간단히 말해 브라우닝 부인이 현대의 거실에서 그처럼 오만하게 경고했던, 엘리자베스 시대의 여느 주인공과 마찬가지로 롬니는 고함을 지르고 비틀거린다. 무운시는 생생한 말의 무자비한 적임을 스스로 입증했다. 운문이 밀려와 요란하게 움직이는 가운데 던져지는 대화는 고조되고 수사적이며 자극적이다. 그리고 행동이 배제되어 있으므로 대화가 계속되면 독자들의 마음은 단조로운 리듬 아래 굳어지고 흐릿해진다. 작중인물의 감정보다 자신의 즐겁고 쾌활한 리듬을 뒤쫓는 브라우닝 부인은 일반화와 장광설에 휩싸인다. 본인이 선택한 시의 성격 때문에 그녀는 어쩔 수 없이 소설가가 산문에서 서서히 인물을 구축해 나가는 데 사용하는 더욱 적고 더욱 미묘하며 더욱 숨겨진 감정의 색조를 무시한다. 변화와 발전, 한 인물이 다른 인물에게 미치는 효과, 이 모든 것이 포기된다. 시는 하나의 긴 독백이 되고, 우리에게 알려진 유일한 인물은 오로라 리이

고 우리에게 던지는 유일한 이야기는 그녀의 이야기이다.

따라서 만약 브라우닝 부인이 등장인물을 면밀하고 미묘하게 드러내고 사랑하는 사람들의 관계를 밝히며, 이야기가 단호하게 전개되는 소설과 같은 시를 추구했다면, 그녀는 완전히 실패한 셈이다. 하지만 일반적인 인생에 대한 감각, 그들 시대의 문제점과 싸우고, 그 모든 것이 시의 불길에 의해 밝혀지고 강렬해지며 꽉 채워지는, 빅토리아 시대 사람들에 대한 감각을 우리에게 주려고 했다면 그녀는 성공했다. 사회 문제에 대한 열정적인 관심을 지니고 여성 예술가로서 갈등하며 지식과 자유를 동경하는 오로라 리는 그 시대의 진정한 딸이다. 사회 문제에 대해 깊이 생각하다가 불행하게도 슈롭셔에 사회주의적 생활 공동체를 세운 롬니 역시 높은 이상을 간직한 빅토리아 중기의 신사가 분명하다. 고모, 의자의 덮개, 오로라가 탈출하는 시골 저택은 아주 사실적이며, 지금 이 순간에도 토트넘 코트 로드 Tottenham Court Road[20]에서 높은 가격을 받을 수 있을 정도이다. 더욱 광범위한 측면에서 이들이 빅토리아 시대 사람처럼 느껴지는 이유는 트롤럽Anthony Trollope이나 개스켈 부인Elizabeth Gaskell이 쓴 어느 소설과 마찬가지로 확실하고 생생하기 때문이다.

만약 우리가 산문의 소설과 소설 같은 시를 비교한다고 하면, 승리가 모두 산문의 몫은 아니다. 소설가라면 따로 다루었을 열 가지가 넘는 장면이 하나로 압축되어 묘사되거나 의도적인 여러 페이지의

---

[20] 런던 중심부를 관통하는 주요 도로의 하나.

설명이 한 줄로 융합되어 묘사된 페이지를 읽노라면 우리는 시인이 산문 작가를 능가한다고 느낄 수밖에 없다. 그녀의 지면은 산문 작가의 지면보다 두 배나 가득 차 있다. 등장인물들도 갈등을 일으키는 것처럼 보이지 않고, 풍자화가의 과장법으로 거두절미되거나 요약되지만 점진적인 접근법을 가진 산문으로서는 경쟁할 수 없는 높은 상징적인 의미를 지닌다. 시장, 일몰, 교회 등 사물의 종합적인 측면은 시의 압축과 생략에 의해 화려함과 지속성을 지니며, 그것은 산문 작가와 그가 천천히 조심스럽게 세부적인 내용을 축적하는 방법을 조롱한다. 이런 이유 때문에 《오로라 리》는 온갖 불완전성에도 불구하고 아직까지 살아 호흡하고 그 존재를 유지한다. 그리고 베도스Thomas Lovell Beddoes 나 헨리 테일러 경Sir Henry Taylor 의 희곡이 그들의 모든 아름다움에도 불구하고 얼마나 정적이고 차가우며, 그 희곡들이 로버트 브리지스Robert Bridges [21] 가 쓴 고전적인 연극의 휴식을 방해하지 않는다는 점을 생각하면, 거실로 달려가면서 우리가 살면서 일하는 그 거실이야말로 시인들에게 어울리는 곳이라고 했던 엘리자베스 배럿이 천재가 아닐까 하고 우리는 생각하기도 한다. 여하튼 그녀의 용기는 자신에게는 정당화되었다. 그녀의 나쁜 취향, 고통을 겪은 그녀의 재간, 허둥지둥하고 혼란을 느끼는 그녀에게는 그녀의 성급한 언행에 치명적인 상처를 내지 않고 소비되는 공간이 있었다. 그리고 그녀의 열정과 풍족함, 화려한 묘사, 날카롭고 신랄한 유머가 그녀의 열의와

---

21 1844~1930, 영국의 시인.

함께 우리에게 전해진다. 터무니없다, 불가능하다, 더 이상 이 과장을 용인할 수 없다며 우리는 항의하며 불평하지만 매혹된 채로 끝까지 읽는다. 저자로서 더 이상 무엇을 요구할 수 있을까? 우리가《오로라 리》에게 바칠 수 있는 가장 훌륭한 찬사는 왜 후계자를 남기지 않았느냐는 원망이다. 분명히 거리와 거실은 기대할 만한 주제이다. 현대 생활도 영감의 원천이 될 수 있다. 그러나 엘리자베스 배럿 브라우닝이 긴 의자에서 일어나 거실로 들어가면서 시작한 스케치는 미완성으로 남아 있다. 시인들의 보수주의나 수줍음 때문인지 아직도 현대 생활의 주된 영감들은 소설가들에게 약탈 당하고 있다. 조지 5세[23] 시대의 우리에게는 소설 같은 시가 없다.

---

23 1865~1936, 영국왕으로 재위 연도는 1910~1936.

어느 백작의 질녀
The Niece of an Earl

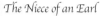
The Niece of an Earl

장군, 조카딸, 백작, 코트가 없으면 영국의 소설에 어떤 일이 벌어질지 우리는 상상할 수 없다. 영국 소설은 그 성격을 바꾸어 우리가 더 이상 소설을 알지 못하게 할지도, 사라져 버릴지도 모른다. 어쩌면 우리가 시극을 제대로 쓰지 못하는 것처럼, 우리 후손들은 소설을 제대로 쓰지 못할지도 모른다. 진정 민주적인 시대의 예술은, 뭐라고?

아주 미묘해서 그 중요성에도 불구하고 제대로 거론되지 못하는 픽션의 관점이 있다. 우리는 침묵 속에 계급의 구분을 지나친다. 사람은 누구나 똑같이 훌륭하게 태어나지만, 그러나 영국 소설은 사회적 계급의 높고 낮음에 물들어 있어 그것이 없으면 소설은 쓰여지지 못할 것이다. 메러디스가 《오플 장군과 레이디 캠퍼의 경우The Case of General Ople and Lady Camper》에서 "그는 레이디 캠퍼를 모시겠다는 말을 전하게 한 뒤 바로 화장실로 들어갔다. 그녀는 어느 백작의 질녀였다"고 하면, 모든 영국인들은 그 언급을 거부감 없이 받아들이며 메러디스가 옳다고 생각한다. 이런 상황에서 장군이라면 분명 입고 있는 코트를 다시 솔질했을 것이다. 왜냐하면 장군이 레이디 캠퍼와 같은 계층일 수도 있지만 우리는 그렇지 않다고 생각하기 때문이다. 그는 그녀의 신분에 충격을 받았다. 백작, 준남작, 기사 등 어느 작위도 그를 보호해 주지 않았다. 그는 단지 영국의 신사, 가난한 신사일 뿐이었다. 그러므로 심지어 지금까지 영국 독자들은 레이디 앞에 나서기 전에 '화장실에 가는 것'이 당연하다고 생각한다.

사회 계층의 구분이 사라졌다는 생각은 소용없는 일이다. 사람들은 그 같은 제약을 알지 못하고, 그가 속한 계층은 그에게 세상을 자유롭게 출입하도록 허용하는 체한다. 하지만 그것은 착각이다. 여름날 산책을 즐기는 한가한 사람들은 날품팔이 여자가 두른 숄이 성공한 사람들의 비단을 포장하는 데 이용되는 광경을 보고, 상점 아가씨들이 자동차 앞 유리에 코가 눌릴 정도로 얼굴을 바짝 갖다 대는 모습을 보고, 조지 국왕이 참석한 행사장의 입장을 기다리는 밝은 빛의 젊은이와 근엄한 늙은이도 본다. 거기에 증오는 없겠지만 소통도 없다. 우리는 구분되어 있고 단절되어 있다. 소설의 거울에 자신을 비춰 보면 우리는 그 사실을 바로 알아차린다. 소설가, 특히 영국의 소설가는 사회를 칸이 있는 유리 상자로 생각하고, 이들 각각의 칸에 그 자체의 특별한 습관과 자질이 있음을 알고 기뻐하는 것 같다. 그는 세상에는 백작들이 있고 백작들에게는 조카딸이 있음을 안다. 그리고 세상에는 장군들이 있고 장군들은 백작의 질녀를 방문하기 전에 코트를 솔질한다는 사실을 안다. 그러나 이는 그가 알고 있는 기본 정보일 뿐이다. 메러디스는 몇 페이지만 넘겨도 백작들에게 조카딸이 있다는 사실, 장군들에게도 사촌이 있고 그 사촌에게 친구가 있다는 사실, 그 친구에게는 요리사가 있으며 그 요리사에게 남편이 있다는 사실, 그리고 장군의 사촌의 친구의 요리사의 남편은 목수라는 사실까지 알려 준다. 이들은 각자 자신의 유리 상자 안에 살며, 소설가가 다루어야 하는 특질을 갖고 있다. 사실 이렇게 표면적으로 드러난 중산층의 광범위한 평등은 이런 것이 아니다. 대중들 사이에서 한 남자를 다른 남자들과, 한 여자를 다른 여자들과 구분하는 일은 호기심을 자아내지만, 그들의 이름만으로 구분하기에 그 가능성은 희박하고 모호하며 무능하다. 또한 인간 사이의 교류라는 대사업을 혼란시킨다. 그리고 우리가 백작의 조카딸부터 장군 사촌의 친구까지 이 모든 등급을 조심스럽게 밟아 나가더라도 여전히 어떤 깊은 간격과 마주친다. 우리 앞에서 깊은 간격이 하품을 하는 것이다. 그 간격 반대편에는 노동자 계급이 있다. 제인 오스틴과 같은 완벽한 판단과 취향의 작가도 깊은 간격을 가로질러 쳐다보지 않는다. 제인 오스틴은 그녀 자신의 특별한 계층만 다루며 그 내부에도 끝없는 구분이 있음을 깨닫는다. 하지만 메러디스같이 활발하며 호기심이 많고 전투적인 작가는 탐구하고 싶은 유혹을 이겨낼 수 없다. 그는 사회 계층을 아래위로 돌아다니고, 하나의 음을 다른 음과 비교하며, 백작과 요리사, 장군과 농부가 스스로 말을 하고, 영국의 문명 생활이라는 극도로 복잡한 희극에서 각자의 역할을 맡아야 한다고 주장한다.

그의 이런 시도는 당연한 일이었다. 희극적인 정신과 만난 작가는 이들 구분을 즐긴다. 그 구분은 그에게 제어할 것과 가지고 놀 것을 준다. 백작의 조카딸과 장군의 사촌이 없는 영국 소설은 건조한 황무지이다. 러시아 소설과 비슷해질 것이다. 영혼의 거대함과 인간의 형제애에 의지할 수밖에 없게 되고 러시아 소설처럼 희극을 잃게 될 것이다. 우리는 백작의 조카딸과 장군의 사촌에게 많은 빚을 지고 있음을 깨닫지만, 이들 풍자극이 주는 즐거움이 우리가 지불하는 가격만큼의 가치가 있는지는 의심스럽다. 가격이 높기 때문이다. 특히 소설가의 부담이 엄청나다. 메러디스는 단편 두 권에서 용감하게 모든 간극에 가교를 놓고, 그의 걸음에 여섯 가지의 서로 다른 수준을 부여하려고 시도한다. 백작의 조카딸로서 말하다가, 다음에는 목수의 아내로서 말하기도 한다. 하지만 그의 과감한 시도가 성공적이라고는 할 수 없다. 백작 조카딸은 그다지 신랄하거나 날카롭지 않은 것 같다(근거는 없을 것이다). 귀족 제도는 그가 자신의 위치에서 바라보는 것만큼 아주 높거나 무뚝뚝하거나 괴벽스럽지 않을지도 모른다. 하지만 그가 성공적으로 창조한 인물은 비천한 사람들이 아니라 훌륭한 사람들이다. 그의 작품에 나오는 요리사들은 너무 노련하고 토실토실하고, 농부들은 너무 불그스레하고 세속적이다. 식물의 속과 수액을 너무 많이 취하고, 주먹을 흔들거나 허벅지를 치는 경우가 너무 많다. 그는 농부와 요리사와 멀리 떨어져 있어 그들에 대해 쉽게 글을 쓸 수 없었던 것이다.

소설가, 특히 영국의 소설가는 다른 예술가에게는 영향을 끼치지 않는, 장애가 되는 요소들의 영향을 받는다. 바로 그의 출생과 같은 것이다. 소설가는 운명적으로 자신과 같은 사회 계층의 사람들만 알 수 있고 그래서 이해심을 갖고 묘사할 수 있다. 그는 자신이 자란 상자에서 벗어날 수 없다. 소설의 조감도에서 디킨스의 작품에는 신사가 없고, 새커리의 작품에는 노동자가 없다. 제인 에어를 레이디라고 부르기는 망설여진다. 미스 오스틴의 작품에 나오는 엘리자베스와 에마도 오스틴 아닌 다른 사람으로 생각할 수 없다. 공작이나 쓰레기 청소부를 찾는 것도 헛일이다. 그런 극단적인 인물이 등장하는 소설이 있을지도 의문스럽다. 따라서 소설이 우리의 짐작보다 훨씬 하찮으며(결국 소설가들이 훌륭한 해석자이기도 하므로), 우리는 사회의 상부나 하부에서 일어나는 일을 알 수 없다는 우울하고 감질나는 결론에 이른다. 실제로 우리에게는 이 땅에서 가장 높은 사람의 감정을 추측할 수 있는 증거가 없다. 국왕은 어떻게 느낄까? 공작은 어떻게 생각할까? 우리는 말할 수 없다. 왜냐하면 이 땅에서 가장 높은 사람은 자신들에 대해서 글을 쓴 적이 없기 때문이다. 루이 14세가 그의 궁정을 어떻게 보았을지 우리는 알지 못한다. 영국의 귀족 제도는 귀족들의 진정한 모습은 남기지 않은 채 존재를 상실하거나 평민들과 통합될 것 같기도 하다.

그러나 귀족 제도에 대한 무지는 노동 계급에 대한 무지와 비교하면 아무것도 아니다. 영국이나 프랑스의 모든 시대를 막론하고 훌륭한 가정에서는 유명한 사람들을 저녁 식탁에 즐겨 초대했다. 따라서 새커리, 디즈레일리[1]Benjamin Disraeli, 프루스트 등은 귀족 생활에 대해 쓰는 데 권위를 가질 만큼 그 내면과 유행에 친숙했다. 그러나 불행하게도 문학적인 성공이 사회 계층의 상승을 의미하지 않았고, 사회

---

1 1804~1881. 영국의 소설가이자 정치가.

계층의 확장을 의미하지도 않았다. 유명세를 타는 소설가는 배관공 부부에게 총알고둥을 안주로 함께 진을 마시자고 들볶이지 않는다. 그의 책으로 인해 고양이 먹이를 먹는 사람과 만나게 되거나, 대영 박물관 정문 앞에서 성냥이나 구두끈 파는 노파와 편지를 주고받게 되지도 않는다. 그는 부유해지고 존경 받으며, 이브닝 슈트 한 벌을 마련해 귀족들과 식사를 한다. 따라서 성공적인 소설가들의 후기 작품들을 보면 소설가의 사회적 신분이 약간 상승했음을 느낄 수 있다. 우리는 성공적인 사람들이나 저명한 사람들의 모습을 더 많이 접하게 된다. 반면 셰익스피어 시대에 등장했던 나이 많은 쥐잡이나 역참의 마부 등은 아예 사라지거나 불쾌하게도 동정의 대상이나 호기심을 느낄 만한 사물이 된다. 소설가들은 부자들을 드러내고 사회 체제의 악을 지적할 수 있다. 그들은 초서가 그랬듯 더 이상 단순히 그들 자신이 아니다. 노동자들이 자신의 삶에 대해 그들의 언어로 글을 쓰는 일은 불가능해 보이기 때문이다. 글을 쓰는 일은 소설가들을 자의식적으로 만들기도, 계급 의식적으로 만들기도 하고, 동시에 그들의 계급에서 자신을 제거해 버리게 만들기도 한다. 작가들이 매우 행복하게 글을 쓸 수 있는 익명성의 그늘은 중산층만의 특권이다. 중산층에서 작가들이 쏟아져 나온다. 들판에서 괭이질을 하거나 건물을 세우는 것처럼 오직 중산층에서 자연스럽고 습관적으로 글쓰기가 이루어진다. 따라서 바이런은 키츠보다 시인이 되기 훨씬 힘들었을 것이며, 가게 점원이 《실낙원》을 쓰는 일만큼 공작이 훌륭한 소설가가 되는 일은 어려웠다.

그러나 모든 것은 변한다. 계급의 구분이 지금처럼 항상 엄격하지는 않았다. 이 점에서 엘리자베스 시대는 지금보다 훨씬 더 탄력적이었고 빅토리아 시대는 지금보다 훨씬 더 개방적이었다. 따라서 우리는 세상에 있는 그 어떤 일보다 더 커다란 변화에 직면해 있을지 모른다. 다른 세기에서는 이런 구분이 계속되지 않을 것이다. 지금 우리가 알고 있는 공작이나 농가의 노동자는 살쾡이처럼 사라지고 오직 두뇌와 성격 같은 자연스러운 차이가 우리를 구분하는 데 사용될 것이다. 오플 장군(아직도 장군이 있다면)은 그의 코트(아직도 코트가 있다면)를 솔질하지 않은 채 백작(아직도 백작이 있다면)의 조카딸(아직도 조카딸이 있다면)을 방문할 것이다. 하지만 장군, 조카딸, 백작, 코트가 없으면 영국의 소설에 어떤 일이 벌어질지 우리는 상상할 수 없다. 영국 소설은 그 성격을 바꾸어 우리가 더 이상 소설을 알지 못하게 할지도, 사라져 버릴지도 모른다. 어쩌면 우리가 시극을 제대로 쓰지 못하는 것처럼, 우리 후손들은 소설을 제대로 쓰지 못할지도 모른다. 진정 민주적인 시대의 예술은, 뭐라고?

조지 기싱
George Gissing

George Gissing

기싱은 항상 생각하고 있었기 때문에 항상 변화하고 있었다. 우리는 바로 그 점이 흥미롭다. 그는 젊었을 때 "우리의 모든 사회 체계가 지니는 섬뜩한 부정"을 보여 주는 책을 쓰겠다고 생각했다. 그 후 그는 바뀌었다. 그 임무가 불가능했거나 다른 취향들이 그를 다른 방향으로 나아가게 했다. (……) 글쓰기란 매우 어려운 일이며, 생애의 끝에 이르러서야 "문법적으로 크게 틀린 것이 없고 가까스로 조화가 잘 된 한 페이지를 쓸" 수 있을지 모른다고 기싱은 생각했다.

"런던 거리를 돌아다니며 파라핀유를 파는 사람이 있음을 아느냐?" 고 1880년 조지 기싱George Gissing[1]은 썼다. 이 말은 안개와 사륜 합승 마차, 단정치 못한 셋집 여주인, 고생하는 문필가들, 참담한 가정의 불행, 우울한 뒷골목, 야비한 노란색 예배당 등의 세계에 대한 기싱의 대표적인 표현이다. 또한 우리는 이 참담한 정경 위로 나무가 자라는 산, 파르테논 신전Parthenon의 기둥, 로마의 언덕들을 본다. 기싱은 불완전한 소설가 가운데 하나인지라 그의 생활은 그의 책에 등장하는 허구적인 사람들의 생활에 의해 희미하게 뒤덮여 있다. 우리는 그런 작가들과 예술적이기보다 개인적인 관계를 맺는다. 작가들의

---

1 1857~1903, 영국의 소설가겸 수필가. 빈민층을 사실적으로 묘사한 작가로 유명하다.

작업을 통하는 것과 마찬가지로 작가들의 생애를 통해 그들에게 다가간다. 특징이 있지만 위트는 거의 없고, 그들을 밝혀 주는 광채도 전혀 없는 기싱의 편지들을 다루는 일은, 《데모스Demos》[2], 《새로운 그러브 가New Grub Street》[3], 《암흑가The Nether World》[4] 를 읽을 때 들추기 시작한 설계도를 채우고 있다는 느낌이 든다.

그러나 여기에도 틈이 많고, 밝혀지지 않은 어두운 곳이 많이 남는다. 필연적으로 많은 정보가 누락된다. 기싱의 아버지는 아이들이 어릴 때 세상을 떠났고 가족은 가난했다. 형제는 많았고, 그들은 받을 수 있는 교육을 놓치지 않으려고 애썼다. 기싱의 여동생은 그가 배움에 대한 열정이 강했다고 말한다. 날카로운 청어 뼈가 목에 걸렸지만 수업에 빠지지 않기 위해 학교로 달려갔다고 한다. 그가 《바로 그거야That's It》라는 작은 책에서 밝힌 대로 "관심을 가질 만한 사실이라 생각했기 때문에" 잉어와 서대기가 낳는 엄청난 알을 그대로 베끼기도 할 만큼 지성에 대한 "압도적인 숭상"의 마음을 가졌다. 흰색 이마와 근시안이 있는 키 큰 소년은 여동생의 라틴 어 공부를 도와주면서 "조금도 성급해 하지 않고 똑같은 설명을 거듭 되풀이하며" 인내심 있게 가르쳤다고 그의 여동생은 기억했다.

어떤 면에서는 그가 사실을 존중했고, 어떤 사물에 대한 인상을 표

---

2 1886년에 발표된 기싱의 소설.
3 1891년에 발표된 기싱의 소설. 그러브 가는 가난한 작가나 신문 기자들이 많이 살던 런던의 거리였으며, 현재는 밀턴 가Milton Street로 개칭됨.
4 1889년에 발표된 기싱의 소설.

현하는 데에는 전혀 재능이 없어 보이기 때문에(그의 언어는 빈약하고 수사적이지 않다) 소설가가 되려 한 그가 행복했는지는 의심스럽다. 역사와 문학을 간직한 온 세상은 그에게 그의 마음속으로 세상을 끌고 가라고 권했다. 그는 열성적이고 총명했지만 셋방에 앉아 "우리 문명의 새로운 여명기에 더 나은 것을 위해 노력하는 진지한 젊은이들"에 관한 소설을 지어내야 했다.

소설의 기법은 무한히 적용된다. 1880년 무렵 기싱은 "진보된 급진당의 대변인"이 되고자 결심했고, 사회는 가난한 사람들의 끔찍한 조건과 사회의 섬뜩한 부정을 보여 주는 작가를 받아들일 준비가 되어 있었다. 그러니까 사회는 그런 것이 소설이라고 동의할 준비가 되어 있었지만, 그런 소설이 읽혀질 것인지는 의심스러웠다. 스미스 엘더 Smith Elder[5]의 편집자는 그 상황을 아주 간단하게 요약했다. "기싱 씨의 소설은 보통의 소설 독자를 즐겁게 해 주기에는 너무 고통스러우며 뮤디 씨의 도서관Mr. Mudie's Library[6]의 정기 회원을 매혹시킬 수 없는 장면을 다룬다." 그래서 기싱은 콩으로 식사를 대신하고 이즐링턴 Islington[7]의 거리에서 파라핀유를 사라고 외치는 사내들의 소리를 들으며 출판 비용을 자신이 부담했다. 그는 새벽 5시에 일어나 런던을 가로지르는 길의 반 정도를 터벅터벅 걸어 M씨를 지도했고, 이때 새벽

---

5 19세기에 많은 저작을 출판한 영국의 출판사.
6 회원들에게 돈을 받고 책을 빌려 주던 일종의 순회 도서관 가운데 하나.
7 런던 북쪽의 한 구역.

에 일어나는 습관을 갖게 되었다. M씨는 종종 다른 약속이 생겼다는 전갈을 보냈고, 그때는 《그러브 가》 생활의 침울한 기록에 한 페이지가 추가되었다. 우리는 문학의 씨앗이 뿌려지는 여러 문제들 가운데 하나와 대면한다. 작가는 콩으로 식사를 대신했고 새벽 5시에 일어나 런던을 가로질러 걸었으며 아직 M씨는 일어나지 않았다. 그리고 그는 인생의 투사처럼 나아가면서, 추한 것이 진실이고 진실이 추한 것이며, 그것이 우리가 알고 있는 전부이며 알아야 할 전부라고 주장한다. 하지만 그 소설은 그런 인식을 싫어하는 기미가 있다. 자신의 불행, 자신의 사지를 잘라 내는 듯한 수갑에 대해 격렬한 의식을 사용했고, 일반적인 인생에 대한 자신의 감각을 활발하게 한 것이 그 증거이다. 디킨스처럼 자신의 어린 시절을 감싸는 암흑에서 미코버 Micawber[8]나 갬프 부인Mrs. Gamp[9] 같은 눈부신 인물을 만들어 내는 일은 경탄할 만하지만, 독자의 공감을 사기 위해, 호기심을 자아내기 위해 개인적인 고통을 이용하는 것은 비참한 일이다. 상상력은 모든 것이 종합화될 때 가장 자유롭다. 공감을 요구하는 특수한 경우로 한정될 때 상상력은 그 힘을 잃고, 사소하고 개인적인 것이 된다.

동시에 작가와 그의 주인공을 동일시하는 공감은 매우 강렬한 열정이며, 그것은 책장을 빨리 넘기게 하고, 하나가 가지고 있는 작은 장점을 예술적으로 다른 하나에게 넘겨주고, 일시적으로 민감하게

---

8 찰스 디킨스가 창조한 가공인물.
9 찰스 디킨스가 창조한 등장하는 가공인물.

만들기도 한다. 비편Biffen[10]과 리어든Reardon[11]은 버터를 바른 빵과 정 어리를 먹는다고 혼잣말을 한다. 기싱 또한 그렇다. 비편의 외투는 저당 잡혀 있었고 기싱의 외투도 그랬다. 리어든은 일요일에 글을 쓸 수 없는데, 기싱도 그랬다. 우리는 고양이를 좋아한 사람이 리어든인 지, 휴대용 풍금을 좋아한 사람이 기싱인지 잊어버리기도 한다. 물론 리어든과 기싱 모두 중고 서적 판매대에서 기번Edward Gibbon[12]의 책을 사고 안개가 가득한 날 그 책을 운반했다. 그래서 소설을 읽는 일이 우리에게 작가의 얼굴을 찾도록 하는 퍼즐 게임처럼 되어 있다. 우리 는 이들 유사점 찾기를 계속하며, 한 번은 소설, 다른 한 번은 편지들 을 뒤적거리고 그것에 성공하면 우리의 얼굴에 작은 만족의 빛이 피 어오른다.

따라서 우리는 하디와 조지 엘리엇과는 다른 방식으로 기싱을 알 게 된다. 위대한 소설가들은 그의 작중인물 속으로 들어갔다가 나왔 다가 하면서 공통적으로 보이는 요소에서 몸을 씻는 반면, 기싱은 외 롭고 자기중심적이며 따로 떨어져 있다. 기싱의 빛은 가장자리 너머 에 있는 수증기와 유령뿐인 날카로운 빛들 중 하나이다. 하지만 이 날카로운 빛은 유별난 투시력이 있는 광선과 섞여 있다. 이렇게 편협 한 전망과 빈약한 감수성에도 불구하고 기싱은 마음의 힘을 믿고 사 람들을 생각하게 만드는 드문 소설가 가운데 한 사람이다. 따라서 그

---

10 기싱의 소설에 등장하는 가공인물.
11 기싱의 소설에 등장하는 가공인물.
12 1737~1794, 영국의 역사가.

의 작중인물들은 대다수의 가공인물과는 다르다. 열정의 끔찍한 위계는 약간 밀려나고 사회적인 속물근성도 없다. 버터와 빵을 사기 위해 돈이 필요하고 사랑은 부차적이다. 하지만 두뇌가 작용한다. 이것만으로도 우리에게 자유의 감각을 주기에 충분하다. 왜냐하면 생각하는 것은 복잡해지는 일이며, 경계를 넘어서는 일이고, '등장인물'이 되기를 멈추는 일이며, 정치나 예술, 관념의 생활에 각자의 사생활을 통합하는 일이고, 어느 정도는 성욕에만 의존하지 않고 관계를 가진다는 뜻이기 때문이다. 생활의 비인간적 측면도 거기에 적절하게 자리 잡고 있다. "사람들은 왜 인생에서 정말로 중요한 일에 대해서는 쓰지 않는 것일까?" 기싱은 작중인물 중 하나에게 그렇게 외치게 하며, 그 의외의 소리에 소설의 무거운 부담이 어깨에서 미끄러져 내려온다. 사랑보다 중요한 것, 공작 부인과의 만찬보다 황홀한 것 말고 다른 일에 대해 이야기하는 것이 가능한가? 여기서 기싱은 다윈이 살았고, 과학이 발전하고 있었고, 사람들은 책을 읽거나 그림을 보았고, 그리스 같은 곳이 있었음을 어렴풋하게 인정한다. 그의 책을 읽기가 고통스러운 이유는 바로 이러한 일들에 대한 의식 때문이며, 그리고 기싱의 소설이 "뮤디 씨의 도서관 정기 회원들을 매혹시키는 것"을 불가능하게 만든 것도 바로 이 때문이었다. 기싱 소설의 특유의 엄격함은 가장 많은 고통을 겪는 사람들이 그들의 고통을 사리에 맞는 인생관의 일부로 만들 수 있다는 사실에 있다. 느낌이 사라져도 생각은 계속된다. 그들의 불행은 개인의 패배보다 더 지속적으로 무엇인가를 표현하고 그것이 인생관의 일부가 된다. 따라서 우리가 기싱의 소설 하나를 다 읽고 나면 등장인물이나 사건이 아니라, 생각이 깊은 사람이 그에게 보인, 그대로의 인생에 대한 논평을 얻게 된다.

그러나 기싱은 항상 생각하고 있었기 때문에 항상 변화하고 있었다. 바로 그 점이 흥미롭다. 그는 젊었을 때 "우리 모든 사회 체계가 지니는 섬뜩한 부정"을 보여 주는 책을 쓰겠다고 생각했다. 그 후 그는 바뀌었다. 그 임무가 불가능했거나 다른 취향이 그를 다른 방향으로 나아가게 했다. 그는 마지막 믿음으로 다음과 같이 생각하게 되었다. "우리에게 알려진 완벽한 가치를 지니는 유일한 하나는 예술적 완벽성이다. (……) 예술가의 작품들은 (……) 세상에 대한 숭배의 원천으로 남아 있다." 따라서 더 나은 세상을 만들고자 하는 사람이라면 역설적이지만 세상에서 물러나 많은 시간을 홀로 보내면서 자신의 문장을 완벽하게 다듬어야 한다. 글쓰기란 매우 어려운 일이며, 생애의 끝에 이르러서야 "문법적으로 크게 틀리지 않고 가까스로 조화가 잘된 한 페이지를 쓸" 수 있을지 모른다고 기싱은 생각했다. 그가 훌륭하게 성공을 거둔 순간도 있다. 예컨대 다음은 런던의 이스트 엔드 East End[13]에 있는 어느 묘지를 기술한 것이다.

그 무시무시한 동쪽의 황무지가 끝나는 이곳에서 무덤 사이를 거니는 것은 죽음을 피할 수 없는 적나라한 운명과 손을 맞잡은 것과 같다. 그 정령은 저열한 운명의 차가운 짐 아래에서 아무것도 하지 못한다. 여기에

---

13 템스 강의 북쪽이자 런던 중심부의 동쪽에 자리 잡은 구역.

는 힘껏 일하기 위해 태어난 사람, 일로 지친 사람들이 아무 쓸모없는 호흡을 멈추고 망각으로 사라진 채 누워 있다. 그들에게는 낮이 없다. 다만 앞에 오는 밤과 그다음에 오는 밤 사이 겨울 하늘의 짧은 여명뿐이다. 그들에게는 아무런 갈망도 없고, 먼지 속에 휩쓸린 기억은 아무런 희망도 없다. 그들은 너무 지친 나머지 자식들을 잊어버렸다. 생명을 유지하기 위해 일하는 엄청난 군중 속에서 구분할 수 없는 아버지, 어머니, 자식이라는 이름은 운명이 그처럼 아까워한 온정과 사랑에 대한 어리석은 외침일 뿐이다. 그들의 좁은 안식처 위로 바람이 분다. 비가 내리자마자 흠뻑 젖는 모래투성이 토양은 그들의 노고를 받아들이고 재빨리 그들의 존재까지 빨아먹는 커다란 세상의 상징이다.

이 같은 구절은 모양이 새겨진 단단한 석판처럼 소설로 뒤덮인 난잡한 쓰레기더미 사이에 우뚝 서 있다.

기싱은 무엇이든 꾸준히 배웠다. 베이커 가$^{Baker Street}$[14]를 지나가는 열차들이 그의 창문으로 증기를 내뿜고, 아래층에 세든 사람이 그의 방을 흔들고, 여주인은 오만하고, 식품점 주인이 설탕 배달을 거절해 자신이 직접 가지고 올 수밖에 없으며, 안개가 그의 목을 잠기게 하고, 감기 때문에 3주 동안 아무하고도 말하지 못했지만 그래도 펜을 움직여 원고를 써야 했으며, 집 안의 재난에 맞닥뜨리면서 괴로워하는 동안에도(이 모든 것이 끔찍하게도 단조롭게 계속되었고, 그가 자신의

---

14 런던 중심부의 거리.

약한 성격을 탓할 수만은 없는 동안에도) 파르테논 신전의 기둥과 로마의 언덕은 여전히 안개와 유스턴 가^{Euston Road 15}의 생선튀김 가게 위로 솟아올랐다. 그는 그리스와 로마를 찾아가기로 결심했다. 그리고 정말로 아테네에 발을 내딛고 로마를 구경했으며, 죽기 전 시칠리아에서 투키디데스^{Thucydides 16}의 책을 읽었다. 그의 인생은 바뀌고 있었고, 인생에 대한 그의 언급 역시 바뀌고 있었다. 아마도 이전의 지저분함, 안개, 파라핀유, 술에 취한 셋집 여주인 등이 유일한 현실은 아니었을 것이다. 추함이 모든 진실은 아니며, 세상에는 아름다움도 있다. 그 자체의 문학과 문명을 지닌 과거가 현재를 단단하게 한다. 여하튼 훗날 출간된 그의 책은 빅토리아 여왕 시대의 이즐링턴에 관한 것이 아니라 토틸라^{Totila 17} 시대의 로마에 관한 것이었다. 그는 끊임없이 사색하면서 "사람이 두 가지 형태의 지능을 구분해야 하는" 어떤 시점에 이르고 있었다. 사람은 지성만을 숭배할 수 없다. 하지만 그는 사고의 지도에 자신이 이르렀던 지점을 표시하기 전에, 작중인물들과 여러 경험을 공유한 것처럼 그가 에드윈 리어든에게 주었던 죽음까지 공유했다. "인내심, 인내심." 그는 곁에서 자신의 죽음을 지켜보는 친구에게 말했다. 기싱은 불완전한 소설가였지만 교양이 높았던 사람이었다.

---

15 런던 중심가의 거리.
16 기원전 460?~400?, 그리스의 역사가.
17 ?~552, 동고트 왕국의 왕.

조지 메러디스의 소설

The Novels of George Meredith

The Novels of George Meredith

메러디스는 왜 사실적인 상식의 상당한 이점을 희생
시켰을까? 읽다 보면 알 수 있지만, 그가 복잡한 장면
이 아니라 화려한 장면에 대해 예민한 감각을 가지
고 있었기 때문이다. 그는 이 첫 작품에서 우리가 청
춘, 사랑의 탄생, 자연의 힘 등 추상적인 이름을 붙일
수 있는 장면을 차례로 만들어 나간다. 우리는 미친
생각의 말발굽 아래 모든 장애를 뿌리치고 그들을
향해 달린다.

20년 전, 조지 메러디스의 명성은 최고였다. 그의 소설들도 온갖 어
려움을 겪으면서 유명해졌고, 그 명성은 그것이 압도한 것 때문에 그
가 가라앉으면서 더욱 찬란하고 더욱 특이해졌다. 그러자 그 훌륭한
책을 쓴 사람이 훌륭한 노인이라는 사실이 알려졌다. 복스힐Box Hill[1]
에 내려간 방문객들은 교외에 자리 잡은 작은 주택의 입구까지 걸어
가는 동안 안에서 울려 퍼지는 커다란 목소리에 전율을 느꼈다고 했
다. 거실의 자질구레한 물건들 사이에 앉아 있는 그 소설가는 에우리
피데스Euripides[2]의 흉상처럼 보였다. 나이 때문에 잘생긴 용모는 닮고

---

1 잉글랜드 서리Surrey 카운티의 노스다운스North Downs에 있는, 자연 경관이 아름다운 곳. 런던
 의 남쪽과 가깝다.
2 기원전 484?~406?, 고대 그리스의 비극 시인.

날카로워졌지만, 코는 여전히 끝이 뾰족했고, 푸른 눈은 여전히 날카롭고 풍자적이었다. 안락의자에 파묻혀 꼼짝하지 않았지만, 그의 외관은 여전히 원기 왕성하고 빈틈이 없었다. 사실 그는 귀가 거의 먼상태였다. 그러나 자신조차 보조를 맞추기 어려울 정도로 생각이 번득이는 사람에게 이는 그다지 고통스러운 일이 아니었다. 그는 다른사람의 말을 알아들을 수 없었으므로 혼잣말을 즐겼다. 그와 마주하는 사람이 교양이 있느냐 없느냐는 문제되지 않았을 것이다. 공작 부인에 대한 아첨이 되기도 했던 찬사를 어린아이에게도 똑같이 했다. 공작 부인과 아이에게 일상생활의 단순한 말은 할 수 없었다. 그러나구체적인 어휘와 은근한 비유로 이루어지는 이 정교하고 인위적인대화는 항상 웃음 속에서 이어졌다. 그의 웃음은 마치 그 자신이 한말에 담긴 유머러스한 과장이 재미있다는 듯 문장들 주위에서 맴돌았다. 그 언어의 대가는 말의 원자들 사이에서 헤엄쳤다. 그리하여전설이 불어나고, 큰길까지 들릴 만한 목소리로 시와 비꼬는 말과 지혜를 쏟아 냈다. 어깨에 그리스 시인의 두상을 올려놓고 복스힐의 교외 별장에 앉아 있는 조지 메러디스의 명성 덕분에 황홀하고 찬란한그의 책은 더욱 황홀하고 찬란해졌다.

하지만 벌써 20년 전 일이다. 이야기꾼으로서 그의 명성은 희미해졌고, 작가의 명성 또한 구름 아래 있다. 그의 후계자들 중 누구에게서도 그의 영향력은 보이지 않는다. 그 가운데 한 사람이 그 문제에관해 자신의 마음을 털어놓은 말(그의 작품은 그의 말을 존경심을 갖고든도록 만들었다), 그것은 듣기 좋은 말이 아니다.

메러디스는 20년 전처럼 위대한 이름이 아니다. (……) 그의 철학은 오래 가지 않았다. 감상에 대한 그의 세찬 공격이 현재 세대를 낳았다. (……) 그가 진지해지고 도량이 넓어지면 귀에 거슬리는 함축적 의미, 약자를 괴롭히는 애처로운 태도가 있다. (……) 날조니 설교(이것은 결코 동의할 수 없었는데 이제는 공허하다고들 한다)니 우주로 간주되는 각자의 고향이니 하는 것을 감안하면 메러디스가 이제 여물통에 들어가 있더라도 놀라운 일이 아니다.[3]

물론 이 비평이 최종적인 평가를 의도한 것은 아니지만, 메러디스가 언급될 때 이런 비평들이 아주 성실하고 정확하게 메러디스에 대한 평가를 드러낸다. 그렇다, 종합하면 메러디스가 오래가지 않았다는 결론을 내릴 수 있겠다. 하지만 그의 탄생 100주년은 우리에게 그런 경박한 인상을 공고히 할 수 있는 기회를 준다. 대화는 반쯤 지워진 기억과 혼합되어 안개를 만들며, 정도에 따라 다르겠지만 우리는 거의 제대로 볼 수 없다. 다시 책을 펼치고, 처음인 것처럼 그 책을 읽으려는 노력, 명성이나 우연의 쓰레기에서 자유롭기 위해 애쓰는 것, 아마 그것이 우리가 탄생 100주년을 맞는 작가에게 줄 수 있는 가장 큰 선물일 것이다.

맨 처음에 쓴 소설에는 부주의한 경향이 있으므로(저자는 가장 효율

---

3 이것은 영국의 소설가 에드워드 모건 포스터 씨가 《소설의 제상 Aspects of the Novel》에서 쓴 말이다 _ 원주

적으로 쓸 수 있는 방법을 모른 채 거기서 자신의 재능을 발휘한다) 우리는 먼저 《리처드 페버럴Richard Feverel》[4]을 펼치는 것이 좋겠다. 그 작가가 초심자임을 아는 데는 오래 걸리지 않는다. 문체는 아주 평탄하지 않다. 그는 자신을 철사처럼 단단한 매듭으로 비틀다가 팬케이크처럼 납작하게 만들어 드러눕힌다. 여기에는 두 가지 의도가 있는 것 같다. 역설적인 묘사와 지루한 묘사가 번갈아 나온다. 그는 갈팡질팡 흔들린다. 모든 구조가 불안하게 흔들린다. 외투로 몸을 감싼 준남작, 카운티의 가족, 조상의 고향, 식당에서 짧은 풍자시를 내뱉는 숙부들, 화려한 차림을 자랑하고 수영을 하는 귀부인들, 허벅지를 두드리는 즐거운 농부들, 이들은 모두 '순례자의 자루'라는 후춧가루 통에서 나온 무미건조한 문구를 자유롭게 흩뿌려 놓은 것이다. 얼마나 기이한 집합인가! 하지만 그 기이함은 표면에 드러나지 않는다. 이는 단지 구레나룻이나 보닛의 유행을 말하는 것이 아니다. 그것은 메러디스의 의도 속에, 그가 실현시키고자 하는 것 안에 깊숙이 놓여 있다. 그가 소설의 전통적인 형식을 깨뜨리기 위해 노력했음은 분명하다. 그는 트롤럽Anthony Trollope[5]이나 제인 오스틴처럼 진지한 현실을 유지하지 않고 우리가 올라가는 법을 배웠던 보통의 계단을 파괴해 버렸다. 이렇게 의도적으로 이루어지는 일은 어떤 목적이 있다. 이들

---

4 여러 면에서 뛰어난 작품의 요소를 가진 작품이다. 형식은 낭만적 희극이지만 결론은 메러디스 대부분의 작품이 그렇듯 비극적이다. 준남작과 그의 아들의 관계를 다루는 이 작품은 낮은 계급의 여자와 사랑에 빠진 아들이 아버지로부터 시련을 받는다는 내용이 반복된다.

5 1815~1882, 영국의 소설가. 정확하고 냉정한 묘사와 평이한 문체로 많은 장편 소설을 썼다.

점잖은 척하는 태도, 귀하니 부인이니 하는 칭호를 덧붙이는 대화는 일상 생활과는 다른 분위기를 내기 위한 격식이고, 일반적인 것들의 도전은 인간의 모습에 대한 새롭고 독창적인 감각의 방법을 마련하기 위한 방법이다. 메러디스가 아주 많은 것을 배웠던 피콕Thomas Love Peacock[6]도 제멋대로지만, 그러나 그가 우리에게 요구하는 가설은 우리가 스키오너 씨Mr. Skionar[7]를 받아들이면 더 재미있다. 반면 메러디스가 쓴《리처드 페버럴》의 작중인물들은 그들의 주위 환경과 어울리지 못한다. 우리는 그들이 현실적이지 않고 인위적이라고 외친다. 준남작과 집사, 좋은 여인과 나쁜 여인은 단지 준남작들과 집사들, 좋은 여인들과 나쁜 여인들의 유형일 뿐이다. 그렇다면 메러디스는 왜 사실적인 상식의 상당한 이점을 포기했을까? 읽다 보면 알 수 있지만, 그가 복잡한 장면이 아니라 화려한 장면에 대해 예민한 감각을 가지고 있었기 때문이다. 그는 이 첫 작품에서 우리가 청춘, 사랑의 탄생, 자연의 힘 등 추상적인 이름을 붙일 수 있는 장면을 차례로 만들어 나간다. 우리는 전속력으로 달리는 말발굽 아래 모든 장애를 뿌리치고 그들을 향해 달린다.

제도는 가라! 부패한 세상은 가라! '매혹적인 섬'의 공기를 호흡하지 않겠는가? 초원 위에 황금이 있다. 개천에서도 황금이 흐른다. 소나무 줄

---

6 1785~1866, 영국의 소설가.
7 피콕이 그의 소설《크로칫 성Crotchet Castle》에서 시인 콜리지로 풍자한 가공인물.

기 위에도 붉은 황금이 있다.

세상에는 녹은 황금이 흐르고 우리는 리처드Richard가 리처드이며 루시Lucy가 루시라는 사실을 잊는다. 그들은 청춘이다. 작가는 음유 시인, 그러니까 시인이다. 하지만 우리는 아직 이 소설의 모든 요소 들을 다 이해하지 못했다. 이제는 작가와 직면해야 한다. 그에게는 논쟁에 굶주리고 관념으로 가득 찬 마음이 있다. 그의 작품 속 소년 소녀들은 초원에서 데이지를 꺾으면서 시간을 보낼지 모르지만, 무 의식으로라도 지적인 말과 질문으로 가득 찬 대기를 호흡한다. 이 어 울리지 않는 요소들은 긴장하고 분해될 것이라고 작가는 계속해서 위협한다. 그 책에는 작가가 스무 개나 되는 마음을 한꺼번에 가진 것 같은, 갈라진 틈이 마구 생긴다. 그러나 그 책은 성격 묘사의 깊이 나 독창성이 아니라, 지성의 힘이 지니는 활력과 서정적인 강렬함을 통해 기적적으로 하나의 작품으로 일어서는 데 성공한다.

그러면 호기심이 더 생긴다. 메러디스에게 한두 권 더 쓰게 하고 실력을 발휘하게 해 자신의 미숙함을 제어하게 해 보자. 그래서 우리 는《해리 리치먼드Harry Richmond》[8]를 펴고 어떻게 되는지 볼 것이다. 이 책에서는 일어났을지도 모르는 모든 일 가운데 가장 이상한 일이 일 어난다. 미숙함은 사라졌지만, 동시에 거북한 느낌을 자아내는 모험

---

8 메러디스가 1871년에 발표한 소설《해리 리치먼드의 모험The Adventures of Harry Richmond》을 가리킴.

정신의 자취까지 모두 사라졌다. 그 이야기는 디킨스가 밟았던 자서
전적 서술의 길을 따라 술술 나아간다. 말하고 생각하며 모험을 하는
주인공은 소년이다. 이 때문에 작가는 그동안 해 왔던 장광설이 아니
라 간결하게 이야기한다. 문체는 할 수 있는 한 가장 빠르고 아무 결
함 없이 매끈하게 흐른다. 스티븐슨Robert Louis Stevenson[9]은 메러디스의
이 유연한 서술, 간결하고 재치 있는 어구와 눈앞에 있는 사물에 대
한 정확하고 재빠른 구사에서 많은 부분을 배웠음에 틀림없다는 느
낌이 든다.

밤에는 암녹색 잎들이 떨어진 나무를 태우는 냄새를 맡고, 아침에 잠
을 깨어 밝은 세상에서 다음날 아침과 그다음 날 아침, 아침마다 바라볼
언덕을 표시한다. 어느 날 아침 세상에서 가장 사랑하는 사람이 잠이 덜
깬 우리를 깜짝 놀라게 한다. 이것이 천상의 쾌락이라 생각했다.

이것은 씩씩하게 진행되지만 약간 자의식적이다. 그는 자기가 하
는 말을 듣는다. 의심이 시작되어 머뭇거리다가 마침내 (《리처드 페버
럴》에서와 마찬가지로) 사람의 모습이 보이고 안정된다. 바구니 맨 위
에 있는 사과가 진짜 사과가 아닌 것처럼 이 소년은 진정한 소년이
아니다. 소년과 메러디스는 너무 소박하고 너무 씩씩하며 너무 모험

---

9 1850~1894, 영국의 소설가.
10 디킨스가 쓴 동명 소설의 주인공.

심이 강해 데이비드 코퍼필드$^{David\ Copperfield\ 10}$처럼 될 수 없다. 그들은 소년의 견본, 소설가의 견본이다. 놀랍게도 우리는 메러디스의 마음에 있는 극도로 인습을 존중하는 경향과 다시 마주친다. 그의 온갖 과감성에도 불구하고(그가 개연성을 받아들이지 않을 위험성은 없다) 독창성 없는 작중인물이 그를 충분히 만족시키는 경우가 열 번 이상이다. 그러나 젊은 신사들이 모두 너무 안성맞춤이며 그들이 하는 모험이 모두 너무 멋지다고 생각할 때 얕은 환상의 목욕탕이 우리의 머리 위에서 닫히면서 우리는 리치먼드 로이$^{Richmond\ Roy\ 11}$와 오틸리아 공주 $^{Princess\ Ottilia\ 12}$와 함께 환상과 낭만의 세계(모두 한데 어울려 있으며, 아무 거리낌 없이 작가가 하는 일에 우리의 상상력을 내맡길 수 있는 곳)로 가라앉는다. 그 같은 항복은 무엇보다 즐거운 일이며, 우리가 쉽게 도약할 수 있도록 장화에 뒤축을 달아 준다. 그리고 우리의 차가운 회의에 불을 붙여 우리 안에서 끄집어낸 뒤, 눈앞에서 세상을 밝고 투명하게 빛나게 한다. 이는 어떤 분석으로도 결과가 나오지 않을 것이므로 보여 줄 필요가 없다. 메러디스가 이러한 순간을 이끌어 낼 수 있다는 것은 그가 특별한 힘을 갖고 있음을 입증한다. 하지만 그것은 변덕스러우며 간헐적이다. 모든 페이지마다 노력과 고통이 있고, 구절마다 차례로 공격을 받아 아무 빛이 나오지 않는다. 그래서 우리가 그 책을 내려놓으려는 찰나에 로켓이 공중으로 솟아오르고 모든 광경이 빛으로 번쩍인다. 그리고 그 책은 몇 년 뒤 그 갑작스러운 광채

11~12 《해리 리치먼드》의 작중인물.

로 인해 다시 사람들의 입에 오르내린다.

그렇다면, 이 간헐적인 광채가 메러디스 특유의 탁월성이라면 그 것은 더욱 자세히 살펴볼 만한 가치가 있다. 여기서 우리가 맨 처음 발견하는 사실은 우리의 시선을 사로잡아 기억 속에 남아 있는 장면 들이 정적이라는 점이다. 하지만 이 장면들은 우리에게 보여지는 것 이지 우리가 찾은 요소가 아니며, 작중인물들에 대한 우리의 선입견 을 바꾸지 못한다. 리처드와 루시, 해리와 오틸리아, 클라라$^{Clara\,13}$와 버넌$^{Vernon\,14}$, 보샹$^{Beauchamp\,15}$과 르네$^{René\,16}$가 조심스럽게 적절한 환경 에(요트를 타고 있을 때, 만개한 앵두나무 아래, 어느 강둑 위 등) 등장할 때 풍경은 항상 감정의 일부를 이룬다. 바다나 하늘, 숲은 인간들이 느끼거나 보고 있는 모든 것을 상징하기 위해 끌어들인 요소이다.

> 하늘은 청동색, 커다란 화로의 둥근 덮개였다. 모든 빛과 그림자는 공 단처럼 풍요로웠다. (……) 그날 오후 벌들은 천둥소리를 내어 귀를 상쾌 하게 했다.

이것은 정신 상태의 묘사이다.

> 이들 겨울의 아침은 신성하다. 그들은 아무 소리 없이 움직인다. 지상

13-14 《이기주의자 The Egoist》의 작중인물.
15-16 《보샹의 경력 Beauchamp's Career》의 작중인물.

은 마치 기다리고 있었던 듯 꼼짝하지 않는다. 굴뚝새 한 마리가 지저귀다가 여위고 물에 흠뻑 젖은 나뭇가지 사이로 날아다닌다. 산허리는 녹색이다. 모든 곳에 안개가 자욱하고, 모든 곳이 기대에 차 있다.

그리고 이것은 어느 여인의 얼굴 묘사이다. 그러나 오직 약간의 정신, 혹은 약간의 얼굴 표정만 이미지로 묘사할 수 있다. 단순해지는 만큼 훌륭하게 다듬어지고 바로 그 때문에 분석하지 않아도 되는 것뿐이다. 이것은 한계이다. 왜냐하면 우리가 밝은 빛이 비치는 순간 이들 사람을 쳐다볼 수 있다고 해도 그들이 변화하거나 커지는 것은 아니며, 빛은 가라앉으며 우리를 어둠에 남겨 놓기 때문이다. 우리는 스탕달 Stendhal 의 작중인물, 체호프의 작중인물, 제인 오스틴의 작중인물에서와 같은 직관적인 지식을 메러디스의 작중인물에 대해서는 갖지 못한다. 정말이지 체호프나 오스틴의 인물에 대해 우리는 너무 잘 알고 있어 '훌륭한 장면들'이 아예 없어도 좋을 정도이다. 소설에서 가장 감정적인 장면들 중 하나는 가장 조용한 장면이다. 인물들은 구백아흔아홉 가지의 자그마한 손길로 다듬어진다. 천 번째의 손길도 마찬가지로 자그마하지만, 효과는 거대하다. 그러나 메러디스에게는 그런 손길이 없고 망치질만 있을 뿐이다. 그래서 그의 작중인물들에 대한 우리의 지식은 부분적이고 산발적이며 간헐적이다.

그렇다면 메러디스는 익명으로, 끈기 있게, 정신 속을 조심스럽게 들어갔다 나왔다 하면서 한 작중인물을 다른 작중인물과 정밀하게 그리고 완전히 다르게 만드는 위대한 심리학자는 아니다. 그는 정열이나 관념을 작중인물과 동일시하며 상징화하고 추상을 만드는 시인에 해당한다. 하지만(여기에 아마도 어려움이 있을 것이다) 에밀리 브론테만큼 완전한 소설가로서의 시인은 아니었다. 그는 서정적인 기분으로 세상에 열중하지 않았다. 그의 마음은 너무 자의식적이고 너무 세련되었기 때문에 오랫동안 서정적인 채 머물 수 없었다. 그는 노래를 부르지 않고 해부한다. 심지어 그의 가장 서정적인 장면에서도 그 어구들 주위로 냉소가 깃들며, 지나친 표현에는 웃음이 터진다. 그리고 희극적인 정신의 지배가 허용되는 장면에서는 그 정신이 세상을 매우 다른 형태로 만들었음을 발견할 것이다. 《이기주의자The Egoist》는 그가 훌륭한 장면의 대가라는 우리의 이론을 즉시 수정한다. 여기에는 여러 가지 장애를 뛰어넘어 감정의 꼭대기로 달려가게 했던 다급한 서두름이 없다. 여기에는 논쟁이 필요하고 논쟁에는 논리가 필요하다. "거인 같은 우리의 독창적인 남성"이라는 윌러비 경Sir Willoughby[17]은 정밀한 조사와 비판의 지속적인 불길 앞에서 천천히 돌려 세워진다. 그것을 벗어나기 위해 몸을 움츠리는 일은 허용되지 않는다. 그 희생자가 밀랍 모형이며 살아 있는 인간이 아니라는 이야기는 아마 사실일 것이다. 그와 동시에 메러디스는 소설을 읽는 독자인 우리에게 익숙하지 않은 최고의 찬사를 표시한다. 우리가 인간관계의 희극을 함께 지켜보는 문명인이라고 말하는 것 같다. 인간관계는 심오한 이해를 지닌다. 남자와 여자는 고양이나 원숭이가 아니라, 성

---

17 《이기주의자》의 작중인물.

장하고 더욱 넓은 영역에서 살아가는 존재이다. 그는 우리가 인간들의 행동에 대해 사심 없는 호기심을 가질 수 있다고 상상한다. 이것은 소설가가 독자에게 보내는 매우 희귀한 찬사이므로, 우리는 처음에 당황하다가 나중에 기뻐한다. 정말이지 그의 희극적 정신은 그의 서정적 정신보다 훨씬 통찰력 있는 여신이다. 예절이라는 가시나무를 통해 분명한 길을 내는 것도 그 여신이요, 깊은 관찰력으로 우리를 거듭 놀라게 하는 것도, 위엄이나 진지함, 메러디스 세계의 활기를 창조하는 것도 그 여신이다. 만약 희극이 규칙이었던 시대나 나라에 메러디스가 살았더라면, 그들 시대나 나라의 지적 우월성이나 희극적 정신을 사용하는 수수께끼 같은 그 엄숙한 태도를 그는 마음껏 즐겼을 것이다.

그러나 여러 가지 면에서 시대는(만약 우리가 그처럼 무정형인 형태를 판단할 수 있다면) 메러디스에게 적대적이었다. 정확하게 말하자면 우리가 살고 있는 시대(1928년)는 그가 성공하는 데 적대적이었다. 그가 손을 뻗은 영역은 지금 너무 귀에 거슬리고 너무 낙관적이며 너무 천박해 보인다. 그것은 참견도 한다. 어느 소설에서도 철학이 다루어지지 않으며 설령 다루어진다고 해도 어떤 구절을 밑줄 긋고 그 부분을 가위로 잘라 어딘가에 그대로 붙일 수 있다면 그 철학이나 그 소설, 아니면 두 가지 모두에 뭔가 잘못된 점이 있다고 말할 수 있다. 무엇보다 그의 가르침은 너무 집요하다. 그는 아주 심오한 비밀을 들으려 할 때조차도 자신의 의견을 내세우는 일을 자제할 수 없다. 그러므로 자신보다 분개하는 소설의 작중인물들은 없다. 인물들은 다음과 같이 주장하는 것 같다. 우리가 단지 메러디스 씨의 우주관을 표현하기 위해서만 존재하는 것이라면 아예 존재하지 않는 편이 낫다. 그래서 그들은 죽는다. 아무리 심오한 지혜와 고귀한 가르침으로 가득 차 있더라도 죽은 작중인물들로 가득 찬 소설은 소설로서의 목표를 달성할 수 없다. 그러나 우리는 여기서 메러디스와 더 많은 공감을 가질지도 모르는 또 하나의 지점에 이른다. 지난[18] 70년대와 80년대 소설은 앞으로 나아가야만 존재할 수 있었다. 영국의 시가 테니슨에게서 완전히 탈출해야 했던 것처럼 영국 소설은 《오만과 편견》과 《올링턴의 작은 집The Small House at Allington》[19]이라는 완전한 두 소설에서, 그 완전성의 지배에서 탈출해야 한다는 주장도 가능하다. 조지 엘리엇, 메러디스, 하디는 소설에서 아주 완전하게 양립할 수 없는 사상이나 시의 성질을 고집스럽게 소개하는 성향의 소설가였고 그래서 불완전한 소설가였다. 반면 소설이 제인 오스턴과 트롤럽에서 머물렀다면 아마 지금쯤 죽었을 것이다. 따라서 메러디스는 우리의 감사를 받을 만하며, 위대한 혁신가로서 우리의 관심을 불러일으킨다. 그러나 우리가 그의 작품에 대한 명확한 의견을 수립하지 못하는 이유 중 하나는 그의 작품이 실험적이며 조화롭게 어울리지 못하는 요소들을 포함하고 있기 때문이다. 즉 그의 소설에서 기이하고, 모든 것을 한데 묶고 집중시키는 성질은 누락되어 있다는 말이다. 그렇다

---

18 1800년대.

19 영국의 소설가 앤서니 트롤럽이 1864년에 발표한 소설.

면 우리에게 가장 도움이 되도록 메러디스를 읽으려면 이런 사항을 어느 정도 헤아리고 소설을 읽는 기준을 완화시켜야 한다. 전통적인 문체의 완벽한 평온, 산문적인 심리학의 승리도 기대해서는 안 된다. 메러디스가 주장한 "내 방법은 매우 중대한 인물의 등장에 독자들을 대비시키고 그런 다음 격렬한 상황에서 그들이 최대한 노력하는 장면을 제시하는 것"이라는 말은 곳곳에서 정당화된다. 장면은 하나하나 정신의 눈에 격렬한 불길과 함께 떠오른다. 웃었다는 말 대신 "허파를 완전히 움직였다", 바느질을 했다는 말 대신 "바늘이 날렵하고 복잡하게 움직이는 것을 즐겼다"는 식으로 무용의 대가처럼 멋부리는 표현에 우리가 당황한다면, 그런 구절은 "격렬한 상황"에 대비하기 위한 노력임을 기억해야 한다. 메러디스는 우리의 감정이 자연스럽게 고조되도록 분위기를 조성하고 있다. 트롤럽 같은 사실적인 소설가가 지루하고 공허해지는 곳에서 메러디스 같은 서정적인 소설가는 저속해지고 허위가 된다. 물론 허위는 지루함보다 훨씬 눈에 잘 띄며 소설의 냉담한 성격에 대한 커다란 범죄이기도 하다. 메러디스는 소설을 포기하고 시에 몰두하는 편이 낫지 않을까 하는 조언을 들었을 수도 있다. 하지만 잘못은 우리에게도 있을 것이다. 번역을 통해 중립적이고 부정적이 된 러시아 소설에 대한 오랜 편식, 심리적으로 복잡한 프랑스 인들에 대한 몰두가 계속되면서 우리는 영어가 자연적으로 풍부한 언어이며 영국인은 유머와 괴벽이 가득하다는 사실을 잊어버린 것인지도 모른다. 메러디스의 화려함 그 배경에 위대한 조상이 있다. 우리는 셰익스피어의 모든 기억에서 피할 도리가 없다.

그를 읽으면서 그런 의문이 몰려든다면 그 사실은 우리가 그에게 매혹될 정도로 가깝지 않고, 멀리 떨어져 있지도 않음을 입증하는 것인지도 모른다. 따라서 평가가 끝났다는 말은 여느 때보다 애매모호하다. 지금 메러디스를 읽더라도 우리 사이의 칸막이가 너무 두꺼워 그가 하는 말을 또렷이 듣지는 못하지만 우리는 그 자체에 분명한 악센트와 함께 크게 울려 퍼지는 목소리를 듣고 있다고 말할 수 있다. 그래도 우리는 그의 소설을 읽는 동안(그가 교외 주택 거실의 수많은 장식품에 둘러싸여 있더라도) 우리 앞에 어떤 그리스 신이 있다고 느낀다. 그는 낮은 목소리를 제대로 들을 수 없었지만 훌륭하게 대화했고, 딱딱해진 몸을 제대로 가누지 못했지만 믿기 어려울 정도로 활기가 있었다. 빈틈을 보이지 않는 것이다. 이 훌륭한 인물은 위대한 거장들보다 위대한 괴짜들과 나란히 자리를 차지한다. 그의 작품들은 때때로 생각난 듯이 읽혀질 것이라고 짐작하는 사람도 있을지 모른다. 그는 던, 피콕, 제라드 홉킨스Gerard Hopkins[20]처럼 잊혀졌다 발견되고, 다시 발견되었다 잊혀질 것이다. 그러나 영국의 소설이 지속적으로 읽혀진다면 메러디스의 소설이 때때로 모습을 드러내야 한다는 사실은 불가피하다. 그의 작품은 반드시 논의되어야 한다.

---

20 1844~1889, 영국의 시인.

"나는 크리스티나 로세티예요"
"I Am Christina Rossetti"

"I Am Christina Rossetti"

"나는 시인이다. 내 탄생 100주년을 기념하는 체하는 여러분도 테브스 부인의 티파티에 참석한 한가한 사람들과 똑같다. 여기서 여러분은 중요하지 않은 사소한 것들 사이를 어슬렁거리며 돌아다니고 내 책상 서랍을 만지작거리며 미라와 마리아 언니에 대해 이야기하면서 재미있어 한다. 내가 여러분에게 알리고 싶은 것은 여기 있다. 이 녹색 책을 보라. 바로 내 작품집이다. 가격은 4실링 6펜스이다. 이것을 읽어라." 그리고 그녀는 자기 의자로 돌아간다.

올해[1] 12월 5일은 크리스티나 로세티 Christina Rossetti[2]의 탄생 100주년이다. 아니, 더 정확하게 말하면 그녀의 탄생을 기념하는 날이지만 그것은 아마도 수줍음을 많이 타는 그녀를 적지 않게 괴롭힐 것이다. 그러므로 우리가 그녀에 대해 이야기하는 것도 그녀에게는 대단히 불편한 일일지도 모른다. 하지만 어쩔 수 없다. 탄생 100주년은 움직일 수 없는 사실이며, 우리는 그녀에 대해 이야기해야 한다. 그녀의 생애에 대해 이야기하고, 그녀가 쓴 편지들도 읽을 것이며, 그녀의

---

1 1930년 __ 원주
2 1830~1894. 영국의 대표적인 여류 시인. 신비로우며 종교적인 분위기의 작품들이 많다. 신앙이 이유가 되어 두 번의 실연을 겪고 결혼을 단념하였으며, 그녀의 작품 중 연애시는 좌절된 사랑을 다루는 내용이 많다.

초상화를 살피고, 그녀가 걸린 병에 대해 생각해 보며(매우 다양한 병에 걸렸다), 보통은 비어 있는 그녀의 책상 서랍을 열어 보기도 할 것이다. 우선 전기부터 시작하자. 그보다 더 재미있는 것이 무엇이겠는가? 모두가 알다시피 전기를 읽는 묘미는 참을 수 없다. 우리가 미스 샌더스의 주의 깊고 유능한 책(허친슨 출판사Hutchinson에서 발행된 메리 샌더스Mary F. Sandars가 쓴 《크리스티나 로세티의 생애Life of Christina Rossetti》)을 펼치자마자 오래된 환상이 떠오른다. 여기에 마법의 상자처럼 기적적으로 봉해진 과거와 그곳에 사는 사람들이 있다. 우리가 할 일은 바라보고 귀를 기울이는 것이다. 귀를 기울이고, 보고 있노라면 곧 그 자그마한 사람들이 움직이고 말을 하기 시작한다. 그리고 그들이 움직이는 동안 우리는 여러 가지 방법으로 그들을 배열하지만 그들은 알아차리지 못한다. 왜냐하면 그들은 살아 있을 때 자기가 가고 싶은 곳으로 갈 수 있다고 생각하기 때문이다. 그리고 우리는 그들이 하는 말의 온갖 의미들을 읽지만, 그것은 전기 속 사람들이 생각도 못한 것이다. 왜냐하면 살아 있을 때 그들은 머릿속에 떠오르는 것은 무엇이든 바로 말한다고 믿었기 때문이다. 하지만 일단 전기 속으로 들어간 사람이라면 모든 것이 달라진다.

여기에 1830년 무렵의 포틀랜드플레이스Portland Place[3], 할럼 가Hallam Street[4]가 있고, 이탈리아인 아버지와 어머니, 아이가 네 명인 로세티

---

3 런던 중심부의 거리.
4 런던 중심부의 거리.

가족이 있다. 거리는 낡았고, 집안은 가난에 쪼들렸지만, 가난은 아무 문제도 아니었다. 외국인인 로세티 가족은 보통 영국 중산층 가정의 관습과 전통에 대해 신경 쓰지 않았기 때문이다. 그들은 자기들끼리 지냈고, 마음대로 옷을 입었으며, 이탈리아 인 망명객들(그들 가운데는 풍각쟁이와 고난에 처한 동포도 있었다)을 대접했고, 사람들을 가르치고 글을 쓰는 등 여러 가지 일을 하면서 생계를 유지했다. 크리스티나는 어릴 때 집안 어른들의 뛰어난 능력에 감탄하며 자랐고 차츰 가족들과 떨어지게 되었다. 조용하고 관찰력이 예민한 어린 크리스티나는 그녀 나름대로의 생활 방식이 머릿속에 이미 확고히 자리 잡았음이 분명하다(그녀는 글을 쓸 작정이었다). 우리는 곧 그녀에게 친구를 붙여 주고 몇 가지 성격도 부여한다. 그녀는 파티를 싫어했고 아무렇게나 옷을 입었다. 오빠 친구들, 젊은 예술가들과 시인들의 작은 모임을 좋아했다. 그들은 세상을 개혁하려 했고 그녀를 기쁘게 했다. 그녀는 차분했지만 변덕스러웠고 이기적이고 엄숙한 사람들을 놀리는 것도 좋아했기 때문이다. 그녀는 시인이 되기로 작정했지만 젊은 시인의 허영이나 압박감은 없었다. 그녀의 시는 머릿속에 저절로 완벽하게 형성되는 것 같았다. 그녀는 자신의 시가 훌륭하다는 사실을 알고 있었고 다른 사람들이 자신의 시에 대해 이야기하는 것에 신경 쓰지 않았다. 그리고 조용하고 현명하며 소박하고 성실한 어머니와, 회화나 시에 대해 아무런 취향이 없지만 바로 그 때문에 일상 생활에서 더욱 활기 차고 현명한 언니 마리아 Maria에 대해 경탄했다. 예를 들면 마리아는 대영 박물관의 미라 전시실에 가려 하지 않았는

데, 그 이유는 부활의 날이 갑자기 찾아올지도 모르는데 관광객들이 쳐다보는 유해는 불멸의 상태가 되기 어려울 것 같기 때문이라는 것이다. 이는 크리스티나는 생각하지 못한 대단한 것이었다. 물론 마법의 상자 바깥에 있는 우리는 지금 떠들썩하게 웃지만, 마법의 상자 안쪽에 있는 크리스티나는 언니의 처신이 존경할 만하다고 생각했다. 만약 우리가 그녀를 좀 더 자세히 관찰했다면 낟알 같이 검고 단단히 것이 크리스티나 로세티의 존재 한가운데에 형성되었음을 알수 있었을 것이다.

그것은 종교였다. 그녀가 어렸을 때 영혼과 하느님과의 관계에 평생 동안 몰두하는 일이 그녀를 사로잡았다. 그녀는 예순네 해를 할럼가, 엔드슬레이가든스Endsleigh Gardens [5], 토링턴 광장Torrington Square [6] 등에서 보냈지만, 실제적으로는 보이지 않는 하느님(그녀에게는 어둡고 거친 하느님, 세상의 모든 쾌락이 증오스럽다고 말하는 하느님)을 향해 그 존재를 의심하는 곳에서 보냈다. 극장도, 오페라도, 벌거벗는 것도 증오스러웠다(그녀의 친구였던 미스 톰슨 Miss Thompson 이 알몸의 사람들을 그리면서 크리스티나에게 요정이라고 말했지만, 크리스티나는 그 거짓말을 간파했다). 크리스티나의 생애는 바로 그 한가운데에 있는 고통의 격렬함의 매듭에서 모든 것이 발산되었다. 그녀의 신앙은 그녀 생애의 아주 미세한 부분까지 규제했다. 그녀의 신앙은 그녀에게 체스는 나

---

5 런던 중심부의 거리 이름.
6 런던 중심부에 있는 소규모 광장.

쁘지만 카드놀이 중에서도 휘스트^{whist}와 크리비지^{cribbage}는 괜찮다고 가르쳤다. 하지만 그 신앙은 그녀의 가슴에 피어오르는 엄청난 문제까지 간섭했다. 제임스 콜린슨^{James Collinson}이라는 화가가 있었다. 그들은 서로 사랑했지만, 그가 가톨릭교도였으므로 그녀는 그를 거부했다. 그러자 제임슨은 영국 국교회의 일원이 되었고 크리스티나는 그를 받아들였다. 하지만 그는 불안정한 사람이었고, 조금씩 동요하더니 결국 비틀비틀 가톨릭으로 돌아갔다. 이 일은 크리스티나에게 가슴 아픈 상처가 되었고 그녀의 일생에 영원히 그림자를 드리웠다. 그리고 몇 년 뒤 더욱 확고해 보이는 행복의 전망이 다시 나타났다. 찰스 케일리^{Charles Cayley}[7]가 청혼했던 것이다. 그러나 어쩌랴, 그는 단정하지 못한 옷차림으로 돌아다녔고, 복음서를 이로쿼이 어^{Iroquois}[8]로 번역했으며, 파티에 참석한 똑똑한 귀부인들에게 "멕시코 만류에 관심이 있는지" 묻는가 하면, 크리스티나에게 해양 동물인 가시고슴도치갯지렁이를 술에 넣어 선물한 추상적이자 박식한 자유사상가였다. 크리스티나는 역시 거부했다. 비록 "어떤 여인이라도 이보다 더한 남자를 더 깊이 사랑할 수 없겠지만", 그녀는 무신론자의 아내가 되려고 하지 않았다. "둔감하고 부드러운 털이 있는 것"(웜뱃, 두꺼비, 생쥐 등)을 좋아했고, 그를 "눈이 어두운 내 말똥가리, 내 특별한 두더지"라고 불렀던 그녀는 자신의 천국에 어떤 두더지, 웜뱃, 말똥가리, 케

---

7 1823~1883, 영국의 언어학자이자 번역가 및 시인.
8 아메리카인디언의 일부 부족이 사용한 언어.

일리도 들여 놓지 않았다.

그렇게 영원히 들여다보고 귀를 기울여도 좋다. 마법 상자 속에 밀봉된 과거의 이상스러움, 재미, 괴상함에는 끝이 없다. 그러나 이 특별한 영역에서 다음에는 어느 갈라진 틈을 탐구할까 궁리하는 동안 주요한 인물이 참견한다. 그것은 마치 우리가 무의식적인 움직임을 지켜보는 동안 갈대숲을 들락거리고 바위 사이를 돌아다니던 물고기 한 마리가 갑자기 달려와 유리를 깨뜨린 것과 같다.

티 파티가 열렸다. 어떤 이유에서인지 크리스티나는 버추 테브스 부인Mrs. Virtue Tebbs의 파티에 참석했다. 거기서 어떤 일이 있었는지는 알려져 있지 않지만 아마도 티파티에서 흔히 이루어지듯 시에 대한 가벼운 대화가 있었을 것이다. 여하튼,

갑자기 검은색 옷차림의 여인이 의자에서 일어나 방 한가운데로 걸어 나오더니, "저는 크리스티나 로세티예요" 하고 엄숙하게 말하고는 자기 자리로 돌아갔다.

그 말과 함께 유리가 깨진다. 그녀는 이렇게 말하는 것 같다. 그래, 나는 시인이다. 내 탄생 100주년을 기념하는 체하는 여러분도 테브스 부인의 티 파티에 참석한 한가한 사람들과 똑같다. 여기서 여러분은 중요하지 않은 사소한 것들 사이를 어슬렁거리며 돌아다니고 내 책상 서랍을 만지작거리며 미라와 마리아 언니에 대해 이야기하면서 재미있어 한다. 내가 여러분에게 말하고 싶은 것은 이것이다. 이 녹

색 책을 보라. 바로 내 작품집이다. 가격은 4실링 6펜스이다. 이것을 읽어라. 그리고 그녀는 자기 의자로 돌아간다.

이들 시인은 얼마나 완전무결하고 불친절한가! 그들은 시는 인생과 아무 관계가 없다고 말한다. 미라와 웜뱃, 할럼 가와 버스, 제임스 콜린슨과 찰스 케일리, 가시고슴도치갯지렁이와 버추 테브스 부인, 토링턴 광장과 엔드슬레이가든스, 심지어 변덕스러운 종교적 믿음조차 부적절하고 무관하며 불필요하고 비현실적이다. 중요한 것은 시이다. 어떤 식으로든 관심을 모으는 유일한 문제는 시가 좋으냐 나쁘냐 하는 것이다. 그러나 이 문제는 시간이 있으면 아무라도 지적하겠지만 가장 어려운 질문이다. 세상이 시작된 이래로 시의 가치에 관한 이야기는 아주 조금밖에 언급되지 않았다. 현대인들의 판단은 거의 언제나 틀린다. 예를 들면 크리스티나 로세티의 작품들 가운데 두드러지는 시 대부분은 출판사로부터 출간을 거부 당했다. 시에서 얻는 그녀의 연간 소득은 약 10파운드였다. 반면에 그녀가 빈정된 진 인절로Jean Ingelow[9]의 작품들은 여덟 판을 찍었다. 물론 그녀와 동시대인들 중에서도 존중해야 할 시인과 비평가 한두 명은 있다. 하지만 그들도 똑같은 작품을 얼마나 다른 기준으로 판단하는가! 예컨대 스윈번 Algernon Charles Swinburne[10]은 그녀의 시를 읽었을 때, "나는 이보다 더 영광스러운 시는 쓰여지지 않았노라고 항상 생각해 왔다"고 외쳤으며, 나

---

9 1820~1897, 영국의 시인이자 소설가.
10 1837~1909, 영국의 시인이자 평론가.

아가 그녀의 〈신년 송가 New Year Hymn〉에 대해서는 이렇게 말했다.

그것은 불길에 닿은 듯, 태양 광선에 목욕한 듯, 하프와 오르간의 영역을 넘어서는 바다의 음악, 천상의 조류가 고요하게 울려 퍼지는 커다란 메아리의 코드와 종지법으로 음률이 만들어진 듯했다.

그러자 세인츠베리George Saintsbury 교수[11]는 자신의 엄청난 학식으로 《요귀의 시장》[12]을 검토한 뒤 이렇게 말했다.

책의 제목이 된 시[13]의 운율은 초서의 추종자들이 나무판을 덜걱덜걱 움직이는 것 대신으로 사용하던, 스펜서Edmund Spenser 이후 다양한 운율의 발전을 끌어 모은 음악성을 지니는, 졸렬함을 벗어난 스켈턴 류Skeltonic[14]라고 하면 가장 훌륭한 묘사일 것이다. 그 속에서도 17세기 후기와 18세기 초기의 핀다로스 류[15]에서, 그리고 빠른 것은 세이어스Frank Sayers[16]의 무운시, 늦은 것은 아널드 씨Matthew Arnold[17]의 무운시에서 생긴 시행의 불규칙성에 대한 똑같은 경향이 파악될지 모른다.

---

11 1845~1933, 영국의 작가이자 비평가.
12 1862년에 간행된 크리스티나 로세티의 첫 시집 《요귀의 시장 및 기타 Goblin Market and Other Poems》.
13 〈요귀의 시장〉.
14 영국의 시인 존 스켈턴John Skelton이 즐겨 사용한 방법으로 쓴 운문을 말한다.
15 그리스의 서정시인 핀다로스Pinda가 즐겨 사용한 방법으로 쓴 운문을 말한다.
16 1763~1817, 영국의 의사이자 시인.
17 1822~1888, 영국의 시인이자 비평가.

그리고 이어 월터 롤리 경Sir Walter Raleigh [18]이 있다.

그녀는 생존하는 가장 훌륭한 시인이라고 생각한다. (……) 순수한 물
의 성분에 대해 이야기할 수는 있지만 정말 순수한 시에 대해 강의할 수
없다는 사실이 가장 나쁘다. 가장 훌륭한 강의를 하게 해 주는 시는 비위
를 맞추고 불순물이나 모래가 섞인 시이다. 크리스티나의 시는 나를 강
의하게 하는 것이 아니라 울고 싶게 할 뿐이다.

그렇다면 비평에는 되돌아나가는 바다가 만드는 음악의 유파, 불
규칙 시행의 유파, 비평이 아니라 울도록 하는 유파 이렇게 세 유파
가 있는 것 같다. 이것은 혼란스럽다. 우리가 이들의 뒤만 따른다면
오로지 슬픔에 잠길 뿐이다. 스스로 읽고, 그 시에 마음을 드러내며,
결과가 어떻든 불완전하더라도 서둘러 그것을 베끼는 편이 더 나을
것이다. 아마도 이런 이야기가 될 것이다. 아, 크리스티나 로세티, 나
는 이렇게 고백해야겠소. 내가 당신의 시를 많이 외우기는 하지만 당
신의 작품을 모두 읽지는 못했소. 당신의 길을 따라가지도 않았고 당
신이 발전해 가는 과정을 답습하지도 않았소. 나는 당신이 아주 많이
발전했다는 사실을 의심하고 있소. 당신은 본능적인 시인이었소. 세
상을 똑같은 각도로 보고, 세월, 남자나 책과의 정신적 왕래도 당신
에게는 영향을 미치지 않았소. 당신은 믿음을 흔들 수 있는 책이나,

---

18 1861~1922, 영국의 영문학 교수이자 비평가 및 시인.

본능에 문제를 일으킬 인간을 조심스럽게 무시했지요. 아마도 현명한 선택이었을 거요. 당신의 본능은 매우 확실하고 직접적이며 강렬했으므로, 우리 귀에는 마치 모차르트의 멜로디나 글루크^{Christoph Gluck}의 아리아처럼 들리는 시를 만들어 냈소. 하지만 비록 그것이 조화를 이룰지라도 당신의 시는 복잡한 노래였지요. 당신이 하프를 뜯으면 많은 현이 한꺼번에 소리를 내오. 당신은 세상의 시각적 아름다움에 대해서도 날카로운 감각을 가졌소. 당신의 시들은 황금 가루와 "향긋한 제라늄의 다양한 밝기"로 가득하고, 당신은 끊임없이 등심초가 어떻게 "벨벳 머리를 가지는지", 도마뱀이 어떻게 "기이한 금속 등딱지"를 가지는지 주목했지요. 당신의 눈은 영국 국교회 가톨릭파의 크리스티나를 놀라게 했을 감각적인 라파엘 전파^{pre-Raphaelite} [19]의 강렬함을 관찰했소. 하지만 당신은 아마 당신의 무사가 변함이 없고 슬픔을 간직한다는 점에서 무사에게 빚을 졌을 거요. 엄청난 신념의 압력이 선회하다가 이들 작은 노래를 빚어내는 거지. 그 노래들이 굳어진 이유도 아마 그 때문일 거요. 그 노래들이 슬픈 이유는 분명 그 때문이오. 당신의 하느님은 거친 하느님이고, 당신이 천상에서 쓸 왕관에는 가시가 박혀 있소. 아름다움을 눈으로 보자마자 당신의 마음은 아름다움이란 헛되고 일시적이라고 말하지요. 죽음, 망각, 휴식이 그들의 검은 물결로 당신의 노래를 감싸고 있소. 허둥지둥 달리고 그러다가 어울리지 않게 웃는 소리가 들리는 거요. 동물들이 후닥닥거리는 소

---

19 19세기 중엽 영국에서 일어난 예술 운동.

리, 떼까마귀의 기이한 후두음 소리, 둔감하고 털이 있는 동물들이
내는 꿀꿀거리고 조심스럽게 코를 킁킁거리는 소리 등이 있소. 왜냐
하면 당신은 순수한 성자가 아니기 때문이오. 사람들을 놀리기도 하
고 코를 비틀거나 허풍이나 위선과 싸우기도 했소. 겸손했지만 여전
히 과격하고 자신의 재능을 확신하며 선견지명을 믿었어요. 어느 단
단한 손길이 당신의 시구를 다듬었고, 어느 날카로운 귀가 음악을 실
험했지요. 당신의 책에서는 부드럽고 게으르며 부적절한 것이 방해
하지 않아요. 요컨대 당신은 예술가라는 거요. 따라서 당신이 장난삼
아 종을 딸랑거리며 게으르게 글을 썼을 때도, 가끔씩 찾아와 당신의
시행을 서로 떼어놓지 못할 만큼 단단한 관계 속으로 융합시키는 그
불길 같은 방문객이 내려오는 통로가 활짝 열려 있었소.

하지만 잠자듯 죽을 수 있는 아편과

화환 같은 장식을 질식시키는 담쟁이덩굴과

달을 향해 열려 있는 앵초를 내게 가져오라.

정말이지 사물의 구성은 아주 기이하고 시의 기적은 아주 위대하
여 당신이 작은 밀실에서 쓴 시 몇 편은 앨버트 기념관 Albert Memorial[20]
에서 겉만 번지르르한 채 먼지가 쌓일 때쯤 완벽한 대칭 속에 벽에
붙어 있는 채로 발견될 거요. 어쩌면 토링턴 광장이 산호초가 되고

---

20 빅토리아 여왕이 1861년 서거한 부군 앨버트 공을 위해 세운 것으로 1872년 개관했다.

침실 창문이었던 곳으로 물고기가 들락날락하게 될 때, 또는 포장 도로 위를 숲이 뒤덮고 그때 그 지역 난간을 얽어 놓을 덤불 사이로 웜뱃과 오소리가 부드럽고 망설이는 발길을 이리저리 움직일 때쯤, 우리의 먼 후손들은

사랑하는 사람아, 내 죽거든,

또는

내 가슴은 노래하는 새와 같으니

하고 노래하겠지요.

이 모든 것을 감안하고 그녀의 전기로 되돌아가, 내가 만약 버추테브스 부인이 티 파티를 열었을 때 참석하고, 검은색 옷을 입은 키 작은 노부인이 자리에서 일어나 방 한가운데로 나갔다면, 그리고 그녀가 "저는 크리스티나 로세티예요"라고 말했다면, 나는 엉뚱하게 숭배의 열정에 사로잡혀 분명히 종이 자르는 칼을 부러뜨리거나 찻잔을 산산조각 내거나 아무튼 어떤 조심스럽지 못한 짓을 저질렀을 것이다.

토머스 하디의 소설
The Novels of Thomas Hardy

하디가 우리에게 준 것은 어떤 때와 장소의 삶에 대한
표현만이 아니다. 강력한 상상력, 심오하며 시적인 천
재성, 부드럽고 인간적인 영혼 속에 그 모습을 드러냈
던 세상과 인간의 몫에 대한 통찰력이다.

우리가 토머스 하디 Thomas Hardy [1]의 죽음으로 영국의 소설계에 지도자
가 사라졌다고 한다면, 그것은 최고의 지위와 경배를 받을 만한 다른
작가가 없다는 뜻이다. 그리고 이 말에 반대하는 사람도 없었다. 이
세상 사람이 아닌 듯한 그 소박한 노인은 이렇게 무성해지는 수사에
고통스러울 정도로 당황스러웠을 것이다. 하지만 그가 살아 있는 동
안 모든 소설을 영광스러운 소명처럼 보이게 만든 한 소설가가 있었
음은 진실이며, 하디가 살아 있는 동안 그가 다루는 예술을 천하게

---

1 1840~1928, 19세기 영국의 소설가이자 시인. 19세기 말 영국 사회의 인습, 편협한 종교인의
   태도를 공격하고 남녀의 사랑을 성적인 면에서 대담히 폭로하였다. 대표작으로 《귀향The
   Return of the Native》, 《테스Tess》, 《이름 없는 주드 Jude the Obscure》가 있다.

생각하는 사람은 없었다. 하지만 이는 하디의 천재성 때문만은 아니었다. 겸손하고 성실한 그의 성격과 이기심이나 자기 선전 없이 도싯셔Dorsetshire [2]에서 보낸 소박한 생활에서 비롯된 것이었다. 그의 천재성과 재능이 위엄 있게 사용되는 그 두 가지 이유로 우리는 그를 예술가로서 존중하고 인간으로서 존경하며 애정을 느끼게 된다. 하지만 우리는 작품에 대해 이야기할 것이고, 그것은 하디 자신이 현재의 소란과 그 사소함에서 멀어진 것처럼 아주 오래전에 쓰여져 현재의 소설과 분리되었다고 여겨지는 소설이다.

우리가 소설가로서 하디의 경력을 더듬으려 하면 한 세대 이상 거슬러 올라가야 한다. 1871년에 그는 서른한 살이었다. 소설《절망적인 요법Desperate Remedies》을 썼지만 확실한 기능공이 아니었다. 그는 여러 재능이 있지만 그 재능을 제대로 활용하는 방법을 모르는 듯, "하나의 방법을 향해 조심스럽게 나아가고 있다"고 혼잣말을 했다. 그 처녀작을 읽는 것은 그 작가가 느낀 당혹감을 함께 나누는 일이다. 작가의 상상력은 강력하고 냉소적이다. 그는 집에서 책으로만 지식을 쌓았다. 그는 인물을 창조할 수 있었지만 통제하지 못했다. 그리고 그가 사용하는 기법의 어려움 때문에 방해를 받았으며, 더욱 유별난 점은 그가 극단적인 것이나 통속적인 우연의 활용을 위해 인간이 외부의 힘을 완전히 받아들이는 존재라고 생각한다는 것이다. 소설은 장난감이 아니며 어떤 주장도 아니고 거칠고 과격하지만 참된 남

---

2 잉글랜드 남서부의 카운티. 현재는 도싯Dorset이라고만 함.

녀의 삶에 대한 인상을 전하는 수단이라고 하디는 확신했다. 그러나 그 책에서 가장 주목할 점은 지면에서 메아리치고 울려 퍼지는 폭포 소리이다. 그것은 후기의 책들에서 매우 광범위하게 자리 잡게 될 힘을 최초로 표명한 것이다. 그는 자신이 자연에 대한 세심하고 능숙한 관찰자임을 입증했다. 뿌리에 내리는 비와 경작지에 내리는 비가 다르다는 사실을 그는 알고 있다. 바람이 나무의 가지를 지날 때 나무에 따라 다른 소리를 낸다는 사실도 알고 있다. 하지만 그는 더 넓은 의미에서의 자연을 하나의 힘으로 인식한다. 인간의 운명에 공감하거나 조롱하거나 냉담한 구경꾼으로 머무르는 자연 속의 어떤 정령을 느끼는 것이다. 그 감각은 그의 것이었다. 미스 올드클리프Miss Aldclyffe[3]와 시서리아Cytherea[4]의 조잡한 이야기는 신의 시선으로 보고 자연 속에서 이루어지기 때문에 기억에 남는다.

그가 시인임은 명백했지만 소설가라고 하기에는 아직 불확실했을지 모른다. 그러나 그 다음해에 《녹음이 우거진 나무 아래Under the Greenwood Tree》가 등장했을 때, "하나의 방법을 향해 조심스럽게 나아가는" 수고는 상당 부분 극복되었다. 하지만 앞서의 책이 지니고 있던 독창성은 사라졌다. 두 번째 책을 처음 책과 비교해 보면《녹음이 우거진 나무 아래》는 조예가 깊고 매혹적이며 목가적이다. 작가는 시골집의 앞마당이나 나이 많은 농부의 아낙네를 그리는 영국의 풍경화가 가운데 한 사람으로 발전해 나가고, 급속히 사용하지 않게 된

3-4 《절망적인 요법》의 작중인물.

구식 생활 방식이나 어휘들을 망각하지 않도록 수집하고 보존하기 위해 남아 있는 듯 보인다. 그렇지만 옛날을 좋아하는 어떤 사람, 호주머니에 현미경을 가지고 다니는 어떤 박물학자, 언어가 변화하는 형태를 알기 위해 노력하는 어떤 학자가, 가까운 숲에서 작은 새 한 마리가 올빼미에게 죽임을 당하면서 지르는 처절한 비명 소리를 들었을까? 그 비명은 "침묵으로 바뀌었지만 침묵과 섞이지는 않았다." 우리는 다시 아주 멀리 떨어진 곳에서 고요한 여름날 아침 먼 바다에서 들려오는 대포 소리처럼 낯설고 불길한 메아리를 듣는다. 그러나 우리가 초기 작품을 읽는 동안은 낭비라는 느낌이 든다. 동시에 하디의 천재성이 완고하고 순서가 뒤바뀌었다는 느낌도 있다. 하나의 재능이 먼저 발휘되다가 이어 다른 재능이 발휘되는 것이다. 그들은 쉽게 통제되지 않을 것이며 함께 발휘되지도 않을 것이다. 시인이자 소설가이며 들판과 초원의 충실한 아들이었지만 모든 것을 책으로 배운, 회의와 의기소침으로 괴로워했던 작가, 낡은 방식과 검소한 시골 사람들을 좋아했지만 조상들의 신앙과 육체가 눈앞에서 유령처럼 투명해지는 모습을 바라보게 된 작가의 운명도 정말 그럴 것이었다.

이 같은 모순에 자연은 대칭적인 발전을 저해할 가능성이 있는 또 다른 요소를 추가했다. 작가들 중에는 모든 것을 의식하는 사람도 있고 여러 가지 사물을 의식하지 못하는 사람도 있다. 헨리 제임스나 플로베르와 같은 몇몇 작가들은 그들의 재능이 야기한 불량품을 최대한 활용하며, 창조의 행위 속에서 그들의 재능을 통제하기도 한다. 모든 상황의 온갖 가능성에 대해 인식하며 어떤 일에도 놀라지 않는다. 반면에 디킨스나 스콧과 같은 무의식적인 작가들은 스스로의 동의 없이 위로 들어 올려지거나 휩쓸려 나가는 것 같다. 파도가 가라앉으면 무엇이 왜 일어났는지 그들은 말하지 못한다. 우리는 그 둘 사이에 하디를 놓아야 한다(이것은 그의 강점이자 약점이다). "선견지명의 순간"이라는 말이 그가 쓴 모든 책에서 발견되며, 그는 놀라운 아름다움과 힘을 지닌 구절들을 정확히 묘사한다. 미리 예견할 수 없고 통제할 수 없는 힘은 그가 갑자기 빠르게 움직이게 함으로써 나머지 장면들과의 관계가 단절된다. 우리는 그것이 언제나 홀로 존재했던 것처럼, 패니Fanny[5]의 시체를 실은 짐마차가 물방울을 뚝뚝 떨어뜨리는 나무들 아래로 달려가는 모습을 보고, 너무 살찐 양들이 클로버 사이에서 쩔쩔 매는 광경을 보며, 배스시바Bathsheba[6]가 잠자코 서 있고 그 주위에서 트로이Troy[7]가 번쩍거리는 검을 꺼내 그녀의 머리카락을 자르고 그녀의 가슴에 붙어 있는 애벌레를 털어 내는 모습을 본다. 눈앞에 생생하지만, 눈뿐만이 아니다. 모든 감각이 참여한다. 그런 장면들 뒤에는 광채가 남지만 그 광채는 우리에게 오는 동안 사라진다. 선견지명의 광채 뒤에는 단조로운 햇빛이 오래 이어지며, 어떤 솜씨나 능력이 그 제멋대로인 힘을 붙잡아 더 나은 방식으로 활용할 수 있을지 믿지 못한다. 따라서 그 소설들은 불평등으로 가득 차 있다. 그들은 묵직하고 따분하며 무표정하지만 무미건조하지는 않다.

5-7 하디가 1874년에 발표한 소설 《광란의 무리를 떠나Far from the Maddening Crowd》의 작중 인물.

그들 주위에는 항상 무의식의 자그마한 얼룩, 그 신선함의 후광과 때때로 가장 심오한 만족감을 자아내기도 하는 표현되지 않은 여백이 있다. 그것은 하디 자신이 한 일을 제대로 인식하지 못하는 것 같다. 그 의식은 그가 만들 수 있는 의미보다 더 많은 의미를 만들었으며, 그의 독자들에게 그 의미를 알아내고 그들의 경험에서 의미의 나머지를 채우라고 남겨 놓은 것 같다.

이들 이유 때문에 하디의 천재성은 불확실하고 결과도 한결 같지 않았지만 발전했고 훌륭하게 달성했다. 그 순간은 《광란의 무리를 떠나》에서 완전하게 찾아왔다. 주제도, 방법도 옳았으며, 시인과 시골 사람, 감각적인 사람, 침울하고 생각에 잠긴 사람, 학식이 많은 사람 모두 아무리 유행이 바뀌어도 이 책이 위대한 영국 소설들 가운데 하나로 자리 잡게 하는 데 일조했다. 우선 거기에는 깊고 장엄한 아름다움을 주는 풍경에 인간의 존재라는 미미한 가능성이 둘러싸여 있음을 표현하는 구체적인 세상에 대한 하디의 감각이 있다. 죽은 사람들의 묘와 목동들의 오두막이 있는 어두운 초원이 파도처럼 매끄럽지만 단단하고 영원한 하늘을 향해 솟아오른다. 무한히 멀리까지 뻗어나가지만 그 범위 안에 안전하게 자리 잡고 있다. 바로 낮에는 연약한 기둥처럼 연기가 솟아오르고, 밤이 되면 깜깜한 어둠 속에 램프가 타오르는 조용한 마을들이다. 세상의 뒤편에 있는 그곳에서 양을 치고 있는 게이브리얼 오크Gabriel Oak[8]는 영원한 목동, 별들은 고대의 횃불이며, 그는 여러 시대에 걸쳐 양들과 함께 지내 왔다.

그러나 계곡 아래의 지상은 따뜻함과 생명으로 가득 차 있다. 농장은 바쁘고, 창고에는 온갖 물건이 저장되어 있으며, 들판은 음매하고 우는 소와 매에하고 우는 양의 소리로 소란스럽다. 자연은 풍요롭고 화려하며 탐욕스럽다. 또한 자연은 아직 악의를 품지 않고, 여전히 열심히 일하는 사람들의 위대한 어머니Great Mother이다. 그리고 이제 하디는 처음으로 가장 자유롭고 가장 풍부한 곳, 시골 사람들의 입술을 통해 그의 유머를 완전히 발휘한다. 잰 코건Jan Coggan[9], 헨리 프레이Henry Fray[10], 조지프 푸어그래스Joseph Poorgrass[11]는 하루 일이 끝나면 술집에 모여 반쯤 날카롭고 반쯤 시적인 유머를 내뱉는다. 그것은 순례자들이 '순례자의 길Pilgrims'Way'[12]을 터벅터벅 걸었던 이래로 그들의 머릿속에 숙성되어 왔다가 맥주를 앞에 놓고 입 밖으로 나온 유머였으며, 셰익스피어와 스콧과 조지 엘리엇 모두 엿듣고 싶어 했지만 이 유머를 하디보다 더 사랑하고 더 훌륭하게 이해하면서 들은 사람은 없었다. 그러나 '웨식스 소설Wessex novels'[13]에서 두드러지는 개인은 농부들이 아니다. 그들은 공동의 지혜, 공동의 유머, 영속적인 삶을 위한 기금 등을 만든다. 트로이, 오크, 패니, 배스시바 등은 들락날락하다가 사라지는 반면 잰 코건과 헨리 프레이와 조지프 푸어그래스는 남아 있다. 그들은 밤에는 술을 마시고, 낮에는 쟁기로 들판을 간다.

8-11 《광란의 무리를 떠나》의 작중인물.

12 잉글랜드 남해안 중부에 위치하는 햄프셔 카운티Hampshire County의 윈체스터Winchester에서 잉글랜드 남동부에 위치하는 켄트 카운티Kent County의 캔터베리Canterbury까지 순례자들이 다녔다고 추정되는 길.

13 반쯤 허구적인 잉글랜드 남서부 웨식스 지방을 배경으로 하디가 쓴 일련의 소설.

그들은 영원하다. 우리는 여러 소설들에서 그들을 만나게 되며, 그들은 항상 그들 특유의 것, 개인의 특징보다 민족을 나타내는 특징을 갖는다. 그 농부들은 건전한 정신의 훌륭한 성역이며, 시골은 행복의 마지막 거점이다. 그들이 사라질 때 우리 민족에게는 아무런 희망이 없다.

오크, 트로이, 배스시바, 패니 로빈Fanny Robin과 더불어 우리는 소설에서 제몫을 하는 남녀들과 마주친다. 모든 책은 서너 명의 남녀가 주인공이고 여러 요소들의 힘을 끌어당기는 피뢰침 역할을 한다. 오크, 트로이, 배스시바, 그리고 유스타시아Eustacia [14], 와일디브Wildeve [15], 벤Venn [16], 그리고 헨처드Henchard [17], 루세타Lucetta [18], 파프레Farfrae [19], 그리고 주드Jude [20], 수 브라이드헤드Sue Bridehead [21], 필럿슨Phillotson [22] 등이 바로 그들이다. 이들 서로 다른 책의 주인공들 사이에 어떤 유사점도 있다. 그들은 서로 다른 개인이지만 유형으로서 유사점이 있는 것이다. 배스시바는 배스시바 개인이지만 여성으로서 유스타시아, 루세타, 수 등과 자매이기도 하다. 게이브리얼 오크는 게이브리얼 오크 개인이지만, 남성으로서 헨처드, 벤, 주드 등과 형제이다. 배스시바가 사랑스럽고 매혹적이기는 하지만 그녀는 허약하며, 헨처드가 고집이 세고 잘못 나가더라도 그는 강하다. 이것은 하디의 상상력에서

14-16 하디가 1878년에 발표한 소설 《귀향》의 작중인물.
17~19 하디가 1886년에 발표한 소설 《캐스터브리지의 시장The Mayor of Casterbridge》의 작중인물.
20~22 토머스 하디가 1895년에 발표한 《이름 없는 주드》의 작중인물.

기본적인 부분이며, 그의 여러 작품들에서 나타나는 요소이다. 여자는 약하고 육욕을 탐하며, 더 강한 남자에게 매달려 그의 통찰력을 흐린다. 인생은 바뀔 수 없는 틀을 가지고 있지만 그의 위대한 작품들은 인생에 대해 얼마나 자유롭게 쏟아내는가! 배스시바가 식물을 가득 실은 짐수레에 앉아 작은 거울로 자신의 사랑스러움을 보며 미소 지을 때, 우리는 결론에 이르기 전에 그녀가 얼마나 괴로움을 겪으며 다른 사람들에게 괴로움을 줄지 안다(우리가 안다는 것은 바로 하디의 힘이다). 그러나 거울을 보며 미소를 짓는 그 순간에는 인생의 꽃과 아름다움이 있다. 그것은 거듭 정말 그렇다. 그의 작중인물은 남녀 모두 무한한 매력을 지닌 인간이다. 그는 남자들보다 여자들에게 더 많은 안타까움을 나타내며, 여자들에게 더 많은 관심을 가졌다. 그들의 아름다움이 헛되고 운명은 가혹할지라도, 삶의 광채가 그들 속에 있는 동안에는 그들의 발걸음은 자유롭고 웃음소리는 달콤하다. 그들은 자연의 가슴에 내려앉아 그 침묵과 장엄함의 일부가 되거나, 솟아오르면서 구름의 움직임과 꽃이 피는 삼림에 야생을 입힌다. 다른 인간에게 의존함으로써 고통을 겪는 여자들과 달리 운명과의 갈등으로 고통을 겪는 남자들은 우리의 동정을 얻는다. 게이브리얼 오크 같은 사내라면 우리는 두려워할 필요가 없다. 그를 자유롭게 사랑할 수는 없더라도 그를 존중해야 한다. 그는 두 발로 단단히 서서(적어도 남자들을 향해서는) 그가 받은 주먹과 똑같은 예리한 주먹을 날릴 수 있다. 그는 교육을 받아서라기보다 성격에서 비롯되는, 앞을 내다보는 능력이 있다. 그는 안정적이고, 애정은 확고부동하며, 두 눈을 뜬 채 주춤하지 않는다. 그는 꼭두각시가 아니다. 보통 때는 가정적이며 평범한 인물이다. 길을 걷는 동안 사람들은 그를 쳐다보지 않는다. 요컨대 그의 작중인물은 우리 모두에게 공통적인 상징을 지니면서도(이것은 바로 시인의 재능이다), 그들 자신의 정열과 특질에 의해 움직인다. 그의 작중인물이 우리와 같은 존재임을 우리에게 믿게 하는 것이 바로 하디의 힘이며 이는 바로 참된 소설가의 힘임을 아무도 부인할 수 없다.

그리고 우리가 그에게서 다른 작가들과 구분되는 심오한 차이를 의식하는 순간은 하디가 남녀를 창조하는 힘에 대해 생각할 때이다. 우리는 이들 다수의 작중인물을 돌아보면서 우리가 무엇 때문에 그들을 기억하는지 생각해 본다. 그리고 그들의 열정을 기억한다. 그들이 얼마나 깊이, 때로는 비극적인 결과를 야기하면서까지 서로를 사랑했는지 기억한다. 배스시바를 향한 오크의 성실한 사랑, 와일디브, 트로이, 피츠파이어스 Fitzpiers [23] 같은 사내들의 떠들썩하면서도 덧없는 열정, 어머니에 대한 아들 클라임 Clym [24] 의 사랑, 엘리자베스 제인 Elizabeth Jane [25] 에 대해 헨처드가 가졌던 질투 섞인 아비로서의 열정도 기억한다. 하지만 그들이 어떻게 사랑했는지는 잘 떠오르지 않는다. 그들이 서로 어떻게 대화하고 어떻게 변화했으며 어떻게 조금씩 차

---

23 하디가 1887년에 발표한 《삼림지에 사는 사람들 The Woodlanders》의 작중인물.
24 《귀향》의 작중인물.
25 《캐스터브리지의 시장》의 작중인물.

츰 서로 알게 되었는지도 기억하지 못한다. 그들 관계는 아주 사소하고 아주 심오한 지적인 판단과 인식의 미묘한 차이로 만들어지지 않았다. 그 모든 책들에서 사랑은 인간의 생활을 형성하는 위대한 것 중 하나지만 동시에 사랑은 파멸이며, 갑자기 압도적으로 일어난다. 그것에 대해서는 할 말이 없다. 열정적이지 않은 연인들의 대화는 마치 그들의 일상적 의무를 하는 듯, 상대방의 감수성을 탐구하기보다 인생과 그 목적에 대해 더 의문을 갖는 듯, 실제적이거나 철학적이다. 비록 그들에게 자신의 감정을 분석하는 힘이 있더라도 인생은 요동치고 시간은 없다. 그들은 노골적인 타격, 변덕스러운 재간, 점점 증대되는 악의적인 운명 등을 처리하는 데 모든 힘을 쏟는다. 미묘한 인간 희극에 대해서 소비할 힘이 없다.

따라서 다른 소설가들의 작품이 우리에게 아주 많은 기쁨을 주었던 몇 가지 성질을 하디에서는 찾지 못한다고 확실하게 말할 수 있을 때가 온다. 그에게는 제인 오스틴의 완전성이나 메러디스의 위트, 새커리의 감각, 톨스토이의 놀랍도록 지적인 힘이 없다. 위대한 작가들의 작품에는 줄거리와는 별개로 변화가 미칠 수 있는 범위 너머에 몇 가지 장면을 놓는 결정적인 효과가 있다. 우리는 그들이 서술과 어떤 관계를 지니는지 묻지 않으며, 그 장면 앞뒤에서 나타나는 문제들을 해석하는 데 그들을 활용하지도 않는다. 웃거나 얼굴을 붉히거나 대여섯 마디의 대화로 충분하며, 우리에게 기쁨을 준 원천은 영원하다. 하지만 하디에게는 이 같은 집중이나 완전성이 없다. 그의 빛은 사람의 가슴에 직접 미치지 않는다. 그것은 사람의 가슴을 지나 히스^{heath}

가 만들어 내는 어둠 쪽으로, 폭풍에 흔들리는 나무들에 미친다. 우리가 방 안을 들여다보면 난롯가에 모여 있는 사람들이 흩어진다. 각각의 남녀는 홀로 폭풍과 싸우면서, 다른 인간들의 관찰이 가장 적을 때 자신을 가장 많이 드러낸다. 우리는 피에르Pierre [26]나 나타샤 Natasha [27], 베키 샤프 Becky Sharp [28] 등을 아는 만큼 하디의 인물들을 알지 못한다. 우리는 그들이 정부의 관리, 귀부인, 싸움터의 장성 등에게 모습을 드러내는 동안에도 그들을 알지 못한다. 그들이 생각하는 복잡성과 관련성, 혼란도 알지 못한다. 그들은 잉글랜드의 시골이라는 지역에 고정되어 있다. 하디는 시골 유지나 농부보다 높은 사회 계층을 묘사하지 않으며 그들은 항상 불행한 결과를 맞는다. 교육을 받고 여가가 있는 사람들이 모여들고 희극이 무르익으며 인물의 특징이 드러나는 거실이나 클럽의 휴게실이나 무도장에서 그는 거북하고 불편하다. 그 반대도 똑같다. 만약 그의 작중인물들이 서로 맺는 관계를 모르지만 우리는 그들이 시간, 죽음, 운명과 맺는 관계를 알고 있다. 만약 불빛이나 도시의 군중 틈에서 서두르는 바람에 그들을 보지 못한다면, 땅이나 폭풍, 계절의 변화 속에서 그들을 보게 된다. 우리는 인류와 대면하는 매우 엄청난 몇 가지 문제에 대한 그들의 태도에 대해서도 알고 있다. 그들은 인간보다 큰 모습으로 기억 속으로 들어간다. 우리는 자세하게가 아니라 확대되고 위엄을 지닌 모습의 그들

26-27 톨스토이의 소설 《전쟁과 평화》의 작중인물.
28 새커리의 소설 《허영의 시장》의 작중인물.

을 보는 것이다. 우리는 테스Tess[29]가 잠옷 차림으로 "제왕과 같은 위엄을 자아내면서" 세례를 받는 모습을 본다. 우리는 마티 사우스Marty South[30]가 "추상적인 인간애의 고결함을 위해 남녀의 구별을 냉담하게 거부한 사람처럼" 윈터본Winterbourne[31]의 무덤에 꽃을 놓는 모습을 본다. 그들이 하는 말에는 성경과 같은 위엄과 시가 들어 있다. 그 속에는 정의할 수 없는 어떤 힘, 사랑 혹은 증오가 있다. 이 힘은 남자들의 경우 인생에 반항하는 원인이고 여자들은 고통에 대한 무제한적인 능력이다. 그리고 작중인물을 지배하고, 우리에게 숨겨져 있는 더욱 세세한 특징을 반드시 살펴보게 만드는 것도 바로 이 힘이다. 이것은 비극의 힘이며, 만약 하디를 그의 동료들과 나란히 놓는다면 우리는 그를 영국의 소설가 가운데 가장 위대한 비극 작가라고 불러야 한다.

이제 우리는 하디의 철학 가운데 위험 구역으로 접근할 것이고 이제부터 주의를 기울여야 한다. 상상력이 풍부한 작가의 책을 읽을 때는 반드시 책과 올바른 거리를 유지해야 한다. 특히 뚜렷한 특질을 지닌 작가의 경우 그에 대한 확고한 의견을 갖고 있으면 그의 신조를 반박하고 어떤 일관적인 관점으로 그를 속박하기가 쉽다. 인상을 잘 받는 작가는 대체로 결론을 제대로 끌어내지 못한다는 규칙에서 하디도 예외는 아니다. 인상에 몰입해 언급하는 것은 독자이다. 어떤

---

29 하디의 동명 소설의 작중인물.
30-31 《삼림지에 사는 사람들》의 작중인물.

더 심오한 의도(아마도 작가 자신이 의식하지 않았을지도 모르는 의도)를 선호하면서 작가의 의식적인 의도를 제치는 법을 아는 것도 독자이다. 하디도 이것을 인식하고 있었다. 소설은 "인상이지 주장이 아니다"고 우리에게 경고했으며, 다음과 같이 말하기도 했다.

제대로 조정되지 않은 인상도 가치가 있다. 그리고 인생의 참된 철학에 이르는 길은 삶의 현상들이 우리에게 우연히 그리고 변화에 의해 강요될 때 그들을 다양하게 파악하고 겸손하게 기록하는 데 있다.

물론 하디는 가장 훌륭할 때 우리에게 인상을 주고 가장 허약할 때 주장을 내세운다. 《삼림지에 사는 사람들》, 《귀향》, 《광란하는 무리를 떠나》에서, 그리고 무엇보다도 《캐스터브리지의 시장》에서 우리는 의식적으로 주문하지 않았지만 인생에 대한 하디의 인상을 보게 된다. 그의 직접적인 직관을 가지고 그를 간섭해 보라. 그러면 그의 힘이 사라진다. "별들이 세상들이라고 네가 말했지, 테스?" 하고 벌집을 가지고 시장으로 나가는 동안 에이브러햄Abraham[32]이 묻는다. 테스는 "벌레 먹은 게 몇 개 있지만 대부분 보기 좋고 흠이 없는 사과" 같다고 대답한다. "보기 좋은 것과 벌레 먹은 것 가운데 우리는 어느 쪽에 사는 거냐?" "벌레 먹은 것"이라고 그녀가 대답한다. 슬픔에 잠긴 사상가가 그녀의 가면을 쓰고 그녀 대신 한 말인지도 모른다. 그

---

[32] 《테스》의 작중인물.

말은 지금껏 사람만 보아 왔던 곳에서 차갑고 세련되지 않은 기계의 스프링처럼 갑자기 튀어나온다. 우리는 거칠게 그 공감에서 벗어난다. 그러나 얼마 뒤 그 공감은, 작은 수레가 멈추고 우리 행성을 지배하는 묘한 방법들의 구체적인 사례를 보면 다시 새로워진다.

《이름 없는 주드》는 하디의 모든 작품들 가운데 가장 고통스러우며, 하디가 비관주의자라고 주장할 수 있는 유일한 작품이다. 《이름 없는 주드》의 경우 그 작품의 비참함은 위압적이지만 그 작품이 비극적이지는 않다는 결과에서 주장이 인상을 지배하는 일이 허용된다. 여러 재난이 거듭되는 동안 우리는 사회에 대한 반대가 사실에 대한 심오한 이해를 바탕으로 하지 않는다고 느낀다. 여기에는 톨스토이가 했던 사회 비판과 고발을 무섭게 만드는 그 넓이와 힘, 인류의 지식 등이 전혀 없다. 여기서 신들의 커다란 불공평이 아니라 인간의 사소한 잔인성이 드러난다. 하디의 참된 힘이 어디에 있는지 알기 위해서는 《이름 없는 주드》를 《캐스터브리지의 시장》과 비교할 필요가 있다. 주드는 대학 학장들의 교양 있는 인습들을 상대로 참담한 싸움을 계속한다. 헨처드는 다른 사람에 대해서가 아니라 그 자신의 외부에 있는 어떤 것(그의 야심과 권력을 가진 사람들에게 반대하는 것)과 싸운다. 그가 나쁘기를 바라는 사람은 아무도 없다. 심지어 그가 해를 끼쳤던 파프레, 뉴슨[Newson][33], 엘리자베스 수까지도 그에게 동정을 느끼며 그의 인격적인 힘에 경탄한다. 그는 운명과 맞서며, 크게 볼 때

---

[33] 《캐스터브리지의 시장》의 작중인물.

자신의 잘못으로 파멸에 빠진 나이 많은 시장을 옹호한다. 하디는 평등하지 못한 싸움에서 인간성을 옹호하고 있다. 여기에는 비관주의가 없다. 작품 전체를 통해 우리는 그 문제의 숭고함을 인식하며, 그것은 가장 구체적인 형태로 우리에게 제시된다. 시장에서 헨처드가 선원에게 아내를 파는 첫 장면에서부터 에그던히스Egdon Heath[34]에서 그가 죽을 때까지, 줄거리는 활기차고 유머는 풍부하고 독특하며 움직임은 활달하고 자유롭다. 자연이 배경에 있거나 신비스럽게 전경을 지배하는 가운데 다락방에서 벌어진 파프레와 헨처드의 싸움, 헨처드 부인의 죽음에 즈음한 쿡스섬 부인Mrs. Cuxsom[35]의 연설, 피터스핑거Peter's Finger[36]에서 주고받는 악한들의 대화 등은 영국 소설의 백미이다. 짧고 부족하더라도 그것은 각자에게 허용되는 행복의 척도이다. 하지만 헨처드의 투쟁처럼 그 투쟁이 인간의 법이 아니라 운명의 선고에 달려 있는 한, 그것이 탁 트인 공간에서 이루어지고 두뇌의 활동이 아닌 신체의 활동을 요구하는 한, 그 싸움에는 위대함이 있고 자존심과 즐거움이 있다. 그리고 에그던히스에 있는 집에서 몸을 다친 옥수수 상인의 죽음은 살라미스Salamis[37]의 주군 아이아스Ajax[38]에 비교할 수 있다. 진정한 마법은 우리가 느끼는 감정이다.

---

34 하디의 작품에 나오는 허구적인 지명.
35 《캐스터브리지의 시장》의 작중인물.
36 하디의 작품에 나오는 허구적인 지명.
37 키프로스 섬의 동쪽 해안에 있는 고대 도시.
38 그리스 신화에 나오는 트로이 전쟁 때의 영웅.

이 같은 힘에 앞서, 우리는 소설에 적용하는 일반적인 기준이 무익하다는 느낌을 받는다. 위대한 소설가는 멜로디가 있는 산문의 대가여야 한다고 주장하는가? 하디는 그런 사람이 아니었다. 그는 자신이 원하는 구절에 타협하지 않는 방법과 현명함을 찾으며, 그것은 때때로 잊을 수 없을 만큼 신랄하기도 하다. 그것이 실패하면, 그는 때로는 모나게 굴고 때로는 많은 책을 읽으며 노력했다. 그 과정에서 그는 가정적이거나 서투르거나 구식 말투를 가리지 않는다. 스콧의 문체 말고는 문학에서 분석하기 어려운 문체는 없다. 표면상 하디의 문체는 아주 나쁘지만, 목적을 틀림없이 성취한다. 진흙투성이 시골길이나 겨울철에 근채류가 자라는 소박한 들판의 매력을 합리화하려는 사람이 있을지도 모른다. 그렇다면 도싯셔 그 자체와 마찬가지로 딱딱함과 모난 성질에서 나온 그의 산문도 라틴 어처럼 울려 퍼진다. 그러면 그 자신의 메마른 초원과 같은 거대한 기념비적 대칭성 가운데서 그 산문의 위대함이 형성될 것이다. 그렇다면 다시 묻는데, 소설가가 개연성을 준수하고 현실에 밀착되어야 한다고 생각하는가? 하디의 구성에 보이는 폭력성과 뒤얽힘 비슷한 것을 발견하기 위해서는 엘리자베스 시대의 연극으로 돌아가야 한다. 하지만 우리는 작품을 읽는 동안 그의 이야기를 완전히 받아들인다. 뿐만 아니라 그의 폭력성과 멜로드라마에는 격렬한 아이러니와 엄격함이 있다. 바로 인생을 읽는 것이 인생 자체의 이상함을 이겨내지 못할 것도 없고 변덕과 불합리함도 우리 존재의 놀라운 상황을 표현할 수 없는 정도의 극단적인 것은 아니라는 점이다. 그리고 이를 알아차리는 것은, 시의 그 야생적인 정신의 일부이다.

그러나 우리가 웨식스 소설의 거대한 구조를 생각하면서 이 작중 인물, 저 장면, 심오하며 시적 아름다움을 지닌 이 구절 등 사소한 점에 집착하는 모습은 부적절해 보인다. 하디가 우리에게 남긴 것은 그보다 크다. 웨식스 소설은 한 권이 아니라 여러 권이다. 그들은 광범위하다. 그들은 불가피하게 불완전한 모습으로 가득 차 있다. 실패인 것도 있고, 작가의 천재성 가운데 잘못된 측면만을 보여 주는 것도 있다. 하지만 우리가 그 작품들에 자신을 내맡길 때, 우리가 그 전체적인 인상을 저장해 놓을 때, 그 효과는 대단히 만족스러울 것이다. 우리는 삶이 부여하는 고통과 사소함에서 해방된다. 우리의 상상력은 뻗어 나가고 높아지며, 우리의 유머는 사람들에게 웃음을 터뜨린다. 그리고 우리는 지상의 아름다움을 깊이 들이마신다. 슬퍼하고 생각에 잠기는 정신 속으로 들어가기도 한다. 그 정신은 가장 슬플 때조차 엄격하게 바른 자세를 취하고, 분노로 울부짖을 때조차도 남녀의 괴로움에 대한 깊은 연민을 결코 잃지 않는다. 따라서 하디가 우리에게 준 것은 어떤 때와 장소의 삶에 대한 표현만이 아니다. 강력한 상상력, 심오하며 시적인 천재성, 부드럽고 인간적인 영혼 속에 그 모습을 드러냈던 세상과 인간의 몫에 대한 통찰력이다.

책은 어떻게 읽을 것인가?

How Should One Read a Book?

How Should One Read a Book?

나는 간혹 최후의 심판일이 되어 위대한 정복자, 법률가, 정치가 등이 그들의 대가(그들의 왕관, 월계관, 사라지지 않는 대리석에 지워지지 않도록 새겨지는 그들의 이름 등)를 받으려고 왔을 때, 그들 속에서 옆구리에 책을 끼고 다가가는 우리를 본 하느님이 베드로를 돌아보며 살짝 부러움이 드리운 표정으로, "보라, 이들에게는 아무 대가도 필요 없도다. 이들에게는 줄 것이 없어. 이들은 독서를 좋아했구나" 하고 말하는 꿈을 꾸고 있다.

우선 이 책의 끝에서 의문 부호를 강조하고 싶다. 내가 그 질문에 답할 수 있더라도, 그 답은 내게만 적용되고 여러분에게는 상관없을 것이다. 정말이지 독서에 대해 어느 한 사람이 다른 사람에게 줄 수 있는 유일한 충고는 자신의 본능을 따르라는 것, 자신의 이성을 사용하라는 것, 자신의 결론에 이르라는 것 등이다. 우리 사이에 이것이 합의된다면 나는 몇 가지 생각을 편하게 털어놓을 수 있을 것이다. 그렇지 않으면 이 생각이 독자에게 가장 중요한 성질인 독립성에 족쇄를 채우게 될 것이다. 아무튼 책에 대해 어떤 법칙을 세울 수 있을까? 물론 워털루 전투는 어느 날에 일어났다고 정확하게 대답할 수 있다. 하지만 〈햄릿Hamlet〉이 〈리어 왕 King Lear〉보다 더 훌륭한 희곡일까? 아무도 말할 수 없다. 각자 스스로 그 질문에 대해 생각해야 한다. 묵직한 모피와 가운을 걸친 권위자들을 우리 서재에 들어오게 해 그들에게 무엇을 어떻게 읽을 것인지 묻거나 읽은 것에 대해 어떤 가치를 부여할지 묻는 일은, 성역이라 할 만한 곳의 숨결인 자유의 정신을 파괴하는 일이다. 법과 관습에 얽매이는 다른 곳이 있겠지만 여기는 아니다.

그러나(상투적인 표현이 용서된다면) 자유를 향유하기 위해서는 스스로를 통제해야 한다. 장미 덤불에 물을 주려고 집 절반에 물을 뿌리는 것처럼 우리의 권리를 쓸데없이 무식하게 사용해서는 안 된다. 정확하고 강력하게 훈련시켜 원하는 지점에 바로 물을 주어야 한다. 이것이 우리가 도서관에서 대면하는 최초의 어려움이다. '바로 여기 원하는 지점'이란 무엇인가? 거기에는 혼란밖에 없다. 시집과 소설책, 역사책과 회고록, 사전과 인명록, 모든 기질, 모든 민족, 모든 연대의 남녀에 의해 모든 언어로 쓰여진 책들이 서가에서 서로 떠밀고 있다. 밖에는 당나귀가 울고, 여인들이 우물가에서 수다를 떨며, 망아지는 들판을 가로질러 달린다. 대관절 어디에서 시작해야 하는가? 이 무수한 혼란에 어떻게 질서를 부여하여 가장 깊고 가장 넓은 즐거움을 얻을 것인가?

책에는 분류(소설, 전기, 시)가 있으므로 그들을 분리하여 우리에게 전해 주는 즐거움을 각각 취해야 한다고 말하기는 너무 쉽다. 하지만 책이 우리에게 줄 수 있는 것을 책에게 요구하는 사람은 없다. 우리는 여러 가지 흐릿한 생각으로 책과 마주치고, 소설이 과연 사실인지, 시가 틀리지 않는지, 전기가 아첨하지는 않는지, 역사는 우리 의 편견을 조장하지 않는지를 묻는다. 만약 우리가 독서할 때 그 같은 선입견을 몰아낼 수 있다면 그것은 대단한 시작이다. 읽고 있는 책의 저자에게 무엇인가를 말하지 말고 바로 그가 되도록 노력하라. 그의 동료나 공범이 되어라. 만약 처음에 머뭇거리고 미루거나 비판한다면, 책에서 충분한 가치를 얻을 수 있는 기회를 막는 셈이다. 그러나 만약 최대한 넓게 마음을 열면, 이리저리 비비 꼬인 처음 몇 문장들이 내뿜는 알아차리지 못할 신호나 암시가 다른 사람과 다른 어느 인간이 있는 곳으로 여러분을 데려갈 것이다. 이 속에 몸을 담그고, 이것과 친숙해지도록 하라. 그러면 여러분은 자신이 읽고 있는 책의 저자가 여러분에게 훨씬 분명한 무엇인가를 주거나, 주려고 하고 있음을 발견하게 된다. 만약 우리가 소설을 처음 읽는 방법을 생각한다면, 소설은 세워지고 통제되는 건물처럼 무엇인가를 만들려는 시도이다. 하지만 어휘들은 벽돌과 달리 만져지지 않고, 책을 읽는 일은 더 오래 걸리고 더 복잡하다. 어쩌면 소설가들이 하는 일을 가장 빨리 이해하는 방법은 읽는 것보다 쓰는 것(어휘들의 위험성과 어려움을 직접 경험하는 것)일지도 모른다. 그러면 여러분에게 뚜렷한 인상을 남긴 어떤 사건(예컨대 길모퉁이에서 두 사람이 이야기하는 동안 그 곁을 스쳐 지나면서 일어난 일)을 상기하라. 나무가 흔들렸고, 전등이 춤을 추었으며, 두 사람의 어조는 희극적이면서 비극적이기도 했고……. 전체의 모습, 전체의 개념이 그 순간 속에 들어 있는 것처럼 보인다.

그러나 사건들을 어휘를 쌓아 만들려고 하면 그것이 천 가지나 되는 서로 모순되는 인상들로 인해 부서짐을 알게 될 것이다. 억눌러야 하는 것도 있고, 강조해야 할 것도 있다. 그 과정에서 여러분은 감정 그 자체에 대해서는 전혀 파악하지 못할 것이다. 다음에는 얼룩지고 난잡한 여러분이 쓴 원고에서 디포, 제인 오스틴, 하디와 같은 몇몇 위대한 소설가가 쓴 소설의 서두로 고개를 돌려 보자. 이제 여러분은 그들의 뛰어난 솜씨를 훨씬 더 훌륭하게 감상할 수 있을 것이다. 우리는 다른 사람(디포, 제인 오스틴, 또는 토머스 하디 등)이 있는 곳에 있을 뿐 아니라 다른 세상에 살고 있기도 하다. 《로빈슨 크루소》에서 우리는 따분한 큰길을 터벅터벅 걷고 있다. 일은 하나씩 일어난다. 사실과 순서는 충분하다. 하지만 탁 트인 공간과 모험이 디포에게 모든 것을 의미했다면, 제인 오스틴에게는 아무것도 아니었다. 그녀에게는 거실에서 대화를 나누는 사람들, 그들의 성격을 드러내는 대화를 비추는 수많은 거울이 더 의미가 있었다. 만약 우리가 거실과 그것을 비추는 환영과 친숙해진 뒤 하디 쪽으로 고개를 돌린다면, 우리는 다시 이전으로 되돌아가는 셈이다. 황야가 우리 가까이에 있고, 머리 위에는 별이 떠 있다. 이제 정신의 반대쪽(여럿이 함께 나타나는 밝은 면이 아니라 혼자 가장 훌륭하게 다가오는 어두운 면)이 드러난다. 우리의 관계는 사람들과의 관계가 아니라 자연이나 운명과의 관계이다. 이들 세상은 서로 다르지만 일관성이 있다. 각각의 세상을 만든 사람은 자신의 관점에 대한 법칙을 주의 깊게 지킨다. 이들은 같은 책에서 두 가지 서로 다른 현실을 소개함으로써 우리를 혼란시키는 시시한 작가들과는 달리 우리를 혼란에 빠뜨리지 않는다. 따라서 훌륭한 소설가 한 사람에게서 다른 소설가로(제인 오스틴에게서 하디로, 피콕에서 트롤럽으로, 스콧에서 메러디스로) 옮겨 가는 일은 나무가 세게 비틀어지거나 뿌리째 뽑히는 것과 같고, 한 번은 이쪽으로, 다음에는 저쪽으로 내동댕이쳐지는 것과도 같다. 소설을 읽는 것은 어렵고 복잡한 기술이다. 여러분이 만약 소설가(위대한 예술가)가 여러분에게 주는 이점을 최대한 활용하고자 한다면, 매우 세세한 인식뿐 아니라 매우 과감한 상상력까지 발휘할 수 있어야 한다.

그러나 서가에 꽂힌 다른 책을 훑어보면 작가들이 '훌륭한 예술가'인 경우는 매우 드물며, 책을 예술 작품이라고 주장할 수 없는 경우도 많음을 알게 된다. 예컨대 위대한 사람들, 오래전에 죽어 잊혀진 사람들의 생애로서 소설책이나 시집과 나란히 있는 전기나 자서전은 '예술'이 아니기 때문에 안 읽을 것인가? 읽기는 하되 다른 방법으로, 다른 목표를 가지고 읽을 것인가? 그렇다면 저녁이 되어 전등을 켜고 블라인드는 아직 내려지지 않았으며 그 집의 각 층마다 서로 다른 인간이 존재함을 보여 주는 어느 집 앞에 머뭇거릴 때, 우리를 사로잡는 그 호기심을 만족시키기 위해 그 책들을 읽을 것인가? 그럼 우리는 소문을 주고받는 하인, 식사하는 신사, 파티에 가기 위해 옷을 차려 입는 소녀, 뜨개질을 하면서 창가에 앉아 있는 노파에 관한 호기심이 생긴다. 그들이 누구며, 무엇을 하는 사람이고, 그들의 이름, 직업, 생각, 모험 등은 무엇인가?

전기와 회고록은 그 같은 의문에 답해 주며, 수많은 집에 불을 밝혀 준다. 그 책들은 사람들이 죽을 때까지 일상적인 일을 열심히 하고, 성공하거나 실패하며, 먹고, 사랑하거나 미워하는 모습을 보여 준다. 그리고 때로는 우리가 지켜보는 동안 그 집이 희미해지고 철제 난간이 사라지면서, 우리가 바다에 나가거나, 사냥, 항해, 전투 등을 하고 있기도 하며, 야만인들 사이에 혹은 병사들 사이에 있는가 하면, 어느 위대한 군사 작전에 투입되기도 한다. 아니면 여기 잉글랜드나 런던에 머물고자 하면 장면이 바뀐다. 거리가 좁아지고, 집이 작아지거나 비좁으며 다이아몬드형 창틀이 있고 악취를 풍기기도 한다. 우리는 벽이 아주 얇아 아이들이 울면 그 울음소리가 그대로 들리는 집에서 쫓겨나온 어느 시인, 존 던을 본다. 책에 놓여 있는 길을 통해 트위크넘까지, 귀족들과 시인들의 유명한 회합 장소인 레이디 베드퍼드의 정원까지 그를 뒤쫓을 수도 있다. 그런 다음에는 초원에 자리 잡은 훌륭한 저택으로 발을 돌려 시드니가 누이동생에게 《아르카디아》를 읽어 주는 소리를 듣고, 바로 그 늪지를 거닐면서 유명한 로맨스에 등장하는 왜가리를 바라본다. 그런 다음에는 레이디 팸브로크 앤 클리퍼드와 함께 그녀의 황무지로 여행하거나, 도시로 와 검은색 벨벳 정장 차림으로 스펜서와 함께 시를 논하는 가브리엘 하비의 모습을 발견하고 기쁨을 억누르기도 한다. 어둠과 광채가 번갈아 찾아드는 엘리자베스 시대의 런던에서 손으로 더듬거나 발부리가 걸리는 것보다 더 재미있는 일은 없다. 하지만 거기에 머무르지는 않는다. 템플 부부, 스위프트 부부, 할리 부부, 세인트 존 부부가 우리를 손짓해 부른다. 그들의 언쟁을 해결해 주고 그들의 성격을 알아내는 데 시간을 소비한다. 그리고 그들이 지겨워지면 산책을 하다가 다이아몬드가 박힌 검은 옷차림의 귀부인을 스쳐 지나 새뮤얼 존슨, 골드 스미스^{Oliver Goldsmith [1]}, 개릭에게 가거나, 또는 해협을 건너 볼테르와 디드^{Diderot, Denis[2]}로, 마담 뒤 데팡^{Madame du Deffand [3]}을 만난 뒤, 영국과 레이디 베드퍼드가 한때 정원을 가지고 있었고 나중에 포프가 살았던 트위크넘(어떤 지명과 인명은 거듭 나온다!)으로, 스트로베리힐^{Strawberry Hill [4]}에 있는 월폴의 집으로 돌아온다. 월폴이 우리에게 새로운 사람을 많이 소개해 방문할 집이 많기 때문에, 우리는 미스 베리^{Mary Berry [5]}의 문간에서 잠시 망설일지도 모르지만, 보라, 바로 그때 새 커리가 다가온다. 그는 바로 월폴이 사랑했던 여성의 친구이다. 그러므로 단지 친구에서 친구로, 정원에서 정원으로, 저택에서 저택으로 가기만 해도 우리는 영국 문학의 한쪽 끝으로 들어가 반대쪽 끝으로 나온 셈이며, 만약 지금 이 순간을 과거의 모든 시간과 구분할 수 있다면 여기 현재에서도 다시 깨어나 우리 자신을 발견할 수 있다. 그렇다면 이것은 그들의 생애에 관한 책과 서간을 읽는 방법 가운데 하나이다. 우리는 그들에게 과거의 창문에 불을 밝히게 할 수 있다. 죽은 유명 인사들의 습관을 지켜보다가 때때로 그들과 아주 가까워 그들의 비밀을 알아차릴 수 있다고 상상할 수 있으며, 때로는 그들이 썼던 희곡이나 시를 끄집어내 그것이 지은이 앞에서 다르게 읽히는

---

1 1728~1774, 영국의 소설가이자 시인 및 극작가.

2 1713~1784, 프랑스의 유물론을 대표하는 철학자이며 작가이자 예술비평가이다.

3 1697~1780, 뒤 데팡 후작 부인이라고도 함. 파리에 살롱을 열어 문인들과 교류하고 서간집을 남겼다.

4 트위크넘의 한 구역.

5 1763~1852, 영국의 여류 작가.

지 알아보기도 한다. 그러나 이것은 다시 다른 의문을 제기한다. 책한 권이 그 저자의 삶에 얼마나 영향을 받느냐(누군가에게 그 저자를 해석하는 일이 얼마나 안전하며 우리에게 일으키는 공감과 반감에 그가 얼마나 저항하거나 동조할 것이냐) 어떻게 그처럼 어휘들이 민감하고 어떻게 그처럼 저자의 성격을 잘 받아들이느냐 하는 점을 우리는 자문해야 한다. 이들은 우리가 생애에 관한 책과 편지를 읽을 때 우리를 압박하는 의문들이며, 우리는 그 의문에 스스로 답해야 한다. 그처럼 개인적인 문제에 다른 사람들의 선호에 이끌리는 것은 가장 치명적이다.

그러나 또한 우리는 문학을 조명하거나 유명 인사와 친숙해지려는 것이 아니라 우리의 창조력을 발휘하고 새롭게 하기 위해 그들의 생애에 관한 책이나 편지를 읽을 수도 있다. 그 서가의 오른쪽에 창문이 열려 있는가? 그럼 책을 읽는 것을 멈추고 밖을 내다보라. 이 얼마나 즐거운가! 망아지가 들판을 뛰놀며, 여인이 우물에서 물을 긷고, 당나귀가 머리를 뒤로 젖히며 뜨거운 입김을 길게 내뿜는 정경은 무의식적이고 부적절하기도 하며 지속적으로 움직이는 모습으로 얼마나 자극적인가! 모든 문학은 연륜을 쌓는 동안의 쓰레기더미, 더듬거리고 약해진 악센트로 이야기되는 사라진 순간과 잊혀진 생애에 관한 기록이다. 하지만 여러분이 그 쓰레기를 읽는 즐거움에 자신을 내맡기면, 내버려져 썩어 가는 인간 생활의 유물에 놀라고 압도될 것이다. 그것은 편지 한 통일지도 모른다. 하지만 그것이 주는 통찰력이란! 그것은 몇 개의 문장일지도 모른다. 하지만 어떤 전망을 제시하는가! 때로는 이야기 전체가 너무 아름다운 유머와 페이소스와 완전성으로 전개되어 마치 어느 위대한 예술가가 작업한 것처럼 보이기도 한다. 하지만 그것은 존스 함장 Captain Jones의 기이한 이야기를 기억하는 나이 많은 배우 테이트 윌킨슨 Tate Wilkinson [6]이거나, 아서 웰즐리 Arthur Wellesley [7] 아래서 근무하다가 리스본의 예쁜 아가씨와 사랑에 빠진 젊은 중위일 뿐이거나, 버니 박사의 훌륭한 충고를 받아들여 텅 빈 거실에서 손에 들고 있던 뜨개질감을 내동댕이친 채 애인 리시 Rishy와 사랑의 도피 행각을 하지 않았더라면 어땠을까 하고 후회하며 한숨짓는 마리아 앨런일 뿐이다. 이런 것은 아무런 가치가 없으며 아예 무시해도 좋다. 하지만 때로 쓰레기더미를 뒤적거리다 엄청난 과거에 파묻힌 반지나 가위, 부서진 코를 발견하고는 망아지가 들판을 뛰놀며 여인이 우물에서 물을 긷고 당나귀가 입김을 내뿜는 동안 그 조각들을 한데 묶으려는 일은 얼마나 흥미진진한가!

그러나 결국 우리는 쓰레기더미를 찾아 읽는 일에 싫증을 내게 마련이다. 우리는 윌킨슨, 번베리 Bunbury, 마리아 앨런 같은 사람들이 우리에게 줄 수 있는 반 토막 진실의 나머지를 채우는 데 싫증을 낸다. 그들에게는 숙달하고 제거하는 예술가의 힘이 없다. 그들은 자신의 삶에 대해서조차 전체적인 진실을 말할 수 없었고, 아주 맵시가 좋았

---

6 1739~1803, 영국의 배우.
7 1769~1852, 워털루 전투에서 나폴레옹과 싸워 승리한 초대 웰링턴 공작 Duke of Wellington의 본명.

을 수도 있는 이야기를 훼손시키기까지 했다. 그들이 우리에게 줄 수 있는 것은 사실뿐이며, 사실은 소설의 아주 열등한 형태이다. 따라서 우리는 반 토막의 진실이나 진실에 가까운 사실을 찾지 않고 인간 성격의 구체적인 종류를 알아보기를 멈춘다. 그리고 더욱 커다란 추상적 성질, 더욱 순수한 소설의 진실을 즐기려는 욕구가 증대한다. 따라서 우리는 격렬하고 종합적이며, 자세히는 모르지만 어떤 규칙적이며 반복하는 박자에 의해 강조되는 기분을 만들어 낸다. 그 자연스러운 표현이 바로 시이며, 우리가 시를 쓸 수 있게 되었을 때는 바로 시를 읽을 때이다.

서풍이여, 그대는 언제 불어 올 것인가?
가랑비가 내릴지도 모른다.
젠장, 애인이 내 품속에 있고
내가 다시 잠자리에 들었더라면!

시의 효과는 아주 격렬하고 직접적이어서 잠시 동안 시 자체의 감흥을 제외하고는 아무 감흥도 없다. 그럼 시는 얼마나 깊은 곳까지 우리를 방문하며, 우리의 몰입은 얼마나 갑작스럽고 완전한가! 여기에는 붙잡을 것도, 우리를 붙잡아 주는 것도 없다. 차츰 허구의 환상이 생기고 그 효과가 나타나지만, 이 4행시를 읽을 때 누가 그것을 썼느냐고 묻거나, 던의 집 또는 시드니의 비서 생각을 떠올리거나, 과거의 여러 세대에 걸친 복잡한 일과 그 시를 연관시킬 사람이 있을까? 시인은 항상 우리와 동시대인이다. 우리는 잠시 개인적인 감정이 격렬한 충격을 받은 듯 가운데로 몰리고 수축한다. 그 후 그 감흥은 우리의 정신을 통해 더욱 넓은 고리들 속에서 퍼지고, 멀리 떨어진 감각에 이르며, 이들 감각이 소리를 내고 발언하기 시작하며, 그러면 우리는 메아리와 반사를 깨닫는다. 시의 격렬함은 감정의 광대한 영역을 뒤덮는다. 우리는 시인의 다양한 예술, 우리를 한번에 배우와 관중으로 만들 수 있는 시인의 힘, 작중인물들에게 개입하고 스스로 폴스타프$^{Falstaff\ 8}$나 리어 왕$^{Lear\ 9}$이 될 수 있는 시인의 힘, 언제나 압축하고 확장하며 언명할 수 있는 시인의 힘을 생각하기 위해

> 나는 나무처럼 쓰러져 내 무덤을 발견하고,
> 오로지 슬퍼하는 것만을 기억할지니,

이 힘과 직접성을

> 시각을 나타내는 유리잔에서 모래가 떨어지며
> 분을 나타내는 것처럼, 시간의 흐름에 따라
> 우리는 무덤에 이르러 그것을 바라보느니,
> 한 시대의 쾌락이 흥청망청 낭비된 뒤 마침내

---

8 셰익스피어의 희곡 〈헨리 4세〉와 〈윈저의 즐거운 아낙네〉에 등장하는 인물.
9 셰익스피어의 동명 희곡에 등장하는 인물.

고향에 돌아와 슬픔 속에 끝나는구나.

그러나 야단법석에 지친 인생은 한숨 속에 울부짖으며

마지막 모래가 떨어질 때까지 그것을 헤아리노라.

그리하여 재난을 잠재우고

흔들리는 조절과 비교할 뿐이거나

움직이는 달이 하늘로 올라가더니

어디에도 머물지 않았다.

달은 부드럽게 올라가고

곁에서 별이 하나 둘 —

완전하고 무진장한 아름다움이나

그리고 삼림에 자주 출몰하는 자는

느릿느릿 걷기를 멈추지 않을 것이니

숲속의 빈터 아래에서

온 세상이 타오르는 가운데

위쪽으로 방향을 돌린 부드러운 불길 하나가

그늘에 있는 선인장처럼 보일 때

화려한 환상 곁에

나이가 많든 적든

우리의 운명, 우리 존재의 심장과 가정은

무한과 함께 오로지 거기에만 있으며,

희망, 결코 죽지 못하는 희망과 함께

노력, 그리고 기대, 그리고 욕망,

그리고 항상 노력이 있을지니.

명상적 고요를 놓을 수밖에 없다.

"우리는 오로지 비교할 수밖에 없다." 이 말과 더불어 들통 나 버렸지만, 읽기가 정말 복잡하다는 점은 인정해야 한다. 최대한의 이해로 인상을 받아들인다는 첫째 과정은 책읽기의 과정에서 오직 절반밖에 되지 않는다. 만약 우리가 책에서 모든 즐거움을 얻으려고 한다면 나머지 절반의 과정까지 완결시켜야 한다. 우리는 이들 수많은 인상에 대해 판단해야 하며, 이들 덧없는 형태를 단단하고 지속적으로 만들어야 한다. 그러나 직접적으로가 아니다. 읽기의 먼지가 가라앉고, 갈등과 의문이 잦아들기를 기다려라. 걷거나 대화하거나 떨어진 장미 꽃잎을 떼어 내거나 잠을 자라. 그러면 갑자기 우리의 의사와 무관하게(왜냐하면 자연이 이들 변천을 담당하기 때문이다) 책이 되돌아올 것이다. 그런데 모습이 다르다. 책은 정신의 꼭대기에 떠 있을 것이다. 그리고 전체로서의 책은 현재 별개의 구절들로 나뉘어 받아들인 책과 다르다. 세부적인 것이 이제 각각 제자리로 찾아온다. 우리는 그 모양을 처음부터 끝까지 쳐다본다. 그것은 창고, 경찰서, 또는 대성당이다. 이제 우리는 건물과 건물을 비교하듯 책과 책을 비교할 수 있다. 그러나 이 비교 행위는 우리의 태도가 바뀌었음을 의미한다. 우리는 이제 더 이상 작가의 친구가 아니라 그의 판사이다. 친구로서는 우리가 아무리 동정적이라도 동정이 부족했던 것처럼 판사로서는 아무리 엄격하더라도 엄격이 모자란다. 책이 우리의 시간과 공감을 낭비시켰으니 그들이 죄인 아닌가? 그들은 사회의 가장 교활한 적, 타락시키는 자, 명예를 더럽히는 자, 불법 서적, 날조된 서적, 부패와 질병으로 가득한 책을 쓰는 사람들이 아닌가? 그러니 우리의 판단에 엄격하자. 각각의 책을 같은 종류의 책 가운데 가장 훌륭한 것과 비교하자. 우리가 읽었고 우리의 판단에 의해 확고해진 《로빈슨 크루소》, 《에마》, 《귀향》과 같은 책이 떠오른다. 이들과 소설들을 비교하라. 심지어 가장 최근의 책이나 소설 같지 않은 책들이라도 가장 훌륭한 책과 비교될 권리가 있다. 시도 마찬가지이다. 리듬에 대한 흥분이 잦아들고 어휘들의 광채가 사라질 때 꿈같은 형태가 우리에게 돌아올 것이며, 이것은 〈리어 왕〉, 〈페드라Phèdre〉[10], 《서곡The Prelude》[11], 그와 같은 종류에서 최상이거나 우리에게 최상으로 보이는 작품과 비교되어야 한다. 그리고 우리는 시나 소설의 새로움이 그것의 가장 표면적인 성질이며, 이전의 작품들을 판단해 왔던 기준을 내던지지 않고 약간만 고치면 된다고 확신할지도 모른다.

---

10 프랑스의 극작가 장 라신Jean Racine(1639~1699)의 비극으로 1677년 초연됨.
11 워즈워스가 1805년에 발표한 시집.

그렇다면 판단하고 비교하는 첫 번째 단계만큼 읽기의 두 번째 단계(빠르게 모여 드는 수많은 인상들에게 마음을 활짝 여는 것)를 단순하게 생각하는 것은 어리석다. 여러분 앞에 책이 없는데도 읽기를 계속하고 그림자의 모양을 서로 이어 붙이며 그런 비교를 생생하고 분명하게 할 수 있을 정도로 광범위하게 충분한 이해를 갖고 책을 읽는 것은 어려운 일이다. 더 나아가 "이런 종류의 책일 뿐 아니라 이런 가치가 있는 책이기도 하다. 여기서는 실패하고 여기서는 성공한다. 이것은 나쁘고 저것은 좋다"고 말하기란 더욱 어렵다. 독자의 의무 가운데 이 부분을 완수하기 위해서는, 어느 한 사람 혼자 생각하기 어려우며, 아주 자신만만한 사람들도 그 같은 힘의 씨앗 이상의 것을 자신 속에서 발견하기 힘들 정도의 상상력과 통찰력과 학식이 필요하다. 그렇다면 이 부분의 책읽기는 모피와 가운을 걸친 도서관의 권위자인 비평가에게 맡기고 그들에게 우리를 대신해 책의 완전한 가치라는 문제를 판단하게 하는 것이 더 현명하지 않을까? 하지만 이게 가능한 일일까? 우리는 공감의 가치를 강조할지도 모르며, 책을 읽는 동안 자신의 신분을 낮추려고 애쓸지도 모른다. 그러나 우리는 책에 전적으로 공감하거나 전적으로 몰입할 수 없음을 알고 있다. 우리 속에는 항상 "미워", "사랑해" 하고 속삭이는 악마가 있으며, 그 악마의 입을 막지 못한다. 시인이나 소설가와 우리가 아주 친밀하여 다른 사람의 등장을 견디지 못하게 되는 이유는 바로 우리가 미워하고 사랑하기 때문이다. 결과가 혐오스럽고 우리의 판단이 잘못일지라도 여전히 우리의 취향, 우리의 몸속으로 충격을 전하는 감흥의 신경은 우리의 주된 광원이다. 우리는 느낌을 통해 배운다. 우리의 특질은 약화시키지 않으면 억제할 수 없다. 그러나 시간이 지나면 우리의 취향을 훈련시킬 수 있을지도 모르고 어쩌면 취향을 조금이나마 통제할 수 있을지도 모른다. 그 취향에 따라 시, 소설, 역사, 전기와 같은 온갖 책을 탐욕적으로 아낌없이 섭렵한 뒤 읽기를 멈추고 다양성의 공간, 세상의 모순을 찾을 때, 우리는 취향이 조금 바뀌었음을 발견할 수 있다. 아낌없는 책 읽기는 그다지 탐욕적이지 않으며 생각이 깊다. 그것은 우리에게 특정한 책들에 대해 판단할 수 있게 해 줄 뿐 아니라, 어떤 책들에는 공통된 성질이 있음도 이야기할 것이다. 아니, 우리가 '이것'을 무엇이라고 부르느냐고 말할 것이다. 그리고 그 공통된 성질을 일깨우기 위해 우리에게 〈리어 왕〉을, 그 다음에는 〈아가멤논〉[12]을 읽어 줄지도 모른다. 그리하여 우리의 취향이 이끄는 대로 우리는 특정한 책을 넘어 여러 가지 책을 묶는 성질들을 찾아 나설 것이다. 그리고 그들에게 이름을 붙이고 우리의 인식에 질서를 부여하는 규칙을 만들고 나면 우리는 다시 그 구별에서 훨씬 희귀한 즐거움을 얻을 것이다. 그러나 규칙은 책들과의 접촉으로 지속적으로 깨어질 때 비로소 살아 있으므로(사실과 접촉 없이 진공 속에 존재하는 규칙을 만드는 것보다 더 쉽고 더 바보 같은 일은 없다), 이 어려운 시도를 확고하게 하기 위해 드디어 예술로서의 문학에 대해 우리에게 가르쳐 줄 수 있는 매우 드문 작가 쪽으로 방향을 돌리는 편이 좋

---

12 고대 그리스의 비극 작가 아이스킬로스가 쓴 희곡.

겠다. 콜리지와 드라이든과 존슨은 그들의 사려 깊은 비평에서나, 시인이나 소설가로서 별 생각 없이 말하더라도 놀라울 정도로 타당성이 있으며, 그들은 우리의 마음속 깊은 곳에서 비틀거리고 있던 희미한 관념들에게 빛을 밝혀 주고 굳건하게 해 준다. 그러니까 우리가 책을 읽는 과정에서 정직하게 얻은 의문과 제안을 가지고 그들을 찾아 가면 그들은 우리를 도와줄 수 있다. 그러나 우리가 그들의 권위 아래 모여들어 덤불의 그늘에 있는 양처럼 누워 있으면, 그들이 우리를 위해 할 수 있는 일은 없다. 그들의 판정이 우리의 판단과 어긋나고 그들이 우리의 판단을 물리칠 때 우리는 그것을 이해할 수 있다.

만약 이렇다면, 제대로 책을 읽기 위해서 매우 희귀한 상상력, 성찰, 판단이 요구된다면, 여러분은 어쩌면 문학이 매우 복잡한 예술이며, 평생 동안 책을 읽더라도 그 비평에 어떤 값어치 있는 기여를 할 수 없을 것 같다고 결론을 내릴지도 모른다. 우리는 독자로 머물러야 한다. 비평가이기도 한 그들 희귀한 사람들에게 속하는 많은 영광을 누려서는 안 된다. 하지만 우리는 여전히 독자로서의 책임감을 가지고 있으며 그것은 매우 중요하다. 우리가 쌓아 올린 기준과 판단은 공기 속에 스며들어 작가들이 작업하면서 호흡하는 대기의 일부가 된다. 그들에게 미친 우리의 영향력이(비록 인쇄되지는 못하지만) 풍부하고 활기 있고 개성적이며 성실하면, 비평이 정지 상태일 때 우리의 지식과 판단은 커다란 가치를 지니게 될 것이다. 검토되는 책들이 사격 연습장의 동물들처럼 나열되고, 비평가에게는 장전하고 겨냥하여 발사할 때까지 1초밖에 시간이 없다면, 그가 토끼를 호랑이로, 독수

431

리를 닭이나 오리로 오인하거나, 하나도 맞히지 못한 채 멀리 떨어진 들판에서 평화롭게 풀을 뜯는 암소에게 탄환을 낭비하더라도 용서할 수 있다. 만약 산만한 언론의 포화 뒤쪽에서 책의 저자가 다른 종류의 비평도 있을 것이라 느꼈다면, 독서를 좋아하기 때문에 전문가와 달리 천천히 읽고 커다란 공감을 가지고 아주 엄격하게 판단하는 독자들의 의견도 그의 작품을 개선시키지 않을까? 그리고 만약 우리의 힘으로 책들이 강해지고 풍부해지며 다양해진다면, 그것은 가치 있는 일일 것이다.

하지만 아무리 바람직할망정 어떤 목적을 이루기 위해 누가 책을 읽을까? 그 자체로 좋고 즐거우니까 하는 일이 있지 않을까? 독서도 그들 가운데 하나가 아닐까? 나는 간혹 최후의 심판일이 되어 위대한 정복자, 법률가, 정치가 등이 그들의 대가(그들의 왕관, 월계관, 사라지지 않는 대리석에 지워지지 않도록 새겨지는 그들의 이름 등)를 받으려고 왔을 때, 그들 속에서 옆구리에 책을 끼고 다가가는 우리를 본 하느님이 베드로를 돌아보며 살짝 부러움이 드리운 표정으로, "보라, 이들에게는 아무 대가도 필요 없도다. 이들에게는 줄 것이 없어. 이들은 독서를 좋아했구나" 하고 말하는 꿈을 꾸고 있다.